吴 家 玮 回 忆 录 1

洋墨水

吴家玮／著

海天出版社
HAITIAN PUBLISHING HOUSE

· 深圳 ·

图书在版编目（CIP）数据

吴家玮回忆录. 1，洋墨水 / 吴家玮著. —深圳：
海天出版社，2022.10
ISBN 978-7-5507-2412-9

Ⅰ.①吴… Ⅱ.①吴… Ⅲ.①回忆录－作品集－中国
－当代 Ⅳ.①I251

中国版本图书馆CIP数据核字(2019)第102365号

吴家玮回忆录 1 洋墨水
WU JIAWEI HUIYILU 1 YANGMOSHUI

出 品 人	聂雄前
责任编辑	刘翠文
责任技编	陈洁霞
封面设计	李松璋书籍设计工作室

出版发行	海天出版社
地　　址	深圳市彩田南路海天综合大厦（518033）
网　　址	www.htph.com.cn
订购电话	0755-83460239（邮购、团购）
设计制作	深圳市龙墨文化传播有限公司（0755-83461000）
印　　刷	深圳市汇亿丰印刷科技有限公司
开　　本	787mm×1092mm　1/16
印　　张	22.5
字　　数	330千
版　　次	2022年10月第1版
印　　次	2022年10月第1次
定　　价	68.00元

吴家玮教授

香港科技大学创校校长

现任：香港科技大学荣休校长及
　　　荣休科大讲座教授、汉林
　　　院教育园区首席海外顾问

主要经历

➤ 1937年在上海出生，1954年毕业于香港培正中学。1955年赴美留学，在
乔治镇学院攻读物理与数学，获理学士学位。其后到华盛顿大学（圣路
易）深造，先后取得物理学硕士及博士学位。

➤ 1966年至1968年在加州大学（圣迭戈）博士后进修。

➤ 1968年到西北大学担任物理学助理教授。

➤ 1970年在伊利诺伊大学任客座副教授。

➤ 1971年返回西北大学升任副教授，1973年晋升为正教授，1974年开始担
任物理系主任。

➤ 1979年出任加州大学（圣迭戈）热斐尔学院院长，兼任物理学教授。

➤ 1983年出任旧金山州立大学校长，成为美国有史以来第一位华裔大学
校长。

➤ 1988年至2001年担任香港科技大学创校校长，现为荣休校长及荣休科大
讲座教授。

在学术上的成就及公职上的贡献

➤ 1964年以来，在物理研究方面发表了120篇论文及著作；在量子多体理论、统计力学、液晶、低温物理及表面物理上都做了不少贡献。指导研究结业的博士生、博士后研究员及访问学者达25人。

➤ 曾获颁多种荣誉及奖状，其中包括Alfred P. Sloan Research Fellow，美国物理学会会士，加州科学院荣誉院士，中国科学院物理研究所、复旦大学、深圳大学和北京大学名誉教授，联合国协会的罗斯福夫人人道奖，旧金山市的金钥匙，旧金山市长命名的"吴家玮日"。

➤ 1986至1988年担任全美华人协会总会会长。

➤ 1991年获华盛顿大学颁发的杰出校友奖。

➤ 1995年获乔治镇学院颁发文学博士的荣誉学位；同年被深圳市政府命名为深圳市荣誉市民。

➤ 1996年获得明尼苏达大学颁发国际杰出服务奖、华盛顿大学颁发理学博士荣誉学位、英国女皇颁授大英帝国司令（Commander of British Empire）荣衔。

➤ 2000年获香港特别行政区政府颁授金紫荆星章。

➤ 2001年获法国总统颁授骑士勋章（Chevalier de la Légion d'Honneur）。

➤ 2008年获香港浸会大学颁发人文学博士荣誉学位、香港科技大学颁发工商管理学博士荣誉学位。

➤ 2010至2011年先后获澳门科技大学、澳门大学颁发理学及社会学博士荣誉学位。

➢ 出任香港科技大学创校校长后，担任过香港特区政府工业及科技发展局和生物科技研究院监管委员会的成员，被深圳市政府委任为高级顾问。在任时期及退休后，为香港、内地、国外文教科技组织担任或担任过理事或顾问，包括我国的香港工商专业联会、长江开发沪港促进会、国家自然科学基金委员会、中关村科技园区顾问委员会、华侨大学、复旦大学、深圳大学、中欧国际工商学院、百贤亚洲研究院、珠江大学联盟、澳门大学、南方科技大学、西湖大学，巴基斯坦的Ghulam Ishaq Khan工程科学与技术大学，新加坡的世界科学出版社，美国的大学理事会、加州大学、华盛顿大学等。曾任或现任数间上市公司的独立非执行董事，包括联想集团、上海实业、第一上海。现正与粤港澳大湾区的原学界同事们，在汉林院的全资支持下，为内地筹建一所特色鲜明的公益非营利私立大学。

➢ 1993年至1996年被中国政府先后委任为港事顾问、香港特别行政区预备工作委员会和筹备委员会委员。1996年被选为香港特别行政区推选委员会委员。1998年被委任为香港特别行政区策略发展委员会委员及中国人民政治协商会议全国委员会委员。2000年被委任为香港特别行政区创新科技顾问委员会委员及香港与内地科技合作委员会主席。

➢ 与深圳市关系密切，担任或担任过市政府高级顾问、高等教育跨越式发展课题组总顾问、深圳市决策咨询委员会委员、科技专家委员会高级顾问、深港发展研究院院长、南山区决策咨询委员会顾问等。

➢ 吴家玮的简历登载于《世界名人录》。

前　言

假如没有看中央电视台的连续剧《金婚》，这本书大概见不了世面。

我生在上海，长在香港。小时候在父母亲的坚定信念下，接受了中文教育。那个年代成长于香港的孩子，不懂英文就上不了大学。于是在一句英文都讲不出口的条件下只身前往美国，依靠奖学金和微薄的家庭补助在南方小镇的一所学院里开始了留美生涯。那时十七岁。

一去三十三年，在彼岸度过了青年和中年的人生阶段，五十岁才落叶归根。

回国前那几年在旧金山州立大学当校长。待工作上了轨道，每晚回到家里，就想花点时间温习中文，然后把三十多年的留美经历写下来。一方面当玩；一方面或许可以给新从中国来的留学生看，给他们一些生活于彼岸的参考。

哪知还只写了一节，就接到了新任务：港英政府任命的大学筹备委员会要我回去创办科技大学。那是1987年秋天。虽到1988年夏末才迁回香港，但是筹备任务已紧锣密鼓，每晚回到家里就全时投入港方的工作，直至凌晨三时。十个月来晚晚如此。书当然就写不成了，一放下手，足足二十年！

从科技大学的岗位上退下来也有好几年了，但是不知道为什么总还是那么瞎忙。书倒是写了一本，内容是香港科技大学初创时期的故事和人物志。这本书不能不写：好些为开创科大贡献了心血的人物已经退休，甚至还有几位积劳早逝；不写他们的事迹，对不起这群同心协力共创事业的朋友们。理所当然，这本书就以"同创"为名。

一年多前，《同创》先后分别由商务印书馆和清华大学出版社在香港和内地出版。气刚喘定，就考虑是否应该回头去写那留美三十三年的经历。老婆说："写来干吗？"也是，谁会有兴趣看这半吊子的自传？再说，卷入的义务工作实在太多。每次想写，手指一碰键盘，就看到数之不尽的电子邮件，一一待回。要就是被什么小趣味困住，上网搜寻资料，企求添一点学之不尽的新知识。总之静不下来，没办法让自己"投戎从笔"。

你猜是什么东西终于让我改变了主意，翻箱倒柜把一小沓早已变黄的纸找了出来，继而重温二十年前放下的记忆，从七十岁走回到十七岁？

是一部电视剧。真的。没骗你。

中央电视台的五十集连续剧《金婚》，让我们两老口子看着了迷。一天晚上竟还打破纪录，连看七集，到天亮才上床。就是这部电视剧为我开了窍。

说也奇怪，真就那么好看吗？

故事里的两位主角是一对夫妇，与共和国同步度过了五十个年头。他们既不是名人，又不是高干。一辈子既没有做出轰轰烈烈的大事，也没有在政治运动里被屡屡揪打批斗。剧本没有歌颂英雄，也没有伤痕悲情；没有震颤激情，也没有矫情做作。就让观众跟着两个相当平凡的人，在不很平凡的时代里生活了半个世纪。大概也就是这样，《金婚》引发了广大观众的共鸣，继而赢到了大奖。

我俩来迟了几步，没有与共和国同步，也没有在境内度过那五十年。照理来说，无从激发那种共鸣。那么为什么会看得如此入神、如此着迷？

恰恰就是因为我俩自幼离乡背井，没有亲自呼吸过那个空间和时间的空气。对祖国的认识限于书本和媒体，既亲切又疏远。借用下文里提到的话来说，既熟悉又陌生。电视机前花上的五十个小时，让我们跟着两位几乎同辈、似曾相识的人走过那五十个年头，分享到他俩的既平凡而又不平凡的经历。终于在意味上、感性上进入了他们的空间和时间，不知不觉间产生了感应和认同。

半世纪来，我俩共同生活在与中国内地迥异的美国和香港。再过几个月，也将同庆"金婚"。与电视故事对调来看，假如能够把我们的五十年的经历写出来，管它平凡不平凡，是否也能把内地的读者们带进另一空间和时间，让他们呼吸到另一种空气，不知不觉地增加对美国和香港的认识？

这一开窍，引来下列的一番大道理。

这些年来，工作岗位让我经常找到机会与内地青年们谈话——包括研究生、大学生和高中生。发现他们的国际视野越来越宽阔，越来越关怀对中国在世界上的地位。这些确实令我感到欣慰。

随着经济力量的迅速增长，贫穷落后的旧中国已经摇身一变，进入强国之列。（虽然不容忘记：以人均收入来说，还远远落后于大多数西方国家。）等上十几二十年，中国的经济力量很可能还要翻上两番。今天的青年们那时将成为社会主力，紧握国家命运之余，还将影响整个世界的去向。或许现在就该问：他们在成长时期，对别人的文化思维所知是否正确？

多次谈话所给我的印象是：至少一些"名校"，教学相当成功。也就是说，传授给学生的课堂知识和书本知识相当丰富。想到大部分教师没有在国外或境外生活过，能够教得这样，令人敬佩。不过课堂究竟是课堂，书本究竟是书本，对他国异域的风土人情、文化习俗，要有深入的体会总不那么容易。

举例说，即使一些英文流利得带上了洛杉矶口音的同学，对美国人民的了解还是非常片面。怎能怪他们？有关美国的课外知识，来源不是好莱坞式的电影电视，就是华盛顿式的政客发言。此外还有大量网上传来的偏激之言。广大美国民众的性格和心态，一般媒体无法传递。

反之亦然：美国的青年们也听不到中国民众的心声。事实上，他们对中国的了解很可能还要低上一个数量级。美国大学理事会的总裁跟我说：中国现有两亿学生在学英文，而美国只有两万五千学生在学中文。说完后，他叹一口气，语重心长地加上一句：假如下一代的中国人与美国人不相互理解，世界的命运将不堪设想！

参与中央电视台专题片《大国崛起》的一位历史学家何顺果教授，在《强国之鉴》里写道："美国是一个既熟悉而又陌生的国家。（正在崛起中的中国）不可避免地要与这个当今世界的超级大国打交道，并在与它日益深入的交往中相互学习、取长补短。"两国的有识之士大概都会同意他这些话，不愿让青年们对美国的了解停顿于"既熟悉而又陌生"的阶段，更不愿意看到陌生带来误会。

那么，我写这本书或许就沾上了远超自传的意义。主要的读者对象应该是上面所说的我国青年们。几十年来我在国内外不同地点、不同方面，参加过多种促进中外人民交流的活动。这本书可以算是同样活动的延续。

我天生缺乏《金婚》作者的气概，不敢一口气写上五十年。落叶归根后的那十七年，有关香港，已经在《同创》里写开了头。这儿只回忆前三十三年：也就是留美的三十三年。结果发现连三十三年都没能写尽，留下了大块空白。

这三十三年很自然地分成两个阶段。第一阶段包括十一年很不寻常的求学经历：在学术要求极低的学院里念了一年大学，就算本科毕业，还凭空拿了个双学位。老师们好心但莫名其妙地把我看作天才青年，让我莫名其妙地自以为是。接着，一所名大学又莫名其妙地让我进入研究生院攻读博士学位，让这个愚昧无知的小青年一头闯进了现实世界。理所当然，所遭遇的是连串挫折，尝尽的是现实送给失败者的冷落。不久后被迫辍学就业。

所幸是老天送来了一位贤淑可爱的小姑娘。她对不成才的我非但没有冷落，还关怀备至、热情照顾，不断鼓励和支持。又送来了几位良朋益友，与我一同在读书和活动里成长。他们都为我创造了合适的心理环境，让我在工作上、学业上发愤图强，成功复学。其间更逢上合适的时机，搭上计算机科技的先行快车，赶上理论物理的研究高潮，终能在学问高超、品德卓著的老师指导下结业。带着父母、幼妹、妻子和两个半孩子举家西迁，从此走上终生的学界征途。

第二阶段包括二十二年也很不寻常的学术经历。最初八年在研究型大学里从事博士后、助理教授、副教授、正教授的"阳春"教研。三十中旬，莫名其妙地当上了系主任。跟着五年，虽然教研工作越做越热、研究领域越做越广，但是行政任务也越来越重，终于在四十出头回到加州大学当上了院长。四年后去旧金山当上了校长，说是为华人在美国学界打破了"玻璃天花板"。其间参与各种华人的学术、科技、文教，与促进中美交流合作的活动，不知不觉为落叶归根播下了种。

原来想把两阶段的留美经历一并写下，帮助我国青年学生进一步了解美国人的性格和心态。一方面，把多年来的困苦和喜乐细细道来，向读者们交代，请读者们与我并肩走这段路，途中感受美国的人情世故。一方面，把观察到的气候和境遇细细道来，为读者们分析，让读者们与我共享所见所闻，借此悟解美国的思绪民情——同时反思我们自己的思绪民情。哪知道写得过分"细细"，二十多万字后只写了第一阶段的十一年！

那十一年是 1955 ～ 1966 年。你会说：过眼烟云；四五十年前的陈年旧事，说来干吗？早就换了时代，变了世界，今天的美国跟当年怎能相比！

起初我也这么想，一边写一边思量半世纪来那些或大或小的变换。单那十一年里就刮过大风下过大雨，最后那章还命题为《十年变迁，怎么看美国》。当年的思绪民情不都已随风而逝？那么，读者们看这本书，除了当小说那样拿来消遣，会有什么意义？

可是写完那章，却又觉得人类社会的文化根源不在一朝一夕，甚至不在一两个世纪里彻底消逝。君不见，一个世纪里，我国历经了五四运动时的

"打倒孔家店"、马克思主义的洗礼、抗日和内战期间学术界的流离失所、共和国成立后的多次政治运动、"文化大革命"中的反帝反修反孔……到头来还不又走回儒家传统，重新捡取固有的价值观念？

这样说来，这本类似自传的书，虽然写了第一阶段就被腰斩，或许还是能够帮助青年们对美国这个"当今世界的超级大国"稍为减少一点陌生、加多一点熟悉，甚至增强他们为世界和谐作出贡献的愿望。是否真的如此，尚待各位告知。

吴家玮

2009 年夏

第三编　完婚　复学　新生

第四编　科研　论文　思考

第一编

香江 金门 蓝茵

浮棹东渡　香江到金门

横贯大陆　金门到蓝茵

负笈异邦　乔治镇学院

第一章　浮槎东渡　香江到金门

和风暖日素来是加州的标签。

旧金山的夏天十分凉快。马克·吐温有句俏皮的名言："世上最冷的地方是夏天的旧金山。"这位幽默大师一把抓住了冬暖夏凉的太平洋气流，把旧金山特有的"夏凉"夸张得淋漓尽致。

对一个习惯了亚热带的炎夏、初莅贵境、只穿着一件单薄衬衫的十七岁男孩来说，10℃多的气温，配上习习清风，确有几分寒意。港内不时传来低沉的汽笛声，蔚蓝的晴空衬托着几抹浮云薄雾，深蓝的海湾上横跨着橙红色的金门大桥；那种温和雅致、诗情画意，让他和他的同伴们初次品尝到旧金山的韵味和浪漫。

十八天的航程到此告一段落。儿童和少年时代骤然结束。人生旅程的崭新阶段由此开始。

初见金门

金门大桥建成于 1937 年，与我同年。

它的孕育期可比我长得多，前后共二十年。1917 年开始设想，1921 年正式立法。几经修改，终于在 1931 年定案，1933 年动工，1937 年竣工。

很多人说它是世间最罗曼蒂克的大桥。至少可以说是最受摄影者欢迎的大桥。读者们看见过许多摄自不同角度的照片，照片上的金门大桥各呈妩媚，动人心弦。可是坐在船上，在桥下驶过的那一霎，所看到的却是另幅造型：刚直威武的灰黑色横梁，把广阔无边的穹碧劈成两爿，让渺小的人类公然向老天挑战。

桥下的急湍逆流阻挡不住一万五千吨的客轮。"威尔逊总统号"一声长鸣，轻轻在桥底滑过，海面顿时热闹起来。那个年头，旧金山还是个大海港，客轮货船来来往往，络绎不绝。正当八月休闲盛季，游艇白帆熙熙攘攘，琳琅满目。本想好好欣赏一番，奈何不久港里驶来导航船，载来移民和海关两局人员。旅客一众顺序排队，办理入境手续，等候靠拢码头，各推行李，鱼贯上岸。

二十世纪五十年代，渡洋远行是件大事。客轮满载着一去经年、不敢不带足衣物的穷学生。人人推着大铁箱，拖着帆布囊，伸长了脖子远眺岸头，在人丛里搜寻前来接船的亲友。喧嚷呼叫，不绝于耳。

父亲的执友鲁伯伯来码头接船。长脸秃头，还算好认。他与我父亲一样，当年也被清华大学保送到美国留学。与我父亲所不同的是，在留学时期结识了一位土生土长、还只有十七八岁的华侨姑娘，竟胆大包天，私订终身，招致了对方家族的剧烈反对。作为三十年代的新青年，他不顾一切，带了姑娘私奔回国，被女方家族断绝了亲戚关系。抗战期间，两口子吃足苦头，却厮守不贰；终于争取到家人的宽恕，早两年以公民亲属身份移居美国。

看，他们两人的生平多浪漫！恐怕连张爱玲和琼瑶都愿意拿来当作背景，加油添醋，写上一本小说。当时还未从父母口里听到这段故事，下得船来，循规蹈矩拜见长辈，不敢正面瞧他们一眼。只觉得鲁伯母嗓音清脆、动作轻快，年逾四旬的人，说话和举动还像位小姑娘。日后想到：大概她回到了久别的故乡，无意中重拾青春。（据闻心理学上有这么一种说法。）

此时他们带着两位年轻力壮的晚辈亲戚，同来码头照料。于是铁箱、布囊、大包、小包，尽上了晚辈亲戚的老爷汽车，一口气开进市区。

旧金山名气虽然响亮，市区却没多大。正正方方一隅半岛，11 公里 ×11 公里。从码头到唐人街只不过三四公里路程。可是街道狭窄、山坡陡峭，老爷车爬得辛苦，气喘如牛。好不容易才把我送到萨克拉曼多街的青年会唐人街单身宿舍。

鲁伯伯是位学者，专长是中国近代史和政情；那时正在等待哥伦比亚大学中国研究所的聘书，短期后将迁居纽约。夫妇离美多载；当年逃得仓促，没能在美国建立自己的家。幸好鲁伯母的娘家在旧金山，家族很大，乃得以暂住亲戚家里——没想到一住竟已两年。两位长辈对我照顾备至，但是毕竟寄人篱下，无法为我这个理应自立的小朋友解决落脚问题。

或许读者们一时无法了解"理应自立"这几个字。我们中国人有句老话，说是"在家靠亲戚，出外靠朋友"。美国人虽然崇尚互助精神、热衷义务工作，甚至看到陌生人陷入困境都会"拔刀"相助，可是生活观念里没有一个"靠"字。各位看下去自会体会两国间这方面的文化差距。

青年会是个遍布全球的义务服务机构，在很多城市中心拥有建筑物，为收入不高的居民或旅客提供文娱场所和旅舍。全名是"基督教青年会"（YMCA），不过早年的宗教背景早已淡化得无影无踪。它在旧金山唐人街的多层单身宿舍设置十分简洁：走廊两侧各有一排房间，每间摆单人床一张、衣橱一套、木制桌椅各一。为住客供应大小毛巾各一，每星期洗换两次。走廊尽头有公用的卫生间。

房租每晚三块二毛五。人人认为这是最低廉的租金，可是对我来说还是沉重的负担。家境困难，父母亲所能给我的接济有限，每个月的总开支不能超过一百美元。若是长住下去，仅足应付房租，伙食就没了着落。

反正不该在此久留。来美国读书，目的地并非旧金山，而是中西部和南部交界的一个小镇。火车从西岸出发，在芝加哥转车，行程共约三天两夜。本来就该立刻动身，于开学前两星期赶到学校；无奈来前准备不足，一时买不到车票。

怎么会这样？

与青年人"理应自立"有关。一放暑假，无数大学生赶紧跑到东岸或西岸，打工积钱，以便自行应付下年的学费和生活开支。8月中旬，他们陆续开始打

旧金山就在码头后面，我站在船头，呆呆地整装待发。

道回府，火车票因而被一扫而空。我只能买到两星期后的票，于是身不由己，在旧金山当上无心留恋的游客。

多少代来，旧金山是很多华人的梦中天堂。它不仅是让人丰衣足食的"大埠"，还是遍布名胜和极具文化气息的都会。无意中得以游玩两星期，原应求之不得。可是身上全副家当不足四百美元；买到车票，扣除两星期的房租，及些微备而不用的救命钱，所剩无几，仅足以白面包、自来水充饥。手头如此拮据，何敢留恋？

幸好十七岁的青年天不怕、地不怕，更哪怕吃得差些。至于游山玩水，则不如等几年再说吧。哪里知道一晃五十多年，其间甚至还在旧金山住过几年，游玩一事却至今尚未偿愿。

有说美道难　难于上青天

1955年，中学毕业已有一年。这一年来日子过得恍惚。

全班三组共一百三十几位同学。去年暑假起，各自纷纷寻找出路。

培正中学原是香港名校，在正常的社会里，毕业生理应大部分留在本地升学。可是二十世纪五十年代的香港不是正常社会。第二次世界大战期间被日军侵占了四年，光复后并没顺理成章回归作为战胜者的祖国，反而让英国恢复了殖民统治。我们这群毕业于中文中学的学生，书读得再好也休想在本地升学。

说也难怪：大英帝国也是个战胜国，当时正踌躇满志，预备重振雄风，恢复"日不落"的气概。她的背后当然还有西方盟国的支持。我们自己国家却老大不争气：从重庆走出一批趾高气扬的政府大员，把沦陷区的同胞看成掠夺对象。庆祝胜利的喧天锣鼓尚未稍息，"接收"就变成了"劫收"。接着全国陷入内战，哪还有与英国"盟友"交涉废除不平等条约的闲情？

殖民统治下的教育体制反映统治者的需要。很明显，中文教育不在需要之列。独占高等教育领域的香港大学，完全用英文授课，并且殖民气息非常浓厚。当时毕业于中文中学的学生，英文水平很差，举止又欠缺洋味，大学之门焉敢觊觎？

于是培正中学的同班同学大约四分之一以侨生身份考上台湾的高校。四分之一思想比较左倾的跑去内地升学。四分之一留在香港：要么就进入政府不予承认学历的私立学院，要么就踏入社会加入"打工"行列。所剩那四分之一，有些家境较好、有些在国外有亲属，于是各就能力所及，申请出国升学。

中学毕业照。

我的家境并不好，国外又没有亲属，凭什么选择出国升学的路子？

主要是因为没有别的路子好走。父母亲不想我辍学，也不想我留在香港读个政府不予承认的学位。父亲早年毕业于清华大学，凭庚子赔款项目留美；原来希望我能像他那样在国内念完大学，然后出国深造。可是一则吃过国民政府统治之苦，一则对政局动荡的内地缺乏信心，他们不愿意让独生子（虽然还有一姐一妹）去台湾或内地升学。于是决定让我申请美国的本科奖学金和留学签证，索性提早出国。

本科奖学金和留学签证，两者都属难题。

以我在培正毕业和中学会考的成绩来说，被美国大学录取不成问题，可是根本不可能交得起美国的学费，何况还需兼顾食住？唯有到处打听，到处寻找有关资料，看看有没有机会争取个全额奖学金。

拿了个"品学兼优奖"，与校长和父执同影。（母亲在医院生妹妹，父亲在医院陪她）

我的英文很差，一句完整的话都讲不出口，参考书也看不懂。说来脸红：连跑去美国新闻处图书馆查阅大学资料的任务，都得让父亲包办。

当年中国留学生在美国尚未建立声誉，稍强的大学都不肯颁发奖学金给我们这些本科留学生。父亲是位会计师，对高等教育不甚了解；当年他自己和清华的同学们所念的又都是美国的著名大学，于是满以为美国所有大学都那么强，找到任何一所愿给奖学金的就行。

结果奖学金倒真拿到了手：一所位于南方的小学院，为了引进国际气味，愿意每年为一至二名外国学生提供蛮不错的奖学金。虽然不属全额，但是免缴学费之外，还免费提供宿舍。单是找些吃的，家里勉强负担得起。至于这所小学院的教学水平如何、有没有适当的专业可念，也就不多过问了。

了解香港的人或许会说："那时香港学生大概一半进中文学校、一半就读于英文'书院'，既然你有读完大学才出国的念头，当初为什么选择运用中文授课的培正中学？"我的考试本领很强，应能顺利考上英文书院。那么，不就可以接着考进香港大学，念完本科后再出国攻读高级学位？

理由很简单，我的父亲虽是留学生——或许正因为是国难时期的留学生，民族意识特强。居留于殖民统治下已经出自无奈，要把儿子"送给"殖民主义者、接受他们的熏陶，说什么也不干。我的母亲则出身书香世家，把学术造诣看得很重，担心一般英文书院不肯好好教中文，又不很注重中国教育体制里所说的正统课程。听说培正老师的中文好、对数理化的要求高、学习压力又大，就打定主意要我报考培正。

他们所做的决定，我一生感激不已。培正的教诲深深进入了我的脑髓和血液，让我一辈子以当上不折不扣的中华儿女感到自傲。说也奇怪：人有了根，就增强了自信，反而更能接受国际化和全球化，同时堂堂正正地当上世界公民。再者，培正的老师们果然学问高超，对学生关怀备至，为我这个善于考试而学习不力的少年打下了一点根基。父母亲的判断和母校之恩，让我毕生受用不尽。

拿到了大额奖学金，出国的问题解决了一半。跟着要办理留学签证。啊，这几乎是无法克服的关卡！

美国虽然是个移民国家，但正如别的移民国家，一旦人口充足，先到者就不太愿意别人再来。我想这也是人之常情吧，到口的肥肉，总不想别人来分享——除非来者对广大群众的生活或国家实力有所裨益。（譬如二十世纪上半叶来自欧洲的犹太学者，及二十世纪下半叶来自亚洲的科技人才。）一个十七岁的小伙子，除了会吃会睡，还有什么能耐？要他来干吗？

总算接受留学生这档事在美国已成风气。从政府立场来看，将来学成归国者，多少会染上些美国人的思维和作风，直接或间接地把亲美影响带回祖国。

不是这样吗？早年日本欢迎中国学生去留学，同文同宗（相对而言）固然是原因之一；不少具有理想和同情心的日本朋友积极支持过二十世纪初的中国革命。对日本政府而言，近水楼台，希望在中国建立影响，也是主因之一。美国国会议员讨论怎么学样，以便增加美国在华的影响。运用庚子赔款来培养清华大学毕业生，让他们来美深造，用意在此。

说起来很有些讽刺：庚子赔款敲了中国人的竹杠，拿这笔原是中国人的钱来吸引中国青年才俊，借此培养亲美势力，好像是一笔不需资本、不冒风险的赚钱生意，何乐不为？然而不管他们的动机出在哪里，这群留美学生成了国家的宝藏，对中国早期的对外开放和现代化，无可否认还是起了正面作用。

撇开政治不谈，就美国的民间意识来看，确有部分有心人士，保留着早期移民所遗留的情怀，记得祖先在家乡遭受过的苦难，对发展中国家、帝国主义势力压迫下的人民、心怀大志渴求新知的青年们，从心底里产生同情，倒真愿意支持留学生深造，让他们学成归国、为提高落后国家和地区的生活水平作出贡献。

外国学生的到来还有别的好处：他们能够帮助下一代本国青年增进见识；去海外旅游时，多上个把朋友。这些都会增加人们的生活情趣。

不论从哪个角度来看，留学生念完书后必须回国，才能起到上述作用。同时也免得留在美国与当地民众争饭吃。因此，你想成功申请留学签证，就必须保证两件事：一、留学期间不造成社会负担；二、念完书后必须打道回府。

对有钱人家的子弟来说，这些都不成问题：留学时期，衣食住行一样不缺，非但不为社会增加负担，反而献上消费；念完书后反正要回家团聚，甚至接办祖业——即使不想他回国，也留不住他。对一般人来说，则不那么清楚了。颁发签证的美国领事馆要看清你名下有多少产业、银行里有多少存款，考虑你是否两方面都真的合乎条件。

我这头，首先把申请表格填得妥妥当当。奖学金包办了学费和住宿；父亲在银行账号里存进一千美元，足以应付一年的食用所需。反正每年需办理延期加签，假如银行账号里旧钱用罄、新钱未到，则到时大可拒予加签，迅速递解出境。不造成社会负担这一条，是有所保证的。

下一步是要保证念完书后一定回港。对我们这些没有家产的人来说，如此抽象的东西怎么保证得了？我这头除了用人格保证，想不到别的。领事说：你的人格我没法断定或预料；这点想不通，请你撤销申请。要就过一阵子，让你把保证一事搞妥，然后再来面谈。

我当然不愿意轻易撤销申请，于是一次又一次被叫进领事馆。每次面谈，问的是同一个问题，我奉上同一个答案，跟着又劝我撤销申请。一拖十二个月。

父亲毕竟曾在美国留学，不知在领事馆里认识什么朋友，居然打通了关。最后一次领事馆叫我进去面谈时，走出来的又是那位见面多次的女官。她一脸不情愿地翻阅我的档案，狠狠地问了一句：你在领事馆里认识什么人？我的英文不行，没有完全听懂问题，也不记得给了一句什么答案，反正这次没再提自己的人格保证。

她还是一脸不情愿，却批准了申请。看来大概领事馆里有个级别比她略高的人，用他自己的人格替我作了保证。

一旦进入美国，就没再碰到过签证问题；年年按时申请加签，年年循例通过。本科读完，转校继续攻读博士学位，离美回港的日期顺序拖延。

二十世纪五六十年代，中国内地的政治运动特多，先是"反右"，后是"大跃进"，跟着又来了三年困难时期，然后是"四清"，接着又遭遇"十年内乱"。台湾地区呢？则还在做"反攻大陆"的怪梦；岛内人心惶惶，白色恐怖自蔓延走向泛滥。老家香港呢？殖民统治的闷燥气息有增无减；廉政公署建立之前，公私机构吹着不正之风，腐败贪污屡见不鲜。整个中国，天时、地利、人和一总失调，哪能在年轻人心头激发学成归国的热诚？

赴美三十三年才落叶归根，能不能算保全了领事馆那位好心朋友的人格？

三度"航海"

1955 年 8 月初，登上了"威尔逊总统号"轮船，启程东渡太平洋。

虽然年纪不大，在此之前我已乘过两次海轮。不过那两条所谓海轮，停泊在"威尔逊总统号"边上的话，大概只能被称为"艇"。

两次都是战乱时期，第一次未足五岁，第二次刚满十二岁。两次都为了回乡。其实我们这代人，上半生漂泊不已，真不敢说哪儿是"乡"。

父母双方的家族底细，我本来知道很少。年轻时思想过度反封建，每逢母亲讲到她祖先的光辉史，就不以为然，借故走开。直到好几年前她中了风，长期卧病在床，说及往事时我需偶尽孝意、安坐静听，才略知一二。我的大女儿与她长谈几次，录了音、打了字，又给我增添了一些有关的背景和资料。

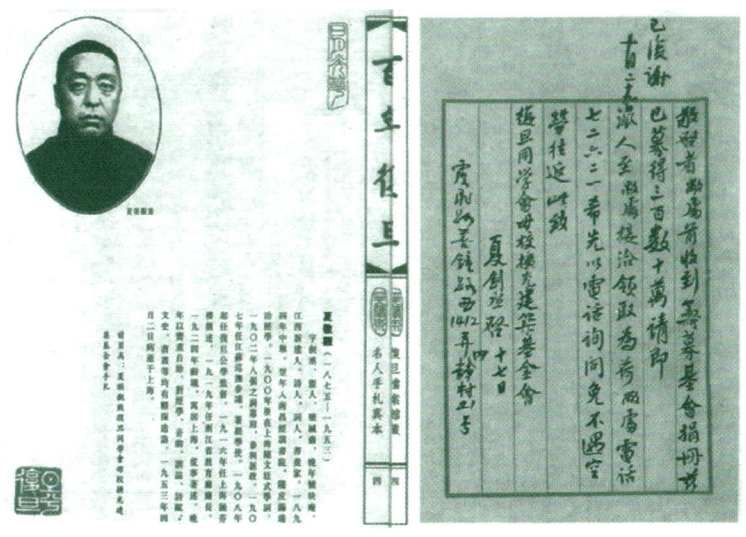

《百年复旦》的校长档案里登载了外祖父的照片、简传和笔迹。

我的外祖父姓夏，名敬观，字剑丞，原来是位江西才子。很年轻时从童生进为生员，高踞秀才之列。在省城三年一次举行的乡试里，考上了举人。翌春轻松通过礼部会试，成为贡士。至于考得成绩如何，是否中元，母亲则不甚清楚。总之他信心十足，准备入京连下三城。谁知天有不测风云，正当进士在望之际，生了一场大病，错过了三年一度的殿试。等到三年后下一轮考试，科举制度已被废除，从此断了功名之路。

清末，外祖父服务于教育界，担任过数任大学校长（当时称为"公学监督"）。民国前后还当过两任省级学官，包括江苏的提学使和浙江的教育厅厅长。

《百度百科》写道（经我摘录）：

夏敬观（1875—1953），近代诗人、词人。字剑丞，江西新建人。为著名经学家皮锡瑞弟子，精通经史。历任三江师范学堂、复旦、中国公学监督，江苏巡抚参议，署提学使。民国初年任浙江教育厅厅长。不久，隐居上海。晚岁以鬻画自给。

夏敬观工诗善词。诗宗孟郊、梅尧臣，刻意锻炼思致字句，不肯作一犹人语。古体诗有孤峭幽深的特色。近体也竭力自铸面目，不肯蹈常袭故。七绝都语含寄托。词则出入欧阳修、晏殊、姜夔、张炎诸家之间，冶炼熔铸，不尚苟同，朱孝臧曾称赞其可与文廷式词相颉颃。张尔田称赞其为"词中之郑子尹"。描写身世之感，雄阔深惋。

他诗词国画的真迹多不在后人手中，反而至今还见网上有得拍卖。

我的外祖母也出自书香世家，是外祖父第三任妻。说得不好听，外祖父生就"克妻"之命。初次丧偶，娶得左宗棠的孙女为续弦。再度丧偶，只因是位才子，才获杭州许家答允，再次续弦，娶得我外祖母。许家多代读书有成，官居一品。最著名的是在外祖母三代前的许文曲公，一门里竟同时出了四位进士。

父亲那边也是杭州人，也念书，但是没有值得注意的陈史往事。据说祖父是位股商——学问不错的儒商；至于是否按照那年代的风气捐过什么官职，已不得而知。反正若不是革了命、民了国，吴、夏两家门不当、户不对，夏家的小姐绝不会下嫁吴家，那么我这个后代也就渺无踪迹了。

时代变迁，让人们在脑际里另砌封建结构，建立新的科举意识。大学毕业是第一关，放洋留学是第二关，在外国名校里读个博士学位算是过了第三关。毫无根据地把攻越这三关的人，分别看作洋秀才、洋举人和洋进士。那么，父亲毕业于清华大学；到伊利诺伊大学深造三年，主攻当年热门的铁路管理；跟着又在宾夕法尼亚大学沃顿商学院读了（当年并不热门的）经济硕士学位——留洋五年、周游西欧，虽然没拿博士学位，当不成洋进士，好歹也算是个才子底。

送照片来说媒的人络绎不绝，其中不乏大户人家。父亲是"新派人物"，对封建官位非但不予看重，还觉得讨厌；对书香却相当注重。照片里年方二十的母亲长得清秀柔美、落落大方，还带有一丝淘气。她念过当年在上海既闻名又洋化的中西女校（宋氏三姐妹的母校，今为重点的市三女中），看来总该聪明能干、有点学识。于是同意见面，在对方亲戚陪同下约会数次。

母亲最记得两样事：一是父亲长得较高，在她眼中一表人才；二是在她家里打过一次麻将（有说桌面游戏是观察人品的上好工具），注意到他心算敏捷，准得神奇。两样都给了她很好的印象，同意继续来往。那时代里，这就算是自由恋爱。跟着家里说：此人看来不错，女大就嫁呗。

她家对父亲只有一事表示担心：祖父六旬刚过，就急症去世。因而害怕父亲也难长寿。把幺女嫁给他是否妥当？

噢，还有一事。祖父终生积善；出丧那天，街道两旁许多人烧香送行。谁知来到庙宇拜祭之际，那个被洋人教坏了、留学归来的"新派"长子，竟不遵循祖传礼仪，拒绝向来吊的长辈和宾客磕头。于是只好让素称和善的二弟代替。乡亲都说：这么一个大善人，怎么生了个如此不孝的长子？罪过罪过！（后来二叔毕业于交通大学，也去留洋，归国后照旧磕头。可见得不一定人人去过外国都会学坏。）

幸好外祖父也算是个新派人物，思想相对开放，还是以女相嫁。否则改变主意，来个临崖勒马，那么我这个后代就又渺无踪迹了。

父亲从美国留学回来，凭他所学的铁路管理专业，在政府铁道部里当上了公务员——实实在在、没有"官衔"的"阳春"公务员。当年别人留学归来，尤其手持美国名校的高等学位，进入政府工作，好歹当上个副处长，甚至处长。他一则没有熟人，二则不愿欠情，三则鄙视逢迎，于是循规蹈矩，落得个低得不能再低的科员职位。

不过部里的人至少都算兄弟，对职员有些优惠：与母亲结婚时，铁道部给他挂了一节车厢，让他们去北京和长城度几天蜜月。那是1934年，他回国后的第二年。

父亲在南京上班。政府职员宿舍很不方便，因此母亲暂留上海，与丈夫的家人同住法租界里。两小口子奔走京沪之间，相互探望，偶尔团聚一段日子。1936年头，姐姐出生于南京；1937年尾，我生在上海。

就在我出生前三个月，日寇攻占了上海的非租界区。接着大举西进，侵犯南京。那时父亲由于工作得力，已获"升官"，当上了个小小的科长。为什么说是"小小的"科长？因为日军逼近之际，真的官儿全都撤退，就留下了他；任务是等待最后一刻，负责销毁机要文件。待他烧尽机要文件奉命撤离南京时，已仅剩最后两班火车。远走香港的上司后来说他命好：没排上被日军屠杀之列。

父亲奉命追随上司撤至香港；母亲和幼姑带着一幼一婴，千辛万苦绕道跟上。居港四年，成人们听闻敌寇在内地杀人放火，早已欲哭无泪。幼儿不识时艰，牙牙学说广东话，过着还算太平的生活。

1941年12月8日，日军偷袭珍珠港；同日，在亚洲侵袭香港、新加坡、马尼拉。后来母亲和姑母经常说起：敌人海陆空三军齐发，连续十七个晴天，炮弹炸弹落地开花，发发明亮可见。父亲办公部门在九龙半岛，同事们带着家属渡海逃至港岛，聚集于蓝塘道国民政府的一座民房里候命。我们一家则为了照顾一位行动不便的老者，慢了一步，错过最后那班渡轮，与大队走散。

战况平静后，港岛传来噩耗，说蓝塘道那头成了凶宅：日军的先锋部队冲入民房，父亲的上司和男同事们悉数被杀。据说这是日军攻陷香港时唯有的一

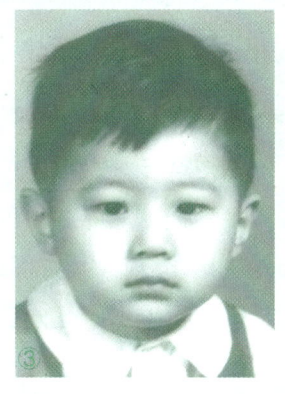

① 与年轻的父亲合照。
② 乖孩子站得四平八稳。
③ 刚睡醒就拍照。

场屠杀。父亲逃过此劫，远走重庆的上司的上司后来又说他命好：没排上被日军残杀之列。

"好命"的失业父亲带着妻妹儿女觅路回乡，在广东省境辗转凡半年，终于找到一条愿意载客的小轮，紧贴海岸驶到上海。这就是我的首次"航海"经验。

1942 年回到业已全面沦陷的上海。父亲运用在伊利诺伊大学和宾夕法尼亚大学捡到的会计本领，在民营银行里找到职位，从此走上会计生涯，糊口养家。于是我在上海读了幼儿园和小学。前后跳过两班，总共念了六年。出国前在祖国疆土上总共也就生活过这么六年。（不平等条约把英国统治下的香港说成割让的土地，没算上在香港生活的时间。）

民营事业讲究实效，不论个人关系。父亲工作勤恳认真，六年里居然按步晋升，成为银行的总会计师。家里生活水平有所提高，渐趋安逸；可是好景不常。内战节节失利的国民党里贪官多如牛毛，虽则兵败如山倒，却善于欺压搜刮良民。发行金圆券乃是最后挣扎中出台的绝招：强迫国民把所有资产交出，换成新纸币，然后在破天荒的通货膨胀下让新纸币变得一文不值。奉公守法的父亲，把毕生积蓄送进国营银行，换回了一场忧郁症。

工作单位面临倒闭，父亲身心尽瘁、六神无主。这时母亲当机立断：去台湾投奔正在做煤炭生意的舅父。1948年，开始念初中的我转入台北的建国中学，成了插班生。未满一年，兵荒马乱之际舅父生意失败，父亲又找不到工作，决定举家"潜"回大陆。

回乡何需偷偷摸摸，用"潜"字来描述？因为那时沿海地带都已"陷敌"，国民党慌乱败退台湾，正是惊弓之鸟。风声鹤唳，凡是说要回乡的人，一律视为"匪谍"，被逮住就会失踪或枪毙。事实上，岛上确有不少亲共分子和地下中共党员。譬如说，建国中学的教师里有我的远房亲戚。一天上午，校方说他留了一纸箱的书给我，两夫妇半夜失踪，不知去向。有说他们被便衣带走了；有说看到他们早几天正有条不紊地收拾细软，或许星夜登上帆船，与共产党同志们潜走福建。

我家没什么好"潜"。只想回老家过日子，为此还需一声不响，绕道香港。

那天，建国中学初二班上，突然少了一个比同学们小两岁、矮几寸、插班未及一载的孩子；经常欺负他的大个子们以为他病了。待发现他真的不再出现、需要另找出气对象时，他已搭上一艘小货轮，颤抖于台湾海峡风浪里，"潜"往香港。

这次，船是乘了，"乡"可没回成。父亲有位清华老同学在香港创办公司，正巧缺人，请他在港暂居半年，把公司的会计制度搞上轨道，然后再回上海不迟。半年变成一年，一年变成两年……我这个祖籍杭州、重返香江的"上海人"，不知不觉间成了地道的香港人。

五年多后，在完全不同的情况下，终于第三次登上海轮，再次离开扎根留情的第二故乡——香港，走上几乎不归的征途。

汽笛吹响

"威尔逊总统号"吹响汽笛之时，我的儿童和少年时代骤然结束，遥远和悠长的另一旅程却刚开始，踏入人生的崭新阶段。

根据网上的记载，"威尔逊总统号"轮船造于旧金山，1948 年入水启用。吨位 15000，货运量 5500 立方米，时速 20 海里。客运头等舱位 379 美元、经济舱位 200 美元。

头等舱的乘客比经济舱多上几乎一倍！我们这些乘经济舱的人很难相信同船会有这么多头等客。不奇怪，经济舱深藏轮船腹部，与头等舱完全隔离；我们不准上楼，因此无从明白上面究竟有多少人。偶尔碰到放映电影，会有个把学生模样的头等客走下来，跟我们坐在一起观赏，否则根本接触不到。经济舱里几乎全是青年学子，无拘无束，兴致勃勃，其乐融融，相信远比头等舱里的人快活。

有艘轮船与"威尔逊总统号"设计一致、操作相似、同期建造、相继入水，叫做"克里夫兰总统号"。二十世纪中叶，这两艘美国轮船每三星期一班，轮流横渡太平洋，往返马尼拉与旧金山间。我原来应该搭"克里夫兰总统号"，于 7 月底前渡至彼岸，安安稳稳提早到达学校。可是看来亚洲学生人同此心，"克里夫兰总统号"的舱位早就卖光。于是只好晚走一班，8 月初才从香港启程，8 月 19 日驶入旧金山港。

为什么不乘飞机？

好几年后，泛美航空公司的民用喷气机才飞越大西洋，完成纽约到伦敦的首航。1958 年启用了波音 707 型号喷气机。（半世纪来，这型号的飞机只略经改良，就能不断运用；若非耗油过多，可能至今还是很受欢迎的民航机。）可是五十年代中期，能长途飞行的还只有号称"空中霸王"的四引擎螺旋桨航机。从香港飞旧金山，途中要停几站，以便加油、检查和维修；全程需要四天。当然比轮船的十八天快得多，可是代价不菲，单程五百美元。

以我们的家境来说，五百美元实在太昂贵了。父亲替我买的船票已是经济舱里最贵的那种，还比航机便宜一百五十美元。这级经济舱里床位特多：一大间房里装了二十张床，每张上下三层，共睡六十人；特点是舱里安装了空调。那个年代，有空调谈何容易？能在空调房里睡觉真是十分奢侈之举。其他各级经济舱房，乘客人数虽少，却无空调；正当炎夏，既热又闷，摇晃于风浪中，不晕船才怪。

家里只有一台小风扇的父亲非常照顾我，样样都已想到。

上船那天，家人都来送行，此外还有几位挚友。

读者们，那年头渡洋出国，旅途长、盘缠贵，离乡背井的人真不知道多少年后才会回来。看看周围，走的送的都依依不舍，虽不至于哭得死去活来，却难免一把眼泪一把鼻涕。

的确有些十分令人伤感的场面。南方青年成熟较早，很多高中年纪就谈上了恋爱。到这关头，出国的出国、留守的留守，十中有九从此一拍两散。对他们来说，登船远行所代表的正是生离死别。我没有这个福气：初恋的对象年前已经不明不白地分了手；送行时倒来了，却已没了激情。

同船有两个朋友。一是培正同学，姓关，生性活泼好动、满身怪招，家里出了多位医生，生活方式非常西化。每逢周末晚上，一群亲友相约，在九龙塘花园洋房的露台上合奏爵士音乐。月色明皎，轻风来拂，花香扑鼻，动人心弦。和煦的音韵、温文的旋律、清晰的节奏，抑扬顿挫，此起彼落，别有一番滋味。来自这样家庭背景的他，无需时日即可舒舒服服融入美国社会。

另一是在等候签证那年才结识的朋友，姓林。他念的是英文书院，原来应该

当年的两条"总统号"轮船。

可以考进香港大学。不过出身华侨世家，家族亲友居美多年，中学毕业后赴美留学是意料中事。为了不想在申请签证期间过分荒废学业，与我一样进了当时政府不予承认的崇基学院（香港中文大学前身之一）。这一年里我们来往较多，建立了友谊。说来古怪，除散步闲聊之外，见面的场合经常是某某同学的欢送舞会。

今天这个走，明天那个走；双双对对好像都在欢送舞会中结束初恋，就此一拍两散，各自奔向莫测的前程。林同学与他的女朋友先后都赴美升学，可是美国偌大，所去城市相距甚远，看来亦将重逢无期。偏是藕断丝连，两人情意绵绵，多少年后终成眷属。上次去美国加州看望，他们已经结婚好几十年，儿孙成群。这么多朋友里，能从青梅竹马走到终身相托的，似乎只有这对。

我上船时，心头所怀的却完全是另一种情绪。

父亲为了养家，工作冗重，见面机会很少，多年来谈话次数寥寥无几。母亲则思想相对守旧，与新时代的儿女本来就缺乏共同兴趣或语言。加上一年前又刚为我姐弟添了个小妹妹；"老"来得女，忙得不可开交。父母虽亲，天伦之乐不足，情感不像别人家那么浓烈。分手在即，行将久别，却好像感受不到应有的那种冲击。

还有一层，假如不是由于签证如此困难，中学一毕业就已出国。延缓了整整一年，大家思想上早已做好准备。

真到离别时刻，父母亲重复说些勉励的话，叮嘱出门以后须好好照顾自己，每星期务必来信一封；此外亲子之间几乎无语相对。没料到重逢之期会等那么长。每周一函倒确实从无间断；这不仅保持了联系，更浓化了少年时期不该忽视的亲情。

上船的青年们，男多女少。冷眼旁观，女的神色黯然者有之，垂泪拭目者有之；男的却大多兴奋激昂。老天爷大概就是作了这般安排，让那些雄赳赳的初生之犊不回顾、不留恋，昂首挺胸去闯世界、打天下。他好像在男女之间制订了很大的差别——至少我们那个年代、那种文化背景下，真是如此。

东瀛偶拾

"威尔逊总统号"全程起点是菲律宾的首都马尼拉，一路上停香港、日本的神户和横滨、夏威夷的火奴鲁鲁，卸货载货、上客下客，每站停留一天。经济舱的乘客多半是从未出过国门的青年，中途停站给我们上岸见世面的机会。

那些最早在马尼拉上船的菲律宾学生们，与来自其他各处的学生极少来往。嗯，这句话可能说得不对。或许他们多半是华人，与我们分别不大，若不询问来处，就会误认为港澳同胞。还有一个可能：去美国留学的菲律宾青年或许比较富有，乘的是头等，与我们罕有见面机会。

当时一般亚洲人有个印象，就是菲律宾人有钱。船进港时偶然碰见，好像他们一上岸就忙着到处买东西，手头阔绰得很——至少与当年的香港人和日本人相比如是。唉，谁想到这个经济曾走在亚洲前列的国家，短短几十年后会穷到把输出女佣看成重要的外汇收入？

香港上船的学生最多。各有各的老朋友，一上船就自行结伴。偌长的旅程竟没交上多少新朋友，亦属憾事。只有一位姓李的，为人活泼热心，交谈了好几次，到美国后还通信。可惜不到一年就断了音信，听说他不幸在车祸中丧生。

到神户途中，要经过台湾海峡。记得小时候乘船经过台湾海峡，风浪汹涌得难以忍受，几乎整船人都晕得起不了床，这次却风平浪静。当然，那时所坐的船很小，这次却是艘巨轮，航行的仪器和设备又都十分先进。

还有个可能，就是"威尔逊总统号"根本没有穿过台湾海峡！时值1955年夏，朝鲜战争（1950～1953年）虽已结束，但还不算久，中美关系不好；对美国客轮来说，台湾海峡不是最安全的海域。此外，两岸关系一直紧张，不久后（1958年）还出现过一场台海炮战（所谓"万炮轰金门"）。可是从地图看，若不穿过台湾海峡，需要绕一个很大的圈子。轮船公司愿意这么做吗？

突然记起：甲板上有人说远远看到一些褐红色的帆，疑是大陆的渔船。还说朦胧中望到大陆海岸。不管怎样，待确实看到陆地时，轮船已经驶入日本内海，准备在神户靠岸。

神户原叫兵库津，历来是重要的中日贸易海港。十九世纪明治维新（1868年）之后，又变成日本最早向西方国家开放的港口之一。继于1889年建邑为神户。第二次世界大战期间受到极大创伤。尤其是1945年3月，美军以燃烧弹进行空袭，近两成市区被彻底毁灭；十年后我们来到时，听说市民尚心怀余悸。

朝鲜战争那几年里，日本被美国用作后方补给基地，经济初见起色。虽然如此，我们上岸后所见市容，还蒙着层层灰暗，不及香港活泼。

时隔多年，那天的印象早已淡化，记忆中所能淘到的只有极短的一节：与林姓同学站在沿街店铺前，透过橱窗呆看一面直径不到15厘米的圆镜。镜上展现着黑白画面，除闪烁外不见任何动静。原来这是有生以来第一次亲眼看见的电视机。

码头一侧，居高临下的起重机不断从劄开的甲板下面捞出巨大的木箱，把它们摇摇晃晃吊到岸上。又从岸上吊起另一些巨大的木箱，摇摇晃晃灌进轮船的腹腔。对我们来说，这是挺有趣的奇观。当年还没有集装箱，更没有集装箱码头。香港虽然是重要的国际贸易港，货轮都不靠岸，只让无数小船围绕着它，散装着一箱箱的货物，摆渡上岸。

从神户到横滨，先在内海航行，跟着沿太平洋海岸东进。不知是地势或是气候使然，还是因为缺乏深水港，除遥望不及的名古屋和静冈外，日本本州这段海岸线上几无城市。轮船离岸甚远，毫无景色可看，难免有些失望。

横滨的兴起，来由也是外贸。1853年美国海军副少将马修·佩里（Matthew Perry）带领舰队来"访"，强烈要求日本开放商港。次年双方签订了"友好"条约，数年后增签商贸条约；继而其他西方国家接踵而来，让横滨受西方影响日益增强。代表西方物质文明的城市建设，包括煤气街灯、铁路、电力厂、工厂，甚至贫民区，在此相继登场。1889年方才建邑的渔港，迅速走向现代化，终于成为日本的第二大都市。

正如神户，第二次世界大战给横滨带来极大创伤——事实上有过之而无不及。这个1923年大地震后重建的城市，1945年承受了三十余次强烈的美军空袭。单是一天上午短短一小时的狂轰猛炸，就让燃烧弹把四成市区毁为灰烬。

又正如神户——事实上又有过之而无不及，朝鲜战争期间横滨变成美军的主要补给和转运基地，经济重新找到生机。轮船靠岸后出现于我们眼前的，就是这么一个再生中的、开始走向喧哗的横滨。（昨日还是敌人，今天就是盟友。唉！国与国间的关系为什么这般反复无常？政客与财团贪得无厌，握权谋利，动辄在国际上诉诸武力，遭受灾难的总是最不幸而最无辜的平民。）

"威尔逊总统号"的乘客可不把横滨看在眼里。照想码头上那番卸货载货应该远比神户忙碌，热闹得煞是好看。可是上到岸来，人人忙着寻找火车站，争先恐后涌向半小时车程外的东京。

作为日本首都、二战时日本的军政神经中枢，东京成为美国空军的主要攻击对象自然不在话下。1945 年，日本宣布无条件投降之前那半年里，B-29 轰炸机多次临空，运用燃烧弹把四十平方公里的东京市中心几乎夷为平地。

战争结束后，美军进驻日本，占领达七年。占领军最高统帅麦克阿瑟发挥自己的一套思路，全面影响了日本在灰烬中寻求重生的方向。政治上，麦帅放过天皇，引进了议会民主。虽然政局曾经一度混乱，早期议会里屡见群殴，政权轮换时政策动荡，高层出现一定程度的贪污腐化……但是以全民选举来决定政权所属的西方民主制度，很快就在日本立足生根。

在日军侵略下遭受过大灾大难的亚洲邻国，最怕的是封建君主专政下所产生的军国主义。至今担心：在战后的议会制度下，这种情况会不会重新出现？在积极发展成为正常国家的道路上，政策和行动会不会偏激？关于这些，世上尚存争议。没有争议的是，日本在短时期内克服了一败涂地、民不聊生的局面，一跃而成经济强国。有人把此归功于麦帅，这种看法或许并不全无道理。他对这战败国的姑息和宽容、固有文化的保护、经济复苏的安排，令有史以来从未被占领过、征服过的日本人民忘却了战时的杀戮，给了他一份意想不到的尊重，甚至感恩。

当然日本的经济复苏还需归功于许多其他客观因素：一是封建时代的家族企业顺利地向资本主义过渡；二是现代化的市场经济政策抑制了垄断，避开了僵化。大致来说，转型期间没有过火，也没有失控。

最重要的还是日本人民的普遍教育水平。经济发展的基础和动力，归根结底来自人的素质。虽则残酷的战争大幅度破坏了日本的物质条件，但是没能攻入精神境界，没能摧毁教育的潜在力量。这儿说的不只是正规的学校教育，还有家教：来自我国而进入了日本人骨髓的儒家思想，表现于好学、勤奋、节俭、自强，也就是我们经常所说的精神文明。在痛定思痛的局势下，精神文明对日本起了莫大作用。

就在这时刻，麦帅又为日本注入了美式教育思维，帮助日本落实"西学我用"。

把美国式的教育渗入思想、文化和日常生活，既有贡献，也有贻害。麦帅坚决破除帝国大学体制的极端精英主义，贡献是普化了高等教育，贻害是过度分散和稀释了资源。他似是而非地把四年大学划分为两年普通教育和两年专业教育，贡献是引进了美国行之有效的博雅教育（liberal arts education），贻害是把高校教师硬性归划为两级，令教、研脱节。这位过度自信的军人或许充满了理想，但是对高等教育的结构、性质、内涵和现实，理解肤浅。

说远了。十七岁的青年不可能想到这些。即使想到，也不会懂得。

当时在东京所看到的，有两样值得同时一提。一是一位"老东京"（林姓同学的长辈）带我们去看了一场战后日本特别兴旺的美式大型歌舞。那响彻云霄的乐队、浓妆艳抹的舞女，让我们接触到东京的西化异端。另一是在拥挤的街头巷尾，路人谦让多礼，语声温文尔雅，让我们体验到日本人骨子里的东方文明。这个被征服的民族在接受和吸收外来事物之余，分明没有摒弃自己的根，没有丧失传统民风。

写到这里，不能不预先提及我将来的妻子：一位出生于上海的小姑娘。当时她侨居日本东京，就读于美国学校。前者为她建立了温厚谦逊、为人至诚的作风，后者培养了她天真烂漫、活泼爽朗的性格。这个天性善良的中国女孩，在东西兼容的熏陶下，终于长成中外合璧的贤妻良母和我的幸福。

太平洋上的暖流

离开东京不久，轮船进入汪洋；除在夏威夷略停外，经历了十多天无边无际的大海航行。

风平浪静，不亏被称为"太平洋"。

说是完全风平浪静，也不见得。同船还是有一小部分人晕倒在床，昏昏沉沉，不思茶饭。

照说破浪而进，承受的该是前后上下的颠簸，事实上却不这样，感到的只是左右摇摆。摆动很缓慢，在甲板上走路不需依仗扶手。唯有打乒乓球时，尤其是抽球那刻，必须把那轻微的摇摆考虑在内。

前面说过，"威尔逊总统号"的任务之一是货运。甲板上满布巨大的钢板，掩盖住数层货仓。此外还有不少粗粗细细的铁柱，大概都是起货时所需的支撑。这样一来，船面剩下很少可供乘客锻炼的空间。假如不在乎兜兜绕绕，想缓跑或疾走，路线倒还能找到，不过那时代不兴这类日常健身。于是乒乓球室变成唯一活动中心。

说也可怜，球室里只有一张球桌，想打的话必须排队久等。一条不成文的规矩是：胜者连赢连打，不必下场。后来排队的人实在太多，等得太久，于是群众意见变成主导思想，另订新规：赢了球最多连打一场。这制度固然委屈了那位永不败阵的球王，可是让群众分享了温暖。

上面所说是经济舱的情况，相信船公司对位居高楼的头等舱不会这般小家子气。好几次，小伙子们纠集一块，说要偷上楼去四周瞧瞧。可是除了说些为自己壮胆的话，始终没见实际行动。难怪！我们这些中国孩子以乖见称。

船公司还是有自己那套。既然运动方面无法满足需求，吃的玩的大可提供。反正我们来自经济落后地区，要求不高。

说到吃的，一天至少三餐。船上没事干，一众早睡早起。于是早饭吃得早，午饭跟着也早。这样一来，下午不能不给我们来些点心。加上晚饭，就变成四餐。

请不要问我吃了些什么，因为实在记不得。连是中餐还是西餐，都没法告诉你。反正对还在成长发育的青少年来说，不求山珍海味，只求量多。船公司还有个高招：每隔两三天，提供一次夜宵。我们也不讲究品质，分量够大就行。至于夜宵给些什么，倒还记得：多半是我素来特别爱吃的粥。大碗下肚，通体温暖，精神抖擞。

有什么好玩的？有，看电影。大概每两三天一部。当然，放电影的晚上就没有夜宵，给夜宵的晚上就没有电影。人需知足，得一即可。

请尽管问我看过什么电影，因为我记住了一部。这部电影非同小可。剧名是 *Blackboard Jungle*，直译为《黑板丛林》。黑白片，背景是纽约市贫民区里的一所中学。剧情描写贫富悬殊影响了年轻人的思想成长，导致他们在学校里消极抵制，甚至无法无天，令教师乏力应付。（"Jungle"通常直译为"丛林"，其实意思接近"蛮荒"。）所突出的是：在戏剧还很温和的五十年代，这套影片大胆冲击社会上的阴暗和不安，作出反叛性的指控，为美国影坛开了风气。

好莱坞所描述的美国，一般不是这种味道。我们这群被好莱坞催眠多年的学生，就在到达彼境前夕，初次看到另一层面的美国，哪能不感到惊异和震撼？

米高梅（MGM）电影
《黑板丛林》剧照。

The New York Times

FESTIVAL FRUSTRATION; Removal of "Blackboard Jungle" at Venice Raises Grave Questions

By BOSLEY CROWTHER
September 4, 1955, Sunday

THE surprisingly arbitrary action of our Ambassador to Italy Mrs. Clare Boothe Luce, in compelling the withdrawal of "Blackboard Jungle" as a United States entry at the Venice Film Festival has done a lot more than hurt the feelings of Metro-Goldwyn-Mayer, which has thus had one of its most potential pictures publicly condemned by a top Government official abroad.

当时《纽约时报》的报道，对政府的小动作表示不满。

很明显，这不是任何政府愿意让世人获得的印象。当年，《纽约时报》报道了美国政府针对这部电影所做的小动作。

它的另一特色是主题曲 Rock Around the Clock，请容许我把它译为"通宵达旦摇滚不息"。这首主题曲在电影史上爆炸性地吹响了美国黑人首创的摇滚乐（Rock n' Roll）——节奏远重于旋律的流行音乐——虽然 Rock Around the Clock 本身拥有令人难忘的旋律。它一反当代流行歌曲的靡靡之音，突破了情歌主流，点燃了划时代的"乐风"。摇滚乐的火势历时半世纪未见熄灭，反而超越时空，唯我独尊地占领了全球。

看电影用的是餐厅，房间没多大，椅子也不多。船上有一家人正在移民美国，平常较少见到；四位兄弟姐妹总在放电影时出现。不知为什么其中一位与我一见如故，放电影前经常早到，替我保留座位——虽然人多椅少，令我不好意思凑上去坐。上船后才认识、理应相当陌生的这家子，让初次离乡背井的我分享到一丝家庭温暖。

航行中途，到了国际换日线——东经 180° 子午线。再向前走一段路，就到达素有"人间天堂"之称的夏威夷。

东行旅客每进入一个 15 度宽的时区，就要把时钟拨快一小时。环球一周共 360 度，历经 24 个时区，共拨快 24 个小时。为了补偿，跨越国际换日线时，需要减少一天。也就是说，未到换日线前若是 8 月 16 日，一跨此线就改成 8 月

15 日，赚取了一天光阴。1941 年 12 月 8 日日本偷袭珍珠港，同一日在亚洲各地发动太平洋战争。美国把遇袭这天称为 "Day of Infamy"（羞耻之日）。珍珠港位于国际换日线以东的夏威夷，因此美国人把这国耻纪念日算是 12 月 7 日。

听说从前有个规矩：跨越国际换日线时，要把船长抛入海里，让他喝上几口咸水，算是庆祝。"威尔逊总统号"的船长在船头站得四平八稳，丝毫没有感到被投入海中的威胁。（试想，民航机的机师相当于轮船船长，若这个规矩没改，每天该有多少位机师从一万公尺高空被抛入海？）

轮船在夏威夷的火奴鲁鲁靠岸。椰树和绿茵虽美，但码头离市区很远，附近不见沙滩。下得船来，沿着公路走了一段，不见公交车，无法入城观光。好一个人间天堂，给我们看到的景色仅码头而已。

夏威夷不是重要的货运站，在此落脚只是为了船上需要补给。火山群岛物产不多，不外是蔗糖、菠萝之类的农作物，听说多种日用所需的物资都得从美洲大陆运来。那么，除了美景还有什么可以供应给旅客的？我们却连美景也没看到。

停留不足一日，重新拔锚启航。目的地日益逼近，同船的朋友们各自为前途思量、猜测、打算，好像心事重重。那几天过得特别快。风和日暖的太平洋上，偶见岛屿，渐闻鸟声。

汽笛长鸣，金门在望。几近三周的大洋航程就这样成为过去，所留下的点滴记忆日趋朦胧，而情趣犹在。

第二章　横贯大陆　金门到蓝茵

新大陆真是得天独厚：土壤肥沃、雨露充足，地平草肥、适耕宜牧。

尤其是中西部的密西西比河流域。

中游的肯塔基州与密西西比河其实只有一面之缘——被作为州界的俄亥俄河在肯塔基州的西南角注入密西西比河，让该州跟这条大河勉强沾到点边。

说也可怜，我活了十七年，只到过自己国家里的几个沿海城市。突然在数日内横跨美洲新大陆，把一望无际的高山、大河、沙漠、原野……尽收眼帘，哪能不叹为观止？

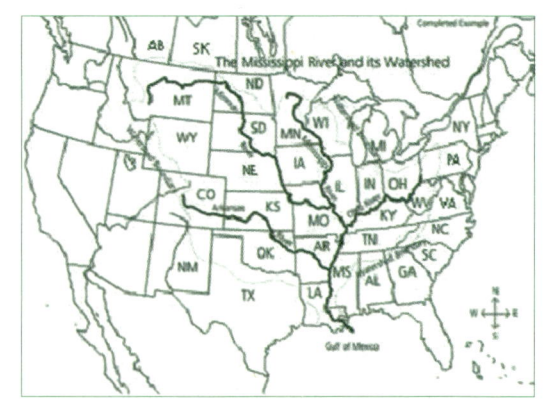

密西西比河发源于北部的明尼苏达州，纵贯十州，几近三千八百公里，注入美国境南的墨西哥湾。沿途树木茂盛、绿茵如画。

金门"金"在哪儿？

第一次到旧金山算是白来一遭。住在山腰的青年会唐人街单身宿舍里，周围看到的都是中国人，而且还全是口操粤语的广东人，与香港没有太大分别——虽然这儿大多数华裔同胞讲起广东话来与港式广东话不同，听上去有些别扭。

唐人街的街道特别陡峭，不习惯山路的人上山下山有些辛苦。眼前就是全球闻名、游客必搭、作为旧金山标签的电缆街车，出门大可省些脚力。可是为了考虑日后食用所需，每分每毛都须节省，一次也没敢搭。

却也并非没有出门。虽然人地生疏，兼加英文一句都讲不清楚，还是鼓足了勇气，走下山去溜达，在"市场街"（Market Street）周围漫无目的地乱逛。

这条著名的马路，像对角线那样从东北向西南，把旧金山的市中心一分为二。虽是旅游季节，却并不十分热闹。街上除了一两家电影院外，看不到什么娱乐场所，甚至连百货公司或较大的店铺也不多，与车水马龙的香港中环或尖沙咀真不一样。一时很想不通"金山"和"金门"的金去了哪里？

十多天后离开旧金山时，终于为自己找到了好几个答案。

首先请让我规规矩矩地简录旧金山的正史——尽管读者们或许都已听过。

1848 年初，有人无意中在亚美利加河畔掘到了金。此河临近旧金山东北的萨克拉曼多市（Sacramento，今日的加州"省会"；华侨们习惯把它音译为沙加缅度，或让它委屈在旧金山这"大埠"之下，称之为"二埠"）。几个月后，又有人手持一瓶金沙，在旧金山市区里到处喧嚷。顿时城里城外的人都发了狂：货船的水手弃船而走，厂房的工人不再上班，两家报馆因员工散失先后关闭……人人背着铁铲赶向亚美利加河去圆他们的发财梦。

消息不胫而走。新大陆东部的人也一窝蜂涌向加州：翻山越岭的有，绕道巴拿马的有，十万大军冲进当年的"芳草地"（Yerba Buena），也就是今日的旧金山（San Francisco）。

我们华夏同胞也不甘落后，不惧艰辛，远道从祖家越洋而来。虽然被白人排挤欺凌，大部分没有淘金的份儿，只落得苦工的命；但是只要愿意加倍勤奋，谋生不成问题，甚至还能创造机会，相对发一笔小财，然后回乡安家。早期来到这粗野、落后地区的华侨们，面对若即还离的那盆金，把新城市命名为"金山"。

无独有偶，短短三年后，澳大利亚墨尔本西北的小镇上也发现了金矿，同样燃起淘金狂热。于是华侨们又找到另一座"金山"，顺理成章地在第一座的原名上冠以"旧"字。

这是华人词汇里金山之所以"金"、旧金山之所以"旧"的原因。

至于"金门"这个称呼，倒是来自直译：那座几乎一世纪后才建起的大桥叫做"Golden Gate"。你瞧：穿过"金门"走进"金山"，我们华人说得有理。

我自己则发现了"金"字的另一个意义。

上到岸来，闲着无事，就去看望船上所结识、让我感到温暖的那家新朋友。

首次上门，就发觉情况有变。他们全家忙碌不停：大孩子们急着四出寻找零工，跟我打完招呼就走，没有时间攀谈。第二次上门时味道更差。孩子们的父母与我敷衍几句，摆出了一副"无可奈何，需要送客"的脸色。我还算识相，即便告辞。本来就是嘛：船上不足二十日的交往，毕竟只是萍水相逢；真到过日子的时候，当然工作重要、谋生重要，我这个闲人不该耽误别人家的正事。

"时间就是金钱"里那个"金"字不是讲着玩的。友情的深浅需重新度量。

那么，去找位老朋友吧。正巧旧金山附近有位与我从小一起长大、比我早一年来美的朋友。他家境好，中学一毕业就拿到签证，申请到一所位于美国中西部的著名博雅学院（liberal arts college）。暑假前刚念完第一年，做完所谓"新鲜人"（freshman），赶紧跑来伯克利加州大学上暑期班。或许是希望尝尝研究型大学（research university）的滋味，也或许是趁暑期拿些学分、提早念完本科课程。

伯克利在旧金山之东，要坐长途汽车跨越"海湾大桥"（Bay Bridge）。于是预先跟他通了电话，约好时间上门拜望。一方面叙旧，一方面也好向他请教，询问过去这一年来他在美国生活所取得的认识。电话里他好像精神不太好，有

伯克利加州大学。

些郁郁不乐，使我倍感担心。

　　语言不通的我居然搭对了车，过对了桥，找到他暂住的国际学生宿舍。一见面我就兴奋地说起去年他临走前的情景：那两星期里，他忙着办理最后的一些手续，收拾大大小小多件行李，还每天与我偷空下几盘象棋。做了多年老朋友兼棋友，自然依依不舍。当时完全没有料到这么快就会在他乡重遇故知。

　　我这头兴高采烈，他那端却无精打采。谈没多久，他看看手表，说要赶时间出外办事。说罢就心不在焉地站起来送客。或许他除读书外，还有一份兼职，不能与我不着边际地胡扯。

　　到此我开始了解：美国的生活就是如此。

　　啊，不能说美国的生活全是如此。日后我发现中西部和南部的不少地方，一般人过得相当悠闲，甚至带些懒散。可是大城市里——尤其东、西两岸，时间的确就是金钱，而金钱控制了很大部分人的思维和习惯。

终于，我在"金门"和"金山"的"金"字里，找到了另一种体会。

除此之外，旧金山之"金"，或许整个加利福尼亚州被称为"金州"（The Golden State），其"金"字还有两个说法。继续看下去就会明白。

横贯新大陆

把旧金山到芝加哥这段路说成"横贯"新大陆，实在很不正确。对作为美国发源地的东部十三州来说，更是大不敬。

我留居美国三十三年，南南北北算是住过不少地方，就是没有住过东部。因此，从我来说，从西岸最边缘的旧金山到中西部大湖区的芝加哥，共约三千公里路程，也算得上是"横贯"了。姑且就让我这么说吧。

若不求精确，美国的地理很好记。东西两头都是大洋，两岸相距四千多公里。所谓"中西部"（Midwest）（其实是中部偏东），有那么一条密西西比河（Mississippi River），从北到南，冲出大片平原。所谓"西部"（West）（其实只是中部偏西），有那么一串落基山脉（Rocky Mountains），又是从北到南，矗起大片高原。这两个地理特征把美国大致均匀地割成三块，每块宽约一千五百公里。

明明是中部偏东，为什么叫它"中西部"？明明是中部偏西，为什么称它为"西部"？多年后在加州，有从国内刚来的学生问我这个问题。听他的语气，好像觉得美国人搞不清自己国家的地理，脑子有点毛病，还有点可笑。我说："那么，我们国家呢？打开全国地图看看，怎么成都和兰州都说是西部城市？"

答案当然很简单：两国的主要文明都起源于现今国家疆土的东部。那么，只要是以西的地区，都可不同程度称为"西部"。

中美两国的疆域面积相近、南北纬度相近、东西宽度相近；地理上有这么一些巧合。中美两国的主要文明都起源于东部，逐渐向西拓展；历史上又有这么一些巧合。地理和历史所描述的是人类发展的空间和时间；说也奇怪，竟然中美两国在空间和时间上都有相似之处。

看来这位同学没有想到：我们自己国家里说到"中部"和"西部"，定义的背景正是与美国相似的地理和历史。可以说我们自己也犯了同样的毛病。人们的思想和语言经常比较主观，习以为常的事不觉可笑，不予质疑。

还值得一提的是上述"主要文明"里的"主要"两个字。一般课本根本不写上这两个字，就说……国的文明起源于……压根儿就忽视了少数民族的文明。这点也值得商榷。

人们的语言显露心态，用词不当反映对别人的文明不够尊重。这是个相当严肃的问题，也是相当严重的通病。上面两个小例子所表露的是强大国家和多数民族那种自然而然养成的"沙文主义"。质疑他人而不质疑自己，等于讥笑他国之前不先照照镜子；这是一种沙文。凭主要民族的历史来为地区定名，不考虑（号称平等的）少数民族的敏感和尊严；这又是另一种沙文。

沙文主义不利于社会和谐、世界和平。很多习以为常的小事值得加以反思。

回到正题。乘火车从旧金山到芝加哥需多少天？当然要看中间停多少站。除载客外还要运货，那就还需看上货下货花多少时间。当年的旅程约是三天两晚，现今却也相差不远：美国州际高速公路的全面发展打击了铁路运输事业，半世纪来铁路交通没怎么更新。

前面说到美国与中国疆域面积相似，东西宽度差不远。做个比较吧。由东向西，华盛顿到旧金山的火车里程约四千五百公里，而上海到博乐（在乌鲁木齐西北，靠近边境），火车里程也约四千五百公里。美国中西部的芝加哥到西岸的旧金山约三千公里，而我国的成都到乌鲁木齐也约三千公里。（瞧！成都真是一点儿也不"西"。）

火车离开旧金山不多远，就进入丘陵和山区，之后越爬越高，周围既荒凉又枯干。据说在适当季节，山谷里金罂粟盛开，漫山遍野只见金黄。于是又让人们把加利福尼亚州称为"金州"（其实这话是我自己捏造的）。我运气不好，虽然季节没错，旅途上却没有看到被正式定为州花的金罂粟。

加利福尼亚州的水源在其东部的内华达山脉（Sierra Nevada），依靠的是积雪。沿岸一带只有冬季才见草木茂盛，夏天则全州干旱，到处黄山黄土、黄草

山谷里盛开的金罂粟。

黄木。干燥的空气令阳光格外充沛，照在地面和山坡，反射出的正是一片金黄。于是好事之徒和贫嘴之士又为"金州"找到一个金色的名堂。

这些说法有赞有贬，要视说者对加州的感情而定。

这么"金"的州，这么"金"的城市，我一晃而过，几乎什么都没看到，多么可惜！于是跟自己说：将来一定要好好来此住一阵子。没有想到二十多年后果真实现了当年的愿望，更没想到这个愿望是在什么情况下达到的。

不在大地奔驰，不知大地之大。美国给我的最早印象就是一个"大"字。

事实上美国并不比我国大，只是我在沿海一带长大、沿海一带生活，脑里不大想到内地。若不是日军大举侵略，令许多沿海的人避难后方；若不是"文革"使许多沿海的人上山下乡；若不是恢复了高考制度，让能读书的内陆青年跑来沿海各地升学；很可能至今对大多数人来说，沿海和内地还是两个老死不相往来的世界。

跨过加州州界，进入内华达州的首府雷诺市（Reno）。此州地势和气候都不宜人，物产贫乏，人丁稀少，本来应该是个没有出息的地方。却给它利用凡人的弱点，找到了另类经济发展的出路。

雷诺原是十九世纪淘金者西行途中的落脚点。后来火车轨道建到境内，小小的一个乡镇变成了全州的政治、经济和文化中心。早期垦荒者不乏亡命之徒，政府无从执法，因而镇上治安极差，被戴上二十世纪上叶"罪恶城市"的冠冕。这些特殊地位一直维持到六十年代，才被同州南部的拉斯维加斯市取代。今天的雷诺虽然还是个相当热闹的赌博镇，却无法与"赌城"拉斯维加斯相比。所幸者，一是附近有个风景秀丽的太浩湖（Lake Tahoe），二是周围的山坡冬季积雪，两者招引到许多游客专程来此观赏或滑雪。

过了雷诺，火车疾驶，横贯内华达州。偶遇一二牧场，却了无人烟。太阳下山，不见村落灯火，四周一片漆黑。乘客们纷纷提早熄灯，在单调的铁轨声陪伴下各自寻梦。

一觉醒来，天已大白。窗外大地平静，雪色耀眼。应是田野或牧场，却不见农舍，不见牛羊。待脑子清醒过来，回头一想：且慢，正值炎夏，何来雪色？再一看，所见确非雪原。列车已经进入犹他州，正在笔直奔驰，果断地切割那著名的大盐湖（Great Salt Lake）。可怜大盐湖干涸得早已非湖，只剩蒸发所余的盐粒盐粉，雪白地铺展于我们脚下。无边无际的盐漠，煞是奇景。

犹他州的首府叫做盐湖城（Salt Lake City），是摩门教的基地和总部所在。宏伟的殿堂背后藏有一段辛酸史。

摩门教的正式名称是"耶稣基督后期圣徒教会"（Church of Jesus Christ of Latter-Day Saints），创自十九世纪三十年代美国东部。教义上来说，与主流基督教有较大差异：除相信圣经的《旧约》和《新约》外，教徒们还笃信《摩门经》——一群"后期先知"在世间传播的"福音"。

摩门教徒先后曾在中西部几个州里建立过城镇，可是他们的信仰被主流视为不可容忍的异端，特别是教义所提倡的一夫多妻制。因而屡屡被迫弃家西徙，甚至被追杀。最后逃亡到主流势力未及的大盐湖畔，才获得安居。

早期的美国聚集了为争取信仰自由，排除万难、长途跋涉而来的欧洲移民。

可是这些寻求宗教平等的移民，多半对教义的解说相当保守，不能容忍"旁门左道"。对待摩门教的这段历史，显露了双重标准，有点讽刺。

不过话说回来，摩门教会的做法，确实在很多方面引起社会争端，上至一夫多妻制、反对非裔担任圣职，下至禁止"癖瘾性"饮品——包括茶、咖啡、汽水这些日常饮料。现代的摩门教会改变了不少教规，化解了大多争端。譬如说，早期所提倡的一夫多妻制，公然挑战国家法律、社会秩序甚至人们的伦理标准；幸好一个多世纪前，摩门教会改变了态度，公开声明必须以法为重，不复允许教徒们冲击一夫一妻的民法。

过了大盐湖，到达一个叫做奥格登（Ogden）的小镇。对我们华人来说，这儿另有一段可歌可泣的历史。

1861 年春，美国打上了历时四年的惨酷内战，双方伤亡高达百余万人。北方政府的林肯总统一方面忙着打仗，一方面却发挥远见和魄力，在这困难时刻启动了建造太平洋铁路的创举。

铁路分为东、西两段。东段西向，起点是内布拉斯加州（Nebraska）的奥马哈市（Omaha），全长一千七百余公里，叫做联合太平洋铁路。西段东向，起点是加利福尼亚州的萨克拉曼多市，全长一千一百余公里，叫做中央太平洋铁路。七年之后两段铁路分别竣工，在犹他州的奥格登镇接轨。

假如当年没有建造这条铁路，美国绝不可能迅速向西扩展，绝不可能继而建立超级大国；那么，世界的近代史必须重写。

从太平洋铁路的建造史看到，这项破天荒的工程里最难能可贵的贡献来自华夏同胞；华工为克服无穷天险做出了巨大牺牲。虽则建造西段的工人足足八成是华人，但事成之后他们并没有获取应得的报酬或感赏。在盛大的庆功典礼上，主礼嘉宾高声赞扬加州劳工得自法兰西、德意志、英格兰和爱尔兰移民的伟大传统精神，却极其方便地忘掉了华人的功劳。

更令人痛心的是，工程完成后，华工流离失所，到处受人欺凌。幸好大部分勤劳成性、毅力过人，终能在人地生疏、贫困落魄的逆境里找到生路。六七十年代，驾车西游的人在偏僻的小镇上，会看到一二散户人家所开的中

华工为建造太平洋铁路付出无穷辛劳甚至性命。

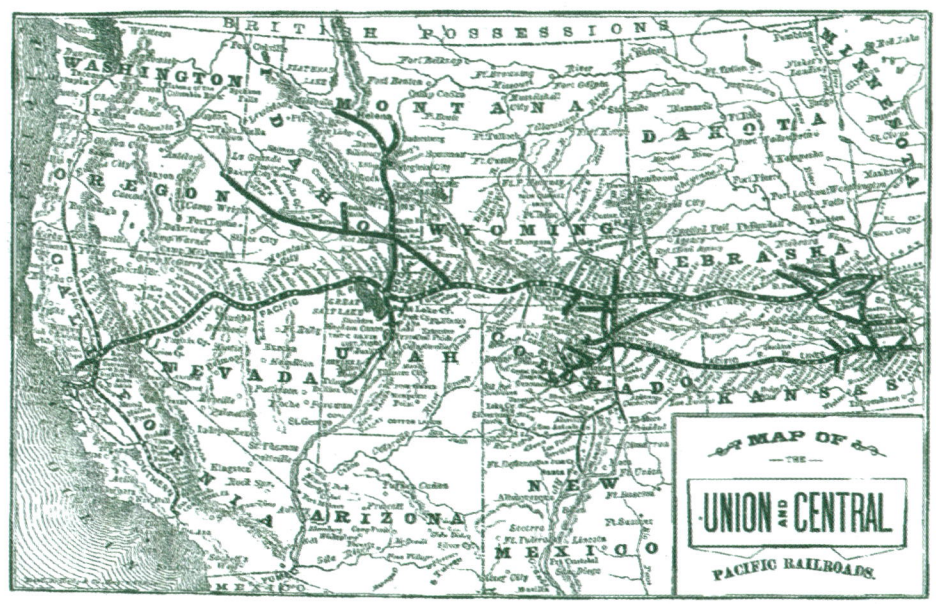

1882年的太平洋铁路图。

国餐馆；若愿花些时间与店主兼厨子攀谈，会发现他们就是当年华工所留下的后代。

太平洋铁路所经之处，印第安土著的猎场被侵占，土地被掠夺，村落被焚毁，人丁、老弱、妇孺被驱禁或残杀，一切都载于史籍。今日被尊称为"原地的亚美利加人"（Native Americans），仅仅一个世纪前还是西进史上的牺牲品。林肯总统的主将格兰特（Ulysses Grant，后任总统）在内战中率军解放了黑奴，其后对待印第安人却用了摧毁原民文化的"人道政策"。

以"民族熔炉"自傲和标榜的美国，移民史上满载矛盾，交通开发时期华人的遭遇只是其中一例。应付异族的残酷莫过于对印第安人的杀戮、对非洲人的奴役。应付同文同宗的移民，则以不同手段打击，包括早期对爱尔兰人的抵制、对意大利人的欺压。应该说："熔炉"的最终产品，是那些战胜烤炼和煎熬的生存者。

或许人类进化史多半以血泪写成。新大陆如此，殖民地如此，试问：我们自己的历史不也满载了创伤和征战？

我乘的火车有没有在奥格登停站，已不记得。离开了犹他州，跨越的是更加荒凉的怀俄明州，才到达略见人烟的内布拉斯加州。

五十年代初，好莱坞的西部片（牛仔片）风行全球，向观众灌输大加修饰或虚构的历史故事，千篇一律地描述 50 ~ 100 年前那些善良勤劳的垦荒者、凶残好战的印第安"勇士"（braves）、英武威猛的联邦骑兵。当然也描绘了许多开拓牧场的牛仔、杀人放火的盗寇、卖笑的风尘女子、遇难的良家妇女、仗义搭救弱小的江湖客、枪法既快又准的执法官……这些影片在香港很受欢迎，在我们这辈年轻人的脑海里留下了深刻的印象。

怀俄明和内布拉斯加的草原景色，正如西部片所说的那么粗犷豪迈，只是走了几百里路也没看到一片牧场、一个牛仔。更没看到那些马背上的垦荒者、红皮肤的勇士、蓝制服的骑兵，当然更不用说什么美女、侠客了。

我初见的美国，比西部片里所反映的晚了只不过两代人。二十一世纪的今天，比我初见的美国晚了又只不过两代人。短短一百年来人类物质文明的飞跃猛进，不由得令人惊叹。各位试想：其实不单是物质文明，思想上也有很大进步——虽然行为上的进步好像不那么显著。

天又黑了。清晨醒来，已经进入美国的"粮仓"——密西西比流域的绿野和农乡。先是爱荷华州，跟着是伊利诺伊州。芝加哥赫然在望。

南下"迪克西境"

芝加哥在美国素来有"第二城"（Second City）之称。也就是说，自认比纽约略差一筹。可是面对其他城市，却傲视群雄、绝不认输。今日以人口来算，已不及加利福尼亚州的洛杉矶，但是芝加哥人说起话来还借用东部的口吻，昂首阔步地把加州人看作化外之民，嗤之以鼻。

也难怪他们。芝加哥在美国甚至全世界确实有过很重要的历史地位。第一套现代化地下污水处理系统（1855年）、第一栋全钢筋骨架的摩天大楼（1885年）、第一座可控的原子核反应堆（1942年）等，都诞生于芝加哥。这些成就深深烙印于芝加哥人的记忆里。

芝加哥的工会组织为了争取八小时工作制而引发的大罢工，推动了全球的劳工运动，带来五一国际劳动节（1886年）。新大陆最热闹、最成功的芝加哥世界博览会，在全国人口还只有六千多万的年头（1893年），吸引了几近三千万游客。四十多年来（1962～2005年），芝加哥拥有全世界最忙碌的机场；假如没有遭受联邦政府的干预，至今还会领先。

芝加哥是重要的经济中心，在美国仅次于纽约。上至商品期货市场，下至农产品屠宰业，至今都还居首位。芝加哥又是文化中心，尤其是日常生活文化。二十世纪二十年代，源自法国而在芝加哥自成学派的"装饰艺术"（一种叫做Art Deco的建筑风格），与源自美国南方而在芝加哥自成流派的爵士音乐和流行舞曲，很快风靡一时，传播全球，甚至远及我国的上海、天津。

我所乘的火车向东疾驰，从旧金山直达芝加哥，在此结束第一段旅程。接着需转车南下，中午时刻到达芝加哥。车站上有陈姓兄弟来接，他们是朋友的朋友，两个都长得高头大马，非常热心。南下的车要深夜才开，于是他们抓紧时间招待我这位"稀客"，急急忙忙把我带去参观举世闻名的芝加哥科学工业博物馆（Museum of Science and Industry）。

1893 年，芝加哥捧出了有史以来最大规模的世界博览会，以此纪念哥伦布发现新大陆（1492 年）四百周年。博览会占地 2.4 平方公里，建造了近两百座展览馆。外墙全部砌上白色灰泥，号称"白城"。晚上灯火通明，辉煌非凡。原来打算把所有展览馆全都保留，结果因为墙内所用的材料不能防火，闭幕后没多久就被一场大火烧毁。

仅存的一栋建筑物是内墙用砖砌建的美术宫，经修复后变成菲尔德自然历史博物馆。后来菲尔德自然历史博物馆搬去市中心，此处又大肆整修，改为科学工业博物馆，于 1933 年向公众开放。

这所博物馆既是名胜，又是非常有价值的教育机构。展品和资料美不胜收，绝对不可能在一两天内看完。仅仅一个下午更不用说，连走马观花都谈不上。当时又下了决心，跟自己说：芝加哥这地方一定要再来，届时这家博物馆一定要从头看到尾。

又没想到要等这么多年才达成当时的愿望，更不可能料到这个愿望是在

芝加哥科学工业博物馆。

什么情况下达成的。在进展神速、变幻不休的时代，境遇时好时坏，人生动荡莫测。

去完博物馆，陈氏兄弟请我吃了一顿可口的"唐餐"。当年的中国餐馆，即使在芝加哥这样的大城市里，也实在不很到位。不过十几岁的小青年，本来就没有尝过山珍海味，要求不高。加上离家已经一个多月，连梦里都在吃家乡菜。这顿饭正到好处，大快朵颐。

陈氏兄弟陪了我一整天，令我感激不已。

重上火车准备南下之时，低头想想，对美国的观感起了一点变化：中西部的人情是否不太一样？初到美国那阵子所看到的"金"，此刻褪了些色。

前后只不过几天光景，观感就会起这样的变化。人就是这样，容易接受初次所得的印象，让它影响对新事物的观感。出外旅游者，一般来说都不会逗留很久，所见难免只是表面情况。单凭初次印象就对别国、别地贸然作出结论，很容易自以为是，继而误导自己、误导他人。年轻人好像更容易被表面的印象所左右。

也许我这个毛病犯得比别人还重，需要提醒自己今后小心。

其实可以再推广些：这话不只限于初次出国或旅游。日常生活里所接触的人物、偶遇的情景、看到的广告……哪样不属表面？我们多容易就凭表面印象做出即时判断！莫怪公关和包装企业在社会、政治、经济、文化上都变成了大企业，直接或间接操纵人们的心理和行为。想起来确实有点可怕。

说是"南下"，其实还要向东走不少。先是经过印第安纳州的首府印第安纳波里斯市（Indianapolis），跟着到俄亥俄州的辛辛那提市（Cincinnati）。

辛辛那提建于俄亥俄河畔，在美国西进的历史上，曾经是极重要的城市。俄亥俄河又是内战时期南北对峙的分界线，向南跨越一步就进入当时的南方"联邦"（Confederate States 或 Confederacy），俗称"迪克西境"（Dixieland）。

就在辛辛那提出现了一宗怪事。

火车到站。广播说请乘客下车，重新订车位、拿车票。我的车票早已买好，钱也付清，怎么会要在这儿再度订位拿票？我这程的车票上不是写明从芝加哥直达最终目的地乔治镇吗？难道我的英文实在太差，听错了？买错了？可是所有乘客都习以为常地拿起行李排队下车，不可能只留下我一人吧？

俄亥俄河——南北战争时期的分界线。

并没听错。下到车来，果真每节车厢前有位列车员站着等候，指导乘客走到哪些柜台前去排队。出示票据后，各人领到一张车位票，然后按照票上所印的车厢和座位重新上车。我注意到非但火车头没有换过，连车厢也没有卸下或另接。那么，半夜三更大家都坐得好好的，多办这么一番手续干吗？

同车乘客都这么做，没人问这问那，也没人表示好奇——很明显，在辛辛那提车站这道手续是惯例。入境随俗，将来总有机会找到解答。

没想到，火车开动不到几分钟就获悉谜底。一位年轻的女乘务员走进车厢，逐个检票。到我前面，拿着我的车位票，朝我看了两眼。跟着就问："你坐错了车厢吧？"我大致上懂得她说什么，就回答："好像没错。"她又向我瞧多两眼，然后拿着我的票据和车位票走了。

辛辛那提到乔治镇不足一百公里，不久我得下车。票据给她拿走，等会怎么出关？正在担心，她带着一位头发灰白的列车员回来了。这位老先生头顶黑帽，一身笔挺的黑色制服，看来是她上司。老先生仔细把车位票看个清楚，对着我端倪再三，掉过头去向乘务员说："一定是车站上出的错。"然后带着歉意、很柔和地问我："你觉得不舒服吗？"我实在不懂得这个问题——为什么会觉得不舒服？就摇摇头。他微微点头，说："那好吧，反正你也快下车了。很对不起。"

他们走后，我仔细观察周围。除了黑人较多，实在看不出跟早些时候的车厢有什么分别。且慢：不仅多了些黑人，整节车厢里所有的白人都不见了。难道刚才同车的许多白人，目的地都在辛辛那提，下了车就不再上来？如是这样，他们下车后还不赶快出站，要去排队重领车位票干吗？再说，虽然当时夜色朦胧，我的确亲眼看到大多数人提着行李重新上了车。

夏季天亮得早。不消一刻，乔治镇的小站出现在眼前。乔治镇学院的学生事务部主任—— 一位面目慈祥、头顶半秃、身材有点像弥陀的老先生，开了自己的小汽车，清晨来车站接我。忍不住的好奇让我刚上汽车就拼凑了一串单字，用结结巴巴的英文把这件趣事告诉他，请他解谜。他讲话很慢，发音特别清楚，我听得懂。原来是辛辛那提车站的人员误认了我的种族。跟着，他一脸窘意地代表火车公司向我道歉。

种族隔离政策向小青年投下了名片。

虽然我的肤色不在被隔离之列。

蓝茵的两种"蓝"

肯塔基州自称为"蓝茵之州"。

这儿说的"蓝茵"并非译音，与纵贯西欧的莱茵河（Rhine River）完全是两回事。与横贯南欧的（并不蓝的）"蓝色多瑙河"（Blue Danube）也不能混为一谈。所谓"蓝茵"，就是蓝色的青草。如此而已。

草怎么会是蓝色？

肯塔基州所处不该算是亚热带，不过夏季既炎热又潮湿，植物长得特别茂盛。州里有很多养马场，草肥被厚，遍地绿茵。清晨常见朝露和薄雾轻轻覆盖于草场上，据说因此呈现整片浅蓝色。于是"绿茵"变成了"蓝茵"。

景色确实奇美，空气也格外清新。不过你若问我"蓝茵"究竟有多蓝？读书人不打诳言，我在肯塔基州住了一年，跑尽全州，没有看见过蓝草。碰到适当的清晨，赶快使劲眯着眼睛去看，甚至歪着头发挥想象，还是没有看见。真的没有。

天也蓝，山也蓝，草木似乎跟着蓝。

　　倒是后来有一次出了肯塔基州，在北卡罗来纳州的大烟雾山脉（Great Smoky Mountains）和蓝岭山脉（Blue Ridge Mountains）里看到了轻雾衬托下的草木，才领会到那"蓝茵"的诗意和浪漫。

　　不管怎样，总之肯塔基州的"蓝茵"出了名，这个州也就骄傲地自称为"蓝茵州"（Blue Grass State）。

　　英文里有个双关："blue"这个字在美国的俗语中还代表忧郁和悽怆之情。这里我跟着想写的就是这种"蓝"。

　　对非洲后裔来说，黑的肤色为他们带来了一辈子，甚至于世世代代的"蓝"——无可逃避的、逆来顺受的"蓝"。那个时代，他们一跨过俄亥俄河，就需默默无言、习以为常地承受迎面扑来的"蓝"。

　　所谓"非裔"不一定像你所见过的非洲人。在美国，只要带上一点儿非洲血统就算是非裔。我问："非洲血统"又怎么定义？一般说是与高加索人种和蒙古人种有别的尼格罗人种。问得仔细些：北非的阿拉伯人在不在内？南非的白种人后裔在不在内？回答是：前者看他混上多少尼格罗血，后者则即使在非洲已经生活了四代五代，只要没有混上尼格罗血，就必定不当作非裔。

　　怎么知道他有没有混上尼格罗血？（"血"？还是基因？）难道一眼就看得出？只能说，尼格罗人种的肤色比较黑。可是肤色之黑也分程度，非洲南部的部落里，有些人长得墨黑、漆黑，有些人却并不比喜爱夏泳的中国人黑上多少。再说，美国很多"白人"（高加索人种）的家族里曾经混上过一丁点儿的"黑人"血统，你根本无法知道——除非老天作怪，让那基因突然在一个孩子的皮肤里冒了出来。

请不要笑！这种事出现过，有些地方还经常出现。在那个时代，一旦发生，整个家庭顿时被社群、邻居、朋友摒弃，造成难以置信的悲剧。

印度人说来原属高加索人种，可是有些肤色十分黑。因此那个年代的印度留学生在美国南方经常受到歧视。女学生们故意穿上她们的民族服装，男学生有的在衣襟上别个印度国徽，借此区别。果真管用吗？不见得。

人种区分当然很不科学。全世界哪儿有真正的"纯种"？历史上这么频繁的文化交流、这么多部落的大迁移、这么多次征服与被征服，哪有不混血的可能？再说，血统"纯"有什么好？科学证明，混杂的物种、人种生存力较强，而近亲繁殖必定出毛病。以"纯种"自傲其实非常可笑。

美国南方虽然歧视黑人，对待我们黄种人却相当不错，至少我个人的经验如是。或许那时代在南方黄种人不多，普罗大众对我们怀有某种程度的好奇，看惯了白种人和黑种人，却摸不清楚我们是什么来头。

特别有趣的是，经常为了这样那样，需要让我填写表格。每张表格上除了姓名、年龄、性别外，总还有一栏，叫做"种族"。这栏只给你两种选择：白种人或黑种人。那时还不用"Black"（黑种人）这个称呼，用的是"Negro"（尼格罗）。虽然"尼格罗"来自拉丁文的"黑"字，并无贬义，不幸的是，社会让它变成了侮辱黑人的标签，现在早已不用它来称呼非裔了。每每面对这栏，我就不知道应该选哪一格。看到这种僵局，对方会说：你不是尼格罗吧？我说：端的不是。对方就说：那你该选"白种人"那格。我说：不对，我也不是白种人。

怎么办？作为中国人，我出了格，破坏了规章制度。对不起得很，上天生就我这袭黄皮肤，并非故意与你作对。

种族隔离政策施行得相当彻底。譬如说小镇上只有一家电影院，白人的生意要做，黑人的生意也要做，可是法律不让他们坐在一起；于是楼上是黑人区，楼下只坐白人和我这样的"准白人"。

其实坐在楼上看电影舒服得很。当年香港的电影院里，楼下的前座卖一块二毛钱，后座两块四毛；楼上是豪座，收三块五毛。这儿的电影院，上下前后价钱一致，为什么却坚持把最好的座位让给黑人享用？唯一想得通的理由是：

出得起钱看电影的黑人很少，楼上的座位数目还不到楼下的一半，那就"赏"给他们吧。

白人进餐的馆子，根本不允许黑人就座。南方较大的城市里，餐馆有专为白人开的，也有专为黑人开的，各就其所。可是乔治镇极小，把来自他处的八百名学生全部算进，还只有三千人口。再者，人均收入低，消费力薄弱。所谓"市中心"，只有一个主要十字街头，东南西北各长一个街口。走遍市中心，只见两间半餐馆。（"半间"是指杂货店里的长柜台，放上几只高脚凳子，单卖汽水、冰淇淋、炸面圈、热狗。）这么两间半馆子，怎么轮得到黑人享用？

生意当然还是要做。于是绕过法律，定了一套不成文的规矩：黑人允许走进白人的餐馆，可是不准坐下，只准外卖。点好菜后必须走出店门，站在马路边上等候——即使风雨交加。如今听来实在不可思议，可是那时就是这般德性。我亲眼看见过黑人点好菜后出去得稍慢一些，就被掌柜大声喝骂。那位黑人似乎不很甘心，动作略见勉强；掌柜拎起棒球棍，大踏步冲上，作势要揍，令他只好急退门外。坐在店里吃饭的客人们眼皮也不抬一下子，分明是见怪不怪，无动于衷。

其实不仅南方如此。北方也有一些餐厅和店铺会挂上告示，写着"我们保留拒绝为任何人服务的权利"（We reserve the right to refuse service to anyone）。这句话的用意一看就明。种族歧视并非南方人的专利。（也并非美国人的专利。）

走在街上，看到女士，男士总会习惯性地让路；这在西方早已从绅士风度演化成日常礼貌。一天，人行道正在修整，比较拥挤。迎面走来一位女士。我很自然地走下人行道，让她过去；她好像慌了一慌，有些不知所措。与我同行的两位白人同学说："咦！让她干什么？她是个尼格罗。"

这两位同学缺乏教养吗？不，一位虽然来自乡村，却在朝鲜战争中当过兵，到过东京，还被派到过欧洲，是个见过世面的人。另一位来自南方的主要城市，出身书香之家，很有文化，还是位蛮有点功力的小提琴手。更令人不解的是，两人性格都十分温和，以诚待人；还都热衷于宗教，考虑大学毕业后去当牧师。他们对黑人毫无仇意，只是种族歧视和隔离自小习以为常，对此不假思索。

联想到我们国家有没有这类后天养成的、历史遗留的倾向或行为？不仅是说种族歧视，还有地区歧视、城乡歧视、性别歧视、贫富歧视……不仅说歧视，还有日常生活里各方各面、从小就养成的不当之风。唉，我看有。不过看别人的毛病容易，看自己的毛病难，不是吗？

小镇上，连劝人为善的教堂都分黑白，严行种族隔离。某一个星期天，我们几个外国学生在一位瑞典同学的建议下，一起去了黑人教堂。这件事在镇上引起震惊和非议。学院理应书香扑鼻、正气浩然，却有不少同学在我们背后指指点点，不以为然。令人伤感的是，竟还有亚洲同学认为我们自讨没趣，替他们丢了脸。

说来这次经验在另一方面给我们留下了好印象：黑人教堂里的歌声异常动人。或许因为早年的非裔不敢用语言表达不满，只好以歌唱申诉生活的悲哀；同时把命运寄托于天，以音乐表露对宗教的坚信和虔诚。诗班在一旁歌颂，节奏激昂、扣人心弦。牧师在台上讲话，抑扬顿挫、语调感人。难怪后来民权运动中的非裔领袖（例如牧师出身的马丁·路德·金）演讲时那么动听。也难怪黑人的歌声和节拍为全球带来了音乐革命。

一年后我已经离开了乔治镇，听说镇上的主要教堂里起了争端，造成分裂。原因是乔治镇学院从非洲请来两位进修的牧师，让他们以外国留学生身份进入教堂做礼拜。满以为种族隔离只限于内政，不施于外宾。哪知镇上的教民竟群起抗争，与学院起了激烈冲突。最后的妥协是：黑人毕竟是黑人，里外无别；准许这两位牧师进入教堂旁观，但是不允许参加教会。能让他们坐下，已是特允之恩。

镇上真有那么多不讲理的"刁民"吗？

并不。三十几年的美国生活经历给了我以下的结论：总的来说，我在南方所结识的，都是善良、诚恳、有心的人。同学们如此，教师们如此，群众亦如此。他们心里并不存有恶念。种族歧视和隔离是历史遗留的悲剧，与除此之外的思维和行为几乎相背。从外人的角度来看，这些性格和作风好像常见矛盾。

再举一例。种族如此隔离的地方，当然不会允许异族通婚。那个时代很多州里都立有禁止异族通婚的法律。既然不准通婚，当然也就不能接受异族青年间的男女约会。越是南方，对此大抵应该越是严峻。

可是有一次，我跟同学们跑去比肯塔基州更南的田纳西州观看篮球比赛，为校队打气。见到对方观众席上竟然依偎着一对白男黑女，还在大庭广众前牵着手亲热。竟然也没人向他们瞟上一眼。

一时怎么也想不通。往后看到的还有更矛盾、更难理解的事呢！或许世事就是这样，到处存在难以解说的矛盾以及无法一概而论的现象。凡事需用心体会，深入分析，不要一看见表面，就根据有限的经验，忙着从自己的角度急下定论。

照想外国人看我们，也会觉得中国充满了无法理解的矛盾。你说呢？

从乔治镇看二十世纪五十年代美国南方的价值观

来火车站接我的学生事务部主任史耐德先生是个大好人，对学生照顾得极为周到，可是从不无事干扰。他的夫人对周围的人总是笑容可掬，随时随地伸以援手。他就只一个儿子，教养得彬彬有礼。

学年结束，我正要离开乔治镇，而挚友吴仙标刚到。暑期人人放假，学生宿舍无人照料，照例锁上一个多月。小镇上缺乏旅店，我们两人没地方住。史耐德夫妇说：我们正要出门度假探亲，反正家里没人，就住在我家吧！说真的，他们跟我们并不那么熟，可是不出三句就毫不迟疑地把大门钥匙交到我们手上。

这就是小镇上的人情，也就是我在美国南方屡见不鲜的温情。

我所住的宿舍是三层楼的红砖房屋，看上去就像民居公寓。每层楼有一条走廊，两边各有几间卧室，每间两人；总共住了三十多位同学。管理宿舍的老太长得高大，面对这群不是很"乖"的男生，该严的时候严，其他时候照顾得慈祥亲热，活像大家庭里的好妈妈。

不知道她的姓名，也从来没问过。大家都管她叫"Mom"。

第一学期的同房名叫 Jerry；第二学期是 Leroy。Jerry 年纪比较大，是从朝鲜回来的退役军人。这个在朝鲜前线与中国人打过仗的兵，对我毫无敌意，进进出出，谈笑自若；认识只一天，就变成经常照顾我这个小弟弟的大朋友。他出身于乡村里的矿工家庭，家境较差，中学教育不好，因此读书辛苦。但是读得十分认真，说是拿了国家给退役军人的助学金，不能不怀有强烈的责任感。

Leroy 是与 Jerry 几乎相背的对照：来自大城市亚特兰大的中上阶层，父亲是工程师，母亲是全职家庭主妇，两夫妇很有文化。家里有个高中年龄的妹妹、一条狗：标准的"美国梦"。Leroy 满头红发、蓝眼珠，白皙的皮肤上有稀稀落落的雀斑，不折不扣的苏格兰种。水平高、基础强，拉得一手好提琴，读书不需太努力就能拿 A。讲话有条不紊，对同学以礼相处，志向是当牧师。

也就是他们这两位，问我为什么在人行道上要让路给"尼格罗"女人。

小镇上、学校里，到处都是这样的人。他们对非裔并无特殊的恶意；圣诞新年之际，还自动发起为贫穷的黑人区募衣过冬。说及战败国人民生活的穷困、殖民地人民饱受的压迫，他们表露出真诚的同情和正义，甚至还眼含泪珠。种种迹象都反映来自内心的"仁"。那么，怎么会对周围的种族歧视和不平熟视无睹？

我看还是因为自小生长于闭塞的社会里，思想境界受到约束。Jerry 家的乡村矿工环境、Leroy 家的城市郊区氛围，虽然阶层迥异，却都是白人为主的社区。人就关在紧密的小社团里打转。而精神力量渗透整个"迪克西境"的"南方浸信会"（Southern Baptist），又是一个相对封闭的宗教团体；他们坚信人类种族之异是上帝的蓄意安排，不容破坏；而黑人地位低微、生活困难，也纯属天命。

当然背后也有政治因素：自有一些政客会利用封闭社会的无知来延续种族间的矛盾，甚至挑拨离间，以此控制选举，保护自己的权力和既得利益。

并不是说跑过几个国家就算见过世面，也不是说见过世面就会排除种族歧视。只想指出：生活在关闭的笼子里，很容易接受笼子里的教条，连很有脑筋的人都不易挣脱笼子里所养成的思维和习惯。

美国的种族矛盾固然基于社会的闭塞，放宽一步来看，国际事务上常见的矛盾也多出自闭塞所造成的无知。过分内向的成长和生活环境束缚了人们的心胸，纵容了政客的野心，给后者过多空间在国际舞台上挥舞干戈、舒展"雄志"。

不是说 Jerry 到过亚洲、欧洲，见过点世面吗？请注意那个"点"字。他的国际经验限于军旅生活。而美国大兵素来养尊处优，到哪儿都有自己的生活小区，吃的、用的、运动、娱乐，都有专用的给养设施；除了战场和休闲场所（包括红灯区），与实际的当地社会隔离，根本没有机会接触群众。说得玄些，所见的只有"点"，没有"线"，更不能说是世"面"。

至于 Leroy，情况不同而结果一样。他的国际经验来自书本和乐章：莎士比亚与大仲马、西贝柳斯与贝多芬……美国学校里所教的历史和地理一方面很自我，另一方面很西欧。而美国的传媒报道，重点通常放在本城本地，国际新闻和分析既稀少又肤浅；至今如是。过去更不用说。旅游海外还不方便、电视广播还不普及的时代，一般人对世事不闻不问，见识有限。

记得有次收音机播出一段来自美国国外的音乐（在美国住了三十三年，就听到过这么一次），Leroy 这位熟练的小提琴手即刻说："这算什么音乐？什么规律都不依！"为此我们还争论了一番。我不懂音乐，真的不懂。凭良心说，在过度西化的城市里长大，听到那种音乐自己也觉得别扭。当时并非为那种音乐辩护，也不是想与同学抬杠；只是觉得对自己不明白的他国文化，应该多少保持一点尊重。

有趣的是，这般保守的社会里，却还有意想不到的空隙。

乔治镇学院接受南方浸信会的经济资助，教会势力很强。虽然镇上还有几所其他宗派的基督教堂，但是正如整个肯塔基州，甚至整个南方，浸信会持有压倒性的力量。因而（至少表面上）全校师生都遵守南方浸信会的教规。

南方浸信会与散布全球的浸信会有所不同，教规特严，教徒们不许喝酒，不许抽烟，不许赌博。可是众所周知，肯塔基州有三种主要工业。（请注意：不是今日遍布我国城市的 KFC 炸鸡！）一是威士忌酒：以生产高品质的"肯塔基波本"（Kentucky Bourbon）闻名全球。二是烟草：种植面极广、产量在美国仅次于北卡罗来纳州。三是赛马："路易维尔德比大赛"（Louisville Derby）吸引全世界的"马迷"来此豪赌。

烟、酒、赌——肯塔基以高质量的烟草、威士忌酒、德比大赛闻名于世。

这些不都是空隙吗？自己所认为罪恶的东西，却把它们生产得好好的、包装得好好的，大量向外输送。让州民增加入息，政府增加税收，何乐而不为？

你说是陷他人于不义？一般人不闻不问，眼不见为净。

美国南方人热爱他们的教会，也热爱国家。两者都围绕着个"忠"字。

涉嫌污蔑宗教的话不能讲，怀疑国家外交政策的问题有时最好少问——尤其是灾难临头或投入战争的时期。虽则传统上崇尚言论自由，有些"禁区"尚需敬而远之。政府未必管你，可是群众听着会产生情绪。

举例。学校请来一位外交官向学生们演讲，之后欢迎提问。他讲得头头是道，相当动听；不过宣传气味甚重，不少地方很有点过分。说来好像所有美国外交政策和操作都属悲天悯人，都运用了最高尚的原则和最优良的行为，替天行道。我听得有些不顺；少年气盛，提出了几个或许不该问的问题。虽然问的口气很温和，过后同房说，有人问他我是不是共产党，令我啼笑皆非。

在香港看过《钢铁是怎样炼成的》，也看过苏联电影，可是什么叫做共产党，当时的我一点也不懂。当然，问我是不是共产党的那个人也一点不懂。在他眼里，从前印第安人是坏人（侮辱性地称为 Red Skins），南北战争时北方佬是坏人（称为 Damned Yankees），二战期间德国佬和日本鬼子是坏人（Krauts 和 Japs），五十年代共产党和左倾分子是坏人（Commies）。好坏就这么简单，忠奸就这么分明；在他眼中，这就是"爱国"。

多数美国人——特别是那时代的南方人，对自己国家的政治原则和主导思想未必高度理解，但深信不疑。小镇上的人一般不问世事，可是由衷地认为：只要全世界都愿意走美国所制定的路线，就会天下太平、家家富足。因此美国动武也好，驻军也好，都是为了向世界散播高人一等的道德和文明。孩子从小这样教大，"好人不会干坏事"。

说完别人，或许也该看看自己。我们的孔圣人不也教了我们那个"仁"字？历来富商乡绅都愿意接济穷人、捐钱赠资为家乡铺路修桥，但是对身边的仆从家婢则呼来喝去，甚至打骂，不以为耻。更甚者：朱门酒肉臭，路有冻死骨。要说眼不见为净，儒家"君子远庖厨"的意念不也就是那么回事？

孔圣人也教会了我们一个"忠"字。忠于君也好，忠于国也好，很多人认为只要抱紧那个"忠"字，所走的路线虽然偶见曲折，总不会犯上大错。

人家有的矛盾，好像我们也有。

从另一角度来看，人家有的良好传统，我们也有。譬如说，基督教与儒家都主张"己所不欲，勿施于人"，都主张社会结构高低有序，原则上君轻于民。美国南方人的家庭观念很重，往往也把家族的团结看得很重；我们中国人也是这样。他们教导孩子专心致志、勤学成才，行为检点、以礼待人，度日节俭、勤奋立业……我们中国人在家里、学校里给孩子们也都是这般的教养和熏陶。

细看我国的固有价值观念与五十年代美国南方的价值观念，不少地方相当接近。个人的举止和行为，包括说的做的、好的坏的、实的虚的，两地亦不乏相似之处。

或许正是这样，让我这个没出过家门的小伙子很快就适应了乔治镇的生活。

第三章　负笈异邦　乔治镇学院

俄亥俄河被称为"迪克生－梅森线"（Dixon-Mason Line）的延续，而迪克生－梅森线一般被认为是南北方的分界线。南北战争年代，线南诸州被（北方人）称为"奴隶州"，线北诸州被称为"自由州"，虽然内战双方的争端包括经济因素和政治因素，并不限于解放黑奴。

有人说肯塔基州实属南北交界疆域，不能算是南方。史学家也不全把迪克生－梅森线以南的肯塔基州划归"迪克西境"。

1861年内战爆发。不像阿拉巴马、密西西比、乔治亚等州所代表的"深南地带"（Deep South），肯塔基州民的思想很不一致。对争端的看法，一家子里会出现严重分歧和对抗，导致父子决裂、兄弟阋墙，甚至战场相见的悲剧。

几近一百年后，乔治镇学院还有学生在宿舍窗口悬挂南方联邦的"国旗"。

初见"博雅学院"

我是来美国念土木工程的。

土木工程究竟是什么，老实说我没甚印象。父亲在大学本科和研究生院里念了铁路管理和经济。可是战乱连年不断，哪有什么经世济国可言？他所学的主修课程都没派上用处。幸好在副修课程里学了一些会计，日后能靠这门本事养家。五十年代的老百姓，对学术理想更不敢奢求，但愿下一代能够学到一门实际技术，足以糊口。一般的想法是，工科毕业的不怕找不到工作。那就念工科吧。

土木也好、机械也好、电机也好，对父亲来说，都是工科，分别在哪儿不太清楚。我自己则连什么叫作工程都不知道。听说叔父是念土木的，留学回国后就参加了机场设计，从来没有为失业担过心。那就念土木工程吧。

偏偏乔治镇学院没有土木工程。说得准确些，什么工科课程都没有。那就改念与工程有些相关的理科吧。

理科也分多种，我该念哪种呢？中学时候，生物老师很强，但是我不爱画细胞图，又不喜欢解剖蚯蚓和青蛙；免了。化学老师很强，可是公式学得太死板，试管倒来倒去又不好玩；也免了。数学老师特棒，我对数学相当喜欢；虽然不懂其妙，考分总是很高；可是长辈都说：数学太理论、太抽象，念了将来找不到饭吃。

那么，通常人所说的理科就只剩物理了。听说物理是读任何理工科都需要的基础学问，念工科的都得先学些物理。只要学院里有这门课程，念了没有坏处；打好基础，说不定一两年后可以换所大学，到时再改念工程。那就念物理吧！

阴差阳错，前途就是这么决定的；你说惊不惊人？

更惊人的是，乔治镇学院连理科也没多少。

学校建于 1829 年。最初十年，由于校董会里教派之争，乱多于治。终于在 1839 年走上轨道，可惜累死了年轻的校长。他的接班人致力发展，一度弄得大有起色；不幸这位能干的新校长由于带头反对奴隶制度，于 1849 年被校董会逼走。南北战争时期，学校关闭数年。战后重整旗鼓，花了十多年才走上新的教育路线，于 1877 年变成在南方蛮有点地位的"现代化"博雅学院。

大半个世纪以来，学校几经兴衰。翻阅学校的近代史，发现我来到的那年（1955 年）不是很景气的时期。课程很少，教师的水平一般。八百多学生，大部分念文科。难得同时来了两个理科学生，对几位理科老师来说，好像天降了宝。这两个，一是来自瑞典的电机工程本科生；作为交换学生，只准备待上一

初创时期的乔治镇学院。

年。一是我，说是来念本科学位的，可是只读了一年也就毕业离校。

说什么？读了一年就大学毕业？莫非是个天才？不。请让我卖个关子，下节里为你细细道来。

从中文字眼来看，"博雅教育"应该让学生学得既博又雅。其实这个名词来自英文"liberal arts"的近音翻译。所谓 liberal，并非单说自由、宽大；所谓 arts，也不单指艺术、文学。而是指中世纪罗马所盛行的教育理论：要成"自由民"，必须学习多种知识，包括文字、逻辑、数学、科学、音乐等。延伸至今，演变成包含语文、历史、数理、政经、文艺等多方面的通识教育，旨在让学生在所选择的专业之外，对人类所积累的学问获取一些整体的认识，以此奠定学习和深造的基础。

教育界对此还有一种很普遍的说法，就是学得越广，做人的自由度越大。

中文译名很有味道。这种教育方式下所培养的大学生，照说应该较博、较雅。当然，理论和现实经常是两码子事；教育是否成功还得看老师的才学和教学质量、对学生是否关怀备至，也得看学生天资如何、中学基础如何，及是否好学。

不少美国的民办高等院校（私立大学或学院）早期由基督教传道士或教会创办，与某些教会有直接关连——包括著名的哈佛、耶鲁等。除了为学生提供传统的博雅教育外，还兼负培养优秀教民的使命。不过历经几百年的演化，除道德和价值观念总还脱离不了基督教义之外，宗教影响实际已稀释殆尽。

乔治镇学院的创办者来自教义比较保守的南方浸信会，当时还接受教会的津贴。任务之一是为南方浸信会培养牧师、传道士和社会领袖，因此宗教气味很重。譬如说，教师以浸信会教友为主。他们对文科和社会科学的兴趣远强于自然科学。大学一年级的课程包括英文、美国历史、美术、音乐、外文、《圣经》，以及极为初浅的数理。

值得围绕这些课程说上几句。

与一般同学来比，我的教育背景十分特殊。下文会告诉你，我这个英文很差而且对美国历史完全不知不晓的人，怎么居然会被免掉这两门必修课。

至于美术和音乐，则一辈子都没念过。选了最初级的入门课，叫做"美术欣赏"和"音乐欣赏"。这两门课，书本理论和参考阅读都很少，主要时间花于"实习"；也就是说：看无数张西方名画的幻灯片，听无数套经典音乐作品的唱片。没想到我对西方美术和音乐的兴趣，就在这样的条件下获得启蒙。

短短两学期的看和听、老师一旁的轻松指点，并没让我打下什么理论或分析基础，以致多少年来美术和音乐的知识都没有长进。

所谓外文，就是除英文之外的语文。由于师资不齐，只给两种选择：法文和德文。学院要求至少选一种，最好两种都学。那个时代在美国，一般文科学生选修法文，理工学生选修德文。我既说要念工程，自然选了德文。现在回头想想，当时应该选读法文。法文里有些发音给我们中国人带来很大困难；年轻时舌头和口腔比较灵活，转得过来，因此学得越早越好。德文的发音比较爽直，晚点学还来得及。

不过那位鼻架深度眼镜的德文女教师一贯兴致勃勃，教得非常活泼、非常有趣。一下子来点文法，一下子来点词汇，还教我们唱德文歌。至今我还记得两首德语的圣诞歌。（不好意思，记得的只是头两三句。）

教《圣经》的是位老教授，据说蛮有点学问。他从《新约》里选出来给我们讲解的一些章节，都早已渗入西方的通俗文化；正如我们中国人从四书五经里提炼出来的名言警句。对美国同学来说，这些章节早在孩提时已耳濡目染，听来甚觉无聊。对我来说，却因为初次涉足西方文化，又得到一种启蒙。

无知有无知的好处——样样新鲜。

再说，这样接触西方文化、在这种环境下接受启蒙，让我既避免了香港英文书院式的先入为主，又避免了被先学的华夏文化过滤。或许更货真价实。

"攻读"专业课程

说到数理课程，学院里有几个系，不过理科教师少得根本不该建系。

物理系只有一位老师，年约六十，多年前在南方一所大学里念到硕士学位。他选用的课本几乎全属观察和描述；列举了几条公式，但是毫无数学推导，不求定量分析。这些课本最多只能用作科普参考资料，让文科学生略沾科学意识，实在不能为理科或工科的学生打什么基础。

老师为人十分诚恳可爱，对唯有的两个学生要求不高；各方面都非常关照。

化学系也只有一位老师。他也拥有硕士学位；可能还有个博士学位，因为我偶然间听到过一位职员称他为博士。一年来只与他接触过三次，从来没有上过他的课。那三次接触都是为了考学分，下文会讲清楚。

他的年纪要轻得多，看来四十多岁。相信对化学蛮有些认识，可是在这不注重科学的学校里，独木难支，孤掌难鸣。或许学术上的孤独左右了他的性格——脸上挂着一丝惆怅，待人不苟言笑。是我在学院里见到过最严肃的一位。

数学系的老教授最有意思。说到"老"，确实真是老了，八十出头。他非但拥有博士学位，还是著名学府芝加哥大学的数学博士，年轻时当非等闲之辈。可惜岁月不饶人，走路已现蹒跚，思维亦见迟钝。拿起一本高等微积分的课本，很想给我们这两个理科学生教些本事；可是讲完第一章，就分明力不从心。

令我特别同情，甚至觉得伤心的，是他辛辛苦苦做完第一章末页的几条练习题，与书底所提供的答案对比后，拿来给我们看，证明没有做错；顿时就天真烂漫地笑了起来，像是想说宝刀未老。好几百页的教科书里，这几条自然是最简单的题目。第二章就做不下去了。想到有一天我们或许也会这样，没能陪着他笑。

如此条件下能学到多少，可想而知。

那么，怎能一年后就毕业呢？不能不为读者们细心解说。

首先，在香港苦等留学签证那年，原来并没白等。说是在崇基学院上课，其实住得太远，交通不便，经常旷课。坦白说，院里的课程对培正中学的毕业生来说实在太过轻松，考试也没有压力，因此听不听课都无所谓。一年等下来，学问上丝毫没有长进，可是学分倒拿了 42 个。

美国高等教育普遍运用学分制，学生转校可以带着学分跑。水平较高的大学会仔细检查你所念的课程内容，甚至叫你逐科重新应考，然后才决定是否承认带来的学分。水平一般的大学，则只看你的原校是否是合格的高等院校。只要不算太差，就会愿意接受一部分带来的学分。有时甚至照单全收。

怎么算是"合格"的高等院校？虽然崇基学院不获港英政府青睐，但是乔治镇学院不懂得香港的教育制度，看到校方把我的成绩单填得端端正正、打印盖章，就认为一切合格，毋须检查课程的内容及要求。何况崇基是一所从内地撤退来港的学校，带有美国教会背景？惺惺相惜之下，更不忍追究。

我的成绩不坏。一纸在手，果真照单全收，让我就这么捡到了 42 个学分。

更重要的还不是学分本身，而是在什么课程上捡到了学分。

凭我那几句破英文，若需与美国同学一起上英文课，怎么说都不可能过关。偏偏崇基学院从 ABC 开始，算是教了一整年英文课程。既然带来的学分门门都已接受，逻辑上当然不能叫我"重"修这门。就这样，侥幸地避开了一定会把我斩首落马的英文必修课。

另一门是美国历史。博雅教育课程包含社会科学必修课；同学们以美国历史满足这个要求。我在崇基没念历史，可是念了一年经济；经济亦属社会科学，学分获得承认。在培正中学时，每年都读历史；我于中国史和世界史都拿到最

今日的乔治镇学院。

高分。把这些经济和历史课程放在一起，好像社会科学方面比一般美国大一学生读得多。于是学院网开一面，让我把美国历史也免了。说来又是侥幸：社会科学课程要求学生阅读大量参考书。若没逃过，那样多的英文书叫我怎念？怎看得懂？

难的重的，就都避开了。一切来得自然，并非有意。

跟着看数、理、生、化，又是怎么一回事？

培正中学的课程，与美国中学来比，确实高深得多。譬如说，高一读代数，课本是很多美国大学沿用的《范氏大代数》。高二上学期读几何，下学期读三角。高三读解析几何和微积分（微分确实读了，积分则学得很少）。对以文科为主的乔治镇学院来说，这些都算是大学课程，都可以凭同等学力的原则，试考学分。

至于高一所读的生物、高二所读的化学、高三所读的物理，培正中学所用的又是很多美国大专院校愿意接受的本科课本。于是三年高中的生物、化学、物理，只要能通过同等水平的考试，都可以用来"赚取"学分。

我中学时候念书很不用功，肚里学问少得可怜。但是说也奇怪，特别善于抱佛脚、考高分。这时，应付考试的本事又派上了用处。到乔治镇后，第一个学期里就把这些课程全考了，还几乎都考到 A。只有一门下学期的化学，被那位严肃的化学老师很公正地评上了 B。上面提到与这位化学老师只见过三次面：第一次是向他要求试考学分，第二次是上他办公室去应考，第三次是去看分数、领学分。

各位注意到了吗？我没有提到乔治镇的生物老师。那位老师是谁、生成什么样子、是在哪种情况下让我试考学分的？无论如何思索，都没法记起。好像没有见过这位老师，又好像学院里根本没有生物老师。那么，考卷是谁给的呢？又是谁改的呢？会不会当时没考生物？大学毕业记录上，却又明明登载着生物科的 6 个学分。

反正一转眼间，成绩单上又多了七门课，合值 42 个学分。

美国大学经常要求学生选一到两种外文。上面说过，乔治镇也希望学生读两种外文，每种读上两年。我只选了一年德文。

中学时候当然年年都读国文，每周足足上六节课。培正的国文老师特别强、特别认真，要求也特别高；相对而言，中文倒真学了不少。对我来说中文是母语，对美国人来说则是一门极为艰深的外文。于是乔治镇学院很公平地把我这"外文"成绩算作两年课程，给了我 12 个学分。这门课没有考——哪有懂中文的老师来给我出题改卷？

42+42+12，一下子就"累积"了 96 个学分。兵不血刃。

美国的本科生平均每周上十六节课，一学期"赚取"16 个学分。四年共八个学期，16×8=128。因此一般来说，只要 128 个学分就可获得文学士学位（Bachelor of Arts，简称为 B.A.）。工科则要求较多；通常要 140 多个学分才能获得理学士学位（Bachelor of Science，简称为 B.S.）或工程学士学位（Bachelor of Engineering，简称为 B.Eng.）。我在乔治镇那年，规规矩矩选修的课程比别的同学多些，两个学期共念了 40 个学分。于是 96+40，总共 136 个学分，足以满足文学士学位的需求，于是"大功"告成。

日后反思，难免后悔。若当时学校管得严些，让我在乔治镇多留一年，规规矩矩读书，把人文和社会科学的底子打得好些，学多点艺术和音乐，应该会变得比较"博雅"。我这"文学士"的整体文化水平也就不至于一辈子这般低了。

这儿还得加上个注脚，否则各位会问：怎么我这念物理和数学的，会去领个"文学士"学位？反而别人念工科的，会领个"理学士"学位？

理由是，这些学位名称都来自传统。数、理、生、化这些自然科学都是老学科，传统把它们与哲学、文艺等人文学科放在一起，视为人类文明的基础。因此，一般美国大学都把这些学系一网打尽，归入"文理学院"（School 或 College of Arts and Sciences）或"博雅学院"（School 或 College of Liberal Arts）。因而本科毕业生所获的学位就很自然地被冠以"文"（Arts）字。

工程、工商管理、法律、医学、建筑、师范……传统上被认为是应用学科（applied disciplines）或专业教育（professional education），学位名称不宜冠以"文"字。于是各自另觅适宜的称号。

工程是应用科学。英文的"科学"和"理学"是同一个字：science。于是本科毕业生所获的学位自然变成"理学士"。今日也有不少美国大学称之为"工程学士"。

非但本科学位的名称引来误解，高等学位也有同样问题。历来教育追随社会的需要，不断发展其理念、范围、内涵和体制；因而怎么分门别类也会逐渐偏离传统。久而久之，学位的称号变得名不副实。你看，只因为早期西方学术界把科学称为"自然哲学"（Natural Philosophy），研究型的博士学位，就不管什么专业，大多称为"哲学博士"（Doctor of Philosophy，简称为 Ph.D.）。

说完人家的怪端，又该想想自己国家有没有这类怪端了。

不说则已，一说就看到一个极大毛病："博士"这称号本身就名不副实！

攻读博士学位的人，研究工作做得非常之专：抓住个专题一头钻进去，把它研究得淋漓尽致，才能写成论文、拿到学位。专得厉害，一点儿也不博！那么，为什么称他为"博士"，而不正其名为"专士"呢？据说只是因为我国传统上对治学达到高峰的人曾经给过"博士"称号。如此而已。

可是有时听到群众说："……他是博士，这些事都懂。"这句话表面上是鸡毛蒜皮，无伤大雅；事实上一般人确实把博士学位看得太高，误以为博士的学识既深又广，什么都懂。更可怕的是，有些博士把自己也看成这样。

先圣指出"正名"的重要性，自有他的道理。

课余活动与宿舍生活

既要上课，还要考学分，听来好像很忙；事实上时间却还充裕。第一件想到要干的事，就是研究明年可不可能换个学校去读工科，并为此做些准备。

浸淫在百分之百的英语环境里，英文进步得很快，不久就能去图书馆细读各处大学的课程手册。看到读工科者都需学会制图，而这门本事似乎不需老师面授。于是不记得用什么方法找到了北达科他大学（University of North Dakota）的函授自习课程，就通过邮局注册、付费，选修了制图。

自习得很不顺利。刚开始时一些作业还可以应付，跟着困难就出现了。没有课上、没有老师指导，毕竟学不好。后来如何？究竟念完没有？回想再三，竟然无法记起。成绩单里没有出现过制图的学分，我猜大概是没有念完，不了了之。

为什么记不起？听说人类有一种自我保护机制，不愿面对的事，会自动在记忆中消失。可是这件事并没那么伤感，需要用到这样高级的心理机制？不懂。

第二件想到的，是学怎么动手。实验室里所能找到的仪器都很古老，只能查证最简单的力学和电学公式，乏味得很。于是又不记得用什么方法找到了一册电子产品销售目录，廉价函购到一组预先配置齐全的元件，乱焊乱接，搞出一台极为原始的收音机。居然收到远方的音乐广播，让宿舍的同房兴高采烈地赞了我一番。

那个年代很兴让人们自行"生产"电子音响设备。不少公司专做这个生意，为你画清线路图，配足所需元件——甚至电线、外壳；奉上连字带图的小册子，让你一步一步按图焊接。这样子牵着你的手所制成的产品，当然不可能表现不佳。顾客们能够亲自动手制造电子产品，感到充实和满足，实际上并没有学到多少。

话要说回来，正是这种充实感和满足感促进了业余爱好，打破初学者对电子技术的莫名恐惧，为他带来正面的心理作用。再者，在电子工艺自动化尚未占领市场的年代，以"自制"取代"他劳"，减低成本，让更多消费者能够分享到音响科技的成果，亦是好事。往后当了研究生，我和妻子所用的音响设备都是靠如此"自制"得来的。

一次，在焊接中突然嗅到烤肉的香味，才发现手指不慎捏错了焊棒的另一头，烧焦了两片表皮。一时麻木得竟不觉痛，只记得香味扑鼻：啊，原来人肉与猪肉的差别不大。

课内外的学习固然是生活焦点，对初次离家的人来说，衣食住行也需适应。

衣不是问题，从香港带足了来。可是洗呢？惭愧得很，活到这么大，还没有自己洗过衣服。宿舍不提供洗衣机，于是照同学模样，每两星期一次把脏衣服打包，送去"市中心"唯一的洗衣铺。

衣服太皱不行。幸好带来多件尼龙衬衫和长裤；穿这些一洗就干的衣服，不需熨烫。我这年纪的人或许都还记得这种发明未久的尼龙衣料。夏天穿上了，汗水紧逼皮肤，无法透气。冬天穿上了，冷风找到孔隙，向内直灌。堪称夏热冬寒。

食也不成问题。或许只能说：口味不成问题。我天生嘴馋，什么都爱吃。只是学校宿舍不允自备食物。食堂饭贵、口袋钱少，总嫌量方面有所不足。亏得食堂的规矩是：买了肉食，面包不另收费。一年来倒没挨过饿。

偶尔打次牙祭，跑去"市中心"的"馆子"，点一份最喜爱的食物：足足半公斤重的"汉堡碎肉扒"，加上等量的炸土豆，浇上番茄酱。吃得人仰马翻，捧着肚子慢步踱回宿舍。那种滋味比什么山珍海味都好。写到这儿，至今还会垂涎。（你想问：难道没有更喜爱的菜肴？答案简单："馆子"的菜单上几乎只此一样。）

住更不成问题，有床睡就行。一房两人，上下各占一个铺位。上铺空气好，住过男生宿舍的人大概都懂得这句话的意思。我买不到火车票，到校较晚，同房 Jerry 已经占了上铺。先到先得，公平合理，无话可说。只是他骨架大、身体重，翻起身来，床架吱嘎有声，偶尔会被他惊醒。

第二学期换了房间，也换了同房。Leroy 和我各占一张单人床，相安无事。

行则最没有问题。整个镇上连学生只有三千人，前后总共就那么几条街。既不需要汽车，又不需要公交：两条腿走遍天下。

宿舍里倒也有几件值得一提的小事，也许我国学生听来会觉得新鲜。

几位美国同学在我房里玩耍，嘻嘻哈哈，疯疯癫癫。你拍一下，他还一掌，竟然认了真，打将起来。Jerry 手快眼花，不小心一巴掌挥过来，打到了我这局外人的肩膀。本来说一句对不起就行，可是他牛气正旺，打红了眼，一语不发。我跟自己说"中国人不能给白打"，于是飞身上铺，还他一巴掌。他没料到相形瘦小的我竟会这般凶狠，骤然怔住，接着放声大笑。战团人人停手，跟着大笑，战事就此结束。从此以后，他们说：不能乱来，打到中国人身上，务必先想清楚。

无知的"新鲜人"——乔治镇学院时的学生照。雨帽一顶、浴巾一条，在宿舍里装模作样。就这么算是大学毕业了！真的。不信？看那顶方帽。

一天大雪。不知道谁起的头，纠集了整宿舍的汉子，冲去附近另一宿舍挑战，引起一场罕见的雪球大战。两方对峙，冲锋陷阵，煞是好玩。玩到兴起，年轻人不知好歹，开始出格。首先是从浴室搬来水桶，雪球战演化为冰水战。接着战火延至女生宿舍。几个荒唐的男生把雪球战和冰水战演变成内衣战，冲入女生宿舍去抢内衣，事情就闹大了。

这儿需略作解释。五十年代，男女关系还比较拘谨，尤其在南方——特别是宗教气味较浓的教会学校。在性压抑心理作祟下，年轻人会找花样来发泄；许多大学里最风行的就是"内衣战"：男生去女生宿舍里抢内衣，而女生既抵抗又鼓励。喧闹一番之后，适可而止。以西方的行为标准来评，这样闹法不算太过分。

思想保守的乔治镇学院却认为任何两性间的作弄都是过火的胡闹，不可容忍。当晚即予遏制，次日开始追究。宿舍的"Mom"明知没有美国青年愿意告密，于是把我这不悉民情的外国小子叫进去，要我点出带头犯事者。我虽一身淋湿，早就收手，没份儿参与那场内衣战，却觉得有祸应该同当，拒绝指向个人。这使 Mom 认为我这乖孩子居然与坏小子们同流合污，很不高兴。

过后，Mom 把全宿舍同学叫在一起，训了一顿；并说他们连我也给带坏了，为此怒形于色。同学们却在背后赞我，说我讲义气，对我另眼相看。初到贵境的我不知好歹，不明所以，多年后才清楚美国文化里对告密者深恶痛绝。

11 月近尾是美国的感恩节，放假四天，宿舍趁机闭门，打扫整修一番。几个外国学生没地方去，学校为我们找了一家民居，付了租金，让我们暂住几天。

所谓民居，其实是一位孤伶老头的家。两房一厅，破旧失修。一间房里有两张单人床和一只沙发，看来是以前的孩子睡房。孩子大了，先后走了，留下这间空房。两位韩国同学就各睡一床，一位日本同学则睡沙发。我呢？剩下只有老头自己睡的那张大床，就让我与他同眠。说来好听：觉得我比较干净，不会惹他讨厌。

那几天是我在乔治镇上最不舒服的日子。老头身体不好，睡得不稳，鼾声咳声交替而作。房间不大打扫，有股怪味。我想：孩子养大后都到哪儿去了？

丢下孤苦伶仃的老父，没人照顾之余，还要临时出租床位，靠此收点外快。不由得不同情他。想到这儿，那股怪味竟自淡了不少。

有人说：美国是孩子们的天堂，年轻人的战场，老年人的坟场。最近几年听说我国也正在走上这样的路。但愿不至如此。

民居吃饭倒还方便，就让我们四人在厨房里乱搞。吃些什么呢？韩国同学声称要主厨；少数服从多数，就吃韩国菜。中日两人则烧水洗碗。可惜主厨的两位不甚会做，每天烧上一大锅肉骨杂菜汤，放进一把辣椒粉，煮一锅半生不熟的米饭。连我这个什么都爱吃的人都觉得难以下咽。那位日本同学是个沉默寡言的君子，第二天开始却连他的脸色也不甚好看。

难受的不在吃，而在被一对韩国同学数落、不断指责中日两国从古到今的"罪行"。自我思量：韩国确实被日本侵略者统治，在暴虐的军国主义下受过几代罪。但是按我所念的历史，好像我们中国人历来爱好和平，对藩属礼义有加。何况韩国的文化来自我国，虽不必对我们感恩图报，也不至于要口诛笔伐。

直到有一天，我问他们的祖先不是把青年男女送来我们中原留学吗？这下子问得大错特错。他们说：作为藩属，祖先屡次在中原朝廷的威慑下，要送"五百童男童女"来华；说是学习文化，实是当作人质。我说：那不都是自愿的吗？他们厉声回答：谁说"自愿"！那个时代交通困难，哪有父母会"自愿"把儿女送至千万里外，生离死别，终身异乡？我无言以对。

每一片段、每一经历，无论看来多么不足挂齿，都让我初次接触到从未看见过——甚至想象过——的世间真相。从美国青年的放纵豁达、老人的孤独无助、绝不告密的社会规范等，到每个国家缮写历史时所持的主观态度、弱小民族敢怒而不敢言的无奈……这些说之不尽的小事，让初生之犊逐一摸索、逐一体会，不断从新角度试图理解源自不同文化的人情世故。

体验美国的人情世故

除了一位年龄比我大几岁的台湾女生，整个镇上没人能讲中文，应该既陌生又寂寞。却不。第一天、第一个星期，与人谈话确实非常辛苦，很难交流；两星期后就很自然地融入了周围环境。

十七岁的男孩子本来就天不怕、地不怕，什么都能接受。再说，香港毕竟比较西化；即便不谙外语，那种环境还是会让你习惯了一定程度的洋味。不过我看主要影响来自"全浸"（total immersion）：周围全是洋人，听的全是洋话，看的全是洋文，吃的全是洋餐。要吃饭、要过日子、要找人指导或帮助，哪能不洋？"必需"产生了"适应"。

或许正是怕被同化得太快，下意识里产生了对抗；而最自然的对抗方法往往是进攻。你让我这么快适应你的语言、你的环境、你的思维，就得让我高声宣扬我自己的背景和文化。于是来了还不到两个月，就接受了学生事务部主任史耐德的邀请，斗胆在学院的周会上大谈香港，大谈中国。

许多教会学校里，周会是个惯例；香港的培正中学和崇基学院亦都每周举行一次，让全校学生聚集在礼堂里，聆听牧师或师长阐述教义。早期只是为了传教，后来逐渐渗入别的话题；譬如

乔治镇学院的小教堂，兼作礼堂用。

说校长讲述校政、主任解释校规、老师报告教研心得、学生领袖宣布活动。偶尔也会请来校外专家或社会人士，讲一些益智新闻或生活经验；当然讲题并不一定脱离宗教。譬如说，一次，乔治镇学院从橡岭国家实验所（Oak Ridge National Laboratory）请来一位知名的化学家，让他在周会里讲解为什么作为科学家的他能够相信上帝的存在、为什么科学与宗教两者间并无冲突。

叫一个乳臭未干的外国学生在周会里登台说三道四，据说是破了天荒。

其实原来想找的并不是我，而是一位高年级的韩国同学。他长得高高大大、一表人才，书也念得不错；可是自觉英语生硬，不愿抛头露面。跟着找了那位也属高班的台湾女生。她长得袅袅婷婷、人见人爱，大可为中国人赢得人心；可是她害羞，笑脸相拒。终于轮到我这个没有见过世面的小伙子，听到主任一声令下，交来任务，加上前述的对抗心态，就糊糊涂涂、呆头呆脑地接受了。

有生以来第一次登台讲话。为了摆出民族尊严，做了充分准备，把中国学校课程之严谨、生活态度之正派、民族文化之深邃，以及道德观念的忠孝仁义，甚至历史上如何爱好和平……一股脑儿正气凛然全搬了出来。大概是因为整件事情实在新奇，讲的内容又总比听怕了的教义活泼一些，居然赢来同学们的满堂彩。

最有趣的是，已经跟我很熟悉的同房为此骄傲了一阵子，到处见到人就指着我介绍："This is my roommate."（这是我的同房。）此后走上来跟我搭讪的人突然多起来，给我增加了练习英语交谈和辩论的机会。

乔治镇学院虽然学术不很强，在肯塔基州里却是所老牌学校，有点名气。由于南方浸信会的势力极大，这所学院的社会关系特好，经常有各地村镇的中学、教堂、社交和服务组织（例如全球性的扶轮社、狮子会等）来校找人去演讲。校方能够提供的教师不足，同时大概也想与周围村镇分享其"国际网络"，于是那次周会之后，不少演讲任务顺理成章落到我的头上。

差不多每月出门两次，去的地方不是穷乡僻壤就是人口不过几百几千、教育水平较低、文化比较落后的山区小镇。镇民除一两位第二次世界大战的老兵或朝鲜战争退役回乡的壮丁，一般从来没有见过中国人。史耐德亲自驾着小车，带我在弯弯曲曲的山路上开上一两个甚至三四个小时。进到小镇，直趋教堂（经常也是小镇的唯一礼堂），不久后听到钟声齐鸣，召集听众。

小镇不搞接待外宾的客套。很快就让我进入状态，登台亮相。一般讲约一个小时。偶尔另一位韩国学生跟我们同去。这人与他的那位同胞正好相反，个子矮小、头大脸阔、胸厚气壮。我讲完后他跟着上台，施展响亮而不羁的歌喉，唱出几首与他的文化和我的演说完全无关的意大利民歌。

"表演"完毕，主持人（一般是小镇上的牧师或名流）会说几句道谢的话，然后拿出一只碟子，在听众里逐排传递，请大家即兴捐赠，向表演者表示谢意。这做法第一次令我非常吃惊，觉得不好意思。后来知道是农村小镇的常规，却之不恭。少则几块钱，多则十几块，反映的是善良村民的温暖友谊。

讲完后总有一群年轻人走上台来。再次令我吃惊及不好意思的是，十个有十个是女孩子。有些天真地问这问那；有些不说话，就睁大了眼睛看；有些羞涩浅笑，有些开怀大笑；团团围拢，良久不散。史耐德经常需要高声解围，说是开车回去还有很多转弯抹角的山路，天黑了不好走；她们这才与我热情挥别。

乔治镇的初秋，已有肃杀之感，可是不冷。

乔治镇的初冬，一件
皮夹克就够了。

　　演讲多次后，认识的人多了，英文不那么艰涩了，胆子也就大起来。居然
接受学生周报《乔治镇人》（*The Georgetonian*）的邀请，开始写起专栏。专栏叫
做《非常广阔的世界》（*The Wide Wide World*），还画了一幅世界地图作为栏首。

　　回想起来，真是莫名其妙。除了出生地上海和成长地香港，我几乎什么地
方都没住过，哪儿懂得什么"广阔的世界"？书倒是从小看过不少——至少比
周围的美国同学看得多，这就胜过走万里路，敢胆上生毛、胡说乱道？

　　更可怕的是，不写不知，一动笔就发现：非但对世界的了解非常浅薄，对
自己的祖国——甚至生长的城市——所知道的都极少！一个多学期写下来，只
能在自己所熟悉的渺小圈子里打滚。唯能告慰的是还有一点自知之明，相当老
实，不清楚的不写，免得误导读者。记得好像在开场白里就说明："世界那么大，
我能写的极少，姑且抛砖引玉，号召别的同学投稿，互相帮助把大家的眼界
拓宽。"

　　想得很美。可惜除了那位瑞典同学写过一次外，没人理会。

　　继续举例说一些异乡的人情世故。

　　乔治镇学院的校长是希伯来文专家，也是一位南方浸信会的传道士，在

以色列住过多年。其间在工作岗位上结识了另一位传道士，就在当地结了婚。巴勒斯坦局势紧张的时候，双双被教会遣返美国，送到乔治镇，让他当学院的校长。

两夫妇有两个教养得非常正派的女儿，都在学院附近念中学。十六七岁的那位天性比较活泼，生活在大学生堆里，活像公主那般，引起不少男生的注意。十三四岁的那位天生丽质，但是比较害羞，除了星期天斯斯文文地跟着父母亲和姐姐上教堂外，极少露面。

第一学期结束，新年假期来临，家里从香港运来一大箱吃的。主要是当年在美国买不到的干果、肉松之类。我把纸箱打开，拿出来与同学们分享。当然也少不了校长和他的家人。满怀兴奋地抱着一大包，送到校长府上。校长一家全在，迎入客厅坐下，非常礼貌地问长问短。半个小时后，非常礼貌地送出大门。

初次离家，很不懂事；遵守这些富于人情的节日礼仪，还是父母亲在信里再三叮咛的后果。回到宿舍，正想为通情达理而自我庆贺，看见同房和邻居手拿我的丰厚礼物哭丧了脸。话梅、嘉应子、笋干、敲瘪橄榄等美食，分明不合洋人口味；放进嘴后，既不敢嚼，又不好吞。这时我跟自己说，还好这么快就从校长公馆走了出来，否则他们一家四口当着我面品尝神州佳品，来个哭笑不得，如何下台！

同学间简单得多，直截了当地问我：你们自己敢不敢吃这些东西？可爱！

11月全国大选，1月中旬新官上任。肯塔基州再次选上曾在二十年前当过州长的阿尔伯特·钱德勒（Albert Chandler）。这位别号"快乐的钱德勒"（Happy Chandler）的政界人物甚得人心，胜得干脆。于是在"省会"法兰克福举行隆重的就职典礼和喧哗的嘉年华会。我们一群学生像远足那样，赶到首府凑热闹。

只见街上走来一串串游行队伍。军乐队来自全州各地中学；捧着喇叭、大鼓齐步疾行的乐手，穿着短裙高挥指挥棒的舞者，五颜六色，川流不息。这头鼓掌方停，那端欢呼又起。老老少少高唱的一首爵士名曲，就是"Happy Chandler"用作竞选军歌的 *Happy Days Are Here Again*！（语带双关，宣称

Happy 的日子即将再度来临。) 能唱的唱，不能唱的也唱，没人在乎走音走到什么程度。

晚上在州政府的大厅里举行就职舞会。人人有份；最起劲的是班男女青年。从禁舞的乔治镇学院里放将出来的煞星们，一头闯入人群，跟着节奏即兴起舞。

读者还记得前文说到的那首突破性的歌吗？ *Rock Around the Clock*（《通宵达旦摇滚不息》）奏起，疯狂地发挥了它的魔力。乐队不玩流行多年的狐步及华尔兹，甚至伦巴或探戈，整晚吹打的就只有摇滚。我在一旁坐着看人跳舞，想到可能要呆坐通宵达旦，不是滋味。

一群中学女生纷纷与我的同学们捉对跳将起来。赫然注意到一个给挂了单。她向我瞧瞧，我摊摊手，表示不会摇滚。她甩甩马尾装的头发，表示"不会又怎样？"，暗示我过去请她共舞。就这样，跳了几个小时。过程中我无疑踩她多脚，她却跳得兴起，哼也没哼一声。

乐队终于停奏。两班人马各自归队，打道回府。这位为我启蒙的摇滚舞伴，与我跳了整晚，彼此没作自我介绍，甚至一句话都没有交谈。这种事想来在我国不可思议。

不久后，跟同样这班同学去了几次肯塔基州西部的大城市路易维尔。原来路易维尔的著名音乐厅向大学生招手，聘请有兴趣、有礼貌的学生去音乐会里负责带位。报名受聘的需要提早两小时穿着晚礼服自费到达路易维尔，当晚音乐会结束后自己回去；不给丝毫报酬。唯一的补偿是允许站在厅内免费欣赏演奏。

就这么欣赏了有生以来第一场交响乐、第一场小提琴协奏曲、第一场女高音独唱。课室里学到的一点音乐欣赏、听过的经典唱片，终于获得现场体验，并亲眼看到不少名家现身说法。那种气氛是课室和唱片无法传递的。至今还记得一位美国土生土长、名叫罗贝塔·彼得丝（Roberta Peters）的女高音，当时还只二十多岁，出道不算很久；后来变成极为著名的歌剧演唱家。

谁能相信，一群愿意长途跋涉、连站几个小时、为了聆听高雅的经典音乐而充当带位员者，也就是在法兰克福通宵疯狂摇滚的同一班青年？

初次领会的美国风尚和思维

动笔之前完全没有想到，来美仅仅一年就有这么多可写。大凡年轻时候日子过得特别慢，初到异地又样样新鲜，即使给我一百页纸，也写不完。

一年下来，哪些经验和体会最具代表性？

最重要的当然是同龄青年的风尚和思维。一些与美国同学假日相处的经历很有代表性。

圣诞和新年是美国人的主要假期，等于在我国把两个黄金周连在一起。学校宿舍照例关门，两位同学请我跟他们回乡度假。很难选择，结果每处去了一星期。

第一个星期的去处是相当贫困落后的小镇，招待我的那位同学叫做 Vester Lewis。他之所以上得了乔治镇学院，依靠的是教会为培养牧师而提供的奖学金。父亲是牧师。家里的设备和装饰都简单朴素，带有早期欧洲移民的风格。墙上各处挂着十字架和宗教箴言。用餐时一家坐得规规矩矩，先由一人带头祈祷，感谢上帝赐食之恩。饭后离开餐桌，到起居室坐得规规矩矩，由另一位读一段《圣经》，默祷片刻。

圣诞节前两晚，Vester 给我看到的却是另一种招待方式。开了父亲的旧车，带我去"汽车影院"（drive-in movie）看戏。坐在汽车里看电影可是第一次。好大的广场里停着一排排汽车，人坐在车厢里，面对巨大的露天银幕。投影和音响比普通电影院差得多，可是车厢能保障隐私，青年男女在那道德观念很强的时代无处可躲，汽车影院为他们提供了理想的调情场所。电影好不好看无关紧要。

电影刚开始，就有人敲窗。Vester 认出三个年轻女孩，都是他中学时的同班同学。于是半开了窗，替我们介绍，说我叫做 Woo。三句没完，花枝招展的她们就嚷着要爬进车厢，给 Woo "好好享受一番"。我没懂得是什么意思，只看到满脸正经的 Vester 即刻摇上车窗。（怎么这样欠缺礼貌！）她们在车外磨了一阵子，看来不会有什么动静，就晃着身子去他处敲别人的窗了。看来若我不在，Vester 早就让她们走进车厢了。

第二天是圣诞夜，Vester 家门前来了个唱诗团。大概十来位穿着圣袍模样的青年男女，手持蜡烛或十字架，用柔软的和声轻唱圣诗，歌颂两千年前耶稣基督的诞生。烛光下一张张脸都那么虔诚、那么高雅。突然看到两张似乎见过的脸。啊，不就是昨晚嚷着要进我们车厢的姑娘吗？当晚歌声之后，Vester 鬼鬼祟祟地从后门溜了出去，随即听到一阵宗教味不很浓厚的嘻笑。凌晨还没听到 Vester 回家。

第二个星期到了乔治亚州的大城市亚特兰大。Leroy 亲自来车站接我。

亚特兰大与上周去的小镇有天壤之别。Leroy 家的花园洋房虽非惊天动地，与上周那家相比却可算是豪宅。里面的家具和布置清新大方，现代化而不嚣张。他们也是个虔诚的宗教家庭，可是壁画、装饰、生活习惯上，却

肯塔基州的小镇——故意隐去其名。（1955年）

乔治亚州的大城市——亚特兰大。

丝毫不见表露。

Leroy 把一周的节目都已排好：去欧洲馆子吃饭、音乐厅听提琴独奏、影院看文艺片、公园里野餐……让我品尝美国现代城市里中上阶级家庭的文化和休闲生活。

每到一处，他都带着那青梅竹马的女朋友与正在念高中的妹妹。最后一天，我说："Leroy，你待妹妹真好，什么地方都带着她。这样的兄长真不多见。"你猜他怎么回答？"怎么说我待她好？我是在招待你嘛！整个星期来她都是你的 date（男女间的约会）。"

原来是这么一回事！作为主人，礼节上应该以平等方式招待客人。既然他要利用假期天天与女友约会，则必须给我也配上一个 date。要每天帮我找个 date，实在太花工夫，况且辛辛苦苦找来的未必跟他俩合得来。既然眼前有个现成的、年龄适当的妹妹，何不借用一下，多么方便？

惭愧惭愧，为了礼貌，我每次出外总尽量与 Leroy 并肩而行。过后想想，他与女友一定嫌我挤在中间做"电灯泡"，心里想："这小子实在太不识相，不够朋友。"而他的妹妹呢？又何尝不觉得被我无端怠慢，心里想："这样的 date 实在太不够意思，要他干吗？"唉，都怪他不早说！

Leroy 为客人想得周全。Vester 则忍不住要在半夜偷偷摸摸找机会去玩耍，把客人摒弃于自己的假日生活之外——也许是为了扮正经，也许是为了保护客人。同样是美国，同样在南方，同在一所学校里读书，两位同学的作风竟有这么大的分别！人嘛，本来就有差异——并不反映谁好谁坏、谁对谁错。（中小学时的同学大多来自同一个圈子，背景相像，因而作风比较相似。再说，我们的民族传统比较注重规范和一致。唉，居然要到外国才体会到这些！）

下学期过了一半，复活节来临。这也是美国人必定庆祝的重要节日，放四天假。一群同学在学院安排下坐长途汽车南下田纳西州，去某农场参加浸信会举办的"学生隐修营"（student retreat）。我也跟了去，又大开眼界。

既然是教会组织的活动，当然每天免不了有人来讲道，并分组讨论教义。营里来了一百多名大学生。与会者并不全是教友，我那组里就有一位在某浸信会学院做交换生的法国天主教女孩。营友大半时间花于团体交谊和文化活动，彼此在闲谈中认识不同学院、不同乡镇、不同阶层的生活背景。

说是农场，其实多半是稀疏的树丛和广阔的草地。营房就像学校宿舍，一小栋一小栋静静地隐藏于林间。清早起床，尽吸新鲜空气，洗清胸肺。夜晚早眠，花草幽香飘来，格外醉人。

最难忘的却是黄昏时节的和声合唱：饭后小憩，三三两两分头散步。有人开始低声哼起民歌，一旁就有人和上。顷刻间，一撮人围将上来，女声男声、高音低音，各自配合；柔美的四声合唱在无人带领下浮出。一曲方了，又自然有人重新开端；此起彼伏，历久不止。

美国南方素来有和声歌唱的习惯。有说因为在未有音响电视、未有娱乐场所的时代，移民们把故乡带来的民歌编成乐曲，聚集邻居，和韵作乐。有说棉花地里的黑奴农作艰辛、生活悲惨，惟有以歌唱互诉忧郁；一呼百应，借此寻求片刻的精神解脱。

很多南方歌曲早已散播全球。斯蒂芬·福斯特（Stephen Foster）所写的 *My Old Kentucky Home*、*Swanee River*、*Old Black Joe*、*Oh Susanna*、*Beautiful Dreamer*、*Jeanie with the Light Brown Hair* 等都早已译成中文，在我国也广为流行。（其实福斯特是北方人，一辈子只去过一次南方。）

短短几天，这种生活情趣在我脑际留下了深刻的印象和留恋。很明显，来美虽不很久，我已不知不觉融入了南方文化。

营里有几位来自他校的香港学生，走在一起。听到他们以流利的粤语交谈，我高高兴兴走上去，却蓦地吃了一惊，发现自己有话要说时，出口的竟是英语。需先用英文想好，在脑里进行翻译，然后送到嘴里，才能以粤语讲出。翻译过程虽然极短，但是需经这么一个过程，叫人怎不吃惊？

更吃惊的是，讲了没几句，又莫名其妙地回到英语，还是南方口音很重的英语。后来据朋友说，离开肯塔基后我还保留了南方口音，多年后才褪掉。原来"全浸"的功效这么强，发挥得这么快、这么透！

其实一年的"全浸"所给我的，最多还不在语言和风尚，而是对文化思维的体会和理解。当然这些体会和理解都有强烈的时代性、地区性，我所看到的局限于五十年代的美国南方。半世纪后，隔着太平洋，时空尽异。或许一切都时过境迁，不过精神基础应当犹存，不妨拿几方面的观察来谈谈。

美国人爱国。爱得自然，爱得坚定。爱得轻描淡写，也爱得慷慨激昂。甚至爱得不分青红皂白，自以为是。有那么一句话："对也好，错也好，总之这是我的国家。"（My country, right or wrong.）国家战难关头，精忠使人民团结一致，全力自卫。领导错误时刻，精忠令群众盲从愚昧，迷途失所。幸好建国之初政治规范从无到有，移民出身的元老们能不受历史的束缚，凭远见和直觉创立了权力制衡的宪法及管治下放的体制，让国家即使走上歪路还能保住急速回头的机会。

美国人虔诚，坚信自己的宗教。国家有难的关头，这种虔诚能为人民带来信心，共渡艰境。领导犯错的时候，虔诚却可走样，成为迷信，让政客以意识形态来曲解教义，把侵占他人利益的军事行动或经济行为包装成替天行道。欧洲历史上就屡见教会或宗派与封建宫廷勾结，坚持唯我独尊，厉行宗教迫害，从而引爆长时期的内战外争。幸好早期来美的移民吃过这种苦头；有鉴于先，制定了维护信仰自由及政教分离的宪法，（至少在国境内）大致排除了激烈的宗教纷争。

美国人酷爱自由，爱说自己是全世界最自由的国家。事实上自由具有相对性、限度和范围，须以不可逾越的界线来防止一人的自由侵犯他人的自由、一族的自由侵犯他族的自由。可是这条线该怎么画？由谁来画？餐馆的主人对顾客该不该有选择性服务的自由？火车、公交、电影院应不应有选择性派位的自由？房东能不能有选择性出租的自由？为了保障法定权益，少数在什么情况下有对抗多数的自由？

美国人标榜民主：美国式的民主，尤其是多党政治及领导层的选举方式。事实上这样的民主也有不同体制。以反抗君主隔洋专政而赢得独立的美国人，非常害怕权力过度集中，于是以宪法规定了立法和行政的相互制衡。作为君主立宪制先行者的英国人，则不惧两权合一，愿以下议院选举来统一立法和行政领导权，保证管治效能。两者各有利弊。此外，民主不仅指少数服从多数，必须另建人权保障法来防止"多数者的暴政"（tyranny of the majority）。否则少数者被欺压时去哪儿申诉？

美国人崇尚自立和自强，同时拥有互助精神和乐施传统。表面上看来好像存在某种程度的矛盾，其实不然。最早来自大洋彼岸的移民充满冒险精神，深入不毛之地，面对落后而强悍的土著，为了生存不得不自立、自强。可是不论刚强到什么地步，总还是人少势弱，为了生存又不得不与伙伴和邻居彼此照应、攻守相望。若新垦的村落里来了好勇斗狠的盗徒或欺凌孤寡的恶霸，则需团结一致，联手扶弱锄强。自立、自强、互助、乐施的风格，在南方的人际关系里尤为显著。

美国人热情、直爽、友好、善良，可是朋友间的交情往往不深，也不持久。初次见面，不论年龄、不分尊卑，即以小名相称。相识片刻，就说笑自如，上天下地无所不谈。可是过了几天再次相遇时，未必记得你的大名或面貌。几年来天天在一起学习、一起工作的同学同事，某日分道扬镳，一句"再见，好运"，就可能从此不通音讯。或许这又与早期移民的生活环境有关：人丁稀少的地方，见面如拣宝，必须易于相处，便于合作。但是聚难分易，交情还是浅些好，免得牵挂。

上面这些话说得太绝，也太片面，处处都提及移民的历史背景，怎么到二十世纪还保留了这么多先民的遗风？

那就得扳动手指、数数年份了。北美洲最剧烈的"印第安人战争"（Indian Wars）发生于十九世纪下半叶，而最后一场战事爆发于西南部离加州不远的亚利桑那州，年代是 1917 年，仅在我到达加州前三十八年！很多所谓"先民"那时都还活得好好的呢。

以上大多取自五十年代寄去香港的家信；即便后来作了整理和总结，总还是小青年初来时的即兴观察，肤浅之处请原谅。

一眨眼，又过了半个世纪。这半个世纪里变化实在太大，美国人的性格和作风有没有跟着变？有！

五十年代的美国人——至少南方人，性格和作风还没有脱离先民遗风。我所看到的，一般来说，性格天真、诚恳，近乎孩童；作风自信、主观，近乎少年。半世纪里快高长大，肌肉迅速膨胀，带来一定程度的霸气。口袋里多了钱，花得爽快，一时得意忘形，一时又后悔莫及。顺利时难免盛气凌人；遇到挫折、失败或外来冲击时，转而对传统产生疑虑和反抗。好的坏的，都属快高长大的代价。

五十年代的美国人持有犹太教和基督教一脉相承的价值观（Judeo-Christian values），但是底子里出现了裂缝。自由逐渐走向放任，自律走向放纵。政治上，民主变成反共口号：国内出现了麦卡锡主义；国外则接受西欧国家的殖民行为，变相遏制弱小民族的独立运动。好在群众在混乱中开始醒悟、反思、自发寻求自由和民主的真谛，终于为六十年代兴起的民权运动和反战运动打造了思想基础。

第二编

苦读 就业 订婚

初叩黉宫　华盛顿大学

情缘初订　失学与就业

半工半读　订婚与婚期

第四章　初叩黉宫　华盛顿大学

知识分子相识，迟早会问对方在哪儿念的大学。我们中国人更喜欢问这个问题，一方面因为把母校和同学关系看得很重，另一方面也许因为比较注重"出身"。

很多年来，我害怕人问我这个问题，因为不知道怎么回答。在崇基学院的那一年，与其说是念书，不如说在打发时间、等拿留学签证：经常旷课，根本没学什么。在乔治镇学院的那一年，主要是凭考试拿学分，要就是听点入门课，除皮毛外也没学什么。

因此，假如要我老老实实回答，最正确的答案应该是：我没念过大学。

没念过大学？那怎么能进研究生院？我也觉得实在胡闹。

最苦的是没有自知之明

在前文，我跟读者们说了出国升学的来龙去脉，包括为什么父母亲让我去美国念本科、申请去美国念书时所需跨越的难关、横渡太平洋深入新大陆的沿途趣事、乔治镇上的生活经历和观感。

也就是说，向各位交代了我的出身和入关。

在乔治镇只待了一年，拼拼凑凑拿足学分，大学就算毕业了。非但毕业，还被授予物理和数学的双学位。除了考那门化学时让认真的老师评了个 B，成绩单上完全是 A。于是在毕业典礼上又被校长颁予 Summa Cum Laude——最优等的学位称号。此事连带照片出现在具有崇高声誉的《路易维尔纪事报》（*Louisville Courier Journal*），竟被誉为罕见的科学天才。

"天才"肚里完全没货。我不说，人不知。我说了，人不信。可事实就是这样。若以正规的教学标准来评——甚至最平凡的学术要求，这个"科学天才"根本可说目不识丁。更可怕的却是，苦难临头还不知天高地厚。

没有尝过这种滋味的人不会明白：人生最可怕的事还不是知识太少、水平太低，而是没有自知之明。最惶恐的心情是突然发现自己什么都不懂；最苦闷的感受是不晓得如何跳出这个深坑。

18 ~ 19 岁那两年，就是这么过的。

在乔治镇学院念完第一学期，大致料到再过一学期就可以拿足学分，准备毕业；于是开始申请研究生院。从图书馆的资料里摘录了一张研究生院名单，照着名单写信，索取申请表格，细心填好寄出。同时按照要求请教师们替我寄上推荐信。

起初的想法是趁机回到原先想念的土木工程，或进别的工科也行。可是一看各工学院的介绍手册，才知道若要进工科念研究生课程，必须预先读完很多听都没听说过的必修课。不好好花上两三年时间，根本做不到。其实一点也不奇怪：工程的本科生学位本来就需四年时间；那么，即使我在崇基和乔治镇念得正规，也还需多念足足两年。无知至极的我很不服气，觉得让我给还省下来的两年，实在太不划算。不如就继续念物理吧！

再说，好像物理系的研究生都能兼任助教，除了免缴学费，还能拿到充裕的助学金。这样，衣食住行都能应付，毋须让辛勤的父亲继续为我操劳。

总共申请了五六处。除华盛顿大学（Washington University）外，当时都不能算是真正一流的研究型大学。田纳西大学（University of Tennessee）是物理老师的母校，邻近还有规模很大的橡岭国家实验所，据说师生们经常有机会在那儿实习。老师说，若能进到这两所之一，就该非常满足。

1 月里寄出申请书，5 月头还石沉大海。除最早来过一封信表示收到了申请书，跟着就一点消息都没有。每所大学都如此。眼见希望日减、前景渺茫，告诉自己要做好心理准备，在乔治镇多待一年。不过实在不知道第二年里可以学些什么与理工有关的东西。

正在发愁，田纳西大学的物理系来信，收了我当研究生，一年还给九百多美元的助学金，要我在两星期内决定接不接受他们提供的机会。作为田纳西大学校友的物理老师听到消息，觉得母校非常给他面子，特别高兴。不过师生商量后，决定还是再等上一个星期，看华盛顿大学那头会不会也来消息。会不会出现另一个奇迹，让我有所选择。

这一等，果真等出了名堂：没两天后，华盛顿大学的物理系也来了信，除了录取我外，还提供"兼职助教"的名额。学费全免，每学年（九个月）还给1280美元的免税助学金。这一下子读书和生活的问题同时得到解决。假如暑期能够打工，另觅收入应付食住，则1280除9，每月到手142美元。生活节俭一些，还可以每月寄30块钱回家！

人的一生，经常碰到意外。照说等到5月份才被田纳西大学录取，还拿到助学金，应该喜出望外，立刻接受，免得夜长梦多。你看，连另外几所较差的学校都没收我，著名的华盛顿大学哪会例外？这种奢望，等来干吗？

假如当时如此理智，去了田纳西大学，这辈子所走的，该会是哪样的路？永远无法猜测。

多年后，与自己的研究生说起此事，他立刻说："一定不会改变。你不是几天后收到了华盛顿大学的录取和助学金通知吗？到时给田纳西大学写封信，跟他们说你改变主意，不去了。写得礼貌些，大不了道个歉，还不行？不必让一时的冒失决定终身命运。你还是会去华盛顿大学的。"

听了这番话，我想：世界真是变了！他说的这种做法，我那时代的"读书人"想都不会想到。一诺千金：接受了人家的录取，哪能言而无信！

其实华盛顿大学肯收我，无疑是判断错误。物理系招生组的教授们对高等院校了如指掌，一看我的申请资料，就知道这学生绝非真材实料，因此根本没有考虑收我。只是5月里，新生名单打定、助教职位满额，突然有人不知是害了重病还是什么，临阵退缩；于是出了空缺。到那时候，水平过得了关的申请者都已另有去处。招生组无可奈何，回过头来复查档案，发现还剩下这么一个稀奇古怪的"小天才"。好歹赌他一把吧，收了试试，大不了明年让他走路。

就这样，招生组三位教授的小赌，断定了我一辈子的大路。

来到著名的华盛顿大学，第一件事是去物理系报到，觐见两位教授。一位负责指导研究生的学习，分别了解每个学生的本科水平，帮他制订第一学年的课程。另一位负责安排助教的工作任务，是所有兼职研究生的顶头上司。

这里先说课程。

一般来说，"全读研究生"（全时，full-time）每学期选四门课，每门一周3学时。每周总共 12 学时，一学期领 12 个学分。兼职助教算是"兼读研究生"（半时，half-time），每学期选三门课。每周总共 9 学时，一学期领 9 个学分。物理系新收的研究生，人人需要经济资助，都担任兼职助教。因此课程几乎一律；那三门课分别是经典力学、统计力学及理论物理方法（数学物理）。

我问指导老师："物理系总共有多少门课程可念？"他递过课程手册。我看了立刻追问："为什么只选三门课，一周只上九堂课？我能不能多念一两门？"唉，你看问得多愚蠢！同班的研究生大多来自名校，扎扎实实念过四年本科。连他们都只念三门，我凭什么能够拿下四五门？

更应让指导老师吃惊的是，跟着我又问："课程手册里列有现代物理、原子物理、核物理等等；这些我都已经念过，是不是不需要重念了？"唉，你看这又问得多狂妄！在乔治镇"念"过一小本纯属描述性的现代物理，里面有一章原子物理和一章核物理，内容犹如给中学生讲故事，连最基本的几条方程都没说到数学推导或实验分析。这就以为"念过"了！

相信指导老师真给我搞糊涂了。应该糊涂不久，两分钟就能看出我的无知。可惜这位科研上蛮有成就的教授，对研究生的学习不感兴趣，不愿意花点时间指出我的无知。就说："你还是跟大家一样，选那三门标准课吧。"

假如他心狠一些，给我一场当头棒喝、结结实实打几下闷棍，或许我会早些领略滋味，获得一点自知之明，也省却跟着两年的惶恐和苦闷。可是该发生的没有发生。

圣路易市的华盛顿大学

乔治·华盛顿是美国的开国元勋、首任总统。因此全国都尊敬他，到处爱用他的姓名，以资纪念。首都叫做华盛顿，大陆上最西北的州叫做华盛顿。不少大学及学院借用了他的姓或名。

我来美后所进的第一所学校叫做乔治镇学院；跟的虽是地名，而地名本身却来自华盛顿的大名。巧得很，第二所学校是中西部密苏里州圣路易市的华盛顿大学，用的是他的姓。

为了让人易于分辨，大学的全名或多或少有些差异。譬如说，南方有所学院用了两个人的姓：华盛顿与李——后者是南北战争时南方联邦的军事统帅。乔治镇这名字则被用了两次：一叫学院，一叫大学。乔治镇大学（Georgetown University）位于首都华盛顿，是所蛮有点名气的大学，尤以外交和政治学见称。很多人一听到我在乔治镇读过，就点头认可，使我不得不立即加以澄清。

"华盛顿大学"就更难搞了。圣路易市的那所叫做 Washington University；华盛顿州的那所叫做 University of Washington。前者位处密西西比流域，是历史悠久的私立大学；后者则是美国西进后建的州立大学。两者都是著名的研究型大学。我国的文字结构无法区别，把它们都译为华盛顿大学；其实两校风马牛不相及。

你说，那为什么不把后者译成华盛顿州立大学呢？因为该州另外还有一所州立大学，名为 Washington State University；名正言顺地被译为华盛顿州立大学。

首都华盛顿有所大学，叫做 George Washington University，把乔治和华盛顿的一名一姓都用上了。想来大概被译为乔治·华盛顿大学，不能简化。

这么多名称大同小异的学校，叫人怎么搞得清楚？

幸好专用名词在英文里经常可以用字母来简称：Washington University 成了 WU，University of Washington 成了 UW，Washington State University 成了 WSU，George Washington University 成了 GWU——问题完全解决。（若把 Georgetown

College 称为 GC、Georgetown University 称为 GU，问题也可解决。只是我那时候的乔治镇学院喜欢自称为 G-Town，不知道乔治镇大学有否抢用这个"商标"。）

中国同学和校友们把我们所进的那所华盛顿大学简称为"华大"。又出现了问题：UW 的中国同学和校友也都喜欢称自己的母校为"华大"。说句笑话吧：好在两所都是强校，每次传媒报道华大，说的都是好事。这样一来，名称的混淆反而让两所大学都沾上对方便宜，赞誉凭空翻了一番。（碰上有损声誉的事，无疑校方会发出通告，澄清再三，表明"不关我事"。）

圣路易市的华盛顿大学建于 1857 年，享有辉煌的历史，曾被誉为"中西部的哈佛"。建筑学院、社会工作学院、法学院等都名列前茅。最享盛誉的是医学院，公认名列全美四强。走进医学院前门的大厅，立刻见到墙上挂满照片，都是诺贝尔奖金获得者。可是仔细一一观察，会发现不少人拿到诺奖时已经离校他去——虽然被颁奖的科研工作是在华大任教时做的。

这段话点出了华大的精彩，同时点穿了华大的悲哀。学校的命运原来与城市的命运息息相关。

圣路易的命运经历过哪些变化？请听我说。

密西西比流域最早由法国在新大陆"开发"（应该说是法国从印第安部落手里抢去），难怪许多地名至今还以变相的法语发音。例如：芝加哥（Chicago：应读为"席卡构"）、伊利诺伊（Illinois："s"不发音）、圣路易（St. Louis："s"不发音）等。美国开国初期只有东部十三个州。移民人数快速增长，尤以英格兰语系者为甚，乃大举西迁，进入人口相对稀少的密西西比流域。

当时密西西比流域最繁荣、最重要的城市就是圣路易。市名来自法国皇帝路易九世（Louis IX）。圣路易之西是一望无际、令人垂涎的肥沃土地，但对早期移民来说，只有胆大包天的探险者才敢涉足。

1803 年，雄才大略、不可一世的拿破仑居然看走了眼，以 1500 万美元的低廉价格，把密西西比流域以西的整个北美中部两百多万平方公里土地，卖断给美国联邦政府。这项永远改变了国际局势和全球历史的交易被称为"路易斯安那购买"（Louisiana Purchase）。（正如圣路易市，路易斯安那所纪念的是法国

森林公园里的圣路易（法皇路
易九世）铜像。

皇帝路易九世。）

　　社会发展的自然趋势颁给圣路易新的任务：为了争取广阔的生存空间，移民不断向西推进。历史的巨轮把圣路易定为美国人的"西进大门"（Gateway to the West）。一潮接一潮的篷车队在此集合，在此梦想新的家园，在此购置长途跋涉所必需的牲畜、粮草、物资和用品。在此向"文明世界"告别，走上一去不复返的征途。

　　无从准确估计多少单身汉子、多少一家老小，牺牲于艰辛的旅途、天然的灾害或与土著的冲突中。无从写尽他们可歌可泣的事迹，也无从写尽无数印第安部落的悲惨下场。历史总是如此无情，《大国崛起》从十五世纪的葡萄牙、西班牙数起，说尽征服者的勇敢和凶狠，以及被征服者的悲情和无奈。客观细想，自古以来我们自己国家的发展史也不例外。

　　1849 年卷起的掘金狂潮，把圣路易的成长推上了又一阶段。位居密苏里州东线的"西进大门"，变成了掘金者的出发点，及跟随他们西行、寻求新生或财富者的出发点。

1865 年内战结束，又出现了新的阶段。遭受过战难的人、寻求太平的人、南方阵营的败兵、北方阵营的追兵、在战争中学到武功的冒险分子……纷纷向西部涌进。圣路易当然又是最方便的出发点。

1868 年太平洋铁路全线开通。起点在内布拉斯加州的奥马哈，与圣路易间有密苏里河相通。在圣路易搭上木筏的人，只要不被激流打翻或冲走，就可直达奥马哈，然后搭上相对来说有惊无险的"铁马"，奔向那开垦者的天堂、冒险者的乐园。读者们闭上眼睛，轻哼几句不少国人熟悉的美国民歌《噢！山纳多》（ *Oh Shenandoah* ），脑际浮现"广阔的密苏里河"（The Wide Missouri），或许就能撇开旁观者的浪漫幻想，感受当时人的悲情忧思。

十九世纪下叶是美国加强向西扩张、征服印第安部落、吞并墨西哥疆土的年代，也是国力迅速膨胀的年代。世纪之交，隐约呈现新兴强国气象。

进入二十世纪，密西西比流域日益稳定繁荣，圣路易竟又变成欧洲贵族和富商的旅游胜地。1904 年，以"路易斯安那购买"一百周年纪念为名的世界博览会在圣路易举行；同时，奥林匹克运动会在英语国家首次出现于此。两者引

1904年圣路易世界博览会。

华盛顿大学的运动场是1904年奥运会的竞技场；
当时，拔河也是奥运会比赛项目。

来了欧洲"文明世界"的"皇亲国戚"，为美国腹地带来空前盛况，把圣路易捧上了国际舞台。

当时为世界博览会所写的一首歌叫做《与我在圣路易相会》（*Meet Me in St. Louis*），流行多年，至今还常听到。为世博会建筑的森林公园和艺术馆，至今还是市民和游客的休闲和观赏名胜。而奥运会的竞技场就建立于华盛顿大学的校园里！

今日华大的校园分成两块。主校紧贴森林公园，向西是圣路易市高级郊区的起点。大学的医学院和众多著名的附属医院，则紧贴森林公园的另一头，向东是圣路易市中心的起点。圣路易的极盛时期也正是华大登上国际学术高原的时代。

从开荒的滩头阵地，演变为西进的主要基地，继而成为早期的工商重镇，圣路易数度脱胎换骨，在二十世纪上半叶终于变成整个地区的中心城市。

可是时代转换，形势变迁，别的城市随后一一兴起。在西部发了横财的人，东归途中首先到达密苏里州西界的堪萨斯市（Kansas City），寻求欢乐享受，急不可待地把钱花了出去；于是圣路易碰到了对手。跟着，金矿周边地区的城镇日益兴旺，萨克拉曼多和旧金山热闹非常，人们乐不思蜀，不再坚持跨越大漠高山奔回东部老家；于是圣路易独特的吸引力再度降低。

三十年代是美国电子工业的萌芽时期，主要的科技研发工作始于东北部沿海地带。西部的加州出现了一群无线电玩家，在电子元件方面破旧创新，由嗜好走向专业，为东部的大企业提供多种特效真空管。接着，一些杰出的应用科技专家在旧金山半岛创办了实验室和"车间工厂"，为"硅谷"打下基础。

四十年代，美国卷入第二次世界大战，目光随太平洋战役西移。战后占领日本，进入朝鲜半岛，并重新走进菲律宾。五十年代初期又打上朝鲜战争。至此历来自命为大西洋国家的美国，撑出了太平洋国家的旗帜。战略重点分布到东西两岸之际，自然而然地忽略了中部。

与此同时，现代化的战争突出了高新科技的主导地位，经济发展也跟着走向以科技为重心。中西部的城市群，财富素来建立于传统产业，包括农牧、食品、矿业、钢铁、化工、机械、制造等。在那丰衣足食的日子里，踌躇满志，没有看到电子时代的来临，因而坐失良机。虽然整个密西西比流域继续是美国的粮仓和工厂，但是与新兴的太平洋沿岸相比，显然失去了往日的重要地位。这种时空因素一旦出现很难逆转。

圣路易市并不例外。

学术界和科技界的人，触角很长、天线很高，很快就觉察到哪儿是新知识、新学问、新动力的孕育基地。求知是他们的本能，物以类聚，创新气息对他们具有极强的诱惑力。加上太平洋沿海一带景色优美、气候宜人；不像中西部那样，一般来说风景平平，冬季寒冷、夏季酷热。不受传统拘束

圣路易火车站。

的加州大学、斯坦福大学、加州理工学院等，既以基础研究启发高新科技，又与科技的应用和产业化并肩崛起。它们运用各种方式向杰出学者招手，令诸多中西部的名校人才流失。

华盛顿大学也不例外。

华盛顿大学的物理系

人们说到母校，通常指对他们一生影响最大的两所学校：一是在基本教育上培养了他们的中学，一是在本科教育上培养了他们的大学。

以我来说，香港的培正中学为我打下良好的学习基础，确实是我的母校。中学之后分别各进一年的那两所学院，在本科教育上对我影响不深。错不在学校，而在我自己。但是没有让我培养对母校的那种感情，却是无法否认的事实。

反而是令我经历了非常艰苦的几年、然后给了我扎实的研究生教育的华盛顿大学，才是我另一所真正的母校。

今天的华盛顿大学。物理系近右下角。翠绿的
运动场就是1904年奥运会的竞技场地。

我到圣路易那年是 1956 年。连郊区在内共约一百万人口，在美国算是较大的城市。圣路易开发较早，拥有重要的化学工业（孟山都公司：Monsanto）、飞机工业（麦道：MacDonnell-Douglas）、农牧食品业（罗森－普瑞纳：Ralston-Purina、安海斯－布希：Anheuser-Busch）、传媒出版业［普利策（Pulitzer）所创办的《圣路易邮报》(*St. Louis Post-Dispatch*)]、电器工业（艾默生电气：Emerson Electric）等等。高等教育也相当普及，除华盛顿大学外，还有天主教耶稣会创办的圣路易大学及好几所博雅学院。

华盛顿大学很早就在物理界建立了地位。物理学家阿瑟·康普顿（Arthur H. Compton）于 1923 年做了 X 光电子散射实验，证实了光兼有波和粒子的性质，为现代物理打下重要基础。这个实验被定名为"康普顿效应"（Compton Effect），让他在 1927 年获得诺贝尔奖金。第二次世界大战之后，康普顿当了八年华大校长。

康普顿上了《时代周刊》的封面。（1936年1月13日）

当时被传为美谈、后来却没有多少人知道的是：康普顿三兄弟同一时期分别担任三所大学的校长——华盛顿大学、麻省理工学院、华盛顿州立学院（华盛顿州立大学的前身）。

继康普顿之后另一位著名的校长是政治学家兼二战时期的众议员托马斯·艾略特（Thomas Eliot）。他来自学术世家，是创校者兼第三任校长威廉·艾略特（William Eliot）的后裔、哈佛大学校长查理斯·艾略特（Charles Eliot）的孙子、著名诗人 T. S. 艾略特（Thomas Steams Eliot）的远房表弟。

五十年代之后，时势和地理都对圣路易不利，直接影响了华盛顿大学的发展。太平洋岸的加州不断来掠夺人才，连物理系主任乔治·佩克（George Pake）都被新兴的科技企业施乐公司（Xerox）聘去，主管后来在应用科技上颇有建树的施乐研究中心（Xerox Research Center）。

1957 年，苏联人造卫星"斯普特尼号"（Sputnik）上天，令素来轻视苏联科技的美国政府大为震惊，担心一旦科技落后于苏联，会一并输上冷战。于是即刻全面鼓吹科技的重要性，大量为科研拨款，同时极大幅度地增加理科、工科的研究生名额。物理作为科技的主导和基础，顿时变成了社会宠儿。全美各地的大学接受号召，获颁大量经费，纷纷扩大物理系，增收博士生。

美国的经济动力主要分布于东北部的数州和西岸的加州，那些地方的研究型大学得益最多。中西部受益的有二战时期核能创始地芝加哥大学，及理科和工科规模本来就较大的几所州立大学。

一般研究型大学的物理系原来不多于三四十位教授（包括正教授、副教授、助理教授）。时势鼓励之下，不少大学把编制加倍。素负盛名的麻省理工学院（MIT, Massachusetts Institute of Technology）把物理系的教授编制增长到八十多位。并不算是科技主力的马里兰大学（University of Maryland），竟把物理系教授队伍扩大到超过一百位。可惜以农为本的密苏里州资源比较贫乏，圣路易的经济地位又今不如昔，华盛顿大学经费和捐赠有限，物理系教授名额依旧停留于二十以下。

量虽不足，质却有余！我在华大的那些年，十五位物理教授里有五位美国国家科学院院士，包括上述的康普顿和佩克，及 E. U. 康登（E. U. Condon）、亨利·普里马克夫（Henry Primakoff）和尤金·芬伯格（Eugene Feenberg）。此外还有与李·杜布里奇（Lee DuBridge，三十年代的华大教授、五十年代的加州理工学院校长）合写权威著作《光电现象》（Photoelectric Phenomena）的 A. L. 休斯（A. L. Hughes）等。这样小的系能有如此强劲的阵容，可说绝无仅有。

康登是量子力学和原子光谱的早期权威，并以"法兰克－康登效应"（Franck–Condon Effect）闻名。他原是美国政府重要科技机构"国家标准局"（National Bureau of Standards）的局长。五十年代初期，白色恐怖一度在美国泛滥成灾。积极主张国际科技合作并反对核武器发展的康登，被极端分子和投机政客冠以左倾嫌疑，说他可能危害国家安全。反共运动和冷战局势日趋紧张之际，终于把他逼离国家标准局，走进工业界。

在工业界从事科研的几年里，他继续受到政治骚扰和经济迫害，于是决定转入崇尚学术自由的教育界。哪知一时竟没有大学敢聘用他！当时华盛顿大学的校长是坚持大学自主、反对无理迫害的康普顿。他不畏舆论，出手聘请康登为物理系主任，替美国教育界和科技界争回公道和尊严，也替华大争取到学界的一致敬佩。

此外，普里马克夫和芬伯格也是理论物理界的权威。芬伯格后来当了我的博士导师。

整个物理系在一栋三层的旧楼房里。教室、实验室、天文台、图书室、教授和职员的办公室、研究生和助教的办公室、车间等等，全部挤入这栋楼房。天文台周围的仪器室、储藏室、小阁楼、一只不知原来何用的大铁笼，甚至地库上层、地库下层里，统统挤满了人。楼内的设备和家具都很陈旧。

华盛顿大学物理系的旧楼。

普里马克夫和芬伯格这两位即将被尊为院士的名教授，合坐一间办公室里，各用一张旧书桌及两个旧书架。他们是朴实无华的学者，对此不以为忤。

这是圣路易市经济最不景气的时期。相对其他研究型大学来说，也是华盛顿大学甚不景气的年代。物理系里教授虽少，却人才济济，书声琅琅。可见很不理想的环境里一样可以卧虎藏龙。

美轮美奂的校园、宏伟威武的校门、豪华超群的校舍，并不能成为一流学府的象征。或许值得今日我国学界参考和借鉴。

惊醒、失败、失措

好一个卧虎藏龙的好地方，怎么爬进了我这只蚂蚁？

真的，在他们面前我确实是只蚂蚁，只是自己还没有自知之明。

前文说，到了华大，觐见了负责指导研究生学习的教授。他不了解我那可怜的知识水平，就叫我选修三门标准课程：经典力学、统计力学、理论物理方法。

开学第一天，第一节课是经典力学。老师走上台，一言不发就在黑板上写下牛顿第二定律，然后边写边讲，重砌方程。让我感到不解的是，他口里讲出来的字眼大多曾经听过，但是黑板上的符号非常陌生：字母上面有些放了箭头，有些放上一点或两点。我什么都不懂，只会拼命抄笔记。待下课后再去看课本吧！或许能在图书室里找到一本说法较浅的书来作参考。

第二节课更糟，统计力学好像应该讲统计和力学，写到黑板上的却是完全另一套。以往念过的数学里曾经有过一章统计，自己以为懂一点统计。力学则应该讲牛顿，怎么现在讲的写的都没有牛顿的滋味，反而像是热学？赶快翻阅刚买到手的教科书，第一章就看花了眼，每页都有从没见过的符号和公式。于是又只好拼命抄笔记，下课后去图书室找低水平的参考书来恶补。

当天下午跑进图书室，找到几本大学本科的力学课本。哎呀！与我在乔治镇所用的书完全不同口径。它们把微积分和矢量分析深入浅出地运用于物理，让我初次看到数学确实是现代科学不可缺少的工具。

第二天上第三节课，叫做理论物理方法，也就是数学物理，学的是物理理论所必需的高级数学。老师是当时已负盛名的普里马克夫。讲话慢条斯理、抑扬顿挫、有板有眼，黑板字写得秀气。虽然我完全不懂他在说些什么，看来一定是位非常能讲的老师。何以见得？我眼光轻扫课室，只见同学们不断点头。

一般学校的物理系，本科第一年读普通物理，课程内容一半是力学。第二年再念一年力学。我缺了那第二年。恶补之下，或许还赶得上。至于统计力学，则实在无法念，因为我的热学底子太薄，或许更该说几近于零。数学物理那科，更不用谈；通常本科年年都有数学课程，我这情况至少要扎扎实实补上两三年，否则跟不上就是跟不上，找什么参考书都没用。

指导教授当天该打而没打的那通闷棍，我并没能逃避。开学只两天，现实就没头没脑地给我补打，揍得我心胆俱裂、体无完肤。爱丽丝掉下兔坑后所尝到的那些味道一下子占据了我的全部知觉，甜酸苦辣里唯缺那个"甜"字。当然也没有感受到爱丽丝其后所幸遇的新鲜与奇妙。

这时总该觉悟到自己的彻底无知了吧？还没有！虽然不时从梦里惊醒，却还留着好几分天真。

怎么会这样呢？

一是活到十八岁还没遭遇过失败。小学跳了两班。中学毕业时，糊里糊涂拿了个全校最高的奖。全香港的中文中学会考上，拿了九科优异和良好；当时若有市井称号，也会算是个"状元"。乔治镇学院毕业时又捞了个莫名其妙的 Summa Cum Laude。实在很难相信自己真会那么脓包。

二是研究生的考核方式与本科生不同。（且慢，我没有经历过真正的本科学习，从何知晓？只能说与我想象中的本科生考核方式不同。）研究生平常没有测验或小考，只由老师出些题目，让学生带回家去当作业做。每次出二至三题，限定在二至三星期后交卷。捧着参考书恶补之余，不断向同学们请教；有时连题目是什么意思都需请同学解释。作业交上，就暂且过了关，一时又看不到天高地厚。

或许值得打个岔，简单描述一下那些同学。

同班同学见面较多的有五六位。除一人以外，都是高高大大的美国青年。美国人一般十八岁中学毕业，二十二岁大学毕业，因此同学们的年龄都比我大上四岁。在那个年龄，四年是极大的差别——青年与少年的差别。他们眼里的我是个不懂事的孩子，糊里糊涂混进来，看来绝对不会是班里的竞争对手，不妨稍微指点一二。

最强的同学一是 M 君，一是 G 君，两位都来自老牌大学，学问相当扎实。

　　M 君是个老实人，可是不大懂得如何解释问题。G 君是个英俊倜傥的高个子，蛮有点高傲，甚至自命不凡。为了不同理由，我没敢向这两位讨教。

　　几年后，大伙发现 G 君的为人好像不很高尚。G 君早在念本科时就结了婚，夫人为他操心操劳，放弃了自己的学业，去当秘书挣钱养家，除替他交学费外，还为他买了辆漂亮的二手汽车。数年后，他念完博士，去某地大学任教，很快就与夫人离了婚，另结新欢。五十年代的美国，道德观和价值观都很正派，这种做法令人不齿。

　　另有两位同学，姓名第一个字母都是 W，这儿就称他们为 W1 君和 W2 君。W1 君体态肥胖，性格忠厚。W2 君身材高瘦，为人精明。不知道他们是否来自同一所大学，要就是同乡，反正一见如故，形影不离。书在一块儿念，题目在一块儿做，与别人不甚来往。后来各自结婚的时间也差不多，生孩子的时间也差不多，住进学校已婚学生宿舍的时间也差不多，还做上了好几年邻居。

　　最令人注意的是一位 Y 君，人人叫他比尔（Bill）。比尔算是我们中国同胞。"算是"这两个字听上去有些古怪，其实假如你认得他，也会觉得非常恰当，并无贬义。他父亲是资深外交官，在很多国家当过总领事或大使，因此他从小跟着父母四海为家，住得最久的是拉丁美洲，尤其是委内瑞拉和墨西哥。

　　比尔毕业于美国加州南部的一所大学。加州原属墨西哥，居民有不少墨西哥后裔。他的长相倒真有点墨西哥味道，还自称能讲流利的西班牙语。美国人不大愿意学外语，也不相信别人会讲。同学们听他一口美国腔的英文，哪像会讲西班牙话的样子，说他胡扯。

　　一天，系里来了一位阿根廷访客，大伙就闹着要比尔在访客前证明他会说西班牙语。比尔脸不变色，一开口就滔滔不绝、叽里咕噜讲个不停，直到访客说："够了够了，我信你就是！"至此非但大伙信了他，还从此对他另眼相看，因为访客还红着脸多说了两句："我这辈子还真没听到过这么多、这么有声有色、这么可怕的连串脏话，恐怕连只会讲西班牙语的真正墨西哥人也自叹不如！"

　　比尔就有这种不羁的幽默，擅讲美国式的笑话和出其不意的怪话，身怀这种语不惊人誓不休的德性和绝技。他喜欢在人群中打转，特别受人欢迎。你想找人"盖"的时候，第一个想到的对象必定是他。

在我学习最困难的第一年里，若有大伙在场，比尔会对我态度冷落；单独时却愿意帮助，在学业上拉我一把。虽然不经常如此，对我来说已是雪中送炭。每一块炭都像救我一命，令我感谢、感动。多年后，他在威斯康辛大学物理系任教，代表他的大学努力招聘我。最终我没有选择去那所名校；想到当年几次搭救之恩，对他深怀歉意。

经典力学那门课，面对老师给的作业，挣扎再三，总算每次都能交卷。我看那位老师要不就是不好好改卷，要不就是出于怜悯，给我的分数还过得去。不过即使总成绩大部分取决于作业，期中和期末总还得应付两次考试。我拿到考卷，就紧抓最简单的题目，把它们做得仔仔细细、无懈可击。其他题目根本搞不懂，只得完全放弃。不像同学们，每题都去做，结果反而不够时间。后来有人说老师考题总给得太多，因此我这种应考策略十分聪明。胡扯，我完全是出于无奈。

一学期下来，这门课居然拿了个 A-。

至于统计力学和理论物理方法，上了三星期课，实在无法跟上。去找指导教授，得到他同意退课，改选本科四年级的热学和数学系四年级的高等微积分。学校的规矩允许新入学的研究生念一部分本科四年级的课程；假如念得好，还可拿到研究生院的学分。因此即使三门课里换了两门，还让我保留了研究生身份。这两门课，拼上老命，勉强拿了 A。

下学期又是这样过的。接经典力学的是经典电磁理论。我又依靠恶补低水平的参考书，及同学们的偶尔提示，好好做作业，好好应考，混到了个 A-。此外选了本科四年级的实验技术和第二学期的高等微积分。前者又拿了 A，后者落得个 B。

整体成绩包括三个 A、两个 A-，及一个 B。两个 A- 事实上都勉强得很。即使把它们算作三 A 三 B，听上去好像还可以；其实并非如此。美国的研究生考核制度里，A 是"优"，B 是"及格"。C 不算"及格"，只是发出警告，暂时让你过关，以观后效。一年下来，假如平均分数到不了 B，就得辍学。

请勿忘记，那六门课里足足四门是本科课程，拿到 A 并不光彩。一门还是B 呢。

第二年不再允许念那么多门本科课程。上学期选了研究生的原子物理学和本科四年级的辐射与光学，同时回头补念了去年退出的统计力学。下学期选了原子物理学的延续和本科四年级的核物理学，加上数学系的复变数。复变数在数学系原属本科，可是对别系学生酌情处理：念得好的话，可以当作研究生课程来给学分。于是六门课里，只有两门算是本科，属于允许范围。

这年拿了三个 A、三个 B。看，研究生课程稍多一些，成绩就显著下降。教原子物理学的老师素来以"松"出名，否则哪能拿到 A！

适可而止，不再向各位唠叨每门课的战况了。上面说了这么多，只是为了解释：为什么在惊惶中过日子的人竟觉悟不到自己的彻底无知？这些分数不能反映真正的学识，反让我误导自己，认为情况没有走到不可救药的地步，天真地企望拖多一年或许还能走上正轨。

按照物理系的学位政策，第二年中期，也就是入学后的第三和第四学期之间，应该通过为时三日的"博士资格考试"（Ph.D. Qualifying Examination）。考不上的人，一年后再给一次机会。自觉准备不足者，可以申请把考试延迟一年。

这时我已掉队，所念的课程与同班同学完全脱节。好些研究生的课程还没念过，根本不可能应考。于是申请延迟一年，等到第五和第六学期之间再碰运气。

长话短说，第五学期之后，该念的研究生课程算都念了。于是鼓足勇气参加了博士资格考试，结果一败涂地。误导的日子至此结束。天真的日子至此结束。

已经延过期的人，不允许再考一次。我的博士梦至此破碎。所能求的，只是跟上哪一位教授做一年研究，写篇论文，攻取被认为"淘汰赛安慰奖"的硕士学位。

学习如此失败，助教工作也同样失败。前面说过，开学时还觐见了另一位教授。他在系里负责本科一年级生的普通物理课程，因此兼上管理助教的任务，变成所有兼职研究生的"老板"。助教们的工作是指导一年级本科生的实验课，包括批改他们的实验报告。

这位老师也真有股"老板"气势，趾高气扬，对兼职助教颐指气使，每天把脸挂得长长的。系里明文规定，兼职助教的工作时间一星期不超过十五个小时，他一定要让大伙干上二十五个小时。没工作需干的时候，他会想出一些莫名其妙的事让助教去做，耽误了大伙的学习。

一天，助教们批改完了实验报告，已是黄昏时刻，正准备收工，回家吃饭、读书。他说且慢，必须人人留下，准备三十罐水，次日让学生用来做虹吸管实验。一位助教说："实验室里已有设备，每两名学生合用一只小水池，到时候打开自来水管就行。"这话触犯了他，只见他立刻板起面孔，大声发号施令。

当天上午有一群油漆工人在物理楼外施工，丢下了几十个空油漆罐。整个下午雷雨不停，乃把空罐留在那儿，等第二天再来收拾。他说这些空罐正巧合用，叫助教们在雷雨里跑出去，把它们一一捧回，洗刷干净。大伙虽然暗里抱怨，但还是淋着一身雨，按命照做。第二天发现罐子太大，没法子用，只好全部捧出去。

教学上也出过问题。一次，他坚持让助教们撇开系里所发的实验课本，运用他自定的方法和自写的讲义来批改学生的实验报告。不幸讲义里出现了错误，引起学生们的反对和抱怨。

初时助教们敢怒而不敢言。诸如此类的事发生多次后，大伙忍无可忍，决定集体向他请愿。你猜谁当了助教们的发言代表？不记得用了什么推举方法，反正最后送到山洞里去捋老虎须的竟是在下。人说义不容辞，你说太过天真？

着实不止一两次，最后得罪他的好像多半是我。一年助教工作终于结束。暑假放完，突然系里给我来了封书面通知，说是那位负责教授考核了助教们的工作表现，认为我的表现特差，把我解雇。

就这样丢了饭碗。

说实在的，他的判断并不全错，我本来就不配捧这个饭碗。

记得开学第一个星期，我初次"指导"本科生上实验课，就出了洋相。实验室突然断了电，令我手足无措。幸好一个学生说："没事，大概保险丝断了，换一条就行。"跟着他就走向挂在墙上的木箱，打开门，拿出一条小玻璃管，取代另一条发了黑的小玻璃管，电力立刻恢复。

信不信由你：这是我毕生第一次看到保险丝。更可怕的是：这也是我毕生第一次听到"保险丝"这个名词！

你想我有什么资格在物理系当助教？不说别的，万一碰到什么安全问题，我这样的脓包"助教"怎能应付？

那次犯错之后，到处向人请教，细心学习，尽力把准备工作做好。一年里干得勤勤奋奋、扎扎实实，完全没有出错。班里那些本科学生对我都很满意，还公开如此表示。不过一个一点基本功都没有的人，本来就不该捧这么重的饭碗。解雇不是没有道理，只是真正的理由或是杀一儆百，未必公平。

后来知道这位老师有他的难言之隐。他年纪较轻，还是位没有获得终身职的助理教授。研究型大学里既要能教书，又要善科研。想升任副教授、获取终身职，往往科研重于教学。他在科研上拿不出成绩，本身面临解雇，心情很坏。同学里还传言他有位凶狠的老婆，使他日子更加难过——这话是当真还是捉狭，永远不会知道了。只是没两年后他果真需要离开华大，另谋高就。想到这点，当时我为他添加了烦恼，应该道歉。

总之，天真与无知让我失措，待惊醒时已经失去了学习和生活的经济来源。这位"老板"亦有点过分：等到暑期放完才痛下杀手，让我来不及申请别的学校。

尚好在数学系选过些课，拣到过 A，让某位教授知道有我这么一个还算认真的学生。正巧那时肯念数学的人不多，系里收不到理想的研究生。而很多人一、大二的数学，属理科、工科必修课程，注册学生特多，需雇用大量助教。跑去与那位教授谈话后，当场就被雇为数学系的兼职助教，居然还加了点薪。

这就是市场经济？

当数学系的助教，不必带实验。任务之一是改卷，之二是负责学生的补习和小组讨论。两者我都比较胜任；好好去干，无须自愧。

华大的两年半就这样过去了。多年后做过自我分析：假如当时懂得如何学习，或许还能补救本科的缺陷。可是缺乏长者的提示、老师的指导，又缺乏自觉；跟着惊醒而来的，只有慌张、无奈和失措。大脑在惊惶中失去了思考与指挥能力。一时发奋努力，企图冲出难关；一时逃避压力，但愿得过且过。一日紧接一日，感觉茫茫，摸不到路子，看不到前景。

博士资格考试一败涂地之后，还有教授愿意收我写硕士论文吗？即使有，之后还是要面对辍学。一辈子没有失过学，也从来没有想到过学校外的生活，没有想到过另找出路。

天无绝人之路。就在最彷徨失措的关头，老天给我送来了救星：一位天仙似的小姑娘。

绝路上幸遇知己

写到这儿，整整五十年后还是天仙般的小姑娘说："不让你写。不要写！你晓得我多么看重个人隐私。不要你写我。"我说："不行哪！不写你，可就写不下去了。那么，上面那七万字不就白写了吗？"

圣路易人口虽然不多，市里和周围倒有好几所大学和学院。每年秋天，总会来一些中国学生。一般来说，可以把他们分为两种：研究生和本科生。也可以用地区来分：当年不来自台湾，就来自香港。看上去像是巧合：研究生绝大部分来自台湾，本科生绝大多数来自香港。

其实并非巧合。没多久前才撤退到台湾的国民党，决心死守孤岛，实施全民皆兵。青年们大学毕业之后，男生必须"当兵"，也就是说，服两年兵役——受短期军训后当两年"预备军官"。女生则可"放生"。但是大学毕业之前，一律不准出去。因此留学的总是研究生。

顺便说一段令多情者心酸的小故事。

多年来（直到台湾兴起了科技工业），青年们大学毕业后，留在台湾的话出路不多，自然留学成风。女生可以即刻放洋，而男生则须留台当兵，两年后才能出去。大学时代双双对对谈上恋爱者，到此分手。生离死别，还是真情永葆？

女生本来就比较成熟；早两年出国，学业和社会经验更超越原来的心上人。那个时代，人们很难接受女先男后、女强男弱。年轻人的生活里，两年原是漫长的岁月；再道是山盟海誓、隔洋相思，女方见异思迁之事，司空见惯。因此对不少男生来说，毕业既是失业，又是失恋。

从香港来美的大多是本科生，应在意料之中。一则那时香港正式大学只有一所，上课全用英文，中文中学的毕业生无法高攀。二来开办大学的主要目的，是为殖民管治培养精英；因而名额奇缺，门槛奇高，连英文书院的毕业生也很难跨越。绝大多数想升学的青年不得不离乡背井：有去台湾的，有去大陆的。只有家境富裕的，或拿到奖学金的，才能放洋。

主要的去处是英国，及英联邦的属国、属地——以加拿大和澳大利亚为主。本科生如是，研究生也如是。一方面当然是殖民地传统使然，另一方面是留学英联邦花费较低。估计当年来美留学的应是少数。

以圣路易来说，华盛顿大学理科和工科较强，又需要兼职助教，因此每年总会从台湾招来一些研究生。医学院和建筑学院教研特别强、要求特别高，又不提供经济资助，因而留学生不多。此外，文科偶尔招收一两名亚洲研究生。本科则学费高昂，难得见到个把中国留学生。

圣路易大学的医学院要求稍低，学杂费也比较"合理"，经常收几位在美国念完本科的香港学生。别的学科里也有些从台湾来的研究生。这所天主教大学，历史和传统上与亚洲的教会中学有些交往，会拨出部分奖学金给亚洲的中学毕业生；因而偶尔会在该校看到来自香港的本科生。

其余的高等院校里，中国学生绝无仅有；唯一例外是一所天主教圣心会所办的女子学院，叫做玛利威尔学院（Maryville College）。

圣心会的教育工作散布全球，早在亚洲各地开办了专收女生的小学和中学，包括香港、上海、东京等地。这些女子学校，加上一些博雅学院，主旨是培养品德学识皆优的高阶层社会"淑女"。玛利威尔学院就是这么一所在圣心会修女管治和教导下的女子博雅学院，每年运用奖学金录取几名国际学生。

1957年9月，玛利威尔学院照例从亚洲招收到三名女生。圣路易的中国留学生本来就不多，女生更是稀罕。每年秋季，男生们会三三两两结队跑去当地的高等院校，打听和约会新到的女生。运用台湾进口到美国的名词，"男生"并不全是学生，亦包括已经就业的单身汉。这样结队去寻找女生，被戏称为"秋收"。听来好像侮辱女性，说穿了实是自嘲。

玛利威尔学院来了新女生的消息，很快就从高班生口中传了出去。

我来圣路易后认识了一位姓刘的朋友，他念完化学博士学位，刚

当年的玛利威尔学院，今已改名迁移，面目全非。

到孟山都化学公司从事研究。二十七岁，正逢寻找终身伴侣的年纪。另一位朋友柳君，二十四岁，在麻省理工学院念完硕士学位，来到孟山当机械工程师，虽然才来了不久，却已追上了一位正在圣路易大学攻读化学博士的漂亮姑娘。两个单身汉这个周末没事，就找了我说："秋景正浓，一起去森林公园走走，拍些照。既然玛利威尔学院来了新生，何不请她们一块儿去？大家都是中国人，不妨认识认识。"

天仙似的小姑娘就这么出现了——虽然初次见面时我没有看出她是天仙。身高167厘米，长发披肩，圆脸大眼，小巧的鼻子，深深的酒窝，穿着一袭墨绿白花、合时而朴素的三截布裙，神态既活泼又斯文，亲和诚恳而庄重适度，落落大方却少语寡言。那天并没有谈上几句。

看着她就觉得非常舒服，印象甚佳；但是初次见面，并没有一见钟情。多年后，她告诉我当时对我的印象："这人可真奇怪，手上提着照相机，可是一张

长发披肩的小姑娘，笑容可掬的乖女孩，她的名字叫做伊芳·罗。

照都没拍。"自然亦非一见钟情。

第二次见面，是两个月以后的事了。情况急转直下。（不对，应该说急转直上。）不过要预先说明：情况的改变只在我单方面，她对我还是没有什么印象。

11月秋高气爽，新来的和放完暑假回来的学生，这时候都已安定下来，学习和生活一一走上轨道。圣路易中国同学会照例举行一年一度的迎新大会。这年的大会选址于华大研究生宿舍的学生活动厅。会长上台，首先报告同学会的宗旨和一般活动，致了辞，然后邀请新到圣路易的同学们逐一站起来，各作自我介绍。我国方言实在多，与会的又有不谙中文的土生华侨，因此一众都请以英文发言。有些起立后滔滔不绝，有些则难免忸怩。

轮到第三排时，那位曾经见过一面的小姑娘，轻松大方地站起来，用娇嫩而流利的美国口音说："我的名字叫做伊芳·罗，是玛利威尔学院的新生，来自东京。"说完就按着裙子轻轻坐下。说也奇怪，就从这一刻起，她让我钟上了情，叫我醉心了一辈子。

确实姓罗，伊芳是她的法文名字。中文名字呢？为了尊重她所要求的隐私和我们交涉后同意的妥协，这本书里就不写了。她出生于上海，父母亲都是道地的浙江人。父亲经商，母亲和两位姨母都毕业于复旦大学。小时候被很洋化的妈妈送进上海的法国小学，于是被老师取了个法国名字。所受的是双语教育——法文和英文——中文只有每天放学后另找家庭教师补习。

十一岁随父母亲移居日本东京，因为不会日文，就上了天主教圣心会所办的美国女子中学。正如上面所说，学校的使命是培养品德学问兼优的高阶层社会"淑女"；性质很有点像当年上海的中西女中。后者培养了无数才女，包括宋氏三姐妹、张爱玲、朱丽兰等。前者在日本也拥有骄人的历史。伊芳刚入学时，就看到一位活泼漂亮的高班日本姑娘在网球场上来往奔驰。动作矫健而优美，神态庄重而笑容可掬，令低班同学钦慕。今天人人知道，她是后来的日本皇后。

伊芳在中学里读书勤奋，年年获得全 A 成绩。运动也很不错，篮球排球都属校队。高三时还被同学们选为学生会会长。用当今国内的名词来描写，果真是个"三好学生"。家里、学校里、亲友间，人人称她为标准的"乖女孩"。

说也奇怪，几十年后，一把年纪了，在大学教授们和教授的家属间，甚至社会上，提到伊芳，还经常听到这个"乖"字。

十七岁中学毕业，被老师和校领导全力推荐给同属圣心会的玛利威尔学院，取得奖学金来美升学。那是个国人漂流全球的年头；从小就被西化的她，多了社会见识，多了国际文化，却少了扎实的根。初到美国时，她所知晓的四国语言里，最差的竟然是自己国家的中文。

母语是上海话。后来与我一起在美国生活，从来自台湾的同学和朋友里学会了普通话。年近半百随我来到香港，努力学会了半咸不淡的广东话。虽然能够运用日常生活所需的几种方言，可是看起中文来很辛苦，写起来更辛苦。

成长在这样的背景下，亏得她还一辈子保存着炽热的中国心。

什么叫做缘分？当我对以上背景还毫无所闻时，已经直觉地认定：这个小女孩将是我的终身伴侣与知己。后来转来华大与我一起生活、一起读书，推动我在华大坚持奋斗，然后鼓励我大胆到处闯世界的，都将是这个最文质彬彬的小女孩。

当她在同学会里自我介绍时，我虽已钟情和醉心，可是追求她的日子还在前方，看来遥远得很。

第五章　情缘初订　失学与就业

到美国的第二年，也就是 1956 年秋，我来到圣路易升学。整整十年后，也就是 1966 年的夏末，带着妻子儿女离开圣路易，西去加州就业。来时十八岁，去时二十八岁。成长、成熟、成家，都在圣路易。

从无知到无援，从无援到无措，从无措到无奈，从无奈到无惧，从无惧到无愧，足足走了十年艰辛、求存、奋发的道路，尝足了先苦后甜的人生滋味。十年里，读书也好，打工也好，绝大部分时间与良伴同坐寒窗之下。

无知到无援、无援到无措的时期，过的是最孤独的年月。无措到无奈的关头，有幸认识了终身伴侣。无惧到无愧的阶段，两小口子并肩奋斗，走向前程。

两小无猜

看到伊芳在中国同学会站起来自我介绍，从此我的双眼离不开她的倩影。

读了这么多年的小说和新诗，始终没懂得什么叫做"倩影"，总觉得这个"倩"字过分做作，甚至肉麻。至此顿时开了窍，疑思烟消云散。瞧：那个令你不断扫视人丛、搜索捕捉、出没闪烁的影子，不是倩影是什么？

终于觉悟诗人的"倩"字用得多么神妙。一支轻巧的笔，运用一个单字，就点出了灵魂最深处的情意。

1957 年秋季那次中国同学会，上半场大伙在室内会场自我介绍，下半场乘

挥之不去的伊人倩影。

车转去附近的公园，另有节目。举行了些什么活动？野餐？球赛？已不记得。事实上当时就已被那倩影搞得神智迷糊、失去脑力。似乎是一群有车阶级纷纷打开车门，请同学们分别上车。而心神不安的我，只想尽快盯住那倩影，鼓起勇气跟上，与她同车共行——打开那次在森林公园里没有打开的话匣。

目光迟钝，搜索无功。恍惚间，那倩影头也不回上了一辆宣告满座的小车。就此一别，误了几乎大半年。

1958 年的上半年是我感到特别无援无措的半年：同班的研究生通过了博士资格考试，各自按照兴趣找上最合适的博士导师，开始他们的科研生涯。而我呢？非但要申请延迟考试，还在艰难的课程里欲浮且沉，无援无措地挣扎。几个月前刚丢失了物理系的助教职位；虽然在数学系找到了饭碗，每天回到物理系上课时，难免带着一种弃儿的心态和感受。前途如此茫茫，何敢相思？何况追求？

她——伊芳——是个听话的、情窦未开的乖女孩，正在全神贯注死读老师指定的课本和参考书。略有余暇，就在学校图书馆打工，挣点小钱，尽力替家里减轻负担。偶尔与同房的几个女孩子谈谈家常，了解美国人的生活和习俗。

周末时刻，她的美国同学们经常外出约会，高班的中国女学生也那样。大家说她该见见世面，若有人来约会，不妨接受；同时也可以走出修道院般的宿舍，呼吸一下城市空气。她想想也对，只是有一个原则，就是不与美国男孩约会，完全排除将来与外国人通婚的可能。

我这头正进入无措和无奈的阶段。朋友柳君是个乐天派，劝我放宽心境，设法在课外寻找精神寄托。为了表示积极支持这个观点，他鼓励我大着胆子去找那挥之不去的心上人，由他和他的女友陪伴我们来一次"双约会"（double date）。他说："最多就是被她拒绝，那又怎样！何必迟疑？"说得也是。不入虎穴，焉得虎子？总不该没试就先放弃。

电话拨通到她宿舍，只听见接电话的美国女孩大声叫嚷："伊芳，有个男孩找你呐！"很快，娇滴清脆的女高音就在那头低声接上电话。听完我两三句话的自我介绍，略一思索，就想起我是谁。你看，那天在森林公园里，整个下午提着照相机却一张照也没拍，让她觉得奇怪，居然也有好处！既然记得我，让我胆子大了不少，立刻开门见山问她星期六晚上有没有空，愿不愿意与我及另外两位朋友去吃顿饭？出乎意料的是，她只想了几秒钟，就爽快地在电话上接受了邀请。

其实在接到我的邀请前，她已经另外有过几次约会。对我并没有什么特别照顾，不必自作多情。

那顿饭吃得不坏，吃了很久。或许因为我们两人都讲上海话，有如异乡遇到故知。或许因为家庭背景差异很大，各有故事可说。反正两个多小时后，我俩似乎已经相识许久。你看，已从"我们两人"发展到"我俩"。至少我自以为如此。

当年的女生宿舍都有宵禁。为了赶在宵禁前回去，免得受罚，从饭馆里出来后，就快步跟着柳君直奔停车场。我心不在焉，跟得不紧，糊里糊涂转错了弯；伊芳不假思索，亦步亦趋。柳君不屑，在那头呼叫："怎么你们这么快就结双成对地跑掉了？"伊芳的中文不够好，分明听不懂"结双成对"的意思，没有脸红。当时我还不晓得她的中文如此不济，看她听了这话蛮不在乎，竟飘飘然高兴了很久。

潘多拉盒子一打开，我这头感情汹涌澎湃，无法收回，立即邀请她下星期六再出来玩。这次可得好好享受与她单独相处的时光，要大谈特谈。老柳，可不再与你们来什么"双约会"了——不管你们会不会说我这人过河拆桥。

她即时接受了我的邀请。天啊，这样就接受了我的邀请！是真的吗？可是难题跟着出现：玛利威尔学院远在市郊的偏僻角落，附近没有公共交通设施。不来个双约会，没有老柳驾车，我们哪儿都去不成。怎么办？

有志者事竟成。柳君真够朋友，次日星期天，不上班，立即陪我去二手汽车大卖场寻找旧车。助教收入本来就蛮可怜，还忙着寄些钱回家，手头很拮据。左找右觅，终于用 325 美元买下一辆已属老龄的"庞蒂克"（Pontiac）二手车。那位售货员说是"二手"，我看这辆老爷车已经换过好几代车主。

1950年的庞蒂克。

车是有了，由谁来开？还有谁？当然是我！活到二十岁，从来没有摸过驾驶盘，这车怎么开？那就赶紧学呗。

一不做，二不休，老柳又当上了我的驾驶老师。接着那星期一到星期四，一连四天，老柳每天五点多下班，马马虎虎吃两口饭，就赶到华大宿舍，把我请进老爷车，自己坐在驾驶座右侧，教我开两小时，然后回家睡觉。朋友做到这个地步，还有什么好说？

星期五上午，他找了个机会从公司里溜出来，带我去驾驶员考试站。先是笔试。这个不难：我们中国人最善于考试，当然一下就过。难的是接着要让考官坐在右侧，上街进行路试。老爷车一发动就熄了火，还连熄两次。好不容易打上了火，开上马路；开得左歪右扭，动动停停，丑态百出。不到十分钟，考官说："行了，回程吧！"没给我出事撞死，就算他三生有幸。当然没给我发驾驶执照。

老柳说："走！快去城北另一个考试站。"那个年头还没用上计算机，这头考崩了，那头要到次日收到书面通知后才会知道。我们跑得比公文快。

到了那个考试站，笔试又得个满分。路试呢？有过一次经验，这回胆子大了些，驾驶盘上的双手稳了些。老爷车奔腾过不少里路，热了身，发动后一下子熄不了火。考官样子好像又比较和气。当时开始下毛毛雨。我说："下雨了，我开得特别慢些好不好？"他表示赞成。开得慢，当然比较容易控制；这次我的表现大有进步，竟然边开还边跟他聊起天来。

他说："我念大学时，同房是个中国学生，来自香港，我们后来一直是好朋友。"你说我的运气还能多好？

二十分钟后开回考试站，他说："朋友，你的驾驶技术实在是过不了关的，我没有道理让你合格，没有道理给你发驾驶执照。"听到这儿，心都凉了。跟着他却非常和善地笑了一笑，说："给了驾驶执照，可得特别小心，好好看着路开车，千万不要出事！"

相信很少人考驾驶执照时有过这样的经验、这样的惊险。

次天就是星期六——单独带伊芳出去的大日子。当然会开得特别小心，当然不会出事；有她在车里，怎敢出事？怎舍得出事？

很多年后，伊芳问我："真奇怪。那晚你带我出去，为什么一出校门就先兜了个极大的圈子？"说穿了，理由很简单。从玛利威尔学院大门出来，照说应该立刻向左，转一个约是三百度的大弯；也就是说几乎要走回头路。我没有这个本事，也没有这个胆子，于是只好先向右转，每次碰到路口就转左，连转三次之后，不就回到该上的那条路吗？不信你试试。

确实奇怪，但是绝对没有出事。

那个星期六晚上，先去吃了顿饭。算是中国馆子，点了两个勉强吃得起的菜：一碟豆腐猪肉、一碟蚝油牛肉，连白饭总共两块多钱。你说："五十年前的事，连点了什么菜都还记得？"真就记得。因为以后很多年里我俩出外打牙祭时，经常去那家叫做"亚洲餐室"（Asia Cafe）的小馆子，经常点同样两个菜。

请伊芳外出约会的人，大多已在工作，收入高，去的该是像样的餐厅酒家。

跟我这个穷学生出来，只好特别将就。她完全不在乎。伊芳一辈子不求富贵，不讲享受。有好的吃、好的玩，她很欣赏。没好的，她照样欣赏。就是这么个女孩子。

饭后带她去一间大得"无边无际"的大众社交舞厅，名字叫做"山头屋"（Casa Loma，西班牙文）；这又是柳君推荐的。他与女友经常约会，老马识途，替我选了这个有乐队伴奏的良好场所，演奏的全是温和文雅的舞曲。温雅的社交舞给人创造就近交谈的机会，让我们进一步彼此了解。效果当真不错，至少她不再觉得我那么奇怪了，或许还对我产生了点好感。

半世纪后Casa Loma依然存在，还有那五百平方米的大舞池。

跟着几个星期，中国同学会举行一系列的集会，包括运动和野餐。既然我有了车，就与别的"有车阶级"一样，接受同学会的调动，为大伙提供交通服务。有意无意间，伊芳总由我接送。（说得可真潇洒，其实哪儿会是无意！）

当然，世上没有更令我乐意负担的任务了。得寸进尺，再次请她与我单独约会。这回她却没那么爽快，说是需要盘算一下读书时间，让我过几天再打电话去。当时并没拒绝，也没说已经另有约会。

正在思量自己是否走进了她的心头，突然来了个打击。几天后打电话去，她说："对不起，我需要认真读书了，约会全都推辞。不与任何人外出，也不与你约会了。"好一个晴天霹雳。

倒果真是在读书。

我一辈子就是这么个牛脾气，不善于察言观色，不懂得什么时候碰到钉子就该退缩。说得好听是"坚毅"，是"锲而不舍"；说得难听就是"犟"。多少年后，伊芳告诉我："你这个人真是！在电话上推辞别人，都说会尊重我的决定，都不来打搅。只有你，说了没用，电话还是一个个不断打来。"无疑觉得我可怜。

可怜不管用。她也是一个既坚毅又犟的人，比我还犟。说不约会，就不约会。让这个只有过一次单独约会就冒冒失失堕入爱河的人，顿时失恋。来得快，去得快；跌得重，伤了心。

第一年就这么过去了。暑假之前没再见过面。夏季她跟了一位来自台湾、英文名字叫做贝茜（Bessy）的高班女生同去纽约州打工，在深山胜地的旅游酒店里当餐厅服务员，与来自各处的美国大学生一起，共度标准的暑期生活。

后来她告诉我，自从单独跟我约会后，每次同学会活动总由我接送。中国人的圈子不大，有人会说她是属于我的女孩了。这话不正确，使她听了不高兴。"反正念书重要。这些人这么多嘴，索性完全不约会，看他们还有什么好说？"

你可以噘着嘴顿顿脚，却把我的心踩碎了一角。

从失恋到热恋

进入第五个学期，功课还是那么忙，还是那么无措和无奈。学期末将要面对那不准再延的博士资格考试。

暑假放完，听说伊芳回来了。伤过心，没敢去找她。9月里，中国同学会举行过三次活动。每次都看到她，但是不敢约她。第三次，当活动即将完毕时，她轻盈地走过来，轻描淡写地问我："学校里的四年级同学将办个舞会。贝茜是四年级学生，希望我们四个中国女孩一起参加。她已经邀了三个中国男孩。你愿不愿意当我的男伴？"

还用说！受宠若惊，当然立刻说愿意。愿意！愿意！可是那次的舞会并不好玩。乐队很差，整个气氛也就活不起来。四男四女坐在一块轮流应酬，不让我有太多机会与她单独谈话。彼此间若有什么"旧情"可言，这次可没"重燃"。

说什么旧情、什么重燃？人家根本不在意，跟自己开什么玩笑！

之后，同学会有过些活动，每次见面时间很短。她们几个女生成群结队，同来同去，也没说需要接送。伊芳继续执行她那不与任何人单独约会的政策。我也决定把全部精神和注意力置诸备考，不去转追求她的念头。

好几个星期就这样过去了。说是没去想她，其实是在骗自己；日子啊，过得特别悠长。唉，即使算不得茶饭不思，读书时也经常精神恍惚。

10月下旬的一天晚上，跟三位宿舍里的同学一起去附近的小吃店夜宵。这种场合一般来说我从不参加；再说，这个叫做"帕克摩尔"（Parkmoor）的小吃店，除了汉堡包、奶昔之类，实在没有特色。那天晚上读了几个小时书，累了，想放下课本和笔记，找些别的事干，打打岔。可是心情不好，干什么都觉得无聊，于是破个例，跟他们去逛一逛。

坐下胡乱吃了一点，三句没两句地聊了一阵子，大伙站起来，打道回府。走到门口，后面有位女生用中文叫道："家玮，请留一分钟，有话跟你说呢！"原来是前文提过的玛利威尔学院的那位高班生贝茜。贝茜推开众人，走过来打招呼。

我说："贝茜，你也来这儿？玛利威尔离华大十几里路，帕克摩尔又是这般普通的连锁店，到处都有。你老远跑来这儿干吗？"她说："也就是碰到一些有车的朋友，吃了晚饭没事干，出来兜风；说着说着就兜来了这儿。"接着说："正找不到你哪。我们学校举办一年一度的盛装舞会，伊芳想找你当她的男伴。可惜没找到你。"说完就一阵风般跑回自己的朋友堆里。

顿时，我脑子混乱得七上八下，懊恼不已。跟自己咕哝："贝茜，你这不是马后炮？时过境迁，告诉我干吗？"又想：不知道伊芳究竟请了谁。转刻间，心头打翻了醋缸。

逐渐平静下来，冒出个怪念头："喂，可能我听错了。或许这个盛装舞会还没举行呢！或许伊芳还真的在找我。"你看，人就是这样；尤其是恋爱中的人，凡事一厢情愿。人家不要你，已经过去的就让它过去吧，何苦死缠？

回过头来想想，死缠又怎么了？为什么不直接打个电话给她，让她亲口告诉我是怎么回事？怕她嫌我？假如确实会错了意，反正没我的份，被她嫌又怎了？

拿定主意，提心吊胆拨电话去她宿舍。这次碰得真巧，接电话的正好是她。

到这地步，就算还想犹豫，也已经来不及。只好硬着头皮，死马当活马医。问她学校里将在什么时候举办这个舞会。"……偶然在帕克摩尔遇到贝茜，听说你想找我，有这事吗？"

心头狂跳（男人也会心跳），却问得四平八稳，故作镇静。已经做好心理准备，万一那头答得不妙，就尽量轻松地跟上一句："没事！"

那头声音平静得很："是的。你能来吗？"我能来吗？真想说："我能不来吗？当然来！打死我，我也会来！"且慢，会不会听错？"嗯，电话线不很清楚，（还是我的脑子不清楚？）请再说一次。""舞会在 11 月 8 日，星期六。你能来吗？"

老天爷对我实在太好了。帕克摩尔这种我非常难得去的地方，又是贝茜从来没理由去的地方，两人竟会在同一时刻出现，还打了个照面，让她闪烁地给

贝茜已经过世，我俩欠她一辈子的情。

我传递了一丝信息。这丝信息造就了五十年的恩情。

假如那晚我按往常习惯，没与同学一起出去逛。假如那晚贝茜忙着念书，没与朋友们出来兜风。假如两人去的地点和时间不完完全全一样。假如在同一时间到了同一地点，却各自忙着与自己的同学和朋友谈话，没见到对方。假如见到对方而她没想到走过来跟我说那句话。假如我听错话意后，没去细想。假如我细想后怕伊芳嫌我，不那么"犟"，不敢打电话去问个清楚……

太多假如了，没法设想。

盛装舞会（formal dance）是美国学校里一年一度的大事。后来伊芳说，她对这种场合不感兴趣，本来并没打算参加，更不愿意去请男伴。美国同学们都怂恿她参加，还愿意替她物色男伴，不过美国男生她决不接受。贝茜也怂恿她参加。不知道贝茜为什么从头开始就觉得我这个男生跟伊芳很配，总是有意无意间给我们制造机会。说不定这次她还自作主张，向我传递了并没从伊芳那儿得来的信息。

"哦，11月8日？能来。"能不来吗？打死我，也得来！当然没那样说。

盛装舞会的传统：男伴需给女生送上一枝像样的鲜花，让女生戴在衣襟。我完全没有经验，不知道去哪儿找这样的鲜花。这点儿小事，总不能再去麻烦老柳吧！尤其他最近心情很坏：暑假里，那位漂亮的女朋友碰上了别的男孩，移情别恋，一下子就把他给甩了。这阵子见到他，总是那么无精打采。唉，女孩子为什么总是这般无情？我又不懂得怎么劝他。

宿舍里有位来自夏威夷的华侨同学。据说他有两种本事。一是自我催眠，增加休息的效率。看到过他示范表演的人说，果真要睡就睡，说醒就醒。这且不去说它。另一是学了夏威夷姑娘们的传统工艺，能做花环，手巧得很。我心血来潮，就请他出手相助。果然手艺不凡，替我做了一个多彩而雅致的花环，让我带给女伴。

大日子来临，开了老爷车，到了玛利威尔学院的大厅。不少打扮得花枝招展的女生，穿着落地长裙，已在厅内矜持地挂在男伴臂上。每到一位男士，就有人传呼上去，相应的女生从宿舍走下来相会。男伴献上鲜花，用别针把它别上女生的衣襟。这个步骤需要花点时间，因为落地长裙多用绸缎质料，衣襟光滑，不易处理。绸缎又容易撕破，千万不能用力。总之难免尴尬。

轮到我的时候，传呼上去，楼梯口出现了一位穿着浅蓝色缎子长旗袍、高跟鞋、淡妆薄粉、美丽过人的东方姑娘，文雅庄重而毫不做作，轻轻扶着楼梯栏杆，逐步降下。我迎上去献上花环，不费吹灰之力挂在她的旗袍领上。花环随着旗袍摇曳生姿，赛过天女下凡。显然每位男伴都把注意力贯注于各自的女伴，不过这个时刻，我为挂在自己臂上的中国姑娘骄傲无比。

又是若干年后，她说："别人都戴一小束花，只有你另搞一套，弄来个花环；怪也不怪！"跟着又说："舞会结束后回到楼上，同学们围上来说：

天女下凡——至少在我眼里。

心里甜滋滋的。

你的男伴真是别出心裁，给你这么好看的花环，让你与众不同。多有意思！"
当时她想了一想，感到确也真是：这个男孩确实与众不同，蛮有点意思。

　　当时假如知道会有这么回事，一定会捏把冷汗。先是悔不当初，后则自庆
侥幸。算是弄拙成巧，让八仙捧着过了海。不过话要说回头，我这位女伴凡事
一板一眼；哪儿有什么规矩，就按什么规矩办事。碰上我这个冤大头，干事就
是不愿意按照成规，让她一辈子觉得我"怪"，也一辈子为我担心。

　　当晚我们是"正式"的男女伴，不必与别人应酬。乐队非常好，奏得很温
雅但是比较响，因此也不可能与别人谈话。三个小时里，除与贝茜跳过一支舞、
向她道谢外，我俩没有一分钟不私下谈话和依偎，沉浸于二人世界。她说，刚
到美国时不会跳舞。现在却跳得很好、很自然，显然是个聪明的女孩子。当然，
在我眼里，她什么都是最好。

　　赶紧写信给香港家里，向父母亲汇报这事。坦诚告诉他们：我长到这么大，
还从来没有过比这次更开心的约会。

　　至此她尚未违反那"不再约会"的自我承诺。盛装舞会是学校的传统；作

为学生，就算对这种场合兴致不高，也该参与，不能把它算作"约会"，即使与我度过的是一个彼此都很开心的晚上。

不过既然跟我又走在一块了，此后若是与我约会几次，也挺自然。那么，就做个小小的例外吧，今后不把我算进那自我承诺的范围。

大赦令下，我那辆老爷车突然忙碌起来。虽则松了绑，她还是约法三章：只有周末才与我外出，一星期最多一次；周日偶尔可以通个电话聊聊。那"偶尔"两字却没下定义。对我来说，含糊些好。

开学已经一个多月，学生们的生活都已走上轨道。离 12 月中旬的期考还有蛮长一段时间，还不急着抱佛脚。加上 11 月下旬有连续四天的感恩节假期。因此这是大学里社交最忙的季节。玛利威尔学院的盛装舞会过后不久，离圣路易两小时车程的威斯敏斯特学院（Westminster College）又将在 11 月 25 日举行他们的传统晚会。一位香港同学正在那儿念本科，叫我和另一位陈姓同学带女伴去凑热闹，顺便接送他在圣路易念书的女友。

威斯敏斯特学院有些来头。学院不大，水平一般，但是每年都会请一位世界名人来校演讲，间接为学校做番宣传。最吸引人们注意并创造了历史的，是 1946 年丘吉尔在威斯敏斯特学院的演讲，因为他在讲词中公开批评苏联，首次使用了"铁幕"这个词。其后四十多年的冷战里，这个名词几乎天天出现于西方传媒报道。

一年一度，威斯敏斯特学院请来文化界、演艺界的名人。出手极为阔绰。这年度的传统晚会就请来了全球闻名的爵士音乐小号手路易斯·阿姆斯特朗（Louis Armstrong）和他的爵士演奏乐团。我特别喜欢听他用低沉、沙哑、情感深重、韵味

路易斯·阿姆斯特朗——他的音乐一点也不丑。

十足的嗓子，带上鼻音轻唱某些歌曲，尤其是充满柔情和哀伤的法国"香颂"（chanson）——可惜把歌词译成了英文。

若要专门买票去听他的音乐会，我怕那个月就不用吃饭了。威斯敏斯特学院为了支持学生会，提供了大笔津贴，每对只收三块钱。莫大的好机会，不能错过。可是功课的压力这么重，假如不是阿姆斯特朗，我也不敢花上这个时间。

再说，能把伊芳"带出城去"，将是另一种浪漫情调。

这时她对我已经生了感情，一请就同意。虽是星期二，不属周末；碰到这种难得机会，可以闪过约法三章，另破一次例。

天气变得快，25日那天，虽然不雪不雨，但是温度降到零摄氏度以下，冷得要死。我那辆老爷车很不争气，一上马路就死了电池，停在路边等人服侍。不久后，来了个好心人，用他的车顶住这位老爷，高速推动，竟然发动成功，开上公路。可是电池实在太弱，要就是发电机老掉了牙，踩尽了油门，灯光还是暗弱。决定远途不该冒险，还是回头换车：说不定陈姓同学的那辆老爷车比较管用。

果真如此。他的老爷车能跑长路——虽然跑得似乎比别人走得还慢（恕我夸张）。五个人终于到了威斯敏斯特学院；七点钟出发，九点四十五分才到。乐团说明只奏到十点。待我们把车停妥、入得场来，已只剩下十分钟。长途跋涉，只听到两支曲子。

阿姆斯特朗身体不太好，坐在椅子上吹他的小号。为了接近听众，乐团不上台，就在大厅中央表演，让听众围在四周。晚到的人站在重重叠叠的后圈，根本一点也看不到。我长得算是比较高，年轻时气力比较大，乃把伊芳拦腰抱起，尽量托高，至少让她能在现场看两眼阿姆斯特朗的尊容。

她看到了，我听到了，也算不枉此行。

为了保证三个女孩子在宵禁前回到各自宿舍，没待多久，就让老爷车掉过头来走上归途。这次的约会当真不算成功。对我来说，却另有一番惊喜在后：回圣路易途中，伊芳把头靠在我肩膀上，一路睡回圣路易。

这件事有三种说法。朋友说：这个小姑娘在给我传递信息呢。我说：她天真，不懂得用心计、给暗示；靠着我睡只是反映对我有了相当程度的信任。她多年后说：你们都错，实在搞得太累，眼睛闭上就不知不觉睡着了，什么都没想过。

她的心理，轮不到我去捉摸。自己的心理，则清楚得很：失恋已成过去，自此堕入热恋。

从热恋到定情

过了两天，星期四，是感恩节假期的第一天。既然是法定假日，等于周末，可以去找她出来，不当作破例。吃完晚饭，外面大雪，去哪儿都不方便。于是很早就把她送回校园，坐在老爷车里谈天，到一点钟宵禁来临，才送进宿舍大门。

星期六，我们一群男生所组成的篮球队、排球队、乒乓球队远征伊利诺伊大学，与该校的中国学生队伍比赛。说是三个队，其实加在一起还只八人。连我在内的好几个，三项球赛都得参加。玛利威尔的中国女孩子原来都说同去，充当我们的啦啦队，可是学校的舍监说下雪时分，路上开车危险，不准去。

球赛完毕回到圣路易已近午夜，给伊芳打了电话，报了平安，约好次日带她出去吃饭跳舞。于是星期天又在一起。

不到一星期后，12月6日，与她去听音乐会。那年头听古典音乐必须穿得整整齐齐。她穿上旗袍、高跟鞋，轻点唇膏，完全是位尊贵的小姐。两天后，晚上陪她去市中心买一些用品和圣诞礼物；她换了日常衣服，简直像个中学生。女孩子真是！说变就变。喔，这天是12月8日，星期一。不过陪买东西怎能算是约会？因此也不当作破例。

12月13日，星期六，与朋友们一起参加了中国同学会的圣诞晚会。晚会结束时只是午夜，离宵禁还有宝贵的一小时。于是我俩去了一家"汽车小吃店"（drive-in）。这是当年很兴的连锁店，坐在店外车内，等年轻的服务员送上食物。吃了个三明治，喝了巧克力牛奶，然后依依不舍地送回宿舍。

跟着那个星期里，我们不断相会。什么一周只可见面一次、什么时候可以打电话聊聊、什么情况下允许破例……约法三章都被抛诸脑后。看来我俩间的恋爱故事讲到这儿大可圆满收场，各位无疑听得已不耐烦。可是一波三折还在后面。

感情越来越深。这位理智过重的十八岁姑娘开始担心。

从小进的是天主教学校。上海的法国小学、东京的美国中学、圣路易的玛利威尔学院，无一不是修女领导和管教的天主教学校。她很自然地成为虔诚的教徒。

那时的天主教会规矩很严，极不赞同教徒与非教徒通婚。她知道我非但不是天主教徒，还在乔治镇学院里跟着同学受过浸信会的洗礼。虽非无神论者，对浸信会的教义也并不怎么接受，但终究不属天主教；万一来往太多，感情增长到不能自拔的地步，到时教会又不允结婚，将如何是好？她跟自己说：还不如趁早叫停。

12 月 22 日，约会之后送回宿舍，她坦诚地跟我说了这个无法解决的问题。

我俩坐在宿舍的大厅里，从晚上十点半谈到凌晨两点半。结论是：她不能继续与我约会了，以后连电话也不接了。

当时的感受只能打个比喻来说：坐在车里、在情感道路上驾驶得安安稳稳的她，突然看到前面出现了一堵墙；左脚大力踩下，来个急刹车。很自然的反应，也是完全合理的动作。只是坐在她身边的我——那沉浸在安详暖和的气息中、正还自得其乐的我——完全没有料到刹车之猛；于是飞离座位，一头撞上车窗玻璃。虽然不至于肝脑涂地，可也撞得个满天星斗。这个血淋淋的比喻相当恰当。

四小时"充满理智"的讨论，把我再次打落深谷。

23 日上午，那边厢说不接电话，果真不接电话；这边厢六神无主。我们昨晚同意，虽然情况有变，说好的事还该照做。当晚老柳家里有个晚宴，庆祝他母亲的生日，请了一群青年朋友，包括我俩和玛利威尔学院的另外几个女孩子。于是按照原定计划，到时把她接到柳家。

你看，我还在说"我俩"；能吗？

人多，椅子不够，有些人席地而坐。我没有心情跟别人说话，就独个儿坐在角落里胡思乱想，打发时间。过后伊芳说，她看到我那样不言不语、坐在墙角，拿着酒猛灌，于心不忍。想想，还是让我与她恢复约会吧。

其实我心情虽坏，却并没喝多少，更不能说是"猛灌"。天生体内缺少那种化解酒精的酶，根本不能喝酒。那天也只跟着大家拿了瓶啤酒，勉强喝几口。大概天生的缺陷让我立即脸红，甚至红得像猪肝，让这位善良的小姑娘动了恻隐之心。

或许不只是恻隐，而是已经不自觉地动了深情。虽然她事后不肯承认，只是说觉得我太可怜，于是告诉自己：万一两人的感情有所发展，只要耐心做我的工作，假以时日，还是可以让我皈依天主。铁杵也能磨成针嘛！

怜悯也好，真情也好，不管怎样，总是我的造化。又一次让她打开了心扉。

这关一过，感情的发展一日千里。除了恢复约会，还每天通好几次电话。也不知道哪里来这么多的话题，总说不完。经常她会说："唉，不能讲下去了，别人在等用宿舍电话呢！"依依不舍之情，过来人无一不明，无须赘言。

大考已经结束。外地来的学生各自收拾行李，回家过圣诞——美国人最看重的假期，也是两学期间的分界线。过完年、放完寒假，才回校复课。少则两三个星期，多则整个月。安静下来的校园是研究生猛攻科研的最佳时刻，一般不走开。当然也有一些愿意趁机去他处游览或探友。无家可归的留学生呢？常有些好客的美国同学会把他们带回老家，与亲友共度一年里最热闹、最快乐的假日。

有了心上人，就什么地方都不用去。偌大的玛利威尔校园里，除深锁高楼宿舍的修女外，只剩伊芳等一两个女生。不能让她这般寂寞，更要照顾好她的安全，老爷车乃每天在两校间奔波，深夜才归。

虽然人走光了，宿舍还是宿舍，学校还得保持那套规矩。最重要的是每晚的宵禁：女生必须回到自己住的那层楼，而外来访客必须及时告辞，离开校园。对不起得很，规矩被我俩破坏殆尽，不到凌晨我绝不离开。（写到这儿，大声念出与老婆分享。她提出抗议，说："别写这些行吗？太不好意思了。"我说："实话实说而已。"她说："可怕，可怕。"我还是照写。)

说也奇怪，修女们从来没有为此教训我们。是因为住得太高、睡得太沉吗？我看不会。老爷车虽然跑得不快，吼得倒蛮响亮。校园里空旷，开车出去的时候，哪怕是修女宿舍，连临近的居民也听得一清二楚。再说，学生宿舍在四楼，就在修女宿舍脚下。

午夜自动熄灯后，周围暗得可怕。四楼从来不允许男生上去，哪怕白天也不行。可是我不能不照顾到伊芳的安全，总得陪她乘电梯上楼，送到房门才告别。那架古老的电梯，不动则已，一动响似狼嗥。陈旧的地板，又是一有人走动就嘎吱不休。你想那些修女们都是聋子、不知不晓吗？

只有一个解释，就是修女们对伊芳放心，对我也还有好感。对正在急速发展的这段儿女之情，感到某种程度的同情。因而开只眼闭只眼。连以严厉著名的教导主任也对我们网开一面。

早些日子某次，有个什么招待会，不少女生请了男朋友来，校园里到处双双对对。我俩正在楼梯角边紧紧依偎，这位教导主任下楼，被她看个正着。其实也没什么，可是那是五十年代，风气保守；女校又管得特紧。我俩都怔住了，轻轻称呼她后就不敢说话。她一言不发，点点头，继续下楼。三周后，伊芳的母亲从东京来信，说教导主任给她打了小报告，表示对我这个怀有罗曼蒂克情绪的男生有点担心。不过竟还加上一句："看来这男孩子还不错。"她怎么知道我"不错"？又是莫名其妙的造化。

我俩的情打动了铁石心肠吧？用句美国俚语来说，好像到处都有"守护天使"（guardian angel）照顾着我过关。这辈子十分幸运。

伊芳的生日在圣诞和新年之间。为了庆祝她的十九岁生日，我去百货公司找一样让她整天看得到的礼物。想到的是大熊娃娃。可惜脑筋动得太慢，人人想要的白熊早已卖光，只好捧着一只七十来厘米的浅棕色熊娃上门。哪知她看了觉得与众不同，特别喜欢。唉，人就是这样！这位一板一眼的姑娘，总怕我别出心裁、标新立异；可是一旦走进了甜蜜的爱情深处，与众不同反而变成好事。

更妙的是，寒假放完，同学们纷纷回校；看到棕熊，人人叫好。几个同房女孩把它叫做"小家玮"（Chia-Wei Junior）。多年后伊芳说：她高兴到了心头，从此对这棕熊更加宠爱。至今几乎已有六十个年头，儿孙成群，她还把"小家玮"捧来，放在刚铺好的床上，称之为我俩的第一个孩子。

"小家玮"——半个世纪后还端坐在我俩床上的棕熊。

新年，较早来美留学成家立业的陶氏夫妇和另外两对华裔夫妇一起招待留学生迎接新年。在圣路易的华人圈子里，陶氏夫妇既是"侨领"又是"家长"，素来特别照顾中国学生。这三对夫妇都善于烹调，尤其是永远兴致勃勃的陶太太，经常请我们几人去她家吃饭玩耍。迎新年的那餐更为丰富，是留学生们殷切期望的一年一度大牙祭。饭后还有各种各样的比赛和音乐，让大伙游戏或歌舞通宵，兴尽始归。

这年伊芳与我另外安排了节目，没有逗留通宵。预先跟主人们打过招呼、得到支持，十点过后就开个小差，静悄悄溜将出来，到市区 Chase Park Plaza 酒店里的皇冠厅（Crown Room）参加新年晚会。正如双双对对的情侣那样，我俩按照美国传统，拥抱着轻歌曼舞，在情人怀里等候新年来临。

主持人的时分倒数，夹杂着午夜钟声，带来了《友情地久天长》（Auld Lang Syne）这首传统骊歌，情侣们兴高采烈，在热拥和欢呼中送别旧岁、迎来新年。

学校里这晚解除宵禁。当晚把她送回宿舍，应舍监之托，留在厅里等候另一位晚归的女生，替她开门。她两点半才回来，立刻就上楼休息。我俩却留到四点多钟才分手。就在这晚，伊芳终于坦白承认她爱上了我。她说：其实两个多月前的盛装舞会后，就发现对我有了特殊感情；但是从来没有恋爱过，不知道怎么理解自己的情绪，花了两个多月才让爱情的火花爆发出来。

第二天，也就是 1959 年的元旦，正式定情。

你们这些现代青年不懂得什么叫做"定情"。也许还会想，美国也有"定情"的说法？

其实没有，这两字只是我从古代言情小说里借来的名堂。五十年代的美国有个习俗：当两人决定走在一块、承诺不再与别人约会时，把这种交友之后、订婚之前的特殊关系，称为"走入稳定"（going steady）。那不是"定情"是什么？

没多久后，我订购了一只华大的"校戒"（school ring），把它套上伊芳左手的无名指上，让所有男孩都知道她已被"定情"。也就是说名花有主——除我以外谁都不能约会她，更不用想追她。以校戒示意也是当年的美国习俗。

从失恋到热恋、到定情，几经波折，好像做了一场长达数年的梦。回头屈指一算，前后仅仅数月而已。当时我刚过二十一，而她才步入十九。青少年期，每天每周每月都显得那么长，样样事情都留下那么深刻的印象。不是吗？

这么年轻、这么快，就敢私订终身，说起来不是有点可怕？

学业上的最大挫折

有句老话说：情场犹如战场。

这方面我俩十分幸运。伊芳来美前年纪太小，家里和学校里又管得严；非但没有恋爱过，连约会都被禁止。她为人正直爽快，与我谈恋爱时说一是一，不摆架子、不玩手段。而我这头呢，中学时代在香港有过一次看得很紧张的初恋，后来莫名其妙在非常幼稚的误会中结束。除此之外，在遇见伊芳之前，从来没有过一次约会。要说"两小无猜"，还真当之无愧。

或许因此我俩只有情场，没有战场。

我的性子急、动作快。她还没有考虑到爱情问题、还没有多见世面、还没有机会作些选择时，就被我盯上、被我缠住，突然间两人决定厮守终身。日后经常有朋友问：怎么年纪这么轻就定下终身大事？我的答案直截了当："见好就收。"

好像还有那么一句老话，说事业不顺利时，人会走桃花运。能不能反过来说：桃花运亨通时，事业不会顺利？我当年的经历似乎印证了后者。就在与她定情的当儿，学业上遭遇到最大的挫折。

可完全不能归咎于她。

前文说过：1958 年的上半年是我有生以来最无援和无措的人生阶段。下半年进入华大后第五个学期，不久就要面临自知很难通过的博士资格考试。追求伊芳所付出的努力令我时间更不敷用，读书更不够用功。好的方面是她把我带上了另一条人生必经之路，让我减低了彷徨，看到了曙光。

1959 年 2 月参加博士资格考试，果然不出所料，全军尽没。第一天的笔试几乎交上白卷；第二天考得还算不坏，可是已无法补救。博士梦到此破碎。回家躺在床上，翻着白眼看天花板，不知道下一步走向何处。

打通电话，老老实实告诉伊芳，等她那头报以失望的静默。本来就是嘛，她跟一般人那样，以为我十八岁大学毕业，又被这么强的研究生院录取，一定有些本事。多次跟她说明这些只是表面，反映不了事实；总是说不清，所得的只是半信半疑，还被认为我谦虚成性。这次考前又跟她做了一番心理准备，仍然不见效果。现在事实放在面前，不由得她不信；对我的那番好印象，眼见即将一扫而空。重落情场深渊的影像，又在我眼前出现。

出乎意料，她在电话上非常安详地说："不打紧，你本质好，是个有能力的人，我对你有信心。休息一下，心情平静下来，我们见面时好好商量向前该走的路。"

好一个十九岁的姑娘！

见到面来，首先同意的是第六个学期我要照常上课。在同学面前仰首挺胸，不为考试失败所动。过一两个星期，去找位教授谈谈，看选什么合适的科研课题，请他收我为助研，免费打工；然后写篇扎实的论文，取得硕士学位。即使硕士学位在当时美国研究型大学的物理系里被认作"淘汰赛安慰奖"，也聊胜于无。

生活方面，学期完前继续当数学系的助教，把饭碗保到 6 月。运用其间的四个月时间积极找份工作。待工作上轨道后，再考虑怎么自修苦读，恢复学业。

这就是我俩为我商定的路：一条平实无华而有血有肉的路。当然失学就得就业，不过就业也是生路。再说，就业也分多种，并不限于打一辈子无聊的工，也不就此为一生定型。反正她还只是本科二年级学生，我也只有二十一岁，大路还在前面。留得青山在，不怕没柴烧。不急。

小姑娘为我稳住情绪，为我指路，为我打气，为我取得了远超意料的平静和勇气。有她在旁，很快就从彷徨失落的深坑里奋力跃出。

可是找份工作并不那么简单。学业成绩平平，肚子里没有用得上的知识，实际工作经验是零。谁要你？再说，美国政府明文规定学生不准在校外打工。若有企业单位愿意雇你，必须为你申请一个叫做"志愿离境"（Voluntary Departure）的名堂，声明你这行专业缺乏本国人才，因此不得不暂时雇用，并同意政府可以随时叫你"志愿"离境。日后要不就在你职位上另找本国人替代，要不就通过移民法帮你取得"永久居留权"（Permanent Residence）——所谓"绿卡"（Green Card）。

办理这种手续相当麻烦：雇主等于是你的保人。在法律不允许政府颁发身份证的美国，一旦你混入人丛就无从查获，变相成为非法移民。说溜就溜，雇主怎么向政府交代？（法律不允许政府颁发身份证？多奇怪！缘由是：早年的美国移民非常害怕恶政，认为发给身份证后就会常年被政府监视，丧失个人的私隐和自由。）

此外，愿意为你作出担保的雇主，道义上多少应该向你付出一些职业保障的承诺。这又加重了他的负担。

诸多考虑之下，何必雇用一个学无所成的外国小子？

比较有希望的，看来是去穷乡僻壤的小学院里找一份教职。

原来美国的高等院校多得出奇，人人有机会念本科；学生多，教师不足。念理科的人本来就少，愿意攻读高等学位后以执教为生的人更少，因而理科教师更显不足。1957 年 10 月 4 日，苏联人造卫星上天。美国政府在一片震惊中，全力发动科技研发，大幅度增加理工领域的就业机会。报读理工的本科学生随而剧增，令高等院校不得不大量增聘原已缺乏的理科教师。

政府亦为此开始大量投资于研究生的培养，可是总要等上好几年才能见效，无法即时填满教职的空缺，因此愿意在理工领域放宽对外国学生的就业限制。虽则我的学业条件不好、资历不够，这类教职或许还能找到。

翻阅物理杂志和教育周报的分类广告版，看到一些学院的招聘声明，选了六处，去信打听或申请。或许教职的需求实在大，或许很多应聘者条件比我更差，反应倒还理想。一所位于弗吉尼亚州的，和一所位于南达科他州的小学院给我回了信，寄来资料，面都没见就要了我，让我考虑他们的聘请。可是从资料里看到，这两处学校实在不怎么行，所在的小镇又过分偏僻，实在不大敢去。

另外还有两所回了信。它们是州立大学，比较有点地位，分别在新墨西哥州和北达科他州，不过说要等到1960年4月底才知道会有多少空缺。我不能也不敢等那么久。

此外又写了几十封信去各处的研究型大学，试看有没有转校的机会；也就是说，可不可能到别的大学去念博士学位。想通之后了解到自己水平实在太差，若不花上两年扎扎实实自修、把基础补好，就算有大学肯收，去了也过不了关，毫无意义。心定下来，告诉自己：暂且找个单位好好打工呗。

就业前的选择

3月下旬，位于田纳西州的南方大学（University of the South）来了封很诚恳的信，向我提供旅费，让我去跑一次。

这所博雅学院在南方很有点名气。它还有个代名，叫做"Sewanee"，出自所在地的印第安族原名。该校所出版的 *Sewanee Review* 在人文界素负盛名，是美国最古老、最持久的文学季刊。

除了代名，还有袭名。作曲家斯蒂芬·福斯特所写的 *Swanee River*（也称为 *Old Folks at Home*）令人联想到拼法略异的 Sewanee——虽然福斯特所写的其实是佛罗里达州的萨旺尼河（Suwannee）。联想一错再错。不论如何，总之这个学院不属无名之辈。

为了替对方省钱，我没乘飞机，搭了美国最普罗的长途客车"灰狗"（Grey Hound），花了十几二十小时才到。一路上坐的相当于国内的硬席，没有睡好、没有吃好。清晨来车站接我的教授说他理解我的心意，但是不以为然。从西方人的角度来看，我国的传统美德往往反是怪端。他们认为人与事要分得开；为人固然应当省吃俭用，而做事却该配合现实所需，该花就花。若是为了省钱搞得腰酸背痛，会见时精神不济、表现不出真正面貌，那就对谁都无益。

位于田纳西州的南方大学。

西方的看法也有道理，不过大概早已让儒家教诲钻进了基因，至今还改不了过分节省的习惯，尤其花的是贫富不均社会里的公帑。

来到南方大学，不由得不生好感。小桥流水、绿茵遍野，清一色秀丽的古典建筑。世外桃源、不闻尘嚣，好一幅印象派的油画。原来这学院拥有一世纪的历史。海拔近七百米，校园四千公顷，周围都是森林幽谷。时间与空间联手赐给它古雅的传统和优美的环境。学院的领导们和教师们富有真挚谦和的学者风格，保守得连上课还需披上学袍。

五百五十名学生，却有近五十位教授。学校虽小，却兼管医院和机场，还办了一所飞行学校。物理系已有两位教授，一是普林斯顿大学（Princeton）的博士，一是范德比尔特大学（Vanderbilt）的博士：一北一南两所名校。我若想来此自修求进，从他们那儿就可以学到很多东西。

在那儿花了整整一天，先是会见物理系的两位教授、参观系里的设施；跟着会见校长、教务长、数学系和化学系的两位主任，共进午餐。下午继续参观理学院，并观赏校园；然后去物理系主任的家里，接受下午茶会的招待。来到茶会相见的，包括全校的系主任和十几二十位教授。一生没有见过这种大场面的小伙子，混在众多衣冠楚楚的老教授间，难免感到几分陌生和拘谨。只好尽力扮得镇定自若。

晚上又与几位教授同膳，其间双方都表示了满意与赞赏。教务长跟我仔细解释职务，说是同事们都已表示好感，职位已经属我，只要得我首肯，立刻会发出聘书。并说将全力替我办理永久居留的手续，不必担心。最后陪我到火车站，送上头等卧车，让我回程时可以最舒服地睡上一晚。

几年来在华大，日子过得像个孤儿，这种意想不到的优待和热情，令我几乎泪下。虽则到此只有一天，临走竟感依依不舍。

回到圣路易，第一时间打电话给早些来信聘我的两位院长，让他们知道我不能接受他们的聘请。电话那头，一位没说多少，另一位反应非常颓丧，说是对我怀有极大的好感和期望，并已乐观地向他的校长作过汇报。除了向他再三表示谢意和歉意，对这位从来没见过面而已看得起我的人，不知道还该说些什么。过后为他难过了一阵子。

生平第一次看到：学校领导为了招聘心目中的理想老师，要遭遇多少困难、承受多少忧郁；没想到这会是多年后自己不断亲身领略的滋味。或许当年的深刻印象埋入了我的潜意识，替我预作了心理准备？

向伊芳报告"Sewanee"的经历和感受。她为我高兴，我这头却高兴不起来。田纳西州离圣路易这么远，我俩一旦分别，每年能见几次？想到这里，一边还在描述"Sewanee"的色彩多么浓郁、温情多么动人，一边已经不由自主地觉察色彩正在迅速褪色、温情正在迅速冷却。（突然想到，第一时间竟没打电话给伊芳。是否因为伊芳既已属我，跟我已是同一人，首先想到的就不该是她，而是那两位以礼相聘的院长。先替旁人想、再替自己想，没做错吧？难道这就是被儒家思想潜移默化的"厚道"？看来孔夫子的血早已流淌于我的血管里。）

大好机会的考验下，终于看到真情，脑子豁然清醒：既然留在圣路易与伊芳经常见面是主要的考虑因素，何不坚持在圣路易找个职位？

并不是不想，而是圣路易虽有好几所教学型的学院，它们都不注重理工，都不增聘物理教师。至于一些工商企业呢？也不是没有想过，只是这个念物理的人对它们来说派不到多少用处。

与朋友们谈到这个问题，他们说：工业界虽不容易，试试无妨。于是写过一批信出去，也曾被几家当地公司约见。可是物理方面的人，所能申请的公司往往跟电子有关。而那个时代的电子业需要做国防部的生意，非本国公民很难获取与国防有关的"安全通关证"（security clearance）。因此这类公司即使缺人，除非逼不得已，不愿考虑雇用非本国公民。几处都这样告诉我。

我自己又怎么想？在工业界打工，一天上班八小时，加上来回路程、吃饭睡觉，剩下的自修时间太少，怎可能复学？

约见过的单位之一是孟山都化学公司的研发部门。大概那次会见所留下的印象还好，4月中旬人事部来了个电话，说是研发部门向他们作了另一种推荐：公司正想把生产过程搞得更自动化，没多久前成立了一个计算机部门（后来的术语称之为"计算机化"，今天则喜欢说成"信息化"或"数码化"）；目前那部

门只有十一个人，应当稍加
扩充。

当时市场上懂得运用计
算机的人较少，愿意放弃正
业去学写程序的人更少。再
者，即使愿学、能写，要把
计算机应用于化学工程和工
序，总还得有点科学基础，
至少懂得怎么推算热学方
程。来电的人觉得我或许适

在圣路易的孟山都公司总部。

合需求，想安排我与计算机部门的头头见面；大不了上天下地聊聊，无伤大雅。

我想也是。虽然不怎么熟悉计算机，但在数学系里当助教的任务之一，是
在 IBM650 上用最原始的计算机方法登记学生分数，并运用别人写好的程序来
分析和计算学生的成绩分布。那也算是运用计算机了吧。事实上有点道理：任
何科技革新刚上台时，一般人心里总会害怕，能避则避。可是只要沾到过边，
就会觉得没什么好怕，也就解除了最为关键的心理障碍。

IBM650 直接运用机器语言来写程序，用不上方兴的 Fortran，所以我不会写
Fortran。可是初生牛犊不怕虎，我敢学、肯学。更重要的是，即使物理没有念
通，脑子里已经灌入一点科学思维和逻辑，及最基本的理科常识。热学也学过
一些，见到方程不再害怕。嗯，说不准我还真是挺合适的人选哪！

是否如此，谁知道？可是有了这样的想头，就无形中增加了自信。再说，
哀兵必胜。若真想留在圣路易，前无出路、后无退路，哪能不左冲右撞，大胆
突围。

计算机部门的一把手那天不在，由二把手与我面谈。进展异常顺利。给我
印象特深的是计算机的应用前景，了解到这将是一门复学后肯定有助于学术研
究的本事。同时，部门的主要任务是帮助其他部门的工程师分析方程，然后运
用计算机替他们解题。过程中会涉及力学、电机、热学、光学、统计等，那不

将是复习物理的大好机会？

次日，一把手回到公司，二把手向他汇报，跟着就来电邀我上任，月薪540美元，问我愿不愿意接受。能让我守在心上人的身边，更有何求？此外，收入是兼职助教的三倍，使我既可以放心积钱复学，又可以多寄些钱回家。当场毫不思考就接受了聘任，感谢了计算机部门的善意和信任。

就跟上次一样，首先打电话去"Sewanee"表示歉意。那头真有风度，完全理解之余，并向我道贺，给我真诚的祝福。说真的，我实在极度喜欢高等院校的气氛，也喜欢这所学院，更喜欢那些即将失之交臂的同事。假如学院所在地与圣路易相距只有几小时车程，我一定会作出不同选择。那么，很可能一辈子与伊芳厮守于"Sewanee"，尽享靖节先生梦游之所失、那不足为外人道的恬静学术生涯。

跟着，打电话向伊芳报佳音。她又为我高兴。这次我倒是真的高兴了。令我不解的是她会问我选择得对不对。这还需问？这位姑娘理智过分，把我的专业前程放在考虑之先，其后才关心我俩的厮守。理智这般重于浪漫，难免使我有些泄气。

几十年来都是这样，理智在先。次次为之泄气，久而久之也就只好习惯了。

1959年8月初，穿上西装，挂上领带，开着老爷车，每天准时上班。失学变成就业。

第六章　半工半读　订婚与婚期

没想到去孟山都公司打工一切会那么顺利。

以前没有在校园外干过活，开始时难免提心吊胆。谁知工作立即得心应手，周围的同事们对我又很和气、很关照。长时期来累积的压力烟消云散。

看同事们的生活，个个那么舒畅。该上班的时候上班，该下班的时候下班。上班时稳稳当当、扎扎实实，下班后轻轻松松、舒舒服服。回到家里，享其天伦之乐。那个圈子里的美国人都这样过日子，为什么我不能照样？（这就是"美国梦"了吧？受儒家思想濡染的中国人，做的梦往往不是这样。）

就在开始打工前后的几个月里，不知不觉摸到了学习方法和科研兴趣。可见求学途径因人而异，条条大路可通罗马。

学习和工作走上轨道的过程中，爱情和婚姻扮演了极为重要的角色。

硕士研究工作

第六个学期的课程不轻，尤其是《量子力学》——现代物理学的基础。来日复学时，重进物理系也好，转去电子工程或别的理工科也好，量子力学总需学好。

孟山都公司的计算机部门急于注入新血，希望我尽快报到。伊芳和我却深信开始上班前必须把这学期的课程念完，同时让硕士学位的研究工作走上轨道。

若有可能，甚至在报到前把硕士论文写完。

前文说过，华大物理系把硕士学位看成博士资格考试失败的"安慰奖"，要求不高。必修课程当然需要念完，然后选择某个课题，研读别人发表过的论文，总结心得，加以评述，写成论文。不要求内容如何丰富，更不要求什么发现或创新。一般来说，几个月里可以完成任务。

即便如此，还是得找一位愿意接受我的硕士生导师。

我不善于动手，对实验物理的兴趣不高。可能只是因为缺乏这方面的机会和经验，造成心理障碍；若能好好跟上一位老师学习，兴趣或许会来。可惜当时实验物理非常吃香，系里的主要实验组都已满额。再说，教授们情愿培养博士生，对我这个没有通过博士资格考试的学生不感兴趣。

按照系里规矩，每个新到的研究生要参加一个研究组，至少名义上如此。我刚到华大时就报了宇宙线组，第一年夏天还为组里的老前辈休斯教授打过工，帮他冲洗气泡室（bubble chamber）的底片，寻找宇宙线（cosmic ray）穿过气泡室时所留下的径迹。因此我应该找宇宙线组的带头教授谈谈。带头教授名叫罗伯特·萨德（Robert Sard）；跟我略谈以后，认为或许用得上我。

萨德教授在宇宙线研究方面颇有点名气。他在科罗拉多州深山顶上有个实验室，运用威尔逊云室（Wilson Cloud Chamber）观察宇宙线里的基本粒子（elementary particles）。过去三年里与研究生通过摄影收集了极大量数据。可是分析这些数据是一项劳动密集的工作；经费有限、人手不足，一直无法处理。整卷整卷的底片堆在那儿发霉。那么，既然有人愿意免费打工，何不让他试试？

那时萨德正准备去加州一年，按照学界惯例，度七年一次的学术假，到时不会经常回圣路易，因而不可能收容新的博士生。我来得适时：稍加训练、偶予提示，或许能够独立做些分析工作，从上述数据里找到一点有用的结论，也不枉当初收集之劳。做不出成绩的话，亦无足轻重，反正这些数据躺着没用。

很长一段时间里，云室曾是观测基本粒子的重要仪器。当粒子穿过云室，沿途会把室内气体离子化，令它凝成微滴。若以灵敏的触发机制把尚未飘散的微滴拍摄下来，底片所记录的会是那粒子的运动径迹，也就是它的生命片段。

萨德想把大卷大卷的底片交给我，让我从底片里寻找值得分析的粒子踪迹。

那年代基本粒子物理非常热门，实验工作者看到了许多新现象，理论工作者按现象推出各种不同的粒子结构模型，继而预料更多的新现象。最令人兴奋的是，除早已熟知的电子、质子、中子外，在高能碰撞中看到了介子（mesons）和多种被称为"奇异粒子"（strange particles）的新贵。

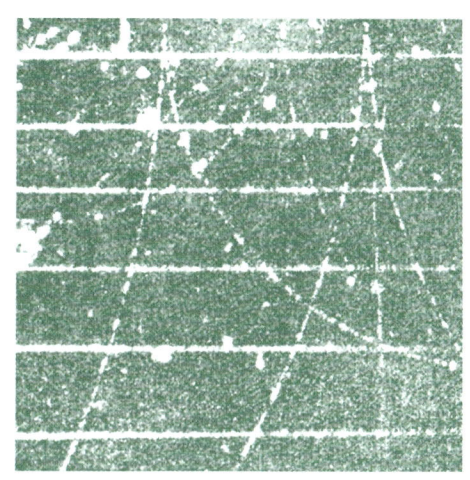

网上经常见到的云室所录得的粒子运动径迹。

最初高能只出现于自然现象，也就是宇宙线里，云室又是唯一的有效观察仪器；萨德带了学生跑去杳无人烟的荒山里工作，生活艰苦，收获却十分宝贵。

好景不长。高能加速器（high energy accelerators）的发明让物理学者学会怎么仿造大自然，人为地大量生产奇异粒子。新兴的气泡室，效率和精密度又远超云室。这些一波又一波的突破，为研究者提供可控的实验环境和观察条件，不断印证理论，启发新的模型。凭宇宙线和云室技术所能收集的资料，相形之下变得既少又粗糙，价值迅速没落。萨德三年多来的辛勤收获，面临报废的命运。

他去加州就是为了要熟悉高能加速器和气泡室的运用，把握新的实验技术。宇宙线组到此收山。那些食之无味弃之可惜的数据，亦将从此不见天日。那么，若能拿来用作训练硕士生的工具，或许还对得起当初拨款支持项目的科研基金机构。

以上只是我的猜测，无法肯定他是否真的这样想过。对我来说，只要具有学习价值，能把脑子里少得可怜的一点知识派上用处，就很满足，别的无关紧要。可惜虽然算是"实验项目"，事实上只余分析；纸上谈兵而已，并无实验可做。

首先是理论分析。底片里的痕迹显示粒子进入碰撞和退出碰撞的径迹。碰撞前后的角度和径迹的长度，为我们描述了这次散射活动。而微滴的密度反映粒子在气体介质里的动量。运用力学的守恒原则，可以推算到粒子的质量。

测量微滴的密度乃是实验分析的至要关键。在没有自动化仪器的帮助下，这项任务需要密集的劳力。我需把一张张底片放到立体放大镜下，睁大双眼，仔细看、逐滴数、不断记录。个把钟头下来，往往两眼发花，头昏脑涨。（让我今天略能体会农村姑娘进城后在电子工厂里靠眼力干活的苦处。）

原来与萨德教授商定的计划是：把理论框架建好，寻找小数量的案例来分析，证实这种实验确实可以看到奇异粒子。硕士课题研究就此而已。同意在3月初启动、8月初上交论文；在他搬去加州之前，通过硕士学位评核组的口试。

三个多月苦工放下去，居然找到不少张显示奇异粒子的底片。经分析后，觉得看到的奇异粒子很可能有三种。7月初，萨德从莫斯科开完国际会议，回到华大，听了我的工作报告，认为写篇硕士论文业已足足有余，8月初前必能完工。

但是我嫌案例的数量太少，不足以提供有力的证据。向他提出建议，请他让我搜查全部底片，收集所有的散射资料，逐一加以分析。把三种奇异粒子的案例分类整理，推算每种粒子的质量。然后归纳、总结，写一篇扎扎实实的报告。所需时间将超过一年。反正这些资料放在那儿没用，而他这一年又不在圣路易，何不让我废物利用，搞点名堂出来。

相信这个建议令他吃了一惊：哪儿有人好好的学位不捡，要自告奋勇、心甘情愿去做这等傻事？

要傻你就去傻吧！当场达成协议：1959年8月交上去的将不是论文，而是一份有板有眼的工作计划。预计1960年10月完成全部分析。

你说我为什么要自寻烦恼？因为一开始做研究工作，就感到某种潜在的挑战和自发的动力。以往总是忙着上课、看书、解题、应考，在别人制定的框框里打转，凡事均属被动。这次无拘无束，没人管、也分明没人在乎。虽则课题简单、内容平凡，毕竟是自己所发掘的。你看，凡事松了绑，滋味就不一样。

看来这种挑战、发掘和满足感，即使那样微不足道，亦能令人爱上科研。只是 8 月必须到孟山都报到，开始上班，不容再拖。那么，只有每天下班，吃过晚饭后，才能进实验室做科研。

一年里，萨德只回来过一次。不时给他寄上一封信，报告进展。由于做得勤奋，主要的数滴和分析工作，1960 年 4 月底已杀青。开始起草报告，每次寄一两章给他。夏末他回到圣路易，听我面陈四组案例的总结。其中三组案例，透过测量、分析、计算，所得到的粒子质量与高能加速器和气泡室实验所得的三种非常符合。这就断定了所搜到的确实是奇异粒子，假如早几年萨德的研究组里有人愿意下这番功夫、取得这些结果，应会受到物理界注意，甚至重视。等到进入高能加速器和气泡室时代，别人能看到上百上千个奇异粒子，并准确测量各种性质；而我所找到的只是几十个，精确度更远远不及。除毫不足奇地证明宇宙线研究也可以观察到这些奇异粒子外，并无贡献可言。

第四组案例所观察和分析的是介子衰变的角度分布，对引证红极一时的李（政道）杨（振宁）理论有所贡献。可惜也做晚了三年，坐失良机。不知道萨德对此有没有一丝感触。

反正他看了成绩相当满意，就让我把报告写起来。1961 年 1 月把厚厚的一本初稿交上，他一字没改。2 月初，把印得整整齐齐的论文交上去，硕士学位评核组即予通过，还是一字不改。教授们都忙，我也不慌，口试拖到 3 月下旬；反正硕士口试素来没有通不过的。

学业到此告一段落，坐待每年 6 月举行的毕业典礼，好领文凭。

顺便报告一声：萨德度完学术假，从加州回到华大，没多久后被正在积极扩展的伊利诺伊大学物理系聘走。多年后我在西北大学任教，受聘去伊大访问一年，几乎租了他的房子住。有说无巧不成书，果真如是。

在孟山都公司上班

"孟山都"的名字在我国早就流传，因为二十世纪上半叶孟山都是个很全面、很先进的化学公司，老早把各种化学产品销至太平洋西岸——尤其是跟农业有关的产品，例如化肥。随着时代和科学的进展，公司意图在高分子和生物科技方面发展新产品；但是或许领导层的决心不足，或许科研人员的竞争不力，成效有限。

二十世纪下半叶，公司大幅度调整组织和方向，决心放弃别的产业，全力专注农业技术。若今天上网浏览，会发现历史资料几乎全缺；大概是故意要顾客和有关人士把注意力集中于它的核心任务，以此强化品牌效益。

五十年代的孟山都还非如此，当时雄心勃勃，立志于创造和运用高新科技，在行业里算是较早试用计算机技术的一员。我有幸在那短暂的时期里加入孟山都，亲眼看到美国的传统工业如何被卷入新兴的科技潮，却也看到人事变动所造就的逆流及科技产业界的莫测风云。

1959年4月底接到聘书，公司希望我尽快报到。但是我们当初的念头是先把硕士论文写完，于是要求延至8月才开始上班。

8月3日是星期一，正式报到；第一件事是办理各种手续。没想到企业界的手续这么复杂，单是报到就花了五整天——也就是整整一个星期的工作日。

最麻烦的是替我向政府申请居留权。请听：人事部需要收集的文件包括乔治镇学院的成绩单和毕业证书、乔治镇学院物理系主任的推荐信、华盛顿大学的成绩单和学业证书、萨德教授的推荐信、公司为我填写的申请表格、公司高层领导（副总裁）的保证信、计算机部门的保证信（保证国内遍找不获我这种"难得的人才"——天哪，我竟那么"难得"）、照片、手指印、香港警务处的记录（保证我没有犯过案）、乔治镇警察局的记录、圣路易警察局的记录、克雷顿（Clayton，圣路易郊区小镇——部分华大校园所在地）警察局的记录，及别的我已无法记得的文件。

最有趣的是需要我的出生证明书；护照和香港居民证里所填的不算数。我出生于上海；正当抗战打响，孩子生了不就生了，哪儿有人替你发什么出生证明书？于是要我自己写一封证明信，担保我确实出生于所报的日子和地点。（看来好笑，初生婴儿怎么知道自己出生于哪天哪地？其实并不那么荒唐：我将永远为这封信上所说的负担法律责任。日后任何有关法律的事项，下至申请驾驶执照、开银行户头、购买房产，上至结婚登记、缴税、劳保、健保、申请护照、投票、退休等等，只要与政府有关，就莫不以此为凭。）

拿齐了这些文件，与孟山都的公司律师一起跑到移民局去登记。

假如不办这些手续，我的身份仍会是留学生，不准在校外受聘。一旦公司把这些文件交了进去、做了登记、为我申请居留权，留学生身份就立刻丧失，原有签证作废，说是一个月内须自动离境。这个月内，静候移民局的决定。居留权被批准的话，我变成法定"无身份人士"，名字放上"优先限额"（Preference Quota）的"等候名单"（Waiting List），排队轮次等候名额。不被批准的话，则必须在指定限期里自动离开美国。

有这么大的公司担保，一般不会上不了优先限额的等候名单。而上了名单，就不会被无故赶走。可是美国历史上一直不欢迎华人，对华人移民的限额，当时与全球最小的国家一样，还属最低，每年一百零五人。等候名单上，华人至少有几千。法律不改的话，委实要等一辈子。

只要你的名字还在等候名单上，就不能脱离为你提供保证的公司。想换工作可以，新雇用你的公司必须从头为你另办手续，让你在等候名单上的位置自动掉到最末。

这个规矩让一些蓄意压榨劳力、不讲道德的小公司趁机雇用外国留学生，把他们看作廉价劳工和剥削对象——包括已经获得高等学位的毕业生。我们戏称之为奴隶制度的复活。虽是说笑，却饮泪诉说了两百年来这个移民国家对新移民的歧视和不公——尤其是包括华人在内的有色人种。

8月10日，第二个星期一，上公司看 IBM 704 的操作手册，学习怎么自己上计算机系统，及用 Fortran 写计算机程序。一下班就回到物理系，继续做研究工作：眯起了眼睛"数滴"。当晚与萨德再谈了一次话；后天他将离开圣路易去加州，这是听他指导的最后机会。他对我写的工作计划毫无异议，并同意我把已做的理论框架和试验性的分析，写成首期报告，相当于三章论文的初稿。

星期二，上午在公司听计算机部门的内部学术报告，下午用 Fortran 写了实习程序，送上计算机进行编译（compile）。居然一下子就过了关。上司点点头，说从来没见过下属第一次上机就能通过。嗯，我的运气不坏。

星期三，把一些别人写好的程序拿来，边看边学。

星期四，正式收到一条课题，为某工厂的金属炼炉计算每点空间的温度，为改良旧炉效益鉴定条件。上司说："课题属化工部门，送来已有两年，交给过几个人做，做做停停，一直没能完成。"又说："我们这部门是为生产部门服务的，也就是说生产部门是我们的'顾客'。这样差劲，得罪了顾客如何是好？"我心里想：好好用功，把这课题解决了吧。总得有点出息才行，不能给中国人丢脸。

当天晚上给远在香港的父母亲写信，照抄如下："做课题很有趣，比仅看操作手册而不干实事要舒服得多。我不喜欢东凿凿、西挑挑，情愿拿起一个有分量的项目，一门心思钻进去干。这样学习新东西，要比乱翻书有效得多。我猜计算机这行依靠的是逻辑思维；多做多想，熟能生巧，自会产生创意。"又说："看来工业界课题所用的科学原理，比学术研究要简单得多。关键在于把实际的课题拿上手，边学边干。到目前为止，我非常喜欢这门工作。"

刚沾上一点点计算机和工业界的课题，就敢胡乱评论，真是狂妄幼稚。上门四天而已，说什么"到目前为止"！

今天回想，信里的话反映的固然是年轻人的冲动，更明显的是突出了自己个性的两个投影。一是什么事都一头钻进去，抓住了就死咬不放。二是对新事物总向好里想，过分乐观。或许两种性格间本来就有紧密的关联？说得好听，是全情投入和乐观；说得难听，则是既犟又天真。是好是坏、是对是错，谁知道？总之几十年后还是那个脾气。

就从这时开始，每天白天在孟山都工作，下班后开四五十分钟车回家，马马虎虎吃几口饭，立即赶到实验室去"数滴"。黄昏是这样过的，周末也是这样过的。说是半工半读，其实是全工全读。两头都干得扎实，生活终于走上轨道。

我写计算机程序的本事进展很快。自从 Fortran 当了家，程序非常好写。或许正因为过去没有写过机器语言（machine language），反而少了包袱。加上毕竟年纪比同事们轻，适应能力较强，心理障碍较少。[今天更是年轻人的世界。面对隔日更新换代的电脑和电信技术，年轻人不感到顾虑或禁忌。年纪稍大，力不从心，很快就会落伍，被讥为缺乏文化基础的"穴居人"（Neanderthal），例如我。]

写完程序，要打成卡片，拿到 IBM704 前去排队，等候上机编译——让内部软件把它译成计算机能懂的机器语言。假如程序没写错，编译后 704 会给程序员输出一大沓满布小孔的"二进卡片"（binary cards）。这沓卡片是程序员的第一轮成品。按课题内容加上"输入数据"（input data），704 就会按照卡片上的"指令"（commands）处理数据。所得结果经打印机打出，就是程序员的第二轮产品。

内部软件很原始，编译很慢；再小的一套程序也要占 704 好几分钟时间。若程序有错，"编译器"（compiler）会给你打出"诊断单"（diagnostic），让你照单修改或重写，然后送回机器室，再次排队轮候上机。错得实在离谱的话，编译器无法应付，会毫不留情把你踢出，给你打一张很难堪的报告，让你自觉是个白痴。

最怕是程序"歪"了，写得不符你的原意。不食人间烟火的 704 编译器哪里知道你的原意是什么；只要没有写"错"，还是会给你送上一沓二进卡片。这沓卡片能够运作：704 很愿意按照指令替你处理数据，但是计算出来的东西与你所想做的将是两码子事。

"错"，是由于程序写得不够小心，或是出了技术问题。被编译器找到了错，拿去修改就行。即使错到给一棍子打将出来，还是好办：红着脸重新写过就是。"歪"，却是因为你不明白课题，或许不懂得怎么分析；要么就是不会推算方程。计算出来的错误结果，拿在手上可能还不自觉荒谬。待送回给"顾客"、被人责怪时，才知道误了事。万一连"顾客"也不觉察，把计算结果放进生产工序去运用，出的事可就大了。

幸好那个时代的"顾客"对计算机怀有戒心，运用计算结果前小心翼翼，因此出现大事故的机会较少。今天人们过分依赖电脑，运用中经常忘却人为错误的成分。

错也好，歪也好，浪费了自己的工作时间还是小事；浪费了704的珍贵分秒，因而耽误了别人的时间，却不能饶恕。误导了"顾客"，当然更不能饶恕。

IBM704这种大型计算机十分贵重。那时不要说没有芯片，连晶体管都还未用上。一套704系统包括一排又一排衣柜般的组件箱，箱里插满了大大小小各种电子真空管。每天上午有工程师来查看烧坏了多少真空管，逐一予以更换。电子真空管耗电，还产生极大热量；不说机器的成本，单是电费和空调费就贵得可怕。运用这样的宝贝，每分每秒都需好好盘算。送进错的、歪的程序，怎么对得起它，怎么对得起等候上机的同事们？

至于"顾客"呢？则要看来头多大。研发部门的"顾客"好搞。一则因为他们本身还在摸索；就算有了研究成果，也未必能投入生产。二则因为计算机替他们省却大量手算的苦工，因而对我们多少有点感激和尊重。三则因为科研人员熟知新事物总会带来难以克服的挑战；他们较有学识和教养，心态比较成熟，风度较好。

生产部门的"顾客"难搞，尤其牵涉到的是公司的重要产品。一则生产直接影响公司的生死存亡，令他们承受强大压力。二则走在前线的人经常接触天文数字的成本开支和销售总额，难免财大气粗。三则不少生产部门的人，天天接触的都是"战壕"里的"老粗"，要不自己本身就是"老粗"；对我们这班穿西装挂领带的人看不顺眼。为他们服务也就是替他们打工，工作慢了坏了，当该挨骂。

不过两类"顾客"我都喜欢。三年来，研究生院里的感受和苦闷打击了我的自信，没想到进入孟山都后居然学得、做得比别人快——至少不比别人差。"顾客"们也都待我甚好，令我感动得更愿为他们努力。

大型计算机系列的"老牛"——IBM 704。
（只显示了系统的一角）

不瞒你说，研究型大学里的那些人，智力和素质确比传统工业界强。最大的动力看来是进取心。进修博士学位有漫长的过程；过程结束前，在社会上你是学生，在同学间你是小兵；过河卒子除了向前，还是得向前。反之，在传统工业界里，走上岗位时，你的正式学习过程宣告终结，此后所要求的是工作成绩；工作成绩若能过关，你就能平平稳稳、按部就班逐级上升。

再说，学术界的人自视甚高，不甘落后，因而竞争心也强。反之，传统工业界里分工很细；各有各的任务，干好就行，彼此之间成绩较难相比。

进取心和竞争心的比较都只是观察，说来并无实据，读者请勿深究。

刚从学界出来，脑筋活、兴趣广。条条题目都新奇有趣，容易全情投入。最与同事们不同之处就在这两个字：投入。午饭比人吃得快。上班时间不经常停下来喝咖啡（所谓"coffee break"）。做事怕打岔，不说闲话；集中精神，分秒必争。

做好课题分析、写好程序、打好卡片，待在那儿轮候上机。实在怕闲，手一停就周身难受，到处去寻找新课题。终于讨到了一大堆任务：今天帮助机械工程师用数值方法解偏微分方程；明天为一个生产部门做库存量分析；后天用刚学会的"随机数发生器"（random number generator）来模拟高分子结构过程……上班不到一个月，进入了八个课题，学到了各式各样课室里摸不到的知识和经验。

真正说到计算机技术，则离运用自如还有极大距离。只能说是不屈不挠、敢试敢闯。就这样，得到了上司的赏识；六个月后给我加了薪：每月540变成590。钱虽有限，但是对一个长期精神处于压抑状态的小青年来说，这种重新被人认同、赏识，重新站得起来的感觉，只有过来人才能体会。

那段时期，给父母亲写的信里充满了"勇气""决心""效率"这些字眼，让他们知道我终于顶住了失败、怀有满足感地在"求实学、干实事"了。

从定情到订婚

博士考试失败是我有生以来最大的挫折。冲击的余波之所以还算和缓，是因为早已料到及格的机会很小。更重要的却是因为心上人伊芳对此接受得坦然自若，对我的支持毫不迟疑，对我的信心毫不动摇。

后来问她怎么可能如此？还不是因为天真未泯、一厢情愿，被爱情冲昏了头脑？她不承认。到今天还说她就是懂得看人。

依我分析，她一点儿也不懂得看人；只是凭那从一而终的信念，自然而然地支持我，再接再厉地鼓励我，不知不觉地推动我。她以诚挚认真的承诺和榜样，一辈子帮助我断定生活的方向和目标。

1959年就是这一辈子的开端。她的支持和鼓励让我对硕士学位从被动走向主动，继而让乏人指导的学术研究带来挑战和自主及"求实学"的决心。为了留在圣路易与她共处，我进入孟山都打工；继而让开荒时期的计算机工作激发了积极和拼搏，及"干实事"的精神。两方面的动力都来自这位小姑娘。元旦日的定情把我俩的相恋带进了新境界，为我俩的终身相处打稳基础、铺开大道。

那期间每天与伊芳通一次电话，让她给我打气。电话上讲得太久，无疑会影响她的学习。可是她从来没有说不，也从来没有让我这头的任何消息左右她的情绪——好消息如此，坏消息也如此。这个小女孩，天掉下来也不惊不慌；用英文谚语来说，坚强得好比是"直布罗陀的大石"（Rock of Gibraltar）。几十年来她始终不变，在波浪起伏的生活里永远是坚定不移的"锚石"（anchor）。

① 伊芳到孟山都公司来看看。
② 一起在物理楼地下室读书。
③ 真的累了，闭几分钟眼睛也好。
④ 读累了就依偎一下，恢复精神。
⑤ 伊芳在宿舍里"五体投地"地做作业。
⑥ 走出去，让她好好休息片刻。

规定每星期见两次面。星期六上午接她，晚上送回宿舍。星期天上午玛利威尔学院的寄宿生一起在学校的小教堂里望弥撒（做礼拜），中午在学校的食堂吃饭。我呢？整晚"数滴"或念书，上午趁机睡晚觉，下午才去接她。很准时：一点钟到，十一点送回学校。两人在一块，绝大部分时间是读书。坐在我那深窖里的办公室，除了读书，还是读书。

伊芳读书本来就十分用功；这学期课选多了，考试也多，更加用功。起初我不太习惯，在一起时总是缠着她跟她讲话、打搅她。她也不表示反对。没多久后，看她精神不济，一定是睡眠不足。这样不行，会影响健康，于是以她爱用的字眼来讲：我变"乖"了，就安安静静地坐在一旁读书，不再缠她。

早一年秋初，我与一位来自香港、前面提及的陈姓同学（小名 Bob）从学校宿舍搬出来，合租一套旧公寓房。他朋友极多，周末从不在家。下午六时左右，伊芳与我离开深窖，去我家做饭吃。饭后留在家里继续读书；偶尔休息、谈话，甚至出去看场电影。入夏八点钟天还不黑，偶尔也会走去学校附近那森林公园里溜达溜达。这样的周末，生活得很有规律。

说到做饭，周日 Bob 与我一般在家里吃晚饭。他很能做菜，这就成了他的任务。我一点儿也不会，只好负责洗碗和搞卫生。过了一阵子，他不再愿意花时间好好做菜，我就自己胡煮乱炒，搞出几种卖相极差而味道还行的菜色。那时与伊芳已经不分你我，捧出来孝敬她毫不惭愧。再说，她做菜比我还差——根本不会，也不敢试。（没想到两年后她居然做得一手好菜，能够同时拿出七八道菜来宴客。告诉朋友她做菜还是由我启蒙的，没人相信。）

其实"程咬金三斧头"，我就这几个菜；吃到第三次，"菜谱"就宣告绝版。胆子却不小，敢于创新。譬如说，想到虾仁鲜美、茶叶清香，就把冰冻的虾仁泡在绿茶里，浸上两个小时，让那清香尽情渗透，然后放进油锅里炒。蛮有道理，照想味道应该不错。一碟"清茶虾仁"放到桌上，伊芳吃了赞不绝口，令我洋洋得意。进到自己嘴里，立刻发现虾肉既不清香也不鲜美，反是坚韧无比。至今伊芳还说好吃得很，虽然我已把这道菜非常贴切地改称为"橡皮虾"。

发现她有洁癖。或许不该称之为"癖"，而要用上一个"板"字：样样东西有一定做法，绝不马虎、绝不苟且。知道她要来我家，赶快收拾一下。其实也不过是把书籍纸张叠好、桌上积灰掸走、床单拉挺、椅子扶正。吃完饭，她抢着洗碗，顺便把桌面和灰色的炉子擦一擦。怎知不擦则已，一擦完全走样：非但表面的油污和灰尘被她擦净，连炉子夹缝里养着等过新年的油渍全被她弄得不翼而飞。还真没想到，买来的三手煤气炉子原来竟是白色，还镶上了几条在灯光下闪耀的银边。

她还赞我是个爱干净的男生，把家弄得这么整洁——只证明她生得比我矮了几寸，没有踮起脚来看冰箱顶上那厚厚的积尘。

偶尔出外打牙祭。除了前文提到的"亚洲餐室"，还有一家黑人区（贫民区）旁的中国餐馆。那个小区一度见过好日子，这时却街道肮脏，房屋破落。侈名为"Grand Inn"的中国餐馆，看来曾经辉煌：天花板很高，大厅两旁设有高背厢座。那些油漆已经剥落的笨重家具、漆皮早已裂开的古旧椅子，多次目睹我俩点了总价两块钱的"豆豉排骨"和"白菜猪肉"，大快朵颐。（要就是"虾龙糊"——唐人街发明的美食，把冷藏虾仁和猪肉丁煮在酱油葱花蛋花汁里。）它们也多次目睹我俩从口袋里抖出一把五分、一毛、两毛半的硬币，凑足两元才够付账。

有那么一两次，从餐馆出来，数数身边还有余钱，又不需要加汽油，就沿街走向市中心，到福克斯剧院（Fox Theatre）去看场电影。

在圣路易最煊赫的年代，这家有 4500 个座位的大剧院装潢十分豪华，是上层人士盛装出游的必到场所。二十世纪上半叶出版的杂志里，经常看到礼服笔挺的绅士和珠光宝气的淑女，站在

福克斯剧院。

福克斯剧院门前或厅里拍照。（请注意，连剧院的名称都选用了"高级"的经典拼法：Theatre，不用美国式的 Theater。）到我们那时，剧院已经跟着城市褪色，养不起大型的现场表演，改放映电影。门票虽然便宜，观众仍然寥寥无几。

风韵尽逝，唯剩那台全国闻名的巨型风琴，在电影开场前由舞台地板下冉冉升起，让风琴家施展才华，演奏二十分钟的怀旧老歌。优美的乐章、浪漫的情调，令人陶醉，让我们领悟到什么叫做往昔的天上人间。

8 月里我在孟山都上班。姐姐在卡本代尔市（Carbondale）的南伊利诺伊大学（Southern Illinois University）上学，离圣路易只两小时车程。暑期伊芳没有课，于是姐姐请"准弟媳"去她那儿玩一星期，一方面轻松温习功课，一方面趁机休息几天。伊芳不想打扰首次走上全职岗位的我，乃接受了邀请，却一去整整两个半星期。她学校的修女不允许我带她越州旅行，只好麻烦姐姐来回接送。

姐姐把伊芳照顾得非常周到。一定是父母亲托了她，要她好好观察这个儿子信里赞不绝口的姑娘，看看"准媳妇"是不是当真那么十全十美。

一连两个周末，开车去探望姐姐——她当然知道我是去陪谁。圣路易和卡本代尔这带素称美国的蒸笼，夏天又热又潮，不亚于我国的武汉和重庆。那时还不兴用空调，于是我买了一台风扇带去孝敬。这家伙又重又闹，效率不高；只好说是代表一番心意。制造得倒十分结实，半个多世纪后还能用，可就还那么又重又闹。

伊芳回圣路易后，我俩日子过得比以前更规律化：每天黄昏从孟山都下班回到家里，给她打个电话报平安。晚上睡前，再打个电话道晚安。

9 月中旬，她的大姊和小弟从东京来，借道圣路易去东岸升学。除看望她，顺便来瞧瞧我。小弟在我处住了几天，不断问长问短。大姊借住妹妹宿舍，偶尔见面，问题多多。看来也是受长辈所托，要他们好好观察这个女儿信里提过、赞过的"准女婿"，看小子能不能过关。

圣路易地当要冲，每年开学前在此过境的留学生络绎不绝。除了这两位未来的亲戚，一个月里还接待了九位客人——都是老同学的弟妹和父母亲朋的儿女，不知不觉把刚从孟山都领来的月薪用得一干二净。不久后学乖了，领到薪水就交到伊芳手上。我花钱没有盘算，她则手头较紧，认为奢侈品的都不许买。这样最好，我连银行账户都不必开，一切由她管——连寄钱给我父母亲都请她代劳。

既到这个地步，是否该谈婚嫁了？原来轻松地谈过，觉得总该念完书后才结婚。（啊，谁知道还有多少年？）谈得最认真时，想象至少两年后才会订婚、四年后才会结婚。写信回家时，两人都那么说。

9月底10月初，情况发生了变化。因素有二。其一留到下节再说。其二是经不起朋友们的怂恿，尤其是一对同时被华大化学系录取、来圣路易读博士学位的新婚夫妇。男的是香港培正中学里比我低一班的陶姓同学，女的是上海中西女中第二附小里与我同班的陈姓同学。他们走在一块儿了，你说巧也不巧？

两人刚到圣路易，要找新房。男的暂住我家，女的借住伊芳的学校宿舍。来前我已替他们看了十几处，选出六个公寓单元，让他们来后自己决定。没来两天就作出选择，在我邻街租了房，买好家具，搬入成家。二十二三岁而已，比我们大不了多少，竟然已经完婚！

另外一对经常与我们一起参加同学会活动的青年，亦只比我们大几岁，竟也说要结婚了！早先说过的侨领陶氏夫妇（"大陶夫妇"）出马，代替双方父母做家长。几个三十来岁、已经成家的朋友们，七手八脚七嘴八舌在一旁帮忙。婚礼、喜宴、闹新房，都张罗得像模像样。大伙聚在一块庆祝，热闹之极，只差了没跟着他们去度蜜月。

作为过来人，陶陈那两位"小陶夫妇"开始怂恿伊芳跟我提早订婚、成婚。理由非常现实：一、婚后住在一起，起居都有照应。二、生活走上常规，读书工作不再分心。三、不必开两小时车才相聚一次，省下时间既可读书，又可卿卿我我。

另一理由也那么现实：一起生活，经济上划算得多。对捉襟见肘的学生来说，这点远比初想重要。小陶夫妇为我们打算盘，还拿出清单来给我们过目。实例为证：民以食为天，先说吃。学校饭堂里一片餐肉要五毛钱，自己买三磅来烤，连柴米油盐煤气全算进去才一块六毛；切成四十片，每片才四分钱！

　　跟着说住：我与 Bob 两人，每人一间睡房，月租我那份三十三元。伊芳的宿舍费每月三十五元，与我加在一块共六十八元。结了婚，两人合睡一房，单元小些，月租四十九元就行。这样一来，省下十九块钱。此外，车开少了，还能省不少汽油。甚至说道：两人睡在一齐暖和得多，连暖气都可省些。

　　振振有词。一些婚后要增加的费用（譬如说，伊芳需要转校，而华大的学费极贵），他们只字不提。坦白说，我俩也不问，不愿意从那些角度去想。心有所愿，何必过分客观？（可见读科学的人亦不例外。）

　　周围一对对夫妇关系都非常和睦。老也好、少也好，亲热得与恋爱中的年轻人一样。证明结婚并非罗曼史的终结。

　　甚至那些单身朋友也十分起劲，不断怂恿我们提早结婚。他们当然只是跟着起哄，甚至无理取闹。说是为我们好，其实是想看热闹——"即使不立刻结婚的话，订个婚给大家瞧瞧也好。"

　　于是两年后订婚的念头起了变化，一下子就压缩成两个月。结婚计划跟着更改，也提早两年。父母亲来信说我们年纪太小，不很赞成。但是至少订婚尚

两小口子订婚了。

非终身归宿，错了来得及改；这就勉强接受了，别的从长计议。

伊芳家呢？大姊小弟见过我，感觉好像不坏；加上她在家时，素来被认为是最"乖"、最成熟、最信得过的一个，因此对订婚这节也没异议。

圣诞与新年之间，大陶夫妇在家里做了满桌好菜。来了二十多个朋友，一同庆祝伊芳的二十岁生日。吃完饭，我俩分别在他家的内室里换上西装旗袍，牵着手走出来，宣布订婚。

从订婚走向成婚

刚才订了婚，说是两年后才结婚。突然间又生变化，说半年后就想完婚。难怪家里说我俩三心二意、得寸进尺。换我是父母，也会格外担心。

一些不太熟的朋友都在怀疑，说两小无猜，是不是一时糊涂，弄得不能不"奉子成亲"？

担保没这回事。（很令他们失望：第一个孩子在结婚后好几年才出世。）

突然间需要考虑的，是上节所说的另一因素。这个因素非同小可，在当年留学生圈子里经常是影响夫妻聚散的关键。

首先要说明：五六十年代的中国留学生是非常失落的一群，也是注定流落的一群。美国政府要求香港来的留学生拿台湾当局签发的"中华民国"护照，但是他们没有台湾的居民资格，毕业后根本去不了台湾。大部分又不愿意回香港，尤其是念理科的。

台湾那时经济不好，政治上又实施戒严（军事管治）。即使来自台湾，也不愿意回去。大家亦不愿意去大陆："反右运动"和"大跃进"接踵而来，局面乱，经济惨，眼见饥馑成荒的"困难时期"即将到来。

或许中小学时被学校灌注了民族意识，或许由于自己看了不少"进步"书报，我年轻时思想很"左"（其实也不过是小资产阶级温情和理想主义下的"左"）。写信回家时坚定地告诉父母亲，念完书后要回国。伊芳没有受过中国教育，也没有受过政治熏陶，但是天生有颗说不出道理来的中国心。跟我走在一起以后，两人打定学成一同回国的主意。

这令远在香港和东京的家长们非常不安。他们就近看到，台湾和大陆的政治和经济都极不稳定。而香港呢？非但殖民统治者既跋扈又腐败，还天天出现拼死泅泳入境的灾民。于是跟我俩说得斩钉截铁：千万不能回国。他们自己也都正在考虑是否提早退休，早日移民来美。唉，那一代人的中国，战事连绵不休，庶民流离失所，逃亡之心人皆有之。

同样的中小学教育给我灌注了万事孝为先的思想。伊芳进的天主教学校，这方面的灌注比我更深。要报答父母养育之恩、照顾到他们在生之日的安乐，我俩的回国愿望必须搁置；也就是说，反而需要奠定留美久居的基础。这就带来了以往从没深思熟虑过的问题。

我失去了留学生身份，倒获得了永久居民的前景。孟山都这个大公司毕竟有力，替我办担保后仅仅十天，就获得移民局的批准，让我上了"优先限额"的"等候名单"。只要不离开孟山都，早晚会轮到空位，拿到绿卡。

移民法律说：拿到绿卡以前已经成婚的人，配偶自动取得绿卡（毕竟出于人道主义考虑，不能硬把夫妻拆散）。可是拿到绿卡以后才成婚的人，申请之时配偶还没有法律名分，那就没有道理随同取得绿卡。

这样一来，配偶是留学生的话，就只好保持学生签证。毕业后若想留下，必须自己独立找到适当的职位，及愿意提供担保的雇主。

朋友间有过几对就这样在居留权上出了问题。都是男的先毕了业，找到职位和担保；非但上了优先限额的等候名单，后来还拿到了绿卡。当时还没成婚，因此婚后女的没能跟进，只好保持学生签证，继续念书。可是迟早会念完，到时是否能够找到工作尚属未知。万一找不到，或雇主不愿保证，将会被勒令出境。

当然，道高一尺，魔高一丈；法律难免会有不周详之处。总之有钱就有办法。某友花了两千多块钱请大律师，又有公司当他后台，与移民局对抗。搞了两三年，终于找到法律漏洞，打赢了官司，逃避了劳燕分飞的命运。

我们没这个钱。假如由于给华人的移民名额特少，使我等候多年才拿到绿卡，问题反而不大，因为到时我俩应已成婚。可是万一移民法律有所更改，给华人网开一面，让我捷足先登、来不及结婚就拿到绿卡，那可就糟了。

当然，婚后伊芳还可以继续念书，但是念完后怎么办？假如有了孩子，不能全时念书，学生签证会被取消，又将如何？到时凭她自己本事去找专业职位，又属难事——当年美国没有反性别歧视法。大多公司认为妇女婚后忙着管家务、养孩子，在工作岗位上待不久，因此不愿雇用女性专业人员，尤其是科技专业。甚至连素称开明的大专院校都歧视女性。至于秘书、助理之类的职位，一般单位倒是喜欢雇用女性，但又不可能向移民局保证本国人才"遍找不获"、需要雇用外国公民。

说了这么多，读者们一定明白我俩的想法了。

双方家长收到信，也同样明白我俩的新想法。只是质疑：担心什么？急什么？移民法律哪会说改就改？

巧事还真说来就来。传媒报道：国会议员正在提案，让新移民法里大量增加有色人种名额，还让已经上了等候名单的人一次性整批通关。这宗谣言在香港和东京震动舆论，我俩的家长都看到了。法案是否能够通过、需要多少时间、会拖上几年？还是会来一个闪电投票？这种事情无法预测。于是对我们提早在暑假结婚的要求，感到不无道理，至少思想上略有动摇。

几天后，从母亲的来信中发现：父亲并不怎么反对，母亲却甚不高兴；而不高兴的理由使我无法理解，更无法接受。原来她在朋友堆里受了气：早些时候，由于别人家付得起昂贵的学费，孩子进了常青藤之类的好大学，而我却去了从未听闻的乔治镇学院。这事被人在背后议论，说我这个在香港著名中学毕业、号称品学兼优的青年，其实不过尔尔。

来到美国一年后就大学毕业，还被著名的华盛顿大学录取为研究生；这是蛮光彩的事，替她争回不少面子。可是在华大念了两年半，同班同学都成了博士生，而我却考坏了，不得不辍学"从商"；这又带来冷言冷语，让她生气。

气完也就罢了。可是我年纪这么小，书又没念好，就赶着交女朋友，也实在真不争气。女朋友交了没多久，就坚持要订婚。刚订婚，一下子竟然想结婚了！

　　就这么等不及吗？

　　听到这番话，我的犟脾气发作了。这次写回去的家信很露骨，几乎强硬。我说，过日子不该看别人眼色，强弱自己有数。我们两个已经不是孩子，而是有志气的青年。前途看得正确；有决心，有勇气；能干，肯干；该怎么做自会怎么做，无须远在香港的"父执"辈代劳。在背后议论、嘲讽的人，哪儿能算是"父执"？根本不必把他们看成朋友，一笑置之即可。将来我俩成败如何，自有分晓。

　　犟一犟起了作用。跟着的来信说：你们就自己作主吧。

　　伊芳的母亲更妙，非但没有提出反对，还问为什么要等上半年？她说：既有这个因素，移民法案又正在酝酿，何不就立刻结婚，以防万一？

　　此外她还给了几个别的理由。一是两人同住，彼此多些照应，经济上也

我最喜爱的照片，是自己拍的、洗的、印的，随身带着已有半个世纪。

有所裨益。二是早些结婚，早些安心，对读书和工作都有益无害。三是结婚之后伊芳必须转来华大念书；既然华大的水平和要求都比玛利威尔学院高得多，转得越晚会越辛苦，为什么不就在 1 月份结婚、趁寒假转校，免得多损失一个学期？

部分说法与小陶夫妇和我俩的想法不谋而合。

啊，又得改变主意，再度提早几个月！这次却是女方家长提的。我把这些说法转告父母亲。来信说，既然连女方家长都这般放心，你们就看着办吧。

阴云一扫而空，太阳悬挂高空，难得一片光明。竟然无意中出现了使我俩既惊又喜的变局，于是选定日子，在 1 月底前成婚。

伊芳的母亲确实开明，后来却说是她外婆做的主。难道她们两位有些不能明言的担忧？反正小姑娘已定了情，早晚总要嫁出去了，何必久等？万一我俩久等之下"出事"？！不敢说她们没有过这等考虑。

总之，感激外婆。

从流浪走向成家

结婚就要成家。这儿所说的"家"还只是栖身之处。

先说一下单身时的家。

离港来美，至此已四年多。从乔治镇到圣路易，一直住在校园或周围，没有固定的家，过的可以说是校园里外的流浪生活。

在圣路易搬过好几次。小伙子身无长物，所谓"搬"，不外是请朋友们帮个忙，装几大纸箱书籍和笔记，抬起两箱子春夏秋冬的衣服，捧着一台音响、几沓唱片，七手八脚从一处移到另一处。有笑有谈、两个钟头的体力劳动；有鱼有肉、一张桌子的报答晚餐。就此完事。

有地方住并不等于有"家"，虽然经常胡乱用这个字眼。

乔治镇住的是宿舍。次年，接到华盛顿大学入学通知为时已晚，学校宿舍早已满员。在物理系职员的指导下，跑到外国学生事务处看布告板上的招贴，逐个电话打到有房出租的人家，试寻交通比较方便而租金合乎涩囊的房间。

华大位于圣路易西郊，较近的两个小镇叫做克雷顿市和大学市（University City）。两者都是高级住宅区，极少人家需要出租单人房。但我又不想住得太远。多通电话之后终于找到一处，离大学步行距离约半小时。房东是位五十来岁的寡妇，有份待遇不错的公关工作；家具和用品虽不华贵，却很高雅。她并不在乎房租，只是想找个大学生分租一间空置已久的房间，一方面不至于那么冷静，另一方面增加点安全感。其实克雷顿是个附近没有穷人的住宅区，治安素来甚佳。

在那儿只住了一个学期。各吃各的，进出自由，与爱听古典音乐的房东相处得很好。只有一次，吃完饭、洗好碗后，为了想看上去整齐一些，把刀叉碗碟从晾架上拿下，放进碗柜，无意间闯了个小祸。原来不完全晾干是不能进柜的，否则非但会把别的东西弄湿，还会让碗柜发霉。这事被她鼓着嘴说了几句。

哪能怪她？你看我这大学生多土，这么浅显的事情都需要说？从此以后，学会一招，就是：把自己看成刘姥姥进大观园，样样事情做前先问。入境随俗，该怎么就怎么。不懂的事就问，多问不是罪过。

寡妇房东金发蓝眼，好像是北欧移民的后裔。年轻时大概相当漂亮。到这年纪，还有个男朋友会偶尔出现，带她出去游玩。有那么一阵子不见人来，令她很不自在。我看了觉得同情，问她这人怎了？她低叹一声，略带幽怨地说："人家不是我的，多想没用。"说完就挂下了脸。

不关我事，不该多问。国情不同：美国人非常爱惜和保护隐私权，人与人间有条无形的线，不可超越，甚至不能走得太近。

一晚，我在图书室里看书，之后跑去学生宿舍的饭堂吃饭。饭后不想再读书，就在电视室里浪费时间。外面大雪，积雪已近半米。平常不舍得花钱坐公交回家，这晚却免不了了。本来就难得看到的公交，等了一个多小时还不出现。无奈之下，只好冒着大雪，靠自己的双腿。虽然尽量踩着被车轮轧过的路走，还是一步难于一步；没几分钟就被雪水淹没了鞋子，再过几分钟裤脚也全进水，此后如何在麻木中挣扎、怎么走回去的，现在都不记得了。总之回到家里已近午夜，失了人形。

第二天就告诉房东我得继续申请宿舍，一旦有机会就会搬家，希望她不要介意，并请她开始留意新房客。她完全理解，说假如换了她，也会做这样的决定。同时叫我注意腿部的皮肤和肌肉，万一有什么不寻常的变化，快点告诉她，让她开车送我去医院检查。

啊！原来不单是南方小镇，大城市里的人也可以很有人情味。

美国大学实施学分制，学分满了随时可以结束学业，并不硬性要求在校内留到学年终结。因此上下两个学期之间总会有些学生搬离宿舍。12月，学校来信通知，说宿舍有了空位，让我在来年的1月中旬迁入，令我喜出望外。房东太太也为我高兴，向我祝贺。

研究生宿舍分单人和双人两种房间，我所轮到的是个双人间，同房是位日本留学生，读计算机科学。这行当时还不吃香，只算是电机系的专业之一。

这位同房年纪比我大得多，态度严肃。英文讲得十分辛苦；或许因而待人接物很不自然。读书用功得厉害；除了看书、写笔记、打字，生活里没有别的活动。跟人毫无来往，连本国的朋友也从没出现过。

我们当年常把日本留学生都看成这样，好像以上所写的就是标准模型。见多了日本同学，发现他们果真如此。这话绝非偏见，更毫无贬义。五十年代的日本离战败还只十多年。朝鲜战争期间作为美军后勤基地，经济有所提升，但是国家还是很穷，人们的生活很苦。留学生这种不言不语、闷头苦干的精神，反映的正是发愤图强的决心。六十年代日本经济得以起飞，绝非偶然。

可是我这个小青年想不通，只觉得他"怪"。

我的生活习惯不好：夜间睡得晚，早上起得也晚。回到宿舍总不立刻上床，上了床也不好好睡，还要躺在那儿听一会儿音乐。虽然我听的音乐很柔和，音量也尽量放低，可是难免还是影响他的睡眠，令他低声叹息。他呢？早上六点多就起床，脚步虽然不响，走出去上卫生间时总要开门关门。有几次还开亮了灯，噼里啪啦打字，好像故意不让我好睡。两人无意中互相"修理"，始终没有为适应彼此的习惯开展对话，寻求妥协相处的方法。

今已改名为Prince Hall的老宿舍，建于1897年，原名是Liggett Hall。

我用了"无意"这两个字，因为当时的确从来没有故意打扰他晚间的睡眠，相信他也未必在那儿施行报复。那么为什么双方就不能坐下来好好谈一谈？是否潜意识里还存留着战争的仇恨？

战争年代我们都是无辜的孩子。这么多年了，吃的苦还能记得？过去的仇恨就不能泯灭？这么一点生活习惯上的小事都不能妥善处理，国家民族之间怎能和谐共处？更不用说坦诚合作了。

同房与我之间的无言矛盾，说真的，错在我。年轻人理应早睡早起；我的生活习惯不好，本来就该改。一个学期之后，他大概是念完了硕士学位，走了。一辈子再也没有机会向他道歉。

宿舍里出现了空位，让我换了单人房。1957年夏季，学期结束没多久，走廊对面搬来了老同学、老朋友吴仙标。从此读书、运动、同学会活动、义务工作，除追女孩子外，样样都有了好搭档。

宿舍生活的好处，主要是方便。课室、实验室、办公室、图书馆、饭堂、体育馆……随时随地要去就去，几分钟就走到。

其次是提供不少机会参与身心两益的活动。譬如说，宿舍楼下有块蛮大的平台，正好放进一个排球场。每天晚饭后，同学们聚集在那儿玩一两个小时。

我和吴仙标的排球就是这么学到的。宿舍两旁都是大草坪，美国学生从小喜欢打垒球，拿起球套就向草坪跑。人少的话，你扔我接。人多的话，提起球棒，你扔我击。球飞得远，运动量很大。我和吴仙标的垒球就是这么学到的。

外国学生事务处的工作包括少量社交活动。每星期三晚在宿舍地库的"基督教青年会"（YMCA）里举行一次社交晚会。前文说过，这个全球性的非营利组织老早就跟教会脱了钩。很多校园里都有 YMCA，为学生提供康乐活动。

支持外国学生社交活动的职员是两位年轻女士。她们喜欢跳舞，并觉得社交舞容易让青年人接触、交流。星期三的晚会里总有舞跳，还请了一位老师义务教舞。参加晚会的不仅有学生，还有些是新移民和家人，例如一位从德国迁来不久的中年女士，每次都带两个高中年龄的女儿来跳舞。两位姑娘活泼大方，很有气质，平添不少气氛。其中之一与一位韩国男生跳得既投入又合拍，节奏好、花样多，令人眼花缭乱。据说后来他们经常在校外约会。

职员之一约三十出头，相当漂亮，也很活泼。她的笑脸后面却藏着辛酸：能干的丈夫突然害了怪病，非但失业在家，还疯瘫得需人照顾。她自己只有高中学历，工作胜任，可是收入较低，请不起人帮忙；于是养家、煮饭、打扫、照顾丈夫，样样一手包办。每星期三的晚会是她的工作，却也让她放下重担，轻松片刻。她对丈夫的忠诚、对工作的热忱、个性的坚韧，令人敬佩。

宿舍里住了一年半，又起了搬家之心：一则因为住宿舍贵——非但要付宿费，伙食每餐在饭堂也很花钱；二则交上了女朋友，希望有些私人空间。正巧 Bob 也有此意。两人都已有可供使唤的老爷车，足以应付日常交通之需。于是 1958 年年中时在校外两公里处找了套旧公寓房，买了最不可缺的旧家具，年底前一同入伙。

说是住在校外，白天从来不在，晚饭前才回家。Bob 个子长得小，可是能量十足，运动时威风凛凛。排球：是优秀的二传手，他举起的球，扣下去特别舒服。乒乓球：是中西部四州冠军。同住的那些日子里，每星期总有一两晚去市中心的 YMCA 打乒乓球。他喜欢守，我喜欢抽；正手反手，一来一去，杀得兴起时周围看热闹的美国人拍手叫好。我多数落败，不过高峰时期每五局里居然可以胜他一局。是否他故意让我，以免丢失球伴，那就不得而知了。

暑假来临，Bob 决定搬到圣路易大学附近，与在那儿读书的老同学同住；这头暂且由吴仙标顶上。仙标理财有方，收入与我们一样，却住得起学校宿舍。他没车，暑假放完后要搬回宿舍。

1959 年夏去秋来，我到了孟山都打工，收入有增。仙标搬走后，剩我一人，却还付得起房租，一时不急于搬家。年底，小陶夫妇看到他家楼上有单卧公寓房招租，急忙告诉我们，一个月后成了伊芳与我的婚后新居。

第三编

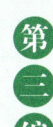

完婚 复学 新生

寒窗良伴 成家与复学

重叩黉宫 校园与西游

良师益友 生活的转变

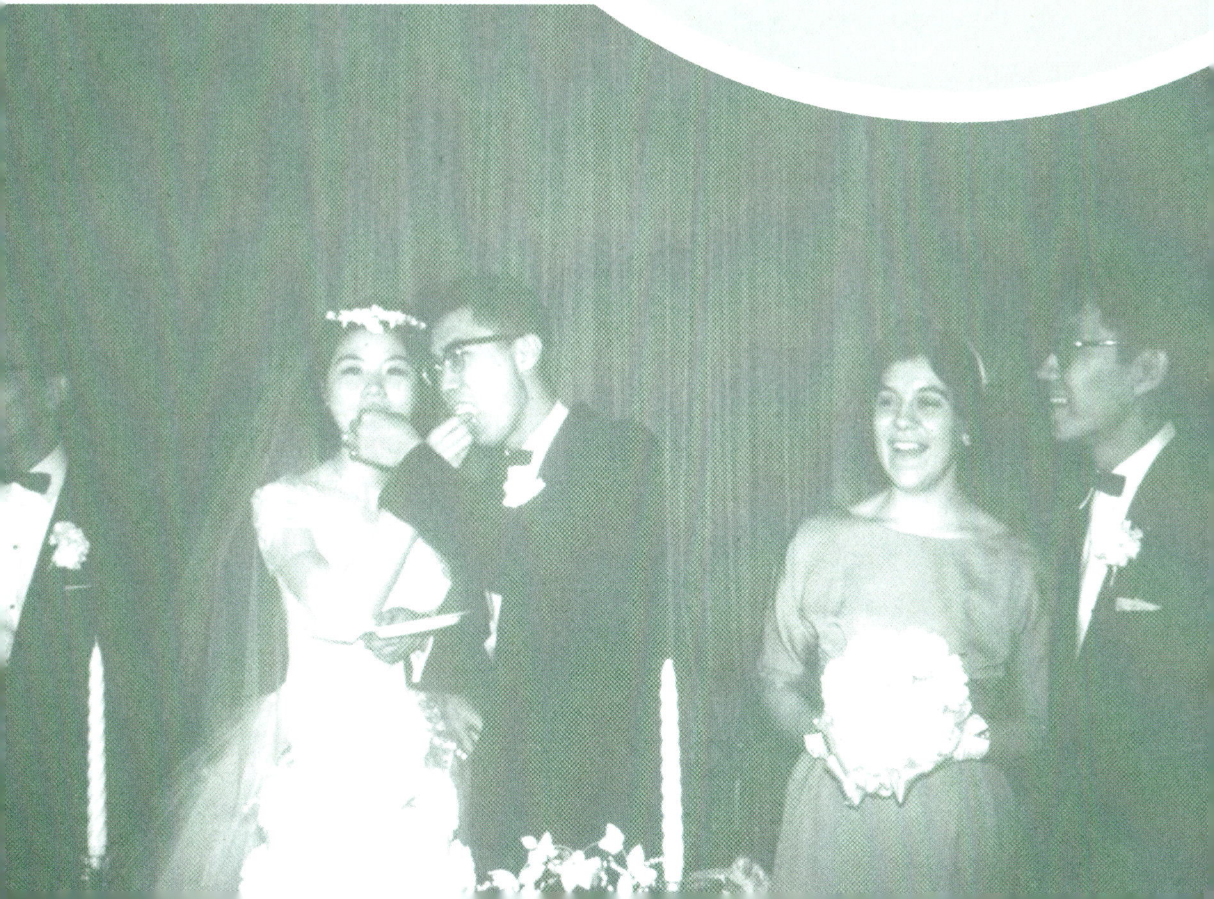

第七章　寒窗良伴　成家与复学

单身汉有地方住就算有个家，但是并没有"成家"。

男女两人从相爱到相恋、从定情到订婚、从结婚到成家，至少在我们那个时代这是人生必经之路。结婚是庄重和喜庆的大事，可是完婚并不就是成家。

传统说法是有了孩子才算成家。书没念完的人不敢有此奢望。我们对成家的看法比较抽象：把两人的相处关系安置到心灵深处。同时也比较现实：共栖共居，同进同出。抽象与现实结合：他（她）在哪儿，哪儿就是身躯心灵都最舒畅的地方，哪儿就是家。

我俩一起生活，在寒窗前一起苦读、一起奋斗。

完婚与成家

结婚不像读书，不像上班，不像打球，不像跳舞。两个没有结过婚、没有当过伴郎伴娘、也没有为别人做过婚礼准备的人，忽然说几个星期后就要结婚，该从哪儿着手？

就把它当作物理课题，不慌不忙、一步步来做吧。

第一步，必须获得所有有关方面的许可。

伊芳家里虽然已经同意，甚至还建议我们提早成婚，正式的"求婚手续"总得办一办。毕竟假如按照当年的标准，二十一岁才算成年，她刚满二十，还没成年呢。（我大她两岁，刚满二十二岁，也成年不久。）于是我绞尽脑汁，用文言端端正正写了一封长信去东京的女家求婚。文笔和措辞一定都很差，可是跟大部分在国外或境外长大的青年来比，应该过得了关。至少婚事没被这封信一竿子打翻。（婚后，岳母竟还赞了一通。当然，丈母娘对女婿怎么看，老话历来有个说法。）

其次要看法律对结婚年龄有没有特别限制。当时若在我们国家，就会出问题了——据我了解，那时我国法律和政策都不允许这么年轻就成婚；此外连单位领导都可插上一手。美国的法律也有限制，并且每州不同。密苏里州比较像南部，结婚年龄一般特早，二十岁不成问题。不过打听过程中发现：有表格要填、文件要查，还得验血。后者若通不过，则不准登记。缺乏登记的话，法院或教堂不准让你举行婚礼，法定人士（法官、牧师、教士）不准为你证婚。而验血至少要三天才出报告；假如不是预先知道，临时没佛脚可抱。

并非每州都这么严格，而有些州则更是麻烦得多。从种族隔离这种大事，到婚姻登记这种小事，各州有各州的法律。于是我再次亲身体验美国"州权"（state rights）的地位及"联邦"（united states）的含义。

请容许我在这儿打个岔儿，与读者们略谈美国的联邦制度。

由于历史背景，美国不是一个"大一统"的国家，而是个"联邦"。我们译为"州"（state）的那字，其实是"邦"。按宪章来说，各州拥有很大的独立自主权。南北战争的重要争端之一，就在"州权"的定义上，包括是否任何一州真有退出联邦的自主权。林肯就任总统时，已有七个州宣布退出联邦。

近在几十年前，黑人大举反抗种族隔离政策，把民权运动推至高峰；南方诸州的州政府坚持种族隔离政策属州权范围，不容联邦政府干预。为此联邦政府还需动用军队来应付州长和保护黑人的示威活动。事实上，州权的限度至今还有争议。

州的独立权表现得最明显的，莫过于参议院的组成和总统选举制。

联邦的立法机构由两个议院组成。参议院有一百位民选议员，每州各自选举两位——无论那个州有三千九百多万人口（加州）还是五十多万人口（怀俄明州）。众议院有四百三十五位民选议员，每州（或属地）的议员名额则一律按人口比例制定（也有例外：人口特别稀少的州，也会"施舍"一个名额）。宪法蓄意为两院的组成规定了这样的差别，用以平衡州权与联邦权。

总统不由全民投票直选，而由各州所派出的"选举人"（electors）代选。各政党在州里提供一张选举人名单，州民进行投票，每州只选出一个政党作为其代表，也就是说赢者通吃。这样的代选制突出了州权。然而每州的选举人名额则大致按人口比例而定（等于参议员和众议员的总和），人口多的州，选举人名额多，代选时票数多，影响力大。这又间接压制了州权。

岔儿打完了，回头说我俩结婚的事。必须遵照密苏里州婚姻法的规定。

政府这头通过，跟着要看天主教会对教徒与非教徒通婚又有些什么规定。

规定有三。

一是必须在天主教的教堂里结婚。这个不成问题，反正美国的婚礼几乎都在教堂里举行，哪一种教堂对我来说没大分别。

二是非教徒需与教士见几次面，听教士解释教义。这个更不成问题；本来我就应该进一步了解伊芳的宗教信仰。同时我也好奇，想知道这个当年在南方大力支持种族融合的教会，与那个大力支持种族隔离的浸信会，信仰的既是同一本圣经，为什么教义上有这么大的分歧。

三是将来必须按天主教的教规培养子女。这条规定初时令我犹豫不决：我不该就这么"卖断"下一代的信仰自由。后来想想，若自小以知识和逻辑教育孩子，他们长大后都会有独立思考的能力，都会选择自己的信仰，不致受幼时教诲所捆绑。再说，宗教信仰给人们心灵寄托，亦非坏事。至少我这样说服了自己。

于是三点全能接受。坦白说，最后那点免不了感到困扰，可是困扰的浓度分明被热恋的强度冲淡了。

家人、政府和教会全通过了，国内的读者或许会问：学校方面有没有限制？

答案是完全没有。美国的教育理论和制度崇尚个人自由，学生的私事完全不管，除非你犯法——那就由法律来管。非但不限制学生结婚，校园里还有已婚学生宿舍，不过提供的对象主要是研究生，当作津贴来吸引优秀的已婚研究生。

伊芳还只是本科二年级生，结不结婚是她的私事，学校不管。可是婚后去哪里住倒是个现实问题，女校的学生宿舍当然不能收容这对新婚夫妇。学校没法解决问题，必须自己张罗。

第二步，婚礼需要好好计划，还需大伙帮忙。

计划方面，最可靠的参考资料来自近期结婚的朋友们。前面说过的那两对，情况与我们相差不远；参照他们的经验就行，尤其是那对在圣路易成婚的。所需考虑的事包括：日期、教堂和证婚人、礼堂的布置和花、女方家长（不需要男方家长——说起来没什么道理）、伴郎、伴娘、接待人员、请帖、谢帖、婚纱、戒指、婚后的招待会、摄影师……正如做研究，先写一份毫无遗漏的工作大纲。

最重要的是找可靠的朋友帮忙。女方家长当然请侨领大陶夫妇代表；只要有他们的主导和支持，什么事都好办。果真如此，婚纱、戒指、请帖、谢帖、布置、花……都让素来以能干和热情著称的陶太太一手包办。

考虑到我俩的经济能力，她替我们找的婚纱只花了二十八块钱，做得又快又好看。（当然在我眼里，伊芳穿什么都好看。）女方戒指镶一颗小得不能再小的钻石，五十块钱。男方戒指 14K 金就行，五块钱解决问题。伊芳从日本带来的白高跟鞋小了些，穿着痛。她说没关系，忍一忍，半天也就熬过去了。我说不行，怎能在好日子里留下痛苦的回忆？于是一双新高跟鞋花了没包括在预算里的八块钱。诸如此类，不多赘述。

为什么在此这般仔细地算给各位听？因为有感于现今国内的时尚风气，好像必须花费父母亲辛苦一生的积蓄来做一场大"秀"，才对得起新娘新郎。奢侈真会带来幸福吗？我俩没有这样做，得来的却是已经半个多世纪的美满婚姻。这点或许值得给青年人参考。

伴郎两位：一是上面说过的吴仙标，一是培正的老朋友沈宁燿。伴娘也是两位：伊芳的两个美国同房 Deanna 和 Dot。这两位请得非常合理，因为打从那次盛装舞会后，她们就不断在伊芳面前赞我；若没有她们洗脑，伊芳未必会那

① 陶先生代表女方家长，带领新娘入场。
② 初吻——尽在不言中。
③ 伴娘唱出"无穷的爱"，两位伴郎一左一右。

么积极接受我的追求。可惜贝茜已经毕业搬走，否则她更应该领受我俩的鞠躬道谢。

第三步，正式完婚。

教堂里外站的、坐的，都是差不多年纪的朋友。婚礼进行曲奏起之前，他们担任接待人员。奏起之后进来坐下，变成观礼的贵宾。

婚礼排在上午十一点，接着就是招待会。这样一来，招待会和庆祝午餐变了同一回事。所谓"午餐招待"，也只是已成家的朋友们替我们做的三明治。招待会上，攻读音乐专业的Deanna用优美的女中音高歌一曲《因为》（*Because*），以此为我俩祝福。曲中第一句是"Because you come to me, with lots of love……"

（因为你来到我面前，带来无穷的爱……）。

三位摄影朋友跑前跑后，忙得不亦乐乎。可惜拍黑白照片的柳君，照相机的底片转筒临时坏了，一张也没拍成。拍彩色照片的刘君，电子闪光灯出了问题，底片冲洗出来，所见都是黑影。只有拍电影的张君不负众望，在婚礼现场拍到近十一分钟的彩色电影。后来他说，新娘在教堂祭台前听证婚人训话时，竟不断向新郎抛媚眼。伊芳断然否认。电影冲洗出来，果真看到新娘多次转过头来，向新郎闪电似的张望。不能说是抛媚眼（伊芳不懂得抛媚眼），只能说是要仔细看清楚有没有一时糊涂嫁错了人。

终身大事，就这么在大伙的欢笑声中办妥。

且慢，还没有完全办妥呢！招待会完毕，众人各自回家。哪知晚饭后大伙又在我家出现，硬说新房没闹，大功未了。首先叫我俩详细报告罗曼史。虽然圈子那么小，我俩爱情的发展在朋友堆里人人目睹、个个知道，还是要我们红

父母之命下补拍的结婚照。

婚后去朋友家致谢，嗲些无妨。

着脸讲，让他们有机会在旁加油添醋、无中生有。接着又叫我们合唱情歌一阕，又叫我们拥抱接吻。搞了两个小时，终于兴尽而散。

送客到楼下，一个个都走了，剩下仙标和宁燿两个人见人怕的捣蛋鬼，站在楼梯口与我谈条件，说是他们这两位伴郎还没伴完。最后达成协议：我若能把新娘抱上三楼新房，他们立刻就走。虽然一天下来已经筋疲力尽，我竟不辱使命，抱起新娘，直冲三楼。哪知道两个捉狭鬼说：中间曾经停下来喘一口气，因此不能算数。于是又要胡闹、又讨酒喝，弄到他们自己累得半死，才勉强告别。

家里终于剩下我们两人。

新房就是家：我俩婚后的窝。

两小口排排坐

前文说到我与 Bob 同住了大半年，后来与吴仙标同住了三个月，之后又独自住了三个月。邻街小陶夫妇那栋楼里不断有人搬走。房东嫌烦，索性把整栋房子交给管理公司处理。管理公司为了要尽快租出第一套房，以便一炮打响、显露他们的服务能力，就把顶楼后截那冬凉夏暖、最难脱手的单元特廉出租。小陶听到消息立即奔告，次日就带我去签租约。

此时伊芳与我已定于1月成婚。于是开始布置这一厅一房的小单元。能搬去的家具搬去；过大过重、搬不去的，就三文不值两文卖掉或送掉。缺的，去二手家具店补购。最有意思的是一套三件的卧室家具，日后跟我们跑了好几个城市。最后去旧金山当校长时，搬运公司坚持在搬运单上把它们列为"儿童家具"，理由是："材料实在太

外表还行、里面破旧的"公寓"。我俩住顶楼后半截的"三楼–东–后单元"。

单薄。这样子的东西，搬运时很可能一碰就散，到时最多只能让保险公司当儿童家具来赔。"

需要几张桌子。最重要的是两张书桌和一张餐桌。我们买了两块批量生产的木板，各钉四条铁腿，书桌就有了。餐桌不必如此"豪华"，一块粗板钉上四根圆棍就行。这些"家具"后来都在旧金山的校长家里继续为人民服务。

完婚后搬进新屋。伊芳正放寒假，我向公司请假，两人安静地度了一星期的蜜月。这顶楼后截、冬凉夏暖的小单元，让我俩生活得温暖如春。

在华大附近找到房子十分关键，因为伊芳结婚后需转来华大念书才能让我们一起过日子。

你说："男女平等，她可以搬家，为什么你不可以？反正你在孟山都上班，为什么不可以在玛利威尔学院附近找个房子，让她在那儿念完本科？"

不瞒你说，压根儿没考虑过这个可能性。半世纪前的世界，男子汉大丈夫主义当头：婚后"当然"妻子跟丈夫，哪有丈夫跟妻子的？嫁鸡随鸡，嫁狗随狗嘛！我承认有罪。

说真的，罪可大了：不仅是谁跟谁的问题，竟然还说服了她，让她放弃了学医的念头。我说："不想我的妻子做医生，不想你工作。我一个人有能力养

家！"你看多沙文！多不像话！不是谁养家的问题，而是为什么不能让妻子施展才华攻读专业满足自己的抱负？

可话又得说回来：假如当时考虑到伊芳的专业前途，让她转来华大念书的决心一样会那么强，甚至于更强，而成功的机会也更大。为什么？前面说过，玛利威尔的教育宗旨是培养高层社会的淑女（也就是培养有识有德的贤妻良母），而不是优越的专业人士；对学生的品德和行为要求很高，对课程和学术的要求只是一般；因此毕业生能考上医学院的机会不大。这是事实，并非男子汉沙文主义者的借口。

转校面临相当大的困难。玛利威尔的理科水平比华大差很多，校方一看她的课程提纲和成绩单就知道。所累积的两年半学分，文科大部分接受，理科和数学只承认一半。一年半肯定毕业不了，必须想办法周转两三年的学费。华大学费比玛利威尔高得多，靠孟山都的薪酬无法应付。幸好申请到奖学金，让她免了一半学费。与我同吃同住，又免了餐费宿费。两小口过得成日子，就是辛苦一些。

白天我去孟山都上班，顺路把她带到华大上课。没课上的时候，去图书馆赶作业、看书、复习。我下班后，到学校接她回家吃饭。饭后一起回到学校，在地窖的办公室里，她读书，我"数滴"。数得眼睛太累时，丢下显微镜，过去与她一起看书。只有一张大桌，于是我在左边，她在右边，两人排排坐。

通常午夜才回家，总还看一会书才睡。周末不一定去学校，就在家里读书。她赶功课，我则看有关计算机的书，或重温物理课程。手制的两张书桌，沿墙并排放着，倒也舒服。只是窗在右面，日光照进来时，写字不很顺当。没办法，就这点空间，将就将就也罢。却是我在右边，她在左边，两人还是排排坐。

小时候跟着家人唱童谣，有那么一支歌，开头三句是"排排坐，吃果果；幼稚园里朋友多"，没想到结婚后有了自己的家才真正体验到排排坐的乐趣。

"吃果果"呢？两人都忙，不可能好好做饭。十次总有七八次开个罐头，或在滚水里煮些热狗，加上几片面包，塞饱就算。那时候还没有方便面，否则肯定会整箱整箱向家里搬。

经常与吴仙标、Bob 等这群中国同学在一起。香港的老朋友沈宁燿在日本国际基督教大学念完本科，也来了美国，进入加州的斯坦福大学物理系跟一位名师念博士学位。12 月底他来到圣路易看我俩订婚，发现我们这群年轻人相处得特别融洽、特别热闹，于是放弃了斯坦福大学，转来华大。

也有几位年纪略大一些的，包括在台湾清华大学念完硕士学位才来华大的伍法岳和陈蔡镜堂（双姓）。他们与顽皮鬼们混在一起，不由得变得同样活泼顽皮。信不信由你，吴沈两位买了狗食罐头带到系里，竟把标签撕掉，假装要吃夜宵，引来伍和陈蔡硬是抢了吃，上当后吐也来不及。天真烂漫之处，倒真可以说应了"幼稚园里朋友多"那句童谣。

偶尔图书馆里人多嘈杂，不好温习，伊芳会拎着书包跑到一位袁姓女同学的宿舍去读书，就在那儿等我下班后接回家。某天下午，两人念得闷了，走出来散步玩耍。这个推一把，那个挤一下，就在宿舍外面的草地上嘻嘻哈哈、你追我打。草地上积着刚下完的雪，正在融化。我的宝贝老婆跑得兴起，一脚踩进被雪掩盖的泥潭，鞋袜裤脚全浸入冰水湿泥。接回家时，看她既可怜又可笑，让我又想到"幼稚园里朋友多"。

说来她真可怜。有时上午没课，不想一早就搭我车去学校图书馆里泡着。于是吃完午饭才自己走去学校。圣路易的冬季，温度天天在零下，配上寒风，简直像北极。走得全身颤抖、头发结霜。入夏呢？酷热潮湿，是个蒸锅。走起路来像是穿足衣服在温水里游泳。三四十分钟后，人被蒸干，衣服则像洗完没晾。

看了多心痛！我上班路途遥远，沿途没有公交，不能不用车。为她另买一辆又缺钱。于是决定尽可能与她搬回校园去住。可是已婚研究生宿舍不多，等候名单长如绑腿，还得熬上许久。万一硕士念完还没轮上，则学生身份与寄宿资格同时告终，要待复学后才能重新申请。情况很不乐观。唉，原来"成家"并不那么简单。

孟山都的工作倒很顺利。上级发下一个没人愿碰的大项目：为化学工程师们经常遇到的一系列课题，把有关热动力方程结合起来，以计算机代替人工解题。

没人愿碰的原因有几。一是首先要把这些方程弄懂，能用多少数学把它们预先结合就用多少，以便节省宝贵的 IBM704 操作时间；而大多数计算机部门的同事见到热动力方程就头痛。二是经常要与化学工程师们讨论、磋商；而这些头顶高等学位花环的工程师往往看不起计算机程序员，态度高傲，不易相处。三是做这项目要花上大半年时间；几个月里看不到成绩，领不到功，那就加不了薪。四是即使大半年后做完，工程部门和生产部门对计算机所得的结果有多大信心，尚属未知。

既然好几方面都属有弊无利，何必自讨苦吃？这是同事们的普遍心理。

就像前章开头所说："看同事们的生活，个个那么舒畅。该上班的时候上班，该下班的时候下班。上班时稳稳当当、扎扎实实，下班后轻轻松松、舒舒服服。回到家里，享其天伦之乐。"

或许这时已能从人们的工作态度和生活节奏看到富裕所带来的闲散心理，由此预料美国传统工业的不良前景。假如五十年代后期没有苏联人造卫星上天所引致的挑战，假如六七十年代没有高科技的突破和起飞，美国的工业可能在那时就开始萎缩，经济跟着下降，国力盛极而衰。发展中的我国不可不引以为戒。

前章问："那个圈子里的美国人都这样过日子，为什么我不能照样？"

以上述的大项目为例，他们的实际考虑对我来说都无关紧要。一是我喜欢弄这类方程、做这类数学推导；热动力学又将是日后重考博士资格试的一门重头戏。二是我不怕这些工程师；他们绝不比当年公认兼自认了不起的"物理学家"难搞。三是在公司里打工不是我的人生目标：不准备在孟山都待一辈子，也不在乎领不领功、加不加薪。四是自信能够完成任务，让工程部门和生产部门满意。

这样一来，几方面都看成有利无弊。同事们摇头挤眼、善意劝阻，不知好歹的我还是自告奋勇接下了这个项目。

做上手后，发现不只对热动力学增加了认识，同时果真喜欢上方程和数学的推导。一方面终于能够使用课程里学到的"本事"，一方面又看到怎么能够变通这些本事，让科学知识展示实用价值。多多少少工业界的研发和开展源自物理思维的运用，多多少少工业界的吃饭本领来自貌似枯燥的方程。原来书本和现实真有这么密切的关系，不亲自摸索、捕捉、攻占，无从体会。

还有，学会了怎么把庞大复杂的物质系统合理切割、分部解决，然后妥善地重新组合。

科技上不少问题确实能够这样处理。同时却又看到这种"切割—分解—重组"的方法远非一贯有效，必须注意在什么情况下能够、什么情况下不能这样处理。这些经验和教训为我日后的专业科研埋下种子，告诉我若系统的组成部分间关联特强，则必须寻求以关联为主导的处理方法。（说得有些玄。不急，后文会交代。）

"切割—分解—重组"的处理方法该否推广到科技以外的"软系统"，例如经济金融、社会结构、人事管理，甚至日常生活？多年后从经验里取得的答案是：往往可以，但需适可而止，不能走火入魔。软系统组成部分间存在更强的关联。

与工程师们的关系搞得不错。公司其他部门的"顾客"从外地来访时，上司甚至会跳过老同事，让我这小伙子去接待。后来才知道传统工业部门对新部门怀有很大的——并非不合理的——疑虑。计算机部门的领导需要推出劲头十足的年轻人来讲解、宣传、"推销"。既然我这小伙子有点科学背景、懂一点工程师的语言、学会了一点计算机的应用，又不在乎守护自己的点滴知识，那就把我送出去见人吧。

从接待经验里学到的是：要想成功"推销"任何"产品"，必须对所推销的产品怀有真诚的信心；而信心的来源，是对产品的正确了解和公正评价。所谓"产品"，包括货物、工艺、技术……甚至观念、理念、信念和原则。当时我负责推销的产品只是计算机的能量和功效。

哪儿想到自己非但没在工业界留下，回到大学后竟还一进不出，从学习走入教研，从教研生涯逐步走上校政管理？哪儿想到后者的任务之一是向同事们

"推销"教研观点和创新思维？多年后回到香港，又增加了新的任务：需向竭力聘求的对象们"推销"九七回归后的香港，以及创建科技大学的理念；向掌握权力和资源的政府和社会人士们"推销"科大同事的能力和建树，以及科大的愿景和远景……

计算机部门还给我派发别的项目，不过含量有限。于是自己去看化学工业的专业杂志，寻找新题目做。这经验又教了我一些新鲜事物，例如基本的数值方法：把微分方程变换成差分方程，然后在边界条件下运用松弛法求解，以及蒙地卡罗模拟。过程中体验到计算机的威力：数学分析所解不了的方程，能在计算机上用数值方法来解；而几分钟的计算机运行就能取代几星期甚至几个月的人工操作。

见识少、思维窄，没有觉察到这种科技突破会为民生和社会带来多少科幻似的进步，同时却也带来隐忧。譬如说，谁想到电脑网络能被人如此轻易利用来搞金融风暴？而依托网络传递的衍生工具又有魔力导致全球的经济崩溃？

另一件新鲜事是怎么自行挖掘课题。以往听人说科研的精髓在于发掘有意义的问题；跟着要深入了解问题，然后才是解答问题。至此开始理解这话的含义。

几次找对了题目，自己高兴，上司也高兴；还让我把课题、内容和解答写成报告。虽然只登载于公司的内部刊物，也算是研发成果。让我更想早日回到以学习和创新为己任的学界。当然也就更不在乎公司里的地位或长远打算。

接下那个大项目究竟是利是弊，至此已很明白。只有在最后那点"能够完成任务，让工程部门和生产部门满意"的遭遇，极不如意。

怎么回事？

用足心血、完成了大项目的一切程序、装配成整体系统，预备进入"计算机生产"。正在此前夕，公司总部里起了人事变化。据闻一位新调来的极高级领导对计算机技术缺乏知识，没有信心，要把计算机部门分拆重组。这个推动了很久——甚至被科研部门大肆吹捧——的化学工程项目，也就突然被上层搁置。

所谓"据闻"，就是小道新闻。低层工作人员对公司的领导、管理和决策背景一无所知，可是心理影响极大。项目的搁置令我惆怅、灰心。虽则后来计算机部门没被分拆，重组之说也暂时消退，可是整个部门士气大丧，挽回莫及。

这件事让我体会到：要办好行政管理，透明度多么重要！大道不明则小道昌，小道昌则士气丧，士气丧则效率降。政府、企业、学校……任何单位里，每个人的职务和责任有所不同，但都需被充分尊重。不论阶层，人人都是单位的中坚分子，需要——并有权明确知道、清晰理解单位的定位和去向。这样才能人尽其才、众志成城。这样才能让单位取得最高的效率和应有的成就。

这样才是以人为本。

朋友多，好唱歌

"幼稚园里朋友多"这句童谣，跟着唱的三句是："朋友多，好唱歌，唱起歌来歌声和。"

圣路易的这群"小朋友"，歌不会唱，但是花样却不少。我将挑选几个"幼稚园"里的小朋友，花些篇幅讲他们的故事给大家听，让大家略知那代中国留学生的面貌。

讲得最多的无疑会是吴仙标，一方面因为他是相识最久的老朋友，另一方面因为他在那代中国留学生里是个传奇人物。另几位是大陶夫妇、沈宁燿、伍法岳。他们各有招数，各具代表性，后文里将一一说到。这节单讲早期在美国与吴仙标的交往。

我们这代人少年时期国家多难：外侵内战，连年不息。跟随家人流落，不得定居。初中毕业前，我就读过六所学校，很难交到知心朋友。

家里从港岛的湾仔搬到九龙尖沙咀，住在一个四楼单元，准备进培正中学的高一。隔壁三楼有个小青年，也姓吴，祖籍也是浙江，出生地也是上海，也正准备进培正高一；巧得离奇，就这么碰上而认得了。好像他命里缺金，起名吴锦铉（那个时代兴这套）；比我大两岁，却老成得多。他的弟弟与我同年，进培正后会比我低一班；没他那么老成，与我比较谈得来。或许应该说能玩在一起。他叫吴仙标。

我在培正毕业后，为等候留美签证在崇基学院"蹲"了一年。他晚一年从培正毕业，也在崇基蹲了一年。我去乔治镇学院后，替他向学校作了介绍；次年他也拿到同样的奖学金，去了乔治镇。我一年后算是毕业了，拿着助学金进入华盛顿大学的物理系。他一年后也毕业了，取得同样的助学金，晚我一年来到华大物理系。

命中注定，我们会是上海俚语所说的"一对搭拉苏"（一对活宝贝）。

暂且跳到二十七年后的 1984 年，吴仙标竞选德拉瓦州副州长。全美华人为了争取在美的政治地位和影响，为助选募款，帮助他变成有史以来第一位华裔副州长。那时我住旧金山，于是就在加州帮他组织助选活动。由于年前我刚成为第一个在美国当上大学校长的华人，在华人社会里略有地位和声望，同时又是多年好友，因此助选大会上由我介绍他出场演讲。

美国式的竞选演讲经常以幽默开头，以便引来一阵笑声，搞活气氛。而幽默的方式往往是自嘲，助长亲民形象。吴仙标走上台来，首先介绍了我们两人成长时期屡次一先一后的生活经历。然后潇洒地加上："我老婆凯仪说，样样东西紧跟在吴家玮后面不打紧，只是万一他突然弃世，请勿再紧跟。"引来哄堂大笑。

演讲结束，非常成功；全场鼓掌良久，为他打气加油。轮到向他致谢时，我说："正如您夫人所说，万一我突然弃世，请勿紧跟。这次您老务必请先。"又引来哄堂大笑。或许笑活了血，捐款时特别踊跃。

四十多岁还那么顽皮。早年如何，可想而知。

吴仙标与我住在华大宿舍时，读书、吃饭、打球都在一起。最不相同处是：偶尔找到时间休息，我喜欢听音乐和写东西，他喜欢看政治和军事方面的书。一度他还考虑过放弃物理，转念军校。他对政治和社会的分析往往与人不同，令我们经常在这些问题上争辩。尽管观点结论常不一致，处事处世的想法也不一样，但我极尊重他的分析逻辑和推敲能力。几十年来如是。

他的篮球在中学里已经打得很好，我则来华大后才有进步。自此一直在华大中国留学生篮球队里合作，他打左锋、我打右锋。他与青梅竹马的女朋友凯仪结婚后，比赛时两人的老婆总是一起记时、记分，兼任啦啦队，在场边又吼又嚷，呼叫我们拼命。当时我弹跳好，上篮时跳得很高，可以双手抓篮圈，单手则更能远超篮圈；可是手太小，抓不住球，只有在梦中才能灌篮。人瘦、身轻、脚步快有好处也有坏处，快攻和投篮占了便宜，可是与身高一米九、体重一百公斤的美国人相撞，一碰就倒，篮板球始终拿不好。回头就得接受两位老婆的严厉批评。

在宿舍里一起学会了打排球和垒球。排球我们又是一左一右、两个扣手。垒球则他的气足、能追球，打左野；我则手快脚快，打游击手或二垒。

中国同学会的新春活动。
（注意那时代的电视机）

圣路易华人虽然不多，中国同学会（华人的联谊会）活动倒很频繁、起劲。这必须归功于侨领大陶夫妇。他们勤于组织，出钱出力;善于号召，以身作则;广于人缘，一呼百应。让我们看着榜样，推动在校学生给他们积极响应。吴仙标特别主动，影响了我，一起投入各种后勤工作。

我们写过笑剧，自导自演，在同学会的晚会上登台助兴，博笑取乐。一次是我编的，借用

同学会上自编自演笑剧。

美国西部牛仔片的格式，在台上布置了粗犷的酒吧。仙标扮演牛仔，喝酒赌牌，蛮不讲理。伊芳扮演歌女，花枝招展、娉娉婷婷。仙标赌输了牌，拿出手枪撒赖，顿时酒吧里气氛变得异常紧张。出乎观众意料的是伊芳也掏出手枪，一枪就把赌徒给解决了。原来她算是便衣警察，专打不法之徒。

伊芳虽则大方，但是天生怕出风头，素来不肯登台。更不用说要她涂上从来不用的脂粉扮演这种角色。当时我俩已经来往密切，但离定情和结婚还早得很。这次怎会让我说服，出来抛头露面？至今我俩还想不通。

另一次是"鬼节"（Halloween）。鬼节原是基督教的万圣节，却在美国被年轻人演化为公开作怪的喜庆节日，化装成可怕的怪人怪物，满街走、吓唬行人。孩子们还拿着纸袋，逐家叩门，以威胁语言来索取糖果。

同学会里不少人家已有孩子，照例开次聚餐晚会，之后让我登台助兴。这次是应景的单人表演：穿上奇装异服，戴上长毛假发，扮演极为丑陋可怕的女巫，怪声鬼气地说些吓唬人的话。一些孩子们挤到最前排来看，起初大笑，跟着板脸，最后惊叫。还有年纪较小的竟给吓得大哭。看到家长们的不悦眼色，我给吓得比孩子们更厉害。

在仙标的倡议下，我们推动了同学会的民主选举，在圣路易华人圈子里首倡两岸四地大合作。"两岸"是指太平洋两岸，"四地"是香港、大陆、台湾和美国。所谓"大陆"只是早期从大陆直接来美的留学生，譬如大陶夫妇。足足二十年后才有学生来自新中国。

当然那时还没有"两岸四地"这种时髦名词。观念倒是相当先进，就是要拉拢不同背景的华侨、华人、华裔，表现团结的力量。香港、大陆、台湾以及土生土长的美国华裔各举一名代表，联手组成团队，竞选会长、副会长、秘书和司库的职位。仙标负责幕后策划，组织助选。会上得到大伙认同，竞选成功。

还有一件值得一提的"创举"。在仙标夫妇与我俩发起、几位热心朋友支持、大陶夫妇提供办公室和费用下，组织了圣路易华人社会里第一轮"中文班"。

那些年头美国全面禁运中国大陆产品，更不用说课本了。于是又自导自演：我负责历史和地理，课本自写；仙标负责语文，托人从西岸大城市买来台湾出版的课本。老师当然也不外自己那几人。伊芳与凯仪负责全部秘书和后勤工作。每星期六给孩子们上三小时课。开始时，由于麦卡锡主义的阴影，有些家长对这宗事有点害怕，我们需要一一上门说服，然后开车逐家逐户去把孩子接来华大上课。

莫怪家长。社会上对麦卡锡那场反共运动记忆犹新；华人尤其怕被认为"亲中"，因为"亲中"就算"亲共"，这种麻烦惹不起。不少华人家庭还急于同化，故意不让孩子讲中文，甚至不做中国菜给他们吃。而我们这几个小青年竟敢公开提倡学中文，还要用中国人的观点来讲中国的历史地理，岂非逆道而行？

我们对政治懂得极少，对新中国更一无所知。办中文班的动力来自一些很不完整的民族意识和文化根源，及潜意识中身为华人的自尊和温情。

停薪留职，重回校园

1960 年乃是我独立生活以来最重要的转折点。一是娶到了朴实无华、专心致志、勤俭贤惠的妻子，从此有了自己的家。二是碰对了硕士课题，把"安慰奖"转变成自学机制和科研启蒙，从此喜欢上了物理。三是碰对了就业工作，让我学到怎么寻找课题、让书本联系实际及运用计算机，从此喜欢上系统化的理论推算和分析。四是交上了为数不多、志向未必相同、生活各有途径的好友，与他们一起发掘文化、思想、体育、社会活动的兴趣。

1961 年又来了一个转折点。一是硕士论文改变了华大物理系对我的看法，硕士学位口试更打动了一些教授的心，破例让我重考博士资格试。二是想全神贯注于考试的准备，获得孟山都上司的大力支持，以停薪留职的方式暂离公司，重回华大当研究生。三是与用功读书、以身作则的老婆一起搬进校园，住进小板屋，在寒窗下结伴苦读。四是在文化气氛浓厚的校园里，与良友们共享清苦简朴而朝气蓬勃的生活，奠定了学界生涯的基础。

请让我一一道来。

萨德从加州回到华大，让我把整本论文写起来，然后准备考硕士学位口试。

我一路都在起草，写起来很快。可是他太忙，看得比较慢。

孟山都计算机部门的上司对我真好，看我勤奋，在短时期里做了不少课题，就说一时没有什么特别急要的项目，让我利用部分工作时间写起自己的论文。此外还主动为我提供了好几种方便。

哪些方便？借此机会说说，也好让读者们知道在个人电脑发明前人们所需面对的麻烦和困难。

首先是上司让我用公司里的 IBM 球键电子打字机。听来没甚了不起，其实很重要：当时随便什么文件，要想多印几份，必须把原文打在一种特别的纸版上，还需打得十分均匀。而我那台老爷打字机所打出来的字轻重错落，没法用。球键电子打字机打出来的十分整齐漂亮，打错了字又容易改。我没学过打字，整天错。

其次是一年前施乐公司把刚发明的现代复印机送上市场。机器又大又重，非常昂贵；物理系买不起，连教授们都没看见过。孟山都的计算机部门却买了一台。每印一页要不少开支，因而不能随便使唤，可是写论文时若需复印资料，上司让我任意使用。

再次是制图的困难。论文需要描述粒子的碰撞和散射，画出它们的运动痕迹。图很简单，可是很难画上纸版；我花了不少工夫，成绩总不理想。此外还需登载仪器的图样、点滴形成的照片。这些都是职业性的服务工作；上司看到我的困难，主动提出让公司的技术服务部派人为我做。

最后是把我的论文当作公司报告，一切制版、印刷、包装全由公司处理。一印就印一百本。我说十本够了，上司说规矩在先，至少要印五十本；只好由他。后来离开圣路易时，眼巴巴亲手把三十本印得漂漂亮亮的报告丢进垃圾桶，很肉痛。（当年没人担心污染、考虑生态，更没人想到回收。）宇宙线粒子对化学公司没什么用，不知道谁会看这份报告。

今天这一切都能用电脑来做，一步到位，多方便！

论文打好、印好、交上去后，连续发生了两件意料不到的事。两件都直接影响我的复学计划，替我拟定复学的日程和前景。

第一件意料不到的事，是物理系和公司都为我破了一系列的惯例。

萨德教授对我的分析成果相当满意，对我的工作态度也产生了好感，还看到我懂得运用当时不甚流行而对他很有价值的计算机技术，于是希望我早日回物理系，收我为博士生。当然首先需要说服别的教授们，破例让我重考博士资格试。1 月下旬他来找我，说已与系主任康登谈了，康登对我的背景表示同情，愿意让我再考一次。既然系主任和论文导师都这般支持，同事间投票通过应该没多大问题。他要我 2 月里就参加这轮考试。

我很坦白地告诉他：这两年来忙着做硕士论文，同时忙着在孟山都工作，虽然经常念书，但是没法系统化地学习；说考就考，一定会再度失败。他若真想收我，需让我离开公司，好好念一年书再考。他说这话有理，不过一年太长，不如半年吧。博士资格试系里一年只考一次，他要说服同事们在半年后为我搞

下班后回到物理楼。（难怪套着根领带）

有位漂亮小姑娘在物理楼前等候。

一个特殊考试，让我独自应考。

与他谈话之前，我已向公司上司探过口风，让他知道我的复学意愿，并问他有没有别人为了念学位而请过长假、有没有停薪留职的一般性政策。他的反应相当正面。原来考虑6月离职，次年2月应考；萨德的催促使我不得不提早请假。为了争取更多时间念书，甚至应该立刻停止工作，回系听课，恢复全时的学生生活。

若决心复学，不全时回校实无他法。整天工作，驾车回到家里，吃完晚饭才开始读书，毕竟精力不足、时间不够。我做事投入，回到家里还会继续想公司里的课题，放不下手，念书时心神不安。再说，读书也讲团队精神：有几个好友一起读，彼此鼓励、互相切磋，效率更高。碰到观念不清时，一起讨论，易于澄清。

说来轻松，真要离职，还有别的实际考虑哪。最令人担心的问题是美国的居留身份。已经放弃的留学生签证不允重发。"优先限额等候名单"上的人，又不允许脱离工作单位。那么，离职不就得离境？怎能复学？

有决心就有办法。上司加紧向他的上级和人事部申请，让我停薪留职。一般来说总要工作相当多年后才有申请资格，而我还只做了一年半。上司替我说项，指出公司的规章制度对此并无明文规定。在他的大力推动下，极快得到破例批准。既称"留职"，就不算是正式脱离公司，居留身份不变。

萨德所建议的特殊考试却是做不到的。没有别人一起考，成绩无法比较，怎能断定是否及格？再说，哪能为了一个学生破这么大的例？看来还是要等到次年2月。那么，从今年2月1日算起，请整整一年的假。问题又来了：公司规定最多只可以给九个月。上司说："没关系，就先拿九个月吧，到时帮你要求破例延期。"停薪留职的事就这么定了，期限定为1961年2月1日到10月31日。

另一个实际考虑是：怎么养活自己两口子。断了收入来源，经济上顶得住吗？在孟山都工作了一年半，倒算积了点钱。老婆管得细心，父母又没动过我每月给他们寄去的钱；因此一时上够吃够住，可是不能不为整年停薪作些打算。

上司说："我们有时人手不够，需要你来帮忙；是否可以聘为'顾问'，不时回公司做一点，带便补助经济？"又说："顾问上班时间大有伸缩余地，可多可少；念书告一段落时来干就行。"

双方有利，想得挺美。可是这方面他却帮不了忙：公司明文规定停薪留职的人不能聘为有偿的顾问。我感激他的用意和苦心，答允任何时候部门需人帮忙，一通电话过来，我就会出现和尽力，不必给我补偿。至于自己经济上怎么应付，走一步是一步，到时再说。后来果真拮据得很，解决的方法是每星期去一次数学系，教三小时的夜校课程。我俩要求极低，生活也就混过去了。

2月1日来到，不再上班；虽然轻松，感觉上却有些怪。正如英谚所说：人是习惯所控制的动物。一年半的时间虽不算长，对二十刚出头的人来说，却也不短。

结婚一周年，我俩请几个好朋友到甜食店，开开心心吃了一大顿冰淇淋，以表庆祝。你看多快，转眼就是一年！一年来，每星期一次牵着手走去超市买菜。每两星期一次牵着手走去自助洗衣店洗衣。除念书和工作外，按期运动，偶尔娱乐。不时为中国同学会干些事。这就构成婚后的日常生活。

伊芳大考成绩公布了，两门数学、一门物理、一门经济学，拿了三个A、一个B，远高于她所料。早知如此，她当初考后何必那么懊恼？她这人就是这样，读书如此，烧菜也如此，总觉得自己不足，结果总很成功。华大本科的要求很高，我为她的成绩高兴和骄傲，可是并不以此为奇——此时我已熟知她的个性和能力。

2月开学，白昼晚间，读书读得昏天黑地。重新去听三门以前念过的课程；说也奇怪，虽然两年没碰力学和电磁学，体会却深了很多。人的脑子实在奇妙，接受过不同知识的冲击，分析和联想的能力自会加强。量子力学却还很难懂，有时两个钟头只看懂一页。与同学们谈起，他们比我看得快多了，但是并不比我懂得深。跟自己说：算了，慢点就慢点吧，这是物理的最重要基础，必须懂得透彻。

还是用原来那地窖里的办公室。一张靠墙脚的大桌子，跟伊芳排排坐。除各自上课外，几乎整天就埋在那个小角落里。系里人多空间小，非常挤；我既非交学费的研究生，又非系里的助教或助研，伊芳也只是几千名本科生之一，我俩在系里能有地方坐，已经十分满足，何况还让我俩坐得这么近。做人就是这样：条件多好并不重要，满足就是福，有情就是福。

中午带着午餐肉和生菜的三明治，上楼冲杯即溶咖啡，与吴仙标、沈宁燿、伍法岳一起吃。其余时间各自埋头苦读。下午五点多回家做饭、吃饭，然后又回系里念书，总在深夜才回家睡觉。说到这儿，想起每晚停车之难。人人把车停在家门附近的路边；由于几乎家家有车，回去稍晚就早已停满。多少个晚上我们被迫停得很远，两人背着书包、牵着手，冒着寒风甚至苦雨走回家。心头却一贯温暖。

上面说的意料不到的事替我决定了复学的日程。另一件更意料不到的事，断定了我复学的前景。

恢复学生生活还只两个星期，就听说萨德可能要走。伊利诺伊大学的物理系雄心勃勃、竭力扩展；正式给他发了聘书，要把他从华大挖走。

那怎么办？我重考博士资格试的许可，建立于这位硕士导师的力保；将来还要跟他做博士论文呢！他带头的研究组里还有别的教授，可是要就跟不上，要就所做的课题非我兴趣所在。他这一走，岂非全盘尽散？

过了几天，小道消息得到证实：萨德决定接受伊利诺伊大学的聘请。他约我谈话，开门见山地说确实要走了，并且不想带学生去。伊大物理系有好几百个研究生，助教和助研职位全无空缺，带去的学生不可能拿到奖学金或助学金，因此他一个也不带。我在华大重考一事却已成定局，他会遥控支持，无须担心。至于考上后跟谁，只好让我自己想办法了。

其实就算他想带我去，转校也不是办法。一则成家未久，妻子转来华大后终于迎头赶上，学业上了轨道，怎能再次打乱她的生活？二则华大的一切都已熟悉，教授们也都了解我的情况；同学间相处得很好，还有几位真心朋友一起积极学习。三则孟山都的停薪留职身份只能用于华大，丢了这个身份，就根本无法留居美国。

与伊芳长谈后，又与仙标、宁耀、法岳细谈。大伙都认为因素太多，情况太复杂，一动不如一静。扎稳马脚，专心学习，把博士资格试考好。别的到时再说。

正巧这时孟山都里面也起了变化！谣传许久的人事改组当真发生了。计算机部门被系统工程部门吞并，由系统工程的头头统一领导。我那位学问高、人品好的上司被逼走，却转来了华大的计算机系当教授。

公司里另外成立了一个新部门，称为"研发数学部门"，人员从各处抽调，包括现属系统工程的计算机部门。我的暂留职位也被划了进去。也好，暂时不影响停薪留职身份；新部门名义上还比较配合我的专业。

原来的上司这么一走，把我对孟山都的心理负担解除了大半。一直有个阴影挂在心头：来日若想留在学界、不回公司工作，会对不起这位为我尽力安排复学的好上司。他这一走，我心理上起了变化：不是我不愿意回去，而是原属单位和上司都不复存在，无"家"可归。

学校里和公司里几乎同时发生的变化，把前景交回到我自己手上。二十出头的人已非孩子，本来就该策划和控制自己的命运了。好自为之。

复学期间的重要考虑

萨德当真单身匹马去了伊大。

虽然不是正式注册的华大研究生，在物理系总还需要个名堂；也就是说，名目上属于某教授的研究组，接受他的指导，偶尔跟他讨论，甚至做点研究。日后考完是否继续跟他做博士研究，则要看是否两厢情愿。

那时普里马克夫已被宾州大学（University of Pennsylvania）挖走，芬伯格教授当了理论物理组的带头人。我上过他一门课，很佩服他的学问和为人。好像那门课念得还不太差，因而他对我的印象也还可以。孤魂无主的处境下，决定去敲门，请他给我出个主意。

他说系里新从斯坦福大学请来一位很有造诣和创意的年轻副教授，叫做

健斯（Edwin T. Jaynes，1922—1998）。

康登（Edward Uhler Condon，1902—1974）。

健斯（Edwin T. Jaynes）。他只带来一个博士生，手上有点时间；建议我去找他谈谈。

健斯跟我谈得很好，给我一条与激光理论有关的题目和四篇论文，叫我自己去看，看完后"拿来玩一下"，然后告诉他值不值得继续"玩"下去。事实上就是要试探我的思路和能力，看值不值得考虑收这么个研究生。（调皮的理论物理学者在揣摩课题时爱用"玩"这个字眼。）

芬伯格的另一建议是让我去跟系主任康登。康登是著名的理论物理学家，当时没有研究生，因此手上也有时间。可是他为什么没有研究生？看来是因为当了不少年的政府科技官员（国家标准局局长），重任当头时无暇专注专业研究，因而手上没有好课题。学生也就不想跟他。

你看，这情况与我国学界多不同！教授再著名也没用；什么院士、多少荣衔，若没有实料，学生不会慕名而来。做学问本就该讲实际，不谈过去，不理荣誉，不论影响。

既然健斯愿意给我课题，把我算在他手下，暂时就不找别人吧。

看完健斯给我的几篇论文，仔细想过课题的症结，写下相当浅薄的研究策略与四个进攻步骤，交给了他。然后暂时放下，准备硕士学位口试。

3月下旬的口试，来了四位教授，当然包括萨德。康登也来了。他们让我先讲半个小时，然后才发问。讲得即使不头头是道，也还算流畅。原因是预先练过好几遍。在仙标面前又讲了一次，让他找毛病；再在宁燿面前讲一次，也让他找毛病。轮到在教授面前上台时，已经把毛病改好，条理梳通。讲完，进入问答。教授们感觉良好，问得轻松。考毕，他们按照规矩开会讨论，让我走出课室，静候消息。只几分钟就散会；几位教授出来，都说满意。系主任康登还跟我拉了拉手，赞了两句。

当天下午萨德叫我在高能物理组的教授和研究生前重新作一次报告。研究组的报告一般时间给得较多，让我轻松舒畅地讲了一轮。任务到此正式完成。

以往极少有机会作报告。这两轮略微不同的现场经验非常重要，给自己的教训是：作报告的人必须尊重听众，预先做好最充分的准备。要让听众听得清楚、听得明白、听得舒服；绝对不允许浪费人家的宝贵时间。往后在物理学会上作学术报告也好，在教授会议上作校长报告也好，这个原则一辈子不敢忘记。

口试顺利通过，坐待6月的毕业典礼，好领文凭。事实上虽然研究工作充满挑战，让我对物理产生了真挚的感情；虽然论文和口试得到了教授的良好反应，给回了我一点自信；可是对硕士学位这个"安慰奖"毕竟提不起兴致。终于在6月与伊芳出门，去东部参加我姐姐的婚礼，有意无意间避开这不知该喜还是该悲的场合。

接下去，究竟在物理系里跟谁？有三个选择。三个选择完全不同，各有"苗头"，与当时美国科学界的发展都有些关连，回头看都有历史性。

一是正式跟健斯。健斯给我看的课题有关一种新的器件，叫做"微波激射器"（maser，即微波激光），在电子工业界相当热门。那两天，收音机里传来谣言——接着谣言变新闻，说苏联把人送进太空轨道了，不久准备登陆月球。美国必须急起直追，短期内要发展太空旅行技术。于是电子通信这行，除工业外更添上太空应用的迫切性。所有电子企业，尤其像贝尔实验所（Bell Lab）这种全球最高层次的应用物理研究机构，都将卷入激光研发。

二是跟康登。口试后那周末，康登把我叫进去，说他有条论文题目，问我愿不愿意做。他自认题目并不吃香，也就是说物理界并不重视，可是假如我有兴趣的话，立刻可以当他的研究生，并且立刻拿到全职的助研金。项目来自红石飞弹基地（Redstone Missile Base）和科宁玻璃公司（Corning Glass Company）。他们正在试验各种不同材料的吸热性质，也与太空旅行有关；需要做一些理论推算，来与实验数据比较；愿意与华大物理系签约，雇一个研究生，挑起这项课题。项目虽来自国防部门，但是并不机密，研究成果允许公开发表。

三是一位能力很强的高班美国同学。他即将拿到博士学位，去俄亥俄州立大学（Ohio State University）任教。想带些研究生同去，问我有没有兴趣。（系里传话很快，大概我的硕士论文和工作态度引来了一些注意。）他的专业是低温实验物理；低温物理为正在走红的量子多体理论提供实验基础，而俄亥俄州立大学在这方面素来很有地位。他说可以保证提供助教或助研职位。不过正如前面所说，伊芳的学业和我俩的居留身份不容许我离开圣路易；同时我的实验能力不足。因此立刻婉辞了他的美意。

前两个选择却不能不郑重考虑。跟康登有几个好处。一、这项目以研究生的名目签订，会替我在系里建立合法、合理的名分。二、经济困境得以解决。三、他人缘好、网络广，在物理界是位人人尊重的泰斗，会帮我广增见闻。还有，为人非常和善，不急不忙，不会猛下压力；那就会给我充分的时间念书，好好准备博士资格考试。坏处却也就在这儿：他对自己也不急不忙、不下压力。那么，带研究生时会不会用心？假如将来真的当上我的博士导师，会不会给予必需的指导和帮助？

考虑了一整天，决定还是跟健斯。他那课题的物理内容比较丰富；人又年富力强，肯用功。最关键的因素却不在这两点，而在当我口试尚未通过之际，他已经"收容"了我，因此对他应有承诺。（好像血管里淌的还是孔老二的血。）

一切定当。

伊芳读得虽苦，但学得挺顺；一转眼就要面对年终大考。大考之后，本科所需学分只剩两三门课，读暑期班足以了事。不过她正在考虑也走向物理专业，进修研究生课程。这样一来，假如物理基础太弱，早毕业也没用；千万不能让她重蹈我的覆辙。于是一齐决定让她暑期休息兼自学，尽力打稳基础。

这段时日，两人日益进取，天天在各自的学业上看到一丝进展；志同道合、相亲相爱，过得既安且乐。虽然日后她是否应该继续进修，而我是否能够通过"博考"大关，两者都属未知。

还有值得庆幸的呐。暑期末，得知等候良久的已婚研究生宿舍出现了空屋，我俩急不可待地搬入校园。自此在校园里过那简朴而丰富的生活，奠定了一辈子留在学界的基础。此后四年多，小小的板房将是我俩的安乐窝。

第八章　重叩黉宫　校园与西游

不敢说是苦尽甘来。

苦的确苦了几年。久苦之后，爱情生活终于圆满，就业问题暂获解决，硕士论文差强人意：发现人在苦难中也能找到丝丝甜味。跟着就要追求真正的"甘"。

首先是工作上做出好成绩，让学校和公司里的人对我另眼相看，帮助我创造复学的条件。其次是与心爱的人一起找个好窝：进出方便、气息良好的学术氛围。第三是扎扎实实把书念好，在博士资格考试上打场胜仗。

完成这"三好"后，接着看到好老婆戴上方帽，跟上了肯照顾我的好老师，与久别的好父母重聚两个多月。又是"三好"。嗨，倒或许真能说是苦尽甘来。

华大的研究生小村

第二次世界大战期间，美国进入总动员，大量学者教授离开学校，到国防机构去参加科技武器的开发和生产。譬如说，康登在原子能和雷达方面作了不少贡献，后来帮助"原子弹之父"奥本海默（J. Robert Oppenheimer）四出招聘，组织发展原子弹的团队。芬伯格暂时脱离核理论和学术界，走进电子工厂，从事雷达和速调真空管的研究。（或许正是因为亲眼看到过物理的威力和现代化武器的残酷，大部分那一代的物理学家后来都激烈反战。）

1945 年，战争结束，全国复员，学者教授们迅速回到校园，恢复他们所擅长和喜爱的学术研究。战时顾不及建造民居，复员后的教授没地方可住。于是大学领导各显神通，绞尽脑汁考虑解决方法。华盛顿大学的方法是在校园里先替教授们陆续建造一批极为简陋的临时房屋，马虎应付。待教授宿舍和临近地区的私人公寓造好后，再把它们一一拆除。为期不超过五年。

五年变成十年，十年变成十五年，教授们都搬走了，可是这些十分简陋的小木板房屋依然"屹立"于校园后侧北面的小山坡上。大学缺乏学生宿舍，尤其是缺乏提供给已婚研究生（助教、助研）的居处。既然这些临时房屋一时风吹不倒、雪压不垮，何不废物利用，让研究生们住到倒下垮掉再说？

好主意。零零星星散布在小山坡上、小山坳里，从西到东总共 48 座板屋，组成了研究生家庭集居的村落。青年男女的欢笑、初生娃娃的哭叫、电视节目、古典音乐……充斥空间。刚才洗好的衣服、挂起晾干的尿片、这头锈完那头锈的老爷汽车、小孩子的玩具和三轮脚踏车……琳琅满目。一到黄昏，户户屋顶冒烟，香喷喷的黄油味随风飘来。夜色深沉，家家灯火不熄，年轻人伏案窗前读书写字。

对我们这些小家庭来说，这是一幅画样的美景、想象的天堂。可惜临时房屋数量不多，申请后不知等多久才能轮到。

我俩于 1960 年 1 月成婚。我虽在孟山都打工，但同时还算是物理系的硕士生，具有申请资格。听到小板屋每月租金七十块钱，不敢要。后来想到反正要等多年，申请无妨，轮到再说。一年半后，收到学校通知，说是轮到我们了：一座最东面的、条件比较好的 48 号板屋。原有租客是位助理教授，住了几近十年，最近升任副教授，收入超过了租约上写明的限额，被迫搬走。同时由于村落里的临时房屋都实在太旧、太破烂，学校决定出租最后一次，之后有人搬走就逐一拆毁。租金则全面减低到每月五十元，还全包水、电、煤气和维修。我们若要的话，什么时候迁入都行，不过必须即时签约，开始付租。

天上掉下来的好消息！虽然按约需给现住房子的房东一个月通知，这段时间要两头付租，但是每月只需比现住房子多付一块钱租金，就连水、电、煤气都不用担心。这种好事求之不得。住在校园里，进出课室、实验室、办公室、图书馆等等，都不必开车。虽然最东边的 48 号板屋离村落的中央地带太远——甚至 47 号都不在贴邻，过于冷静，但是也有好处：听不到邻居们的喧哗、娃娃们的哭叫、老爷车的进出，念书睡觉都毫无骚扰。还有，与我俩有关的教研设施都在校园的前侧北面，走过去最近。

板屋上坡略有平地，划定了几个停车位；下坡直到马路边有大片空地，辟为停车场；我家的那辆老爷车不怕没地方休息。校园绝大部分是工作区，白天车多，晚上车少，停车问题与一般居住区正好相反。白天不必担心，因为我在

二战后的华盛顿大学校园，烟囱后面树丛里就是那片临时房屋。

孟山都上班时，清早开车走，黄昏才回家；而复学后，上课和念书都在物理系，走过去就行，不必动车。晚上若开车出去，则回家时校园已人去楼空，可停的车位多不胜数，更无须担心停车困难。

为什么把停车问题看得那么严重？在美国市区里住久的人，都已变成惊弓之鸟。美国的公共交通实在太不发达，因而私人汽车特多。私人汽车一多，公交车的生意更差；为了压缩成本，不得不把班数减少。这样一来，候车时间拖长，人们更不愿搭公交车，更多人情愿买车。所形成的恶性循环，早在五十年代已普遍存在。

但是任何解决方案都需投资，都不会短期见效。当官的花了公帑，任期内见不到政绩，想连任拿不到选票，哪愿自讨没趣？于是市区里到处出现停车困难。其实欧洲、亚洲——包括我国——的大城市亦都如此，不过至少伦敦、巴黎、东京等都有很完善的地铁系统。我国的香港早已如此，上海、北京等城市的地铁系统建设得极快。而美国则瞠乎其后，几十年来没有多少进步。

我俩搬进不久，一些破旧不堪的板屋就开始被拆。奇怪的是，先拆的多半都在小村西端。大概当年陆陆续续由西向东建造，越近西端的造得越早，破损得也越快。还有一个可能，就是同样的设计、同样的材料，边造边累积经验，越晚的造得越好，破损得迟。反正我俩被分配到的那座，条件较好，居然让我们住了四年多，直至博士论文写完后才被拆走。

48 号板屋很有点历史价值。它是研究生小村里生存力最强的一座，也是最晚拆毁的一座，其后小村完全消失。今天只看到红砖的教研大楼和绿油油的草坡。

温暖的小板屋、寒冷的破木船

住了四年多的家究竟是我俩的"小板屋"，还是我母亲所说的"破木船"？真像我俩所感觉的那么温暖，还是常让娃娃们伤风感冒的寒冷？都是。

小板屋的设计非常简单。从西到东长约 30 英尺（不到 10 米），从南到北阔约 15 英尺（不到 5 米）。水泥脚为桩，木架打在斜坡上，支撑住粗木地板，没有地基。四周的墙都是夹板，厚只 1 厘米；外面油上最难见脏的灰漆，里面粉上白漆。外墙高 6 英尺（约 1.8 米）。屋顶用木板搭成，一左一右的"人"字形截面，从南北两面墙板斜爬上去，在房屋中央的纵线相会。纵线是长木连接成的屋梁；支撑这条 10 米长梁的，除东西两方墙板，只有竖立中央的一根木柱。屋脊最高点离地 7 英尺（约 2.1 米），不设天花板。四周墙上开好长方形的窗户：粗木框、薄玻璃。这是房子的外壳。

屋里分为六间房，以屋脊为界，每边三间。南边最大的一间阔 7 英尺、长 13 英尺，是起居室。起居室之东，先是 5 英尺见方的储藏室，然后是阔 7 英尺、长 11 英尺的书房。屋脊北边的三间，阔度都是 7 英尺，由东向西，相继是长 11 英尺的卧室、7 英尺的卫生间，及 11 英尺的厨房。卧室一侧有一道法令规定的后门（逃命门）。

给两个学生住，条件相当不错。既然是夫妇，卧室里一张床、一套衣柜、一张椅子也就够用。（避开后门和室门的进出空间，也只放得下这三件东西。）起居室里放不了多少家具：阔度只有 7 英尺的长长一条，正中需为进出大门留出 2.5 英尺、为过道留出 2 英尺，剩下的 2.5 英尺实在不好使用。房间的一头还装置了为冬天取暖的庞大煤气风炉。于是椅子就只好零乱安置——这儿一把，那儿一把。反正从来没有贵客来访，不成问题。只是两年后买了一台电视机，不太好放。

说到电视机，且让我打个岔。

为了让伊芳读书辛苦时活动活动散散心，我在报上找分类广告，花上一个月的房租钱，去人家家里买来一台很旧的电视机。手上没带现款，想给卖者一张私人支票（美国最普遍的付款方法），谁知他不肯收，情愿远途开车把旧电视机送上门来，当面收钱，货款两讫。我当时没在意。第二天才知道是什么原因：原来电视机早已坏了，开上五分钟，里面一热，荧光屏立刻变黑。问题不在一两支真空管或是什么别的元件，而是根本已经老到无法再修。支票可以让银行止付，现款则付后一筹莫展。卖者当然很清楚，就是故意欺骗我们这对穷学生。

其实这次受骗之前已经上过当，买了人家的旧空调，一开就爆保险丝。亏吃多后终于学乖，决定等到积够钱去买新货，积不到钱情愿不买。好久后，终于积够了钱，买了一台新电视机。不过话要说回来，那辆老爷汽车倒是用了好多年。

小板屋里最热闹的地方，一是厨房，一是书房。厨房里的"热闹"不是因为喜欢做饭，而是因为还在那小小的房间里安置了自制的饭桌和三把折椅，加上后来稍不留神一岁的儿子就走去寻宝的垃圾桶。书房之所以"热闹"，是因为最关键的那两三年里，我俩各占一张自制书桌，在寒窗前排排坐着苦读，不止一次通宵达旦。那些年头从没考虑过在午夜前睡觉。

怎么记得这么清楚？因为有家无线电台，每晚零时开始播放特别柔和的轻音乐。说也奇怪，这样的音乐应该会有催眠作用，却反而让我俩在极困时提起精神，继续念书。节目的主持人有句开场白："我的名字叫做 John McCormack，进入深夜，为你边走边讲。"半个多世纪过去了，闭上眼睛我还能听到他那温和

灰色的小木屋，甜蜜的家——搬进去时当然还没有孩子。

苍老的低音。

书房真正热闹起来却是后来的事：1964 年来了个儿子，1965 年又来了个女儿。一张婴儿床塞进了我俩的卧室；另外一张没处放，只好塞进书房。大的咿呀学语，小的哭哭啼啼，各尽他们天赋，为我俩创造天伦之乐。

1962 年，我的父母从香港来探望。母亲看到我俩的家，说我们怎么住在一条"破木船"里，觉得很不忍心。我们不懂。怎说都是一座独立的房屋，怎么叫成破木船？小板屋里面，搬进前花了好几天洗刷每尺每寸地方，还花了好多心思这边造个书架，那头钉片墙架，弄得整整齐齐、温温暖暖、应有尽有。到美国这些年，还从来没住过这么舒服、这么自在的地方。

看多几眼，开始明白母亲为小板屋起的非常生动的代名词。屋子本身的确很有些破烂。木柱和板墙都没怎么刨平，更不用说抛光。油漆到处剥落。窗子的木框歪歪扭扭。屋顶上代替瓦片的那层沥青已支离破碎。最令她担心的是，进出都得十分小心：小山坡上不设梯级，只在沿坡钉上两根平行的长木条，木条之间搭上几条横档，塞满泥土，让人们上下坡时不致太滑。果真有点像潮涨时的甲板。记得每逢下雨就怕滑跌。下雪前后更糟，结上冰更加难走，我俩都摔过不止一次。后来有了孩子，只见一两岁的娃娃索性手脚全用，抓住长木条和横档，以爬代行。

就管它叫破木船吧！毕竟心底里永远是我们自己的小板屋、温暖的家。

啊，是否真的"温暖"，又可引起一场辩论。

听了上面的描写，你能想象小板屋里一定冬凉夏暖——或许更准确地说：冬寒夏热。一厘米厚的夹板墙，冬不御寒，夏不绝热。木板屋顶加上一层沥青，冬天防不了雪水带来的冰冷，夏天顶不住太阳赐予的炎热。粗木地板加上一层油毡，非但既不隔寒又不隔热，还会渗入露水和潮气，招来蟑螂和老鼠。木板与木板间的衔接处，靠钉上去的木条掩盖。十几年来日晒雨淋，木条早已拗弯、木板早已变形，到处露出裂缝；必须另找木块，这头钉钉、那头补补。

窗和门需要开关，它们与板墙间的空隙不能钉死。寒冬之际则反正不开窗，可依邻居们的指导，买来大张塑料薄膜，沿框钉上，掩盖全窗，堵住那一心一意向屋里钻来的寒风。门却不能不经常开关，空隙来风就只好由它作恶了。

能做的都做了，能防的都防了，但是还得让冬天有所取暖，夏天有所取凉。这方面，学校非常大方：不仅起居室里，连书房里也装了庞大的煤气风炉；煤气便宜，免费使用。同时，学校拥有自己的发电厂，电力要多少供应多少，分文不取。租户们各为起居室和卧房自置空调，不愁耗电。于是冬天开足风炉，夏天开足空调，尽可能反"冬寒夏热"为"冬暖夏凉"。

可是天底下哪有免费的午餐？世上无难事，却有些代价。住小板屋所付的代价是"上热下寒"。人人皆知：热空气向上升，冷空气向下沉。在既不绝热又不堵寒的"破木船"里，冬夏两季头热脚寒，上下空间的温差可达二十几华氏度（十几摄氏度）。我俩高、孩子矮，莫怪两个娃娃当年经常伤风感冒。

考试有成

人一忙，时间就过得特别快。转眼间 10 月即将来临，停薪留职期限将满。书还念得不错，可是离 2 月中旬的博士资格考试只剩下三个多月；若在这当儿回孟山都恢复全职工作，实在很不适宜。

原来计算机部门的上司，在替我申请停薪留职时已经布下一招：在档案里提到我的考试日期，暗示有可能要求延期，并表示了同情和支持。而公司内部经过改组后成立的"研发数学部门"正在作整体计划，考虑在传统的化学公司里究竟应该从事哪些方面的研究、建立什么样的地位。同时还需要花些时间组合各处调来的人员，理顺部门的组织关系。因此多我一个不多，少我一个不少，不如卖个顺水人情。于是眼也不眨就批准了我的延期要求，同意把我的停薪留职身份延到 1962 年 2 月底。此后如何，则到时重新商量。

这就把我安全地保留在毫无进展亦毫无消息的"优先限额等候名单"上，暂时解除了居留身份的后顾之忧，让我面向博士资格考试作出最后冲刺。

据说人生最刺激、最兴奋的，莫过于压力下的最后冲刺。相信运动员、军人、竞选中的政界人士……都尝过这种味道；面对关键考试的学生应不例外，至少我就这样度过了那三个多月。最热闹——应该也是最轻松——的圣诞和新年假期，来了又去了，照想我俩参加过一些中国同学会和陶家的活动和晚会，照想篮球和排球比赛也没放弃，但是今天回想，那三个多月里所发生的事一点印象都没被留下。

记得很清楚的只有考试前后那四五天。第一天是 2 月 12 日，星期一；前晚无论如何没法入睡。笔试六个小时，出来时精神恍惚。自觉考得还行，过了经典物理学的大关。次日要考现代物理学；当晚不敢怠慢，临时抱佛脚，恶补猛念，想重看一遍最主要的笔记然后才蒙头大睡。结果越看越慌，越慌越起劲；两次上床都无法入睡，只好起身继续温习。再次上床，半小时后惊醒，已见阳光普照。于是刷牙梳洗，重上战场。

第二天是 2 月 13 日，星期二。笔试又是六个小时，出来时精神依旧恍惚。感觉考得比第一天差，不过自知已尽全力。只要别的应考同学不是人人拔尖，把平均分数拉得太高，应该也过得了关。剩下的是口试，无法准备。

最奇怪的是当晚那场排球比赛上的表现。

秋末冬初，物理系研究生组成排球队。队长是位理论物理的博士生、芬伯格教授的学生，名叫 Woody Jackson。出生于得克萨斯州的他，思考不慌不忙，说话慢条斯理，物理懂得深入透彻。为人忠厚，做事谨慎，动作稳重。在我们这群球技平平、少输当赢的球员间，他是最适当的二传手。全队不多不少正好六人：三个美国同学、三个中国人。后者是前面说过的 Bob、吴仙标和我。

仙标与我一样，第一次考试失败。为了养活自己、东山再起，他去了郊外的一间学院教课，同时在华大的物理系里跟上一位非常支持他的教授。这次跟我一起争取到重考博士资格试的机会。第一天考完后，也跟我一样，通晚没睡。

排球队参加了圣路易近郊的乙组业余联赛，平均每周或隔周有场比赛。参赛者都属业余，白天上课或打工，于是赛事都排在晚上。大半季度下来，我队竟然压倒性地胜多负少，士气高涨。就在决定仙标和我学业命运的星期二晚上，有一场最关键的球赛。对手是种子队伍；我们输了就进不到四强，赢了却会坐二望一。连从来不动声色的伍迪都倍显紧张，对我们这两个姓吴的扣球手竟敢通夜不眠，表示不解，并难以接受。（难怪，他早已轻松地考取了博士资格试。）

球赛结束，我队竟然以三比零大胜，把种子队杀得体无完肤。这个结局令他更为不解：五十多个小时里几乎没睡过的两个扣球手，竟比往常跳得高、扣得狠！

扣球的关键在与二传手默契配合，精确把握片刻，上网跃起，背向后弯、凌空挺腰，择对方的防守空隙全力扑杀。睡眠不足时，精神不集中，肌肉不听指挥，很难扣得好。哪知那晚非但不像他所料，我们跳动得特别灵敏，扣杀得特别着力；球向下时霍霍有声，着地时犹如爆竹。

至此才懂得什么叫做冲刺时的爆发力，并亲自体验到肾上腺素的威力。

第三天，2月14日，星期三清早，仙标来电把我叫醒，说是第一天的笔试成绩已有消息传出：他的导师约摸地透露我在十四个考生中考了第一，并且分数比别人高很多。当时一点也不感到高兴，因为二手传闻算不了数。再说，第二天考得较差，口试则尚未开始，结果如何谁敢预测？

当天下午，我们在走廊上见到仙标的导师。他把我们两个叫进办公室，说他认为两人都考取了。直截了当问他详情，他毫不吞吐地说，两天的成绩都出来了，我的确考了第一。原来："第二天的考试成绩更好，把别人都甩得更远，已经没有任何因素会让你过不了关。"当晚小心翼翼地给父母发了电报。

教授怎么说都好，口试还没考就给家里送上消息，不是过早？没有办法。知道父母十分担心、十分焦急，让他们失望过的儿子不能再让他们多等一天。

系里把教授和考生分成几组，安排在两天里轮流给每个学生一小时余的口试。星期三我轮空。

第四天是2月15日，星期四；下午一时三十分进入考场。三位教授都满脸笑容。次日我写信给父母，说："他们全不想发问，只想开玩笑。前后一起只问了三个题目，都很容易；可是我紧张得很，答得一点儿也不好。他们也不在乎，不断彼此说笑。原说考一个多小时，只五十分钟就散场了。"

跟着那天，系里开教授大会，为每个学生进行讨论，逐个作出决定。可是会还没开，我的导师健斯就跟我说："你已经通过了，不必等到开完会才告诉你。"

健斯这天特别高兴，因为去年考第一的是陈蔡镜堂，当时是他的学生。这次又是他的学生。前年健斯还没来，考第一的是伍法岳，导师是芬伯格。一连三年都是理论组的，又都是中国人。他说："你考得真好，远远比别人高。现在你在系里出了名。今后若有任何需求，每位教授都会为你写美丽的推荐词！"

我的即时反应令自己吃惊：首先当然谢了导师，但是心头淌下眼泪。这是个灰姑娘或丑小鸭的故事吗？一只没人看得起、没人要的丑小鸭，几天里就变成了白天鹅？短短一星期前，若想转去另一所大学，找位教授替我写介绍信恐怕都找不到；即使求到的话，也不知信里会说什么。怎么变得这么快？学术界也这般势利？

言过其实了，应该说这是人之常情。仙标的导师后来跟我讲：教授们往往把博士资格考试看作对自己的考验之一。学生们考垮了，反映教得不好。譬如说，这次考试的总成绩不过尔尔，就令他们不很满意。不过至少有一个学生考得很好，为他们换来精神安慰，因而对我这般高兴。

不管怎么分析，社会就是这样。作为过来人，我赌咒要永远记得：人有祸福、有强弱、有成败、有高低，但是始终是人，什么情况下都要给他支持，特别是在他最不幸、最低落、最需要帮助的时候。这次是我，下次将是别人。切记。

坦白说，这次所谓"成功"纯属侥幸。与很多高班同学来比，我肚子里的学问差得太远。在家信里告诉父母："请您们对我这次的成绩不要看得太认真。单靠侥幸取分是不会长久的。譬如说，伍法岳和陈蔡镜堂都比我强太多，即使苦追两三年，还是赶不上今天的他们。今后一定要好好做人、不能有名无实；狠下功夫，追求真才实学。即使如此，将来可能还是无大成果，到时希望您们不会太失望。"

另写："这番考试，可真苦了伊芳。她不断陪我读书、鼓励我用功、照顾我、安慰我，弄得自己瘦了许多。一定要好好养她一养，把她养胖。"

这学期伊芳选修了三门高班的物理和数学，对她来说都非常艰深。此外还

伊芳的大学毕业照，我这个
做丈夫的感到无比骄傲。

选了俄文，按照一贯作风拼命读书。她本来就用功，现在无疑更染上了冲刺劲
头，把读书以外的事全数置诸脑后。果真厉害：虽然每次考后总说"不及格，
不及格"，埋怨自己差劲；待试卷发下，不是九十多分也有八十多分。学期完毕，
拿了三 A 一 B，成为班里的高材生。

　　第二学期结束，她大功告成，穿上黑袍、戴上方帽，参加了毕业典礼；并
被选入华大的"Eliot 光荣榜"。接着更以优异成绩被选入 Phi Beta Kappa——全
美优秀大学毕业生的荣誉组织。我的感受是既高兴又骄傲，为她称庆，为她流
泪。用家乡话来说：苦了两年多，终于熬出了头。

　　这位姑娘也真要命，与我实在不同。早些听到我博士资格试考了第一，态
度一点也不热烈，还说："我早已预料你会考第一。"反应如是平淡，令人泄气！

过一阵子，同甘共苦搏杀许久才取得的成果，终于逐渐被消化吸收，她才露出最甜蜜、最爽朗的笑容。

我说："看来你安心之余，终于松下一口气，觉得大概没有完全嫁错人。"她说："我从来没有想到过会嫁错人。"一辈子自谦，对我却抱有盲目的信心。

恢复半工半读

考试过后，去孟山都了解最新情况。原来公司里又来过一次重组：成立未久的研发数学部门被取消了，重新成立了计算机部门。我应该可以回到这个部门，或参加另一个叫做"固态物理组"的新部门。（你看人事方面是不是有些乱？）

固态物理组的任务是：从公开发表的物理论文里寻找对公司有用的发展。对我来说正中下怀，大可应用我的物理知识，同时好好学一番固态物理领域里的新发现。不过组小得很，只有两位全职的物理研究员。他们与我见面，提起不少饶有兴趣的课题，希望多一个人来帮忙。尽管我说为了要投入博士研究，只能半职参与，他们还是表示极为欢迎。可惜决定权不在他们手上，必须上级同意才能增加编制。

3月1日，停薪留职到期，回公司报到。消息不好：上级不愿扩大固态物理组，甚至对是否应该继续"养"这种学术性较强的科研，都持不同意见。于是我需回到计算机部门，重操编写程序的工作。部门头头同意给我兼职身份，几天后正式与人事部签约。

哪知道又来个小曲折：人事部说，公司所给的编制不允许计算机部门添人；就算我这样，并非新人，也不能添。其实我物理已学上了瘾，根本不想回公司，可是法律不允许我恢复留学生身份，不回去不行。于是上司在新改变的公司制度下，让我继续停薪留职，同时聘我为"顾问"，每周二十小时。到头来还是半职，只是顾问不能享受例假、退休金、健康保险之类的福利。我精神好、年纪轻、身体壮，这些统统不在乎。只要移民局不予刁难就行。

果真没有刁难。就这样，又回到半工半读的生活。

这次考试确实"出了名"，消息传到公司，上级说理应给我加薪。叫我进去，问我有什么要求。假如不是为了居留身份，应该全部时间放在上课和博士研究，连半职的岗位都不想要。因此回应说："什么要求也没有。"他没料到这个很不"美国"的答复，略一思索就说："总不能一点儿都不奖吧！就这样：你的月薪原来是五百九十元，不如凑足总数，加到六百。半职就给半薪，每月三百。"

我点点头就出来了。同事们说我蠢：既然上级主动开口，哪有不顺水推舟敲他一笔的？至少加一两百呗！

大概又是孔老二在我血脉里作祟，这次却连华人朋友都笑我"迂过了头"。

回到家里告诉伊芳。这位每个月底捉襟见肘的好老婆首先安慰我，接着说："每月五块钱的加薪当真救不了火，不过象征性的奖励总是好事。"

从此每星期二和星期四在孟山都工作全日（八小时），剩下四小时则随我怎么补足。任务是参加一个"运筹研究"（Operations Research）项目。项目小组总共七人：组长负责对外联络、对内指挥；两位负责去工厂和仓库收集数据；两位负责研究库存技术；一位做销售预测；我的工作则是综合全组的资料和收获，断定各种产品在各地工厂的生产量、各地仓库的储存量及按照各处顾客要求和运输路线而定的货运量，务求优化成本，有助于制订策略。

这类制造业第一线的操作分析原理相当简单；可是七人间只有我略具数学根底和程序经验。说来可怕，重头戏就交给我这半职人员去唱了。组长在公司里算是"运筹学"这门新兴学科的专家，听上去确实威风凛凛。

工作进行得不怎么顺利。原因是除组长外，六人里工龄最长的一位被组长委以协调重任。他在公司的库存部门规规矩矩做了大半辈子，经验丰富，可是完全没有跟上计算机时代。那也罢了，可是既不肯学，又不肯让。写了一些莫名其妙、错误百出的程序，坚持让大家跟着用。上级与他是老关系，好歹都听他说，弄得任务无法进展。最后我暗底下把所有程序从头写过，交上去给他处理，让他领功。

从这次经验里体会到：做人必须实实在在，懂的好好干，不懂的好好学。看他的情况，觉得很可怜。离退休还有八年十年之久，总不能一直扮演南郭先生，一味靠混。但是他所熟悉的工艺已经过时，思维也许已经僵化，突然碰上计算机科技这类罕见的突破，不能跨越心理障碍，拼上老命也无济于事。为他惋惜、为他心酸。

学界中人，跟不上科研突破的，还可以专心把莘莘学子的基础课程教好，继续为社会作出贡献。企业界人没这造化。

后话先说：我把所有程序写完、准备整体测试，然后进入所谓"生产阶段"（程序员术语）。正当此前夕，公司里又起了人事变化。不知道变化发生在部门里还是更高层，只知道运筹分析学突然失宠，我们这组的大项目被奉命叫停。于是我在孟山都的任务再次遭遇搁浅、功亏一篑。后来孟山都安装了 IBM7040 晶体管计算系统，直接向专业公司购买整套的应用软件包，被搁浅的项目乃不了了之。

华大的物理系也奖了我，给我半份助研金，辅助健斯做基础科研。健斯待我十分和气，可是系里有流言，说健斯的健康还是情绪好像出了问题，不晓得会不会影响他的教研工作。他说暂时不叫我做研究，让我多选一些尖端的课程，进一步打好基础，有时间谈谈就行。可是他经常不进办公室，找不到他。若真跟上他做博士论文还是这样，很可能缺乏必需的指导。

健斯是统计力学的翘楚，可是给我的题目起初是量子光学，不属统计力学范围。最近他看上了测不准原理（Uncertainty Principle），对否定这早已成为共识的原理产生了主流外的兴趣，想以半经典的理论取代量子电动力学。叫我多去看看量子力学的基本假设，或许改做这方面的课题。

系里的教授和研究生们对这两个领域都毫无兴趣。万一他不予指导或放松科研，我将会找不到接任的导师。那位跟他从斯坦福大学来的博士生就快毕业，随时会走。跟了他一段时间的陈蔡镜堂又正在考虑换一位导师。这样一来，即使他自己全情投入这些科研，跟他做这些课题的研究生在系里乏人讨论、切磋，还是会十分孤单。

健斯在很多方面与众不同。专业上确实是"棒",并且就棒在能够单枪匹马打天下。很多统计力学和几率理论的突破,都由他单干;不需与同事们讨论,连研究生都没机会参与。后来才知道他在物理和电子学上所涉及的面非常广,除做理论外,还搞应用实验。在斯坦福大学任教时,为新兴的高科技产业当过技术顾问,特别是一家为硅谷建立基础的瓦里安公司(Varian Associates)。

据说瓦里安公司初创时期资金短缺,拿不出顾问费,就用股份代替。这些股份不久后变成金库,健斯也就发了财。从他在圣路易的生活来看,确实发了财。一次,有科研上的问题要找他,通上电话;他说不想来学校,就让我去他家里谈呗。原来他在近郊买了大洋房,单身住二十多个房间,全部开足冷气;花园里有大而漂亮的游泳池。难怪他不愿意来系里与别的教授分享一间小办公室了。学界的人不喜欢奢侈,去过他家的人都说他怪,不明白孤身寡人要住那么大的房子干吗。

生活上"怪",是他的私事。学术上"怪",令他出人头地,受人敬仰。假如我的天赋较高、根基较强、胆敢跟他学科研,或许会分享到一些学问。那位从斯坦福跟他来的道格·斯卡拉皮诺(Doug Scalapino)果然学问很有成就。斯卡拉皮诺领导能力也强,后来在圣巴巴拉加州大学(University of California, Santa Barbara,简称 UCSB)发展理论物理研究所,成为物理界的一霸。

说起来,后者跟我也有点关系。在此再打两个岔。

七十年代我被邀参加美国国家科学基金会(National Science Foundation,简称 NSF)的理论物理研究所筹建小组,论证 NSF 是否应该自行创建研究所并把它放在哪儿。当时与另一位委员杨振宁持不同观点,无形中分别变成两种看法的代言人。"少壮派"支持由斯卡拉皮诺带头的 UCSB 四人帮——四位年纪较轻的理论物理学者。而"老成派"则不敢一赌,倾向把研究所安置于加州理工学院之类的老牌名校。经过多次讨论辩论,甚至争论,我们少壮派竟然说服了杨先生,让 UCSB 赢到 NSF 首次自办的研究所(多年后改称 Kavli 理论物理研究所,Kavli Institute for Theoretical Physics)。跟着,UCSB 就以这研究所为基础,发展了很强的理科和工科,在短时间内变成科技上拥有国际地位的大学。

说也奇怪，写到这儿，在儿子家吃饭时提起这件事，并提到这位健斯教授。他说："健斯？哪个健斯？是在斯坦福大学运用几率分配搞统计力学的 E.T. Jaynes 吗？"我说："你怎么会知道他？"他说："怎么会不知道？我的博士论文就运用了他的几率分配理论，不过他用来做物理，而我用在计算机科学上，以此研究人工智能领域里的自然语言。当时运用几率的做法在自然语言界算作非主流，假如没用健斯那套理论来巩固基础，我还不敢力排众议呢！我今天的自然语言学派就建立在这基础上。"而当年他在伯克利加州大学所写的博士论文，早已成为那专业的主流。

再次惊叹世界之小！

你看，学问这东西竟能如此跨越和贯通不同的学术领域。可惜健斯已在近二十年前过世，否则我们父子俩肯定会立刻给他打越洋电话，告诉他这宗完全没有想到的巧合，让他也高兴一阵。

儿子跟着说："想起来，或许这不完全是巧合。我初次接触几率时大概是六岁，正在读小学二年级。你用一种很奇特的、半学半玩的方法教我。当时留下的印象使我后来敢用几率……"跟着，他详细为我解释理论，可是我只能听懂一半；对他说的这段儿时故事，也只是半信半疑。

举家西游

博士导师和课题最终是怎么选定的、内容是什么，说来话长，留后再谈。

1962 年夏季，父母带了比我小十六岁的妹妹从香港来探望。

中学毕业那天，1954 年，母亲在医院里生她，父亲在一旁陪伴；虽然我有幸被培正中学颁给传统的"品学兼优奖"，两位家长却都不能到场分享欢乐。

离开香港时妹妹才一岁，现在就快八岁了。这年纪的小孩当然有些顽皮，女孩亦不例外，何况是个幺女。也好，在父母身旁撒娇，为他们补上热闹。

父亲还没退休，请假来美两个月。十多年来他在一家投资公司里当会计，工作勤奋，立了汗马功劳。公司非但准假，还给了他一笔奖金，让他带同家人来圣路易住一段时间，然后去美国西部旅行观光。

这两个月特别宝贵，不在话下。一家团圆，共同经历了不少反映当时美国风俗文化的趣事。

他们将在圣路易住一个月。小板屋里住不下，酒店又太贵；必须找一个短期出租的单元。美国暑期很长，有些家庭会去外地度三个月假，留下宠物或花草，需人照顾。可是出租一个月解决不了问题；让素不相识的年轻学生住，更怕不负责任，把房子弄脏、家具搞坏。我俩到处奔走，看了无数房子，徒劳无功。

听说孟山都的人事部有个房地产服务处，专替新到的雇员们搜寻临时居处，让他们在到后一两个月里找到房子，安家落户。领导层、经理级、高级雇员们，给住适当的酒店，公司买单。中低层的，则请有屋待租的房东们来公司贴出广告，双方自行联系。这个方式与大学的学生服务处没有什么不同，只是房子的档次、租金和对租客的要求，都有很大差别。原来我没敢去问，就是怕租不起这类房屋。既然走投无路，不妨一试。果然管用，几个电话一打，竟找到了一幢低价出租的洋房。

怎么会有这样的好事？原来有位华大教授将去外地度一年学术假。房子已经租掉，只是租客要到夏末才来。他希望出租一个月，作为过渡。对他来说，增加些微收入是小事，有人看家为重。必须预先会面，保证找到的是个信得过的租客。哪知与房东相见之下，立刻得到他的信任，一拍即合。你猜为什么？踏破铁鞋无觅处，得来全不费工夫：这位教授正是物理系的康登！

住的问题解决了，跟着要应付行的问题。那辆宝贝老爷车几乎整个冬天都发动不了，至此终于筋疲力尽，两眼一黑，四腿一伸，在我俩眼泪汪汪的挥别下当作废铁给拖走了。那么，家人来后非但没车去西部，连日常的市内交通都成问题。幸好父亲年轻时在美国留学，曾经开车跑过长途。他早已考虑到这点，在奖金里拨出一大部分给我们买车。

当年航空事业不像今天这么发达，机票十分昂贵。五人西游的机票费用，几乎足以买一辆车。火车当然节省得多，可是很多想去看的地方，尤其是历史和地理名胜，公共交通不便。即使有火车轨道，到站后没有旅游巴士，还需租车。因此美国人的旅游方式与我国很不一样，绝大部分依靠自己开车。父亲早做打算，拨出的钱居然还够买一辆新车——虽然档次较低，但是绝不会半途出事。

说到航空事业，甚至在七十年代乘飞机还算件大事，一般人要穿着整齐，才好意思登机。男的全套西装，女的穿裙，犹如外出应酬。读者们能相信吗？

康登的房子极大。为了日夜相聚，同时便于照顾人地生疏的亲人，我俩索性暂时锁上板屋，搬来与家人同住了一个月。五人都住三楼，还只用了一半。二楼让它空置、门窗紧闭，免得天天打扫。一楼则除了厨房和起居室，也全封闭。

康登是学者，家里一点也不豪华，就是书多。家具设备都较笨重、保守。起居室里的那张沙发，虽然已经陈旧，还是我俩一辈子没有用过的中上家具。于是一进门就快点铺上被单，免有丝毫损伤。偏偏我这个活泼的小妹妹喜欢在上面跳来跳去，让我们看得心惊肉跳。几天以后，我终于忍不住，轻轻说了她两句，哪知顿时引起父母的不满。大概就这么一个幺女，多少惯坏了些。加上这几年来父亲收入有所增加，家里逐渐添上较好的家具，对我俩认为非常贵重的物品已不那么重视。

你看，时空距离竟会造成代距。

不仅如此，为了免得给下任租客留下美国人难以习惯的气味，伊芳在厨房做饭时尽量避免葱蒜和油烟。她的手艺确实大有进步，我吃得津津有味；除了妹妹以外，家人也表示赞赏。现在回想，由于上述顾虑，调味和火候可能欠足，不知道父母亲真的欣赏还是客套。

这儿又出现了时空距离造成的文化差距：美国人不在乎小节，不兴礼节性的嘉奖。被人赞赏者，总当是真情，一句谢谢完事，不会再三谦让。我俩离乡早，来美时年轻，不知不觉已相当美国化。这方面被父母觉得很不"懂事"，甚至很有点"怪"。

至于屋子里留下厨房气味，母亲不认为重要：中国人的"香"，为什么在美国人的鼻子里会变成"臭"？她有时候会说："美国人真怪。"当然，有些欧洲人觉得香的乳酪，或泰国人觉得香的榴莲，不少中国人觉得臭不堪耐。

气味只是小事。文化差距之所以会导致很大的误会，往往只是没有从对方的习惯去考虑事物。双方产生矛盾，起源并非有意，更非恶意，只是没有从对方的角度去看、去想。常人之间尚且如此，一旦出现于两国之间，后果不堪设想。

说到保护家具和避免留下气味，伊芳确实有点做过头。一个月后，我们从康登家搬出，她花了整整两天开着窗打扫房子。多年后租用别人房子，还是这个脾气，总在较好的家具上铺满被单或报纸；搬走后回去两三天，全面打扫。不止一次，房东表示感激，说房子比原来还干净，甚至说从来没有这样干净过。直到今天，连在酒店里住一晚，走前还要清理房间，把反正要丢进洗衣机的被单折得整齐平顺。天性如此，加上天主教学校的"淑女"教育和熏陶，一辈子为别人考虑。"怪"得可爱。当然，也为往往被人诟病的中国旅客挣回面子。

一个月后，一家五口出门旅行。开车去西部还算方便。

当年虽然没有高速公路，但是有条贯通中部与西部的"66号公路"（Route 66）。66号公路建于1926年，共长约四千公里。1938年全程铺毕柏油或混凝土，成为美国历史上第一条这样的公路。这条横穿八州的康庄大道，被称为"全美

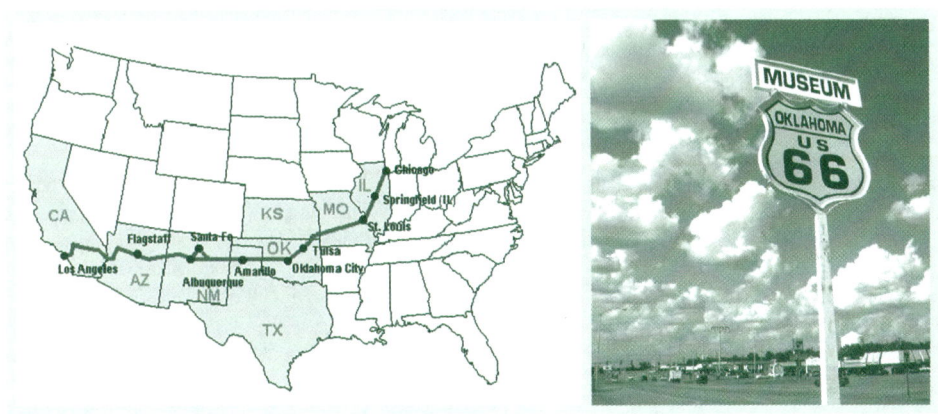

贯通美国中部与西部的66号公路，建立了博物馆来凭吊。

213

的大马路"（The Main Street of America），本身就是名胜。

1939 年，美国文学家约翰·斯坦贝克（John Steinbeck）写了一本小说，叫做《愤怒的葡萄》（*The Grapes of Wrath*）。书里描写 1929 ~ 1933 年间的"经济大萧条"（The Great Depression）时期，一批又一批赤贫的灾民如何涌向西部去寻求工作，挣扎着糊口养家，沿途如何遭受那诉不尽的苦难和歧视。灾民和子女们所走的路线，就是这条灰沙扑面的 66 号公路。

斯坦贝克称这条血泪之路为"The Mother Road"（母亲之路）。他用了"母亲"一词来反映拼搏和辛酸，只能意会，无法准确翻译。

1960 ~ 1964 年间，美国电视上收视率最高、寿命最长的节目之一，就叫《66 号公路》（*Route 66*），每周一集，总共播了一百多集。描述两个背景完全不同的青年，驾车沿 66 号公路到达无数大城小镇，搜寻人生经验。其中既有惊险又有温情，透过幽默和启示带出从那时候开始的"道路文化"（road culture），反映社会动荡年代的青年人思想。

六十年代往后，"联邦公路"（U.S. Highways）和 1956 年就开始建造的"州际公路网"（Interstate Highway System）逐步取代传统公路。"州际公路"是全立交的高速公路，现已超过七万五千公里。66 号公路随时代进展而消失，今天只能以故事和歌曲来缅怀，或在博物馆里凭吊。

我们一家人在 66 号公路即将进入尾声的日子里，开完几乎全程，帮着把它送进历史。

在美国驾车长途旅行，今天以 GPS 带路，过去必须依靠地图。最正确可靠、详细有趣的地图，莫过于美国汽车协会为会员所提供的指引。它非但按照会员所提的要求，把全程的路线和城镇分段逐张印就，订成册子；还提供沿途名胜的介绍，旅馆客栈的地址、电话和评价，部分餐馆的简介和评估。

多年如一日，至今美国汽车协会的指引还是最得人心的书面导游。当年我们敢开车横贯七成美国大陆，进入毫无认识的境域甚至不毛之地，靠的完全是它。

当年的新车，出厂后不能立刻高速驾驶。工厂说：最初的一两千公里，时速不要超过 50 英里（80 公里），否则容易损伤机件，影响车子的元气。因而从圣路易出发后，到得克萨斯州北部的所谓"锅柄地区"（Pan Handle —— 看了地图就会明白为什么这般称呼），才敢把脚蹬下去，踩足油门，学别人样以时速 110 ~ 120 公里在平坦的公路上飞驰。

在允许高速的路上开慢车，不由得你不被尾随者大按喇叭，然后看他不耐烦地改换车道，紧贴着你超车。还狠狠地瞪你一眼，为你留下一阵黑烟。实在不是味道。我那位急脾气的幺妹不懂得保养新车的道理，就在车厢后座不断叹息。看到一连串的车在旁边呼啸而去，忍不住用她的道地香港粤语嚷着："啦啦啦！又去了！又去了！"

车里我是唯一的驾驶员，每天要赶七八百公里的路程——包括远离干线去参观"沿途"的美景名胜。受到驾驶速度限制，一天总要开上十个小时。本来

在亚利桑那州原野上"奔驰"的66号公路。

心里就有点烦躁，听她埋怨多了，也想跟着瞪眼。

非但开得慢，还经常要在加油时检验这样那样，保证一切正常。一方面免得路上出事，另一方面需满足出厂新车的保修条件。66 号公路上油站虽多，可是小镇上的汽车机修工功力如何，可不敢保证。

每天晚上要找客栈。看到天色将黑，就让坐在我右面的伊芳打开汽车协会的分段地图，断定在 100 公里范围里的哪个小镇过夜。接着打开汽车协会的指引，按小镇的名字查看客栈评价，务求价廉物美。

指引里一一列明每间汽车旅店的双人房定价，以及加张临时床的价钱。同时统计了在那旅店住过的汽车协会会员们所报上的评分，以零至五粒星分成六个等级，坦率登载。我们的预算很紧，只求卫生干净，不敢要求多星。被评为零级的，通常卫生过不了关，不敢住。只要有一粒星就很满意，两粒星过分奢侈。

小镇一般极小，可能只有几百人口。手上有了汽车协会的分段地图，汽车旅店非常好找。66 号公路经常就是那些小镇的主要（甚至唯一）街道！有些比较荒凉的地区，原来根本没有镇。66 号公路建成后，沿途开了油站，兼卖食物。跟着有人来开小餐馆，又有人来建小旅店……做的都是旅客生意。这就产生了小镇。

当年还没有什么连锁企业，多半汽车旅店由个体户创办；式样林林总总，质量有好有坏。有些兼卖汽油。有些为了表现地方色彩，仿造一些"古迹"（譬如说西南地区会弄些印第安人的装饰，甚至搭个似是而非的印第安人帐幕），兼卖一些纪念品，倒也蛮有趣味。

一般来说，或许因为成本高，或许因为卫生局管制得严，这类小旅店都不卖吃的。一次，为了赶路，进到旅店天已全黑。乡下人晚饭吃得较早，小镇上的唯一餐室已经关门；只好马马虎虎以带在身边的干粮充饥。从此不敢不先找餐室；即使一定要赶路，也总吃完再赶。

其实餐室不需要怎么找，老远就可看到它们。往往不必进城，在公路旁边或加油站一侧，就会看到一根高竿，上面挂着招牌。有时招牌上只写一个大字：

"EAT"（吃）。既然说得如此明白，走进去错不了。

菜单上选择不多，价钱都很公道。肚子饿的时候，吃什么都津津有味。一整天车开下来，只要能够停车吃饭，什么都行。

想吃中国菜吗？有！当年开发西部的车队里，或是跟着大队去淘金的，要就是建完铁路后流落于途的，经常有华人。某些工作不让华人做，某些工作又横加欺压，剩下只有做饭和洗衣的份儿，于是就在小城小镇里借此生根。他们的后裔往往继续干这两种服务行业；勤奋节俭，日子不算难过。美国人喜欢换换口味，吃点变相的中国菜，因此 66 号公路上的城镇经常会有中国餐馆。

旧金山，没想到二十年后会回来当校长夫人。

难得轻松——西游途中的伊芳。

我做了非常粗略的统计：城镇太小不行，总要有五千人口才会找到一家中国餐馆。一万人口会有两家，一万五千人口就有三家；大抵如此。当然有时候开一整天车还见不到拥有五千人口的"都市"。

在中国馆子里吃饭，一般需要点菜，需要等。我们想多看点风景或名胜，就不敢花这种时间。若周围几十里内没有风景名胜，反正不必赶路，则碰上中国餐馆一定进去。非但进去，还跑到厨房里去找老乡。公路上华人不多，餐馆里的同胞看到我们一家老少，倍感亲热；彼此问长问短，边谈边吃。特别有意思的，一是我们不看菜单，请他们做自己家里所吃的菜；二是他们总坚持打很大的折扣，而我们总坚持留下更多的小费。告别时依依不舍，人情毕露。毕竟血浓于水。

第七天进入加州南部的洛杉矶，终于开完 66 号公路，到达阔别七载的"金州"和太平洋岸边。66 号公路全程，我们只差从芝加哥到圣路易的一段，也就是伊利诺伊州里的那段。途中斜贯密苏里州，擦及农产茂盛的堪萨斯州，横渡大文豪斯坦贝克笔下勾描的俄克拉荷马州。接着，穿过得克萨斯州北端的"锅柄"，横贯原子弹诞生地新墨西哥州，及原野和沙漠一望无际的亚利桑那州。最后闯进荒山遍野的南加利福尼亚州。

途中令人难忘的风景和名胜不计其数。不过我不是写游记，只好统统略过。

或许值得一提的是：我们绕道参观了人生在世不能不看、势必叹为观止的大峡谷（Grand Canyon）。还为了看看当年已建但还不豪华的赌城拉斯维加斯，花了大半天，离开66号公路进出内华达州。到了洛杉矶，当然少不了游览幺妹向往已久的迪斯尼乐园，为此又花上了整整一天。

第八天晚上开始从南到北纵贯美国西岸，所走的公路来自最早期西班牙人开发加州时所建的"马路"。"马路"确是给马所走的路。路名"El Camino Real"来自西班牙文，意思是"皇家大道"，因为传教士和骑兵走到哪儿就把哪儿当作西班牙王国的皇家领土，完全不考虑是否早有印第安部落居住于此。这就是"大国崛起"年代所谓的"文明"。

路程比66号公路短得多，可是纵贯加利福尼亚、俄勒冈和华盛顿三个大州，也开了五整天。沿途免不了走走停停，观赏自然景色和西班牙人的遗迹。

在美国大陆最西北角的西雅图市游览和休息三天后，挥泪送别父母和幺妹，看他们走上回香港的飞机。

花掉这么多天，不由得不为读书和工作感到紧张。于是快马加鞭，赶回圣路易。今天回想难免有些遗憾：或许应该在途中悠悠闲闲，好好玩上几天，为辛苦多年的伊芳补回真正的蜜月。

从西北向东南，这斜贯七成美国大陆的路程上既有天然奇景，也有历史名胜。路经的爱达华州，印第安语言的意思是"山中宝石"，奇景可想而知。蒙太拿州有以无数喷泉和野生动物著称的黄石公园（Yellowstone National Park）。怀俄明州在印第安语言里是"起伏的山峦"。内布拉斯加州是美国人最早期西向探险、往后移民迁徙的必经之地。爱荷华州和密苏里州则历来是重要的农业区。

此程长三千多公里，却比66号公路难开。但是为了赶着回去读书和工作，只用上六天。除了华盛顿州，几乎完全沿着美国历史上特别重要的"Oregon Trail"（俄勒冈小径）。所谓"小径"，其实是条大道。"小"字里隐藏着19世纪中叶篷车队西进时的艰辛：从密苏里到俄勒冈，沿途是丘陵、石漠、大河、高山。暖的时候奇热，冷的时候奇寒。一程接着一程，住有不同的印第安部落；他们为了保护家园和猎地，碰到篷车队会出手杀害，碰到骑兵队会奋起抵抗。

土著也好，移民也好，都为了生存厮杀。今天还会看到无数争夺疆土时的战场和栅堡。

我俩尽可能在不远离主路的条件下，取道遗迹，稍停片刻，凭吊人类社会进程中留下的泪痕，祈求迄今未止的野蛮时代早日告终。

渐近西游终站，父母、妹妹将从西岸回港。

第九章　良师益友　生活的转变

有人说:"人生苦短,安居乐业万事足。"这话太消极,不该说是"万事足",不过要求安居乐业,无可厚非。

对我来说,娶到了志同道合的爱侣,住进了舒适方便的小板屋,"安居"算是建立了基础。脱离了困境,过上忙碌而满足的半工半读生活,"乐业"也算迈出了第一步。此外,还交上了益友,找到了良师。

"益友"的定义是什么?主要是能够一起学习、彼此切磋的好学友。在社会服务和活动上,能够有商有量、精诚合作的好战友。对喜欢体育的青年人来说,是运动场上的好队友。我很幸运:朋友虽少,却三者俱全。

"良师"的定义是什么?当然他的学问必须高深渊博。要能够配合研究生的兴趣和专长,提出扎实、挑战性强的课题。还要适当启导学生的自创能力。我很幸运:在几乎巧合的情况下,找到了最理想的博士导师。

成长过程中的好朋友

有说交友多数是在学生时期。特别是在小学和中学时期所交的朋友,相识时间最长,认识最深,应该是最好的朋友。

我这一代人幼遭战乱,流离失所,小学朋友失去了联络。三年级前交上的几个朋友,两次由于跳班而分手;之后,比同班同学小了两岁,无法合群。因

① 1959年我俩在陶府订婚。二排右二是陶夫人，拍照的是陶先生。
② 幸好这张照不是陶先生（后排高高在座者）拍的，因而得以入照。（数十年后，在香港科大校长宿舍里）
③ 数十年后在香港科大，拍照的又是陶先生。

此连小学里是否有过朋友都不怎么记得。中学时期倒有过几位好友，可是毕业后各自离港留学；能继续保持友谊的只有两位：吴仙标和沈宁燿。

大学里就没有再交上朋友吗？前文说过，我几乎没有正式上过大学，那就更不用说在大学里交什么朋友了。

看到来自台湾的留学生，好像朋友都很多。那年代，台湾的特优中学多数在台北，真说也就这么几所。学业优秀的中学生，毕业后极多考入台湾大学；日后出国进修的，也以这群人为主。因此留学生们好像不是原来的台大同学，就是台大同学的兄弟姐妹，背景相像，很容易走在一块。令我看在眼里非常羡慕。

直至进到研究生院，才交上真心朋友。这儿只说几位在成长过程中对我影响最深的。其中吴仙标和沈宁燿既是中学同学，又是研究生院的同学。此外，来往最多的是大陶夫妇和伍法岳。几位背景不同、性格各异，在留学生里很有些代表性。

陶光业六十多年前到美国留学。大家都以英文名字 Bill 称他。

陶光业少年时代就读于天津南开中学，是位运动健将，代表过天津市参加田径比赛。三级跳一度打破全国记录，并在 1936 年全国运动会里夺得铜牌。同时还是天津市足球队的主力队员。抗战时期，国内大学流亡至云贵一带，包括以"北清华，南浙大"著称的浙江大学。陶光业于 1941 年毕业于浙江大学的机械系；1945 年留学美国，到华盛顿大学深造。从此久居圣路易。

五十年代的中国留学生毕业后有些任教，有些在企业界服务；一般能力都很强，态度认真、工作勤奋，为华人争光。可是既有本事又有冲劲，胆敢走进社会自行创业的，却少之又少。1955 年，陶光业夫妇创办了一间建筑设计工程公司，名为 "William Tao & Associates Consulting Engineers"。我刚到圣路易、得识陶氏夫妇时，他俩创业犹新，经营艰苦。往后打响于业界，越干越旺，为华人起了显著的示范作用。

专业和工作上的成就还只是一面。另一面，在社会和生活上他俩同样为华人起了非常重要的示范作用。陶夫人中文名字叫做郭毓彩，华人社群惯用她的

① 退而不休的沈宁燿带领内地学
　 员参观香港科技大学校园。
② 沈宁燿与深港产学研基地的同
　 事们支援地震后的北川中学。
③ 中学时代与沈宁燿的合照。

英文名字 Anne 称呼她。三十年代在南开中学，是位比陶光业低三班的小姑娘。我从来没有听他们说过当年的罗曼史，想必这位小姑娘对在运动场上奔驰建功的陶光业早以芳心相许，往后与他结成一辈子的好伴侣、好搭档。

若没有 Bill 和 Anne，圣路易的留学生和华人社群不会组织得那么好，不可能那么团结、那么活跃。小至体育活动、社交晚会、中国同学会，大至建立华人地位、对华人参政的支持、与祖国的联系……没有一样不由他俩带头、领导、支持。除自然而然当上了"侨领"之外，还为多少对男女青年提供了见面和结交的机会，让他们从相识步入恋爱，从恋爱步入礼堂；到头来还代表远隔重洋、无法亲临出席的父母为他们主持婚礼。

没有这对热心肠的陶氏夫妇，当年我如何融入圣路易的华人圈子、在那环境下如何成长，甚至追不追得到伊芳，都属未知。受益者不止我俩，他们对别的年轻人，影响都那么深。非但对华人如此，对美国人也如此。

1995 年，美华协会（Organization of Chinese Americans，简称 OCA）授予陶光业"社区服务奖"和"杰出成就奖"。

吴仙标在前文里已说过不少，下节里再讲些有关他读书和工作方面的事。

沈宁燿是"另类人物"。工作方面的合作留到下节，这儿先说如何在少年时代的课外生活里与他建立友谊。

高中开学那天，虽已 9 月，香港还很闷热。当年课室里没有空调，连风扇也没有。两节课之间有几分钟小息时间，我就走出去，坐在露天走廊的栏杆上透气。冷不防被人从后面推了一把，又立即给扯住，没让从栏杆摔出楼台。出了一身冷汗，掉过头来看看是谁。原来是位个子与我差不多，而头要比我大得多、一脸稚气的少年。从来没见过此人，更不用说相识了。那么你来推我、吓唬我干吗？

当时他愣了一愣，低声跟自己说："哎，看错人了。"

这就是沈宁燿，那时候顽皮，几十年以后还是顽皮。

他成绩不错，但是从来不见他读书，大概是天生聪明吧。人说大头是聪明的标志，以他而言没错。他说头大还有个好处："大头大头，下雨不愁。"

此君下水能游，出水能跳。什么意思？"游"是说游泳，这方面他很有些本事。当年香港的海水还没被污染，能游。维多利亚港两岸还未填海，对岸宽约一公里有余。每年举行一次渡海泳，他总去参加。"跳"是指跳舞，什么三步的华尔兹、四步的狐步、五步的曼波，以及快慢顿挫的探戈，他都会跳。没人跟他跳，也会独自曼舞。腿长，跳起来很有架势。

上台能演，下台能追：走上台就能演戏，走下台就会追女孩子。多才多艺。

在露天走廊上被他无故推过一把后，不明不白地相识了。由于家庭背景比较相像，又都生在上海、长在香港，虽非一见如故，却也很谈得来。我由于家里管得紧，他那几样本事全都不会。

认识他后，我两重性格里爱玩的那重冒了出来。那时还没有什么公众泳池，家里离开海滩又远，他没有机会教我游泳。（说来惭愧，直至四五十年以后才鼓起勇气自学游泳；算是学会了，可是没人比我游得更慢。）演戏更不必说：天性害羞，极不大方；离开香港之前从来没敢上台，于是他也没法教我。

那个年代，部分中学生风行跳舞，同学们借生日之类的名义举行所谓"派对"（party）。南方人早熟，少年男女情窦初开；家里不允许私下约会，就说是带伴参加同学的晚会。社交舞弹性较强，初识的男女舞伴，跳起来离得远，好讲话；有问有答，彼此增加认识。识久的、已经建立了感情基础的，跳起来贴得近，无须多讲话。

沈宁燿说：别的教不了，就教跳舞呗。我喜欢音乐和节奏；尽管怕羞，最简单的三步、四步还是学会了。确实管用，带来了初恋。或许应该掉过来说：在初恋时用上了。好景不长，初恋维持不久。要着实等上好几年，来到美国，所学的丁点"舞技"才在追伊芳时得以发挥。

游、跳、演、追，从他那儿只学会了"跳"这一项。不过读者们若还记得我在前文里说到的追求伊芳的过程，或许会理解他在这方面给我的启蒙多么管用。

他还教了我一样本事，就是打桥牌。在崇基学院等待留美签证的那年，家境不好，没有零用钱。沈宁燿家境也不怎么样。他的桥牌打得很好（再次证明他的多才多艺），看到几个高班同学经常在校园里打桥牌，技术平平，喧嚷有余。于是起了个主意：两天里教会我用"戈伦叫牌法"（Goren System），然后去向高班同学挑战。后者不把我们这两个新生看在眼里，要跟我们以打赌方式论技术、决胜负；正中小沈下怀。高班同学输了不服，轮班挑战，屡战屡败。反正来自有钱人家，不在乎输钱。那年，我们两人的零用有了着落。

伍法岳则是我的师兄，是完全另一种多才多艺的人物。他以统计力学的造诣和贡献成名于世。这儿先讲读书和科研以外的本事，和一些鲜为人知的片段，让读者们感到极有成就的科学家也兼具"人味"。

2009年，伍法岳在北京师范大学讲棋。

首先，这位老兄是棋术好手，围棋、象棋都精通。围棋我一窍不通，不敢说话。象棋也不行，只是看到过他下"盲棋"的功力。（"盲棋"就是下棋双方不看棋盘，全凭记忆。）有那么几年，他与吴仙标、沈宁燿和陈蔡镜堂同住校外的公寓单元，深夜念完书一起走回去，约二十分钟路程。沿途解闷，就下盲棋。他能够同时与三个人交手，听说从未输过一局。

不要看他一表斯文，好些球类都有他份儿。中国同学会的代表队里，排球打二传，垒

师兄伍法岳。

球是投手。远征其他城市，与别的中国同学会比赛，棋类也算运动项目，于是他能在好几项比赛上大显身手。排球队里，吴仙标和我是主攻手，负责扣球和拦网；垒球队上，吴仙标是外野手，我打二垒或游击；于是三人经常走在一起。只是伍法岳不打篮球，而我们的棋技上不了阵。

伍法岳善用鼻尖表演平衡术。一本书、一只杯子、一个火柴盒，甚至没有多少重量的铅笔、软软的信封，都能顺手拿来，平稳地顶于鼻尖。还不单是鼻尖呢，额头也行，脸颊也行。不行试到行为止，绝不轻易放弃。做学问时无疑必也如是。

在系里念书念到头昏脑涨，想停下来干些别的，打打岔、休息片刻。能干些什么呢？周围什么设施都没有，只好自己发明游戏。飞盘（frisbee）很好玩，物理系后面的草地不小，大可一丢一接。不过若是跑得一身汗，怎么回办公室念书？因此我"发明"了一个两人、三人……都可以玩的小游戏：让各人站定位置，各距约五米，试用飞盘飞击对方躯干。被攻击者允许闪避，但是双脚不准离地。打到上身，算两分；打到腿部，算一分（脚不准离地，腿部较易打到）。这样玩法，几分钟就舒展了经络，解了闷。当然有时手重了一些，腿上给留下几条乌青。

能丢飞盘，别的就不能丢吗？于是我又"发明"了另一种小游戏：互丢粉笔头。粉笔用到最后一厘米，已经没法写字，恰好废物利用：让两人对立，相距三米左右，一人张大嘴巴、不准动，另一人试把粉笔头丢入对方口中。这也好玩？真的蛮好玩，不信你试试。主要目的是大笑一阵子，求得轻松。几十年后的今天，闭上眼还看见伍法岳舌头上的粉笔头，还记得自己舌尖那股粉笔味。

那时伊芳与我已经结婚，两小口有自己的家。他们四个单身汉则住在一起；互相剪发，轮流做饭。发型如何可想而知，不便在此汇报。我俩偶尔去他们府上拜访，进门饭香扑鼻，就听到吴仙标叫嚷："客人来吃饭了，加水，快加水！"轮到他做饭的话，加不加水都一样，反正没有味道。轮到沈宁燿做饭时，加不加水也是一样，每只菜碗里浮上至少一厘米的菜油。

从来没有吃到过陈蔡镜堂做的饭。伍法岳的菜做得怎样，也不记得了，只记得绝对不会有鱼。他在台湾的海军军校里念大学本科，经常出海。船上总吃鱼，并且总是不新鲜的鱼。因此对他来说，世界上只有海腥，没有海鲜。

多年后，1971年暑期，我们一起访问台湾清华大学，在那儿讲学，住在学校的招待所里。那时陈蔡镜堂已经念完博士，回到台湾清华任教。他与夫人特别热情，请了厨师，做了一桌极为丰盛的福州名菜，隆重招待。福州菜大概以海鲜闻名，十盆美肴里九盆是海鲜。那天晚上伍法岳饿了肚子回招待所。

不要看他一脸老实，从来不去追女孩子，其实稍微含蓄而已。一天晚上，众人抽空略微休息，伍法岳从贴身钱包里小心翼翼掏出一张美女相片，微笑带羞地给大伙儿看，问道："你们看怎么样？是我表妹。"原来不是不追姑娘，而是早已名草有主，有了心上人：追定了一位，适当时候自会请来。

这位"表妹"叫做张青芝，聪明孝顺、斯文温柔，后来非但是贤妻良母，还与他一起翻译过科普的书，字体清秀、文笔一流。

都是读书和工作上的益友

吴仙标与我一起学习、温习、复习，同一年考过了博士资格试。他跟上一位教授做原子物理的实验研究，1964年在华大获得博士学位。其后在科罗拉多大学（University of Colorado）和美国标准技术局（National Institute of Standards and Technology）合创的实验天体物理联合研究所（Joint Institute for Laboratory Astrophysics）做了两年博士后，1966年去德拉瓦大学（University of Delaware）任教。三十六年后正式退休。

我们没在一起做过科研。值得大写特写的是他的政治生涯。

吴仙标是美国历史上出人头地的华人政治家。作为第一位成功竞选为副州长的华人（德拉瓦州，1985～1989年），他在美国华人社会里起了莫大的示范作用。

前文说过，他在研究生时期已经对政治生活表露积极兴趣。最初从事的是

吴仙标——美国第一位成功竞选为州领导的华裔。2009年，吴仙标竞选
国会参议员一职，虽败犹荣。

中国同学和社会人士间的活动。七十年代的他是"保钓运动"的主将之一，在留学生所发起的爱国运动里做了大量组织工作，还带头去美国国会与议员们周旋，成为高效的说客。他与志同道合的"保钓"朋友们是第一群被邀回国访问的学者。

吴仙标也深入非华人社团。在德拉瓦大学里组织并带领教授协会，维护教师权益，与校董会抗衡，争取到集体谈判权。同时在美国东岸组织亚裔，支持亚裔候选人积极参与政界的竞选。

八十年代亲自出马，投入一场非常艰苦、罕见学者涉足、成功机会极低的政界竞选，竟在一个极少亚裔而政治思想保守的州里，赢到民主党的初选，跟着打败拥有传统力量的共和党，成为美国有史以来第一位华裔州级领导。

他那公正不阿的气概和全心全意为民服务的立场，得罪了一群有钱有势的党内政客，令他不幸失去了党魁们的支持。数年后竞选国会参议员和众议员时，被拉后腿；虽然还是赢了初选，可是输给共和党，没能更上一层楼，为华人再破一关。

这么关怀大局、心怀大志的人，谁都无法阻挡。九十年代起，他回大学任教，同时继续投身民权运动。除不断发起和组织反歧视活动、维护亚裔人权和尊严、积极参加"百人会"……还领导过前文提及的美华协会。并于 1998 年发起"80–20 促进会"（80–20 Initiative），团结亚裔和太平洋地带族裔的美国公民，强化亚太裔的政治力量。几近二十年来，在跨世纪的美国政界里，不断为亚太裔争取应有的地位和权益。相信好戏还在后面。

不能不指出：几十年来他身边有位兼任贤内助和贤外助的夫人。这位中文名字叫做吴凯仪、英文名字叫做 Katy、十分能干的女士，初识他时只有九岁，是他邻居。每天吴仙标从培正中学骑自行车回到家里，把自行车挟住一口气冲上三楼，脸不改色；从那时起 Katy 已经看中了这个中气十足、英俊能干的小伙子。多年后与他在美国重逢，六十年代结婚，就一辈子直接、间接地支持他，对他体贴入微。家里照顾得十分周全，一儿一女好好带大。家外按美国政界习俗，陪他交友应酬，跑进跑出、无休无止。还兼任了他的义务秘书、义务会计、

伍法岳夫人（左一），右二与左二是吴仙标夫妇，右一与左三是我们夫妇。（1970年）

义务向导、义务顾问。

她说:"这人没嫁错。我姓吴,从小就说决不按照旧中国(甚至今日的美国)规矩改姓。"嫁给了这个也姓吴的仙标,确实不必改姓。原来如此。(其实这点或许只是我的想象,她会说是凭空捏造。)

我们两对夫妇在学生年代一起做过不少事。早期仙标与我在很多方面看法迥异,对政局和时势的分析、事情应该怎么处理等,都不一样。后来思想上走得很近,一起参加过几件与华人族裔运动有关的活动。可是终究志趣不同、定位不同、走向不同。他决定在美国落地生根,我则决定落叶归根,否则两人肯定还会找到共同点,继续合作多年。

我们都觉得益友之间并不需要凡事思维一致。友谊建立在长期相互信任、相互尊重、相互支持的基础上。这么形成的才是真正的莫逆之交。

我与沈宁燿也一起读过书。说来惭愧,每次一起读书,都是中学考试前夕,在一位我们非常敬重的同学王体畅的督促下临时抱佛脚。王体畅真是位益友,他总十分耐心地把他所知的尽可能教给我们、解释给我们听,即使我们考得比

年轻时就是好朋友——左边那对是吴仙标夫妇,右二是沈宁燿。

他高，也毫不在乎。这样的朋友哪里去找？可惜中学毕业后他去了台湾念大学，而我们分别去了美国和日本，相见的机会极少，否则一定会继续得到他的指教和引导。

1955年秋，我到美国。沈宁燿申请到东京国际基督教大学的全额奖学金，去日本念了四年。碰得巧，念的也是物理。1959年他本科毕业，申请到斯坦福大学的助研金，来美深造。1960年初，转来华盛顿大学，次年2月就通过博士资格考试，跟上了系里最吃香的教授，运用当时特别热门的核磁共振技术（nuclear magnetic resonance）在实验固态物理的课题上从事博士研究。

他的运气不甚好，科研课题特别难做，博士论文拖了较久才完成。接着到芝加哥的西北大学当了两年博士后。第二年初，正巧碰到我去西北大学任教，于是又在同一物理系里待了一年。其后他在美东的卫斯理安大学（Wesleyan University，著名的博雅学院）任教四年，于1973年转去福勒顿加州州立大学（California State University, Fullerton），历任物理系副教授、教授、系主任。

往后来的路子里，我们有过几次合作机会。一是在八十年代中期，我在旧金山州立大学当校长；他从福勒顿来度一年的学术假期，与我一起做了些研究课题，还以校长高级顾问的身份帮助我处理一系列特别项目。接着又向原校申请两年停薪留职，继续留在旧金山州立大学，开办了国际事务办公室。

二是九十年代中期，我在香港科技大学当校长；他也决定落叶归根，辞去加州州立大学的永久职，来科大担任策划及协调处主任，直至退休。任期间，他把主力放在香港特区与内地的高等教育合作上，首次为科大教授们招来不少优秀的内地大学毕业生，攻取研究生学位，同时兼任助教、助研。他还在香港隔邻的深圳招收极优秀的本科生，首次为内地学生来港就学开拓了新路。

这几年来，我们都从大学的岗位上退休下来。为了促进香港和深圳之间的融合，我在深圳市、北大科大深港产学研基地和深港发展研究院担任一些义务工作；他在上述的基地和研究院担任高级顾问。为了善用在美国积累三十多年的网络来促进中美之间的教育、科技、文化交流，我们花了近三年时光，通过上述的基地和美国大学理事会（The College Board），在深圳和上海试办了一系列合作项目。看来只要余热尚存，我们将不断在工作上尽力发挥半世纪友谊所带来的协作。

上文提到的伍法岳，聪明能干，学问高超。出身于电机和电子学，大学毕业后工作过几年，才进入台湾清华大学攻取物理学硕士学位。之后来美留学，在华盛顿大学进修博士学位。他的导师是前文里说过的芬伯格，也是我日后的导师，因此他是我的师兄。我的博士科研深受他的启发，将于后文谈到。

伍法岳在统计力学的许多方面都有重大贡献，尤其是临界现象、相变、多体理论等，发表过至少两百多篇论文。多年来在美国东北大学担任讲座教授，每次回国讲学，不论在大陆或台湾，都深受科学界和师生们的欢迎。作为统计力学泰斗，七十岁时，南开大学和台湾中央研究院分别为他庆祝生日，举办隆重的学术研讨会。愿意了解他学术成就的读者，很容易在网上找到多篇介绍。

伍法岳既是师兄，又是好友，我一直希望在多方面受到他的教诲和启发，却不断错过机会。香港科技大学创办初期，十分需要像他那样学问渊博、头脑清晰，办事认真负责、处事完整妥当的教授来校参加领导层。可惜他就在那前不久患了一场不大不小的病，没能来港参加我们的创校阵营。一位名师良将，就这么失之交臂；科大欠缺福气。

也都是运动场上的好队友

有人说，从一个人的赌品可以看得出他的性格。我不赌。非但不喜欢赌博，还非常讨厌赌博。

有人说，从一个人所爱好的运动可以看得出他的性格。我特别喜欢运动，或许借此自我分析一下，看看爱好哪些运动、对不同种类的运动爱好到什么程度。

从初中起就有机会打乒乓球。打得还算可以，尤其在圣路易与 Bob 同住的那段时间，打得较多也较好，正抽反抽都得心应手。可是并不十分喜欢。

高中时与房东的儿子（一位比我大近十岁的"大朋友"）同学击剑。那时候香港人称之为"西洋剑"，学的人不多，比赛对手多半是英国军人。我虽然三样武器都学，花剑和重剑嫌太细腻，最喜欢的是佩剑（俗称军刀）。夏天热，当年没有空调，除以铁笼式的头盔（面罩）保护头部，尽量穿得轻松，在规定的白帆布击剑制服里面只穿内衣。虽则击剑运动的军刀没有刀锋，被一刀砍下还是受用不浅。

一位高大而迟钝的英国空军士官是我比赛时最喜欢偷袭的对象：瞄准了他，俯首疾冲、拦胸一刀，肯定得手。可是他会本能反射地向下鞭打砍杀，失分后让我背上开花。7分4胜的计分法屡屡让我以4比0获胜，背部四条伤痕足以为证。

那时香港的击剑水平不高；两三年后，我三种武器都能顺利入围，也就是说在每年一度的全港锦标赛里进入最后六名。可是每次进入决赛，必定过度紧张、大失水准，最高只到过第四名；报上出现名字，但是从来没有领到过奖牌。

决赛总在九龙尖沙咀国际基督教青年会里举行。走到门前，就嗅到浓厚的咖啡香味；而一闻到那阵香味，就知道决赛即将来临，紧张得全身肌肉绷紧。十六年后，从美国回香港几天，碰巧经过那青年会前门，一阵咖啡香味扑鼻而至。脑子还没来得及注意，全身肌肉却已自动绷紧。人的记忆会如此深入下意识，多么可怕！

击剑和乒乓的经验都反映了我的性格：不适宜个人的运动竞技。

篮球、排球、垒球这些团队性较强的运动，才是我的爱好。其中垒球的团队性最弱。进攻时，投手与击球手两人对峙，只有成功上垒后试图偷垒，才需与队友取得一些默契。防守时，四个内野手需要惯于呼应；外野手则看到飞球时死命向适当位置跑去，接到或捡到球后使劲向适当的垒准确投掷；一般不需很细致的协调。此外，除了击球手和已经上垒者，攻方队友只许在场外等候。说起团队精神，只有一点比个人运动为强：就是场边的人不断为队友呐喊助威，向敌方呼啸嘲笑。

排球需要全情投入，不容许丝毫松懈，团队合作极为重要。两方面都适合我的个性。前文里已经讲过一次比赛经验，这儿略过算数。

篮球对我来说最有吸引力，至今不渝。一是要与对手斗智、斗快、斗反应，还不单是一位对手。二是要与队友们紧密协作，攻守皆然。三是要有遍及全队的调排和战略。当年我是右锋，跑得快，在队里的责任是快攻投篮；跳得高，责任是上篮和中距离跳射；罚球准，责任是进攻时在对方篮下乱钻，引人犯规。与我呼应得最密切的一是打左锋的吴仙标，一是打中锋的许以祺。

吴仙标眼观四方，走位好，打得稳；是我们的队长。许以祺则来自台湾，念地质。他读完博士学位后进入石油公司，八十年代在中国大陆到处寻找油田，后来索性脱离公司，移居内地，是早期的"海归"。与他虽相识四十多年，一次在北京重逢时才发现，祖先都是那以出进士著名的许姓杭州书香世家，两人五六代前竟是血亲！他比我大一岁，可是我比他高一辈：他得称我为伯父。

中国同学会的篮球队里竟还有一位外国人。你看，我们多沙文！明明在别人国家，自己是外国人，却把当地人叫成"外国人"。

这位"老美"也是物理系的研究生，喜欢打篮球。系里爱打篮球的老美不多，中国同学打球时他总参加一份。长得不很高，跟我们差不多；打得可以，并不特别好，也跟我们差不多。早些时候许以祺还没来到圣路易，有时吴仙标打中锋；"老美"同学就与我一左一右，配合得不差。日子一久，次数一多，他很自然地变成中国同学会篮球队的一员。上阵比赛时，我们彼此以中文呼叫提醒，他竟不学自明，似乎都听得懂。

华大搞了个研究生篮球锦标赛，有八个学系组队报名。中国同学会组织了独一无二的跨系队伍，踊跃参加循环赛。原以为必定全军尽没，谁知八场球赛居然赢了四场。他系的"老美"球员虽然平均比我们高上一截，技术却非人人出类拔萃。

有那么一场球，对方是化学工程系的研究生。那班球员的来头可真惊人：五位正选里有四个高个子（两位两米），原来念本科时都属各自大学的校队人选！第五位是博士生，长得最矮，"只有"一米八八，名叫查理·约翰逊（Charlie Johnson），每年秋冬职业球季时，担任圣路易职业美式足球队的四分卫兼队长：一位天生的杰出运动员、全美无人不知的大明星！

这场球他们打得极不痛快，原因是场边观赛的人富有同情心，一致为我队打气。球到篮下，对方人人比我们高一个多头，轻易抢到篮板。可是一拿到球或上前阻拦，就被场边那些"老美"观众大喝倒彩，令他们不敢近身防守。于是我队进了不少分，最后 44 比 86，只输上四十多分，还算有点面子。

这些年来，同学会最热闹、最兴奋的场面，莫过于不同地方的中国同学篮球队相互远征。我们就远征过密苏里大学、南伊利诺伊大学、伊利诺伊大学、普渡大学，也去过中西部中国同学的夏令营运动会。当然这些大学也来过圣路易远征我们。譬如说，伊利诺伊大学从二十世纪上半叶起（还是我父亲留学的年代），就特多中国留学生。他们来征之时，可真是强敌压境。

倒不是篮球队特别大：连坐板凳的后备算进，一支球队最多也不过十多人。也不是球打得特别好：赢我们的次数并不比输的多。之所以声势浩大，是因为跟着来看球的同学特别多。伊大所在地是个人口有限的大学镇，不如圣路易这个大城市好玩。跟着球队来，说是捧场，其实只是借机游大观园，也算同学会的主要活动。

既然租了一大串旅游巴士，浩浩荡荡跑这么远，总得为自己的球队当好啦啦队吧。果然如此，并且很有纪律、很有训练：该鼓噪的时候鼓噪，该喧嚷的时候喧嚷，井井有条。

特别气人的是，当我站在罚球线上深吸一口气，准备稳定拿下两分时，已听惯的鼓噪和喧嚷会突然停顿，全场鸦雀无声。可就在我刚要出手时，观众台上的敌方人丛里突然传来轻轻的、娇滴滴的一丝高音："叮！"让我射篮的手不由得稍微一抖。一球罚毕，第二球即将出手之际，做好心理准备，等待"叮"声来临。可是这次又不来了，让你白等半秒，冒出罚球线上最忌的烦躁。

这就叫做虚虚实实，出其不意吧！大概只有我们的炎黄女同胞才有本事发明这种刁招。

球场上的队友有如火线上的战友。我们这群长不大的宝贝们，包括篮球场上的陶光业（前文里的"大陶"）、排球场上的伍法岳、垒球场上的陶维炳（"小陶"）和他的弟弟陶维镳（后来也娶了一位玛利威尔学院的小姑娘），及场边各

几十年后，好像很认真，其实还是那么顽皮。

半世纪后一本正经地重聚。

为丈夫呼叫打气的老婆们。

四十年后，找全了十四对同学夫妇，结伴度假，重聚一周。虽然都已白发苍苍，居然还那么活泼顽皮。最可贵的是二十八人全部活着，还活得很好，没有多大病痛，也不见什么意外。啊！或许应该略作修正：十四对里出现过三次离婚。不过卷入三次离婚的都是同一人，因此应该说参加重聚的老朋友实际上只能算二十七人。

2010 年，又想重聚一游。但是适逢春节时光，各须与儿孙辈团聚，只有五对能够联袂同行。说是乘邮轮去南美洲观光，实是越天南地北之隔，重叙友情。

幸获良师和佳题

1962 年暑期，陪父母和幺妹西游归来，虽然暂时还得半工半读，却在几个月后走上了人生的新旅程。最为重要的是跟上了良师。

健斯暑期不在圣路易，放完暑假后也不大在系里看到他。后来才知道那段时期他在统计力学上大有作为，看来是躲在家里埋头苦干。可是作为他的研究生，总找他不到，确实造成困难。再说，他让我做的那个非量子电动力课题，也真令我感到"没底"。那么，该不该考虑换一位导师呢？

秋季，新学年开始，物理系又从斯坦福大学挖来一位能人。他名叫约瑟夫·德瑞特雷（Joseph Dreitlein），人人称他为 Joe。

Joe 是 Joseph 的小名。美国人稍为相熟就习惯以小名相称；甚至第一次见面都会如此。老师与学生间、上司与下属间，甚至有些情况下父母与子女间，都可能以名字相称。日后我在旧金山当校长时，也有学生对我直呼其名，不以为奇；只是我从来没有用过英文名字，他们叫出来的中文音译，总那么怪腔怪调。

大家都承认 Joe 是个物理天才。他原来在华大跟普里马克夫做博士论文，出道没多久就被斯坦福大学聘去任教，在当时最热门的基本粒子理论界崭露头角。这遭把群论和相称——锋头最为强劲的理论基础和走向——带回到华大，使整个物理系进入沸腾状态。讲课时，教授和研究生蜂拥而来，连芬伯格这样的理论名师都忙着边听边写。

他那精彩的推理、凌厉的措辞，甚至对别的学派毫不留情的批评，都令研究生们既兴奋又敬慕。一时所有想学理论的博士生都希望找他当导师。连我也动过这个念头，花下很大工夫读有关的数学、看参考资料（新的发现和进展快得来不及在专业杂志里发表）、做他连珠炮似派发的作业。幸好我的数学根底太差，对抽象的理论观念悟性不足，跟得很辛苦。这次总算有了点自知之明，没敢盲目走上心有余而力不足的粒子理论途径。

好些同学跟上了 Joe，正在开始做一些他给的博士科研试题。哪知一阵旋风地来了的他，一年多后又一阵旋风地走了。据说一天的半夜里，他突然不声不响地离开了圣路易，去了当时正在全力招兵买马的科罗拉多大学（University of Colorado）。只有一位来自北欧的学生预先知道，跟他一起走了，别人都落了空。

科罗拉多大学位于落基山脉边缘。所在地是个小镇，风景非常优美；夏季气候特别宜人，冬季周围都能滑雪。每年夏天举办理论讲坛和为时两个月的暑期讲习班，请来出色的物理学家，讲述专业杂志赶不及发表的尖端理论，并出版理论物理界人手一册的《理论物理讲义》（*Lectures in Theoretical Physics*）。据说 Joe 特别喜爱爬山、滑雪和户外生活，在圣路易无法做到。奇怪的是他去了科罗拉多大学以后好像在物理界销声匿迹，不知道是否改了行。即使今日上网查看，也只知道他已退休；查获不到几十年来究竟干了什么别的。照想这般聪明绝顶的学者当时不可能就此埋没。

1963 年元旦一过，就去找芬伯格教授，了解一下他手下的博士生除伍法岳外各在做些什么，会不会有适合我做的课题。以前我没敢请他收我，因为他的研究生好像已经过多。近日却听同学们说他经验足、十分用功，不怕没有课题；博士生每人一题，分得清清楚楚。该毕业的都已毕业，收多一个应该问题不大。

芬伯格向我表示已经从他处听到健斯的问题，很无奈，愿意跟我谈谈；并告诉我即将有位名叫约翰·克拉克（John Clark）的新教授要来华大参加他的研究组，何不等克拉克来后再谈？并保证他们两人之间必定有一位收我。

芬伯格久以微扰理论和核理论著称。此时走进五十年代兴起的"量子多体理论",运用"变分法"(variational method)和"微扰法"(perturbation method)来研究多粒子体系的结构和性质。首先进攻的对象是核物质——他最熟悉的量子多粒子体系,克拉克原来就是他在这课题上的得意门生。

不得不在这儿简单解释一下上段里的几个名词及有关概念。

所谓"多粒子体系"(many particle systems)就是由大量粒子所组成的体系。日常见到的宏观体系,哪一样不是由千千万万、亿亿兆兆的分子组成的?它们不都是多粒子体系吗?是。不过若想计算它们的性质,有些好应付,有些难应付。

譬如说,气体好应付。气体的密度低,组成气体的分子相距甚远。分子与分子间相距远的时候,相互作用力不强,因此每粒分子的运动都很自由;只有在偶然接近时才会彼此影响。计算气体的性质时,可以把它看成一盘散沙。既然分子们如此各自为政,运用单粒子运动的物理方程就能应付。

这样的体系太理想了,难怪被称为"理想气体"。其实分子与分子偶遇时彼此之间是有些相互作用力的。我们可以把理想气体当作出发点,把作用力看成微小的干扰,用微扰展开法(perturbation expansion)完善地把气体模型推近现实。

固体也好应付,不过脑筋里先要转个弯。固体的密度高,组成固体的分子们相距甚近。分子与分子间的作用力即使微弱,还能引致相互捆绑,让分子们排列成有序的点阵。分子因而在运动上失去自由度,跑不很远就被邻居们拉回头;只剩下前后、左右、上下的振动。这样的振动牵制邻近的分子,让它们也跟着振动;于是一波连一波,整个点阵出现波动。

在边界条件的限制下,波动呈现简正模式。这些模式相对独立,彼此间只存有微弱的干扰;因此每个模式可被想象为独立自由的"声子"(phonon)。整个固体也就像是由大量声子所组成的理想气体。声子之间的相互干扰,同样可以用微扰展开法处理,把模型推向现实。

液体就不那么好应付了。液体的密度不高不低,分子间的距离经常不大不小。彼此间以相互吸力牵动，并带动不少邻居。因而分子运动不甚自由；但却又具若干程度的自由度，组不成点阵。彼此走得实在近时，又会看到很强劲的拒力，远超微扰。若坚持运用微扰理论展开，结果要就每项都成无穷，要就逐项越展越大，一发不可收拾。总之，出现数学意义上的"发散"（divergence）。

由于液体的分子间显现这样强的彼此"相关"（correlation），计算时完全不能以单粒子体系为出发点。这样的强相关体系，被称为"多粒子体系"。

所谓"核物质"（nuclear matter）则是理论上的原子核模型极限，代表莫大的原子核——由无限大量的核子（中子和质子的统称）所组成的假想物质。研究这模型是为了要学习怎么应付核子间的强相关效应：先把中子和质子性质上的区别撇开一边，把它们看成具有通性的核子，只考虑核子间的远距弱吸力和近距强拒力。这样一来，至少表面上很像上述的液体。

组成日常液体的分子一般来说比较重，计算时可以运用经典统计力学。组成核物质的核子则特别轻，必须按照量子力学用波函数来描述其运动。这种体系的理论研究乃被称为"量子多粒子理论"（Quantum Many Particle Theory）或"量子多体理论"（Quantum Many Body Theory）。

以通常观念来说，分子和核子都具体积，应该称它们为"体"（body）。为了计算方便，我们可以把分子和核子理想化、模型化，看成不具体积的"点粒"（point particle），然后在点粒间写下相拒作用力，以此取代体积的观念。于是"体"和"粒子"这两字眼在此同义。

一种更好的量子多粒子体系是液态氦，就是由氦原子所组成的液体。氦原子非常轻，活动力非常大。原子与原子间的相互吸力又特别微弱。因此任你怎么推拢也无法组成两原子的分子。容器里的氦，通常保持气态，必须在温度极低的情况下才会出现液态。而即使低至绝对零度，量子力学理论所要求的"零点运动"还是让它保持液态。不在这液体上施加极为强大的压力，不会变成固态。

氦原子运动力强。正如核物质，原子与原子间亦具有远距的弱吸力和近距的强拒力。因此液态氦也呈现极强的相关效应，是极有趣的量子多粒子体系。

与核物质相比，液态氦有过之而无不及的优点。一是自然界确实存在氦原子，不像模拟中子和质子才得到的核子。二是氦原子间的实际作用场相当简单，大致已能了解。三是只要把握先进的低温技术，就会看到液态氦这么一个有血有肉的真实体系，不像核物质那样来自虚拟；因此理论计算的结果可以与实验数据相比，而理论计算的预测可以借实验手段求证。

最尾这两句话十分重要——物理毕竟是实验科学。

芬伯格从核物理进入量子多体理论领域，不久就走进液态氦研究，把核多体理论留给了坚定不移、尽心尽力、孜孜不倦、劳苦功高的徒弟克拉克。两人从师徒变成同事，分工协作。

当初克拉克还在跟芬伯格做博士论文时，我们已经相识，只是不熟。记得他思维细致、善于计算，极度用功、夙夜不分。特别喜欢古典音乐，总是开着收音机一边听一边工作；可是开得很轻，绝不打扰旁人。博士学位念完后去几处当博士后，特别是在普林斯顿大学，跟大师尤金·维格纳（Eugene Wigner）学了两年。其后回到母校，一辈子不再离开。

克拉克既是我的师兄，又是我的老师，不过没当我的博士导师。这方面，我的研究取向受了另外一位师兄伍法岳的影响。伍师兄跟芬伯格所做的课题是运用变分法来计算液态氦的基态能。

液态氦有两种。一种由普通的氦原子组成。这种氦的原子核里有两粒中子和两粒质子，共四粒核子，因此被称为"氦4"。另一种由罕有的同位素组成，原子核里只有一粒中子和两粒质子，共三粒核子，因此被称为"氦3"。虽然两者的电荷一样，电子数一样，因而化学性质一样，都是氦的同位素，但是它们所组成的液体，物理性质完全不同。伍法岳和芬伯格首先研究液态氦4的基态理论，然后研究液态氦3的基态理论，为芬伯格所大力推动的"相关波函数方法"奠定了基础。

芬伯格做物理非常有系统，有条有理。既然走入液态氦的领域，将来的理论计算结果需与实验对比，他就得先搞清楚氦原子之间的相互作用力，也就是每两粒氦原子之间的"作用位能函数"或"位势"（interaction potential）。他给伍法岳的第一个课题，就是利用液态氦4实验所得的结合能，反过来推算原子间的位势。

另有一个方法，算是正面进攻。按步来说：（一）写下最普遍使用的、来自实验经验的位势，包含势垒和势阱两个参数，以此为出发点。（二）试用不同的参数值，逐步计算两粒、三粒、四粒……氦原子的结合能。（三）我们知道两粒氦原子无从结合，至少要三粒及以上才会出现结合能；这乃是理论计算所必须获得的结论，成为任何理论的条件之一。（四）又知道氦原子的数量越大时，结合的势头越强；因此每粒的平均结合能应该跟随氦原子的数量逐渐上升；这亦是条件之一。（五）原子数量增向极大时，平均结合能应该渐趋饱和，最后到达液态氦的实验结果；这又是一个条件。

用这种计算步骤来断定的两个参数值，会给我们比较合理的氦原子位势。这点相当重要，因为位势是为理论输入的微观信息，若输入的微观信息比较可靠，以后为液态氦计算出来的宏观热力学性质会比较可信。也就是说，能够更有意义地把计算所得的液态氦性质与实验对证。

执行上述工作，首先要处理一系列的方程，然后进入数字计算。计算量非常大，依靠人工来做是不可思议的事；大型计算机乃为课题提供了生路。当时

良师芬伯格教授（1906—1977）
和签名真迹。

芬伯格正忙着干别的，加上他自己不会使用计算机；于是把它当作第一条课题给我，让我通过实习走向量子多体理论，同时还让我把在孟山都学到的计算机技术派上用处。

那时克拉克正在研究核物质课题，一则还有极大量的方程等待处理，一年后都未必能进入计算阶段。二则核物质模型过分抽象，离实验很远，计算出来的结果甚难印证。如果跟克拉克凭核物质干量子多体理论研究，这两点令我却步。

就这么跟定了芬伯格。既得良师，又得佳题，对博士生来说实是三生有幸。

第一条题目让我在课堂外用上了量子力学的变分法，尝到了理论研究入门的滋味。可是上手后所碰到的实际困难令我最终无法把课题完成。

稍微说说。从粒子间的位势来计算两粒子体系的结合能，必须把体系的总能（动能加上潜能）量子化为"哈密顿算符"（Hamiltonian），寻求它的基态波函数和本征值。运用变分法时，首先想象这体系在能量最低时（所谓"基态"）的波函数大概是个什么样子；按此假设一个合理的、近似基态波函数的、含有一些可变参数的"试探波函数"（trial wave function）。然后运用这函数来最小化上述哈密顿算符的"期待值"（expectation value）。这样计算所得的期待值，会逼近基态本征值——也就是基态能；若所得是负数，就表示两粒子能够结合，其值就是结合能。

基态波函数的绝对值平方反映粒子在空间的分布几率，要想象它的形状并不困难：当两只氦原子走近时，所呈现的强劲拒力以位垒姿态出现，不允许它们重叠；因而所假设的试探波函数在粒子距离减小时必须迅速下降到零。而两只氦原子在相距约 3 埃（1 埃是一百亿分之一米）时，相互吸力最强，位势呈现位阱，鼓励彼此在这一距离逗留；因而试探波函数在这距离附近应该呈现高峰。再者，几率的总和当然是 100%，因此试探波函数绝对值平方的总和（空间积分）必须是 1。我们能凭这些思考来设计简单而合理的试探波函数。

体系只包含两只氦原子时，计算好做。超过两只时，必须引进大刀阔斧的近似法。所假设的试探波函数又必须极为简单。即便如此，即便用上孟山都的大型计算机，发现计算量还是过大。开始计算时取得相当不错的结果：只要所选的位势合理，两粒氦原子的体系就得不到负的基态能，也就是说不能结合。把氦原子数改成三粒，体系就能结合。粒数上升，所得的结合能跟着上升。超过六七粒时，上升的速度开始减缓，呈现走向饱和的趋势。

可惜，凭我所选用的位势和试探波函数，做到十四粒时出现数学意义上的发散。若非从头来过，计算无法继续。

那年 8 月前后，把工作报告上交给导师。我这头感到失望和颓丧，芬伯格那头竟表示很满意，说是通过了考验，让我投入他正在独自全力以赴的新课题。

生活上的两件大事

再不停手，就变成写科普了。赶快在读者叫骂之前，更换话题。

1963 年里，发生了两件对我俩影响极大的事。首先是，绿卡（美国的永久居民证）终于到手。

每年只给中国人发 105 张绿卡。1959 年才开始排队的我，照想等上十几二十年也难轮到。没想到，1960 年艾森豪威尔当总统时在议院演讲，说《移民法》早已过时，应该推出大幅度的修正。在他任期内这件事谈得较多，但是议院里没有动静。1961 年肯尼迪接任总统，继续推动《移民法》的根本改革，议院里还是没有多少举动。一直等到他被暗杀、约翰逊当上总统，1965 年，新法才被通过。

肯尼迪当政时，却成功推动议院通过一条过渡性的移民法案，一次性让两类人跳越限额、提早取得永久居留权。第一类给 1954 年 3 月起就开始等候名额的公民直系亲属，共约 16000 人。第二类给 1962 年 4 月 1 日之前在雇主申请下获得"第一优先"的特殊人才，以及他们的配偶和子女，共约七千人。为第一类人松绑的理论基础是人道主义：促进家庭团圆。第二类人则是为了应付社会的急切需要：强化人才资源。

我和伊芳属于第二类，虽然不很清楚社会为什么真正需要我俩。

为了懂得这条法案的来龙去脉、理解背后的因素和落实的情节，我在好奇心的驱使下跑进图书馆，仔细阅读了可供公众查询的《国会档案》(*Congressional Record*)。这倒是一次很有趣的经验，让我实地学习美国的立法程序，了解总统如何影响立法，及在三权分立的政治制度下，行政权和立法权如何互相牵制、如何获取平衡。

啊，不同文化背景下长大的人，真难了解他人的政治！你不能单看媒体的报道，不能单听人家官员或政客的发言，而需首先理解他人的历史和文化，及由历史与文化里演变出来的政治理念、结构和制度。最好的学习方法之一，是抓住一条政策，以之为主题，从直接资料里挖掘有关讨论，分析各种正反论点的根据——包括摆明于表面的说法和隐藏于暗里的含意。

多年后，面对美国新出炉的社会经济政策、某些西欧国家的社会民主思路、祖国开放后理论架构的演变、英国统治下香港的体制规范等，我都试用过这方法，似乎略见成效。诸位不妨一试。

回头说绿卡。当年美国办事效率很高。法案通过不久，移民局就有来信，说我俩应该是名列新法案的得益者，需从速填写正式申请表格，与雇主签发的证明书一并寄回。1963 年 2 月 10 日，两人同时收到了永久居民证。

对我俩来说，永久居民权的重要性不在移民，而在让我脱离雇主时可以不被驱逐出境、让我早日把全副精力注入科研和博士论文。事实上伊芳和我并没打算在美国住一辈子；绿卡到手还只一个多月，我已在家信里说念完博士后准备回香港工作；这封信让母亲急了一阵子。这时我才知道广东话说得相当流利的母亲，心理上始终未能在香港扎根，一直企望移民来美。反是广东话完全不会讲、留学时期在美国住过五年的父亲，对移民来美提不起兴致。

虽说终于卸下了为居留身份被捆绑多年的桎梏，人总不能忘恩负义：孟山都对我相当厚待，不能一松绑就走。时间上倒也真巧，我所签的一年兼职顾问合同，2 月底正好到期。既然公司还需要我——至少我以为如此，心理上挣扎不久就同意续约。为了彼此保持灵活，以半年为期，只签到 8 月底。

哪知 6 月前后公司又来了个大改组，把一千多人的科研及工程机构拆得支离破碎。听说机构的头头与属下的两层负责人全被轰走，所有部门都面临裁员。那么，我这样吊儿郎当的兼职顾问，不该"优先"解雇吗？或许正因为我的职位太不重要，手上又持有一纸合同，公司在逐一解聘正式雇员之际却没叫我走路。非但如此，8 月底到期之前，还叫我再续半年，干到 1964 年 2 月底。难道上层对我在做的那些题目真还感兴趣？谁知道呢？

也好，好聚好散是做人的道理。再过半年，公司放在我手上的题目应该可以完工。既然人事全非，做完这轮也就不再欠情，到时正好可以两相情愿、握手道别。否则这样继续下去，说是半工半读，其实生就的脾气让我在两头都拼上老命，变成了全工全读。即使年轻力壮，能撑多久？这半年这就当是再一次的人生考验吧。

又有一件事就在这时发生，令兼职的收入起了作用。

1963 年 8 月 5 日，寄去香港一纸家信，全录如下："祖父、祖母大人：我要来了（约明年 3 月）。娃娃敬禀"

次日给父母写长信，作了详细报告。其实应该早就知道，可是医生误事，明明几种通常的怀孕现象都已出现，还不让伊芳去做个青蛙试验。一次、两次、三次让我们去他诊所，验这验那；每次要等很久，浪费时间，而最通用的青蛙试验总不让做。一怒之下我俩不再听他，跑去大学的学生医务处找护士长。她直截了当让我们花三块钱做了青蛙试验，只两天半就测出结果，证明确实怀了娃娃。立刻给久等的双方亲人送上喜讯。

娃娃将到，早些日子拟定的那些计划宣告泡汤。一是上面所说，有了孩子，养家的开支必然大幅增加，需要保留那份半职顾问的补助收入。企盼已久的百分之百科研生活，只得暂且搁置。另一是伊芳的学业不得不放下，这是更大的打击。

她原来的想法是边读物理课程边去数学系当助教，至少念个硕士学位，足以在教学型的大专院校里教书。作为乱世成长的一代，我们虽然年轻，却已深深体会到自行把握生活保障的必要。那个时代，种族歧视之外，性别歧视同样

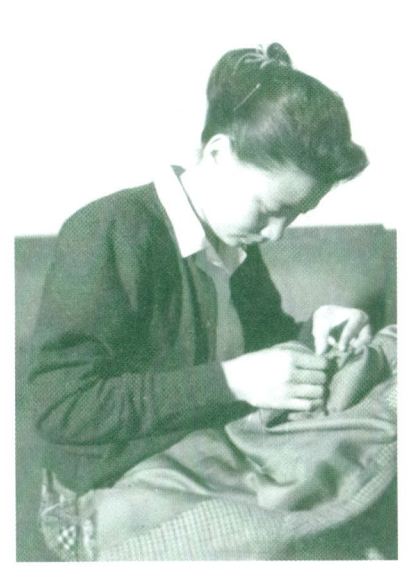

本来就是一位贤妻，跟着
又将再做良母了。

泛滥。我俩的女性朋友们求职都十分困难。即使找到、表现不错，一旦出现变动，公司里首先被裁的总是女职员。只有大专院校，一方面因为理科实在缺人，一方面因为教完几年后获得"终身职制度"（tenure system）的保护，职位较有保障。

其实就算娃娃不来，这盘计划也未必能随心所欲。她不直接申请物理系的助教职位，是因为物理基础不够强，弄得不好，会重蹈我的覆辙。数学系的助教职位好找，道理很简单：任何理科、工科、商科……的本科生都必须修几门数学；在通识教育的要求下，其他专业的本科生也需选修一些基础数学。因此所有美国大学里数学课程的低班生都特别多，数学系的教学量极大，不能不多聘助教。说得难听，是利用研究生为廉价劳工。说得好听，是双赢互利。

可惜伊芳运气不佳，第一轮申请助教没有成功。虽则她的数学成绩相当好，数学系却看出她的长远志向不在数学，因而情愿把职位保留给本系学生——甚至学业不那么起眼的高班本科生。

既然现在娃娃要来，我又不是一个能够照顾家庭的好丈夫，伊芳不可能既当全职妈妈，还搞半工半读。于是她的学业就在这么个情况下被牺牲了。

这位聪慧勤奋、有志向学的女青年，嫁得实在太早。或许压根儿嫁错了人。

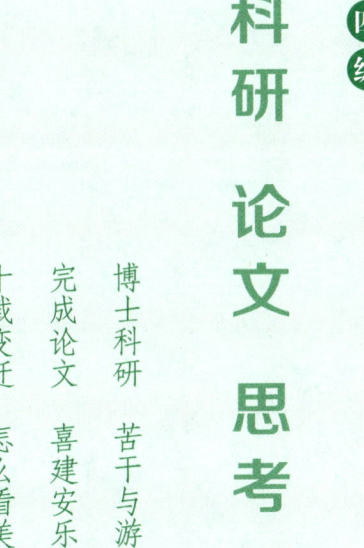

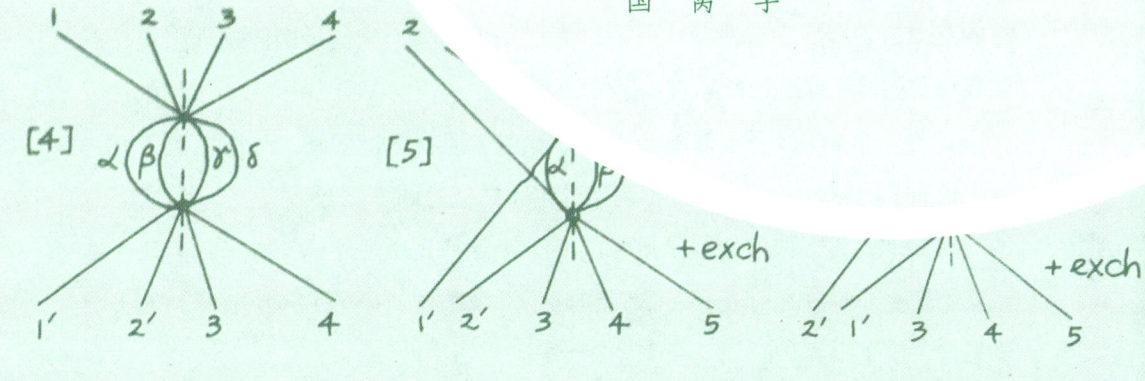

(iii). Contributions to $O(\omega^3 N^0)$ come from the nine terms involving

superscript (4) as well as two (2)'s.

$$\sum_{\bar{p}\bar{q}\bar{r}} W_{\overline{mp}}^{(2)} J_{\overline{pq}}^{(2)} J_{\overline{qn}}^{(4)} :$$

第十章　博士科研　苦干与游学

终于有了良师，走上了科研之路。

想来读者们对我的科研不会有多大兴趣。不过博士科研是我学术生活的基石和起点，多多少少总得交代一点。在此用上两节，从量子多体物理出发，扼要介绍我的博士课题的基本观点、方法和内容。

请勿担心：方程一条都不会出现，专用名词也尽量抑减，只讲概念。万一概念也看不明白——由于我说不清楚，请不妨把这两节撇开。

科研课题告一段落，起了游学之心。奉导师之命去外地参加国际会议，趁机花上三个星期在东部走了一圈，访问了不少学校，拜见了多位前辈，确实增了见识、广了眼界。

相关波函数方法

前章说过氦原子有两种：氦 4 和氦 3。氦 4 里的微粒总数是偶数（双数），氦 3 里的微粒总数是奇数（单数）。量子力学讲究这差别，说两者因此有不同的对称性质（symmetry property），必须顺从不同的量子统计法（quantum statistics）。

当一群氦原子聚集成为体系，若是氦 4，每两粒原子间必须呈现相互对称；就是说，不让觉察彼此间的位置对换——描述这体系的波函数不变。氦 4 原子被称为"玻色子"（boson）。若是氦 3，则每两粒原子间必须呈现反对称：位置对换时体系的波函数变负。氦 3 原子被称为"费米子"（fermion）。［此外还有个分别是"自旋"（spin）的量子数。玻色子的自旋是零，费米子的自旋有正和负两种选择。］

理想气体可以用单粒子平面波的乘积来代表其波函数，每个平面波代表一粒原子，内含位置及动量坐标。

由玻色子组成的理想气体，平面波积必须对称化，写出来很简单。原子们的动量可以等值。

由费米子组成的理想气体，平面波积必须反对称化，要写成"斯莱特行列式"（Slater determinant）。两粒原子对换位置或动量时，行列式自动变负。那么，若两粒原子的动量相等，体系的波函数必定消失；也就是说，这种情况存在的几率是零，合乎量子论"泡利不相容原理"（Pauli Exclusion Principle）的严格要求。

很明显，玻色子体系较易处理。于是芬伯格与伍法岳从玻色子体系着手，把相关效应（correlation effect）在不影响对称的条件下注入玻色子体系的波函数，用来描述液态氦 4。考虑的是 N 粒氦 4 原子所组成的体系，想运用变分法计算其结合能。正如前章所说，起点是 N 粒氦 4 原子的哈密顿算符；要寻找的是这个算符的本征函数和本征值，特别是基态的波函数和其期待值。

面对这么个体系，应该设计个什么样子的试探波函数呢？需要考虑两个因素，来分担两种物理性质。一种物理性质是体系的量子统计法。既然液态氦 4 是玻色子体系，可按照上述，选用对称化的平面波积。由于基态里所有原子的动量都是零，这个平面波积变成了 1。这是一部分。

另一种物理性质是氦原子间的动力相关效应。写下［N（N–1）/2］个相关因子（correlation factor）的乘积，每个相关因子是两个位置坐标的函数；函数的式样要能反映两粒原子的相互动力关系：（一）当两粒氦原子走得太近时，强劲的拒力不许它们重叠，因而相关因子必须迅速趋向零；（二）当两粒氦原子走近彼此的位阱时，相互吸力令它们在此徘徊留连，因而相关因子应呈现高峰;（三）当两粒氦原子走远时，彼此失去联络，不再相关，因而相关因子该渐趋于 1。

这是另一部分。

若要试探波函数包含以上两个因素，最直接的方法就是取这两部分的乘积。

用变分法来断定基态，所要做的就是变换试探波函数，寻找最低的期待值。因此设计相关因子时，只要能符合以上明显的物理条件，越灵活越好：变化越多端（譬如说所含的可变参数越多），越能获取更低的期待值。当然必须考虑到现实，诸如方程推导的方便，及计算机的容量和能耐。

推导期待值方程时，冒出了多粒子分配函数。需从经典统计力学借来适宜的近似法，把多粒子分配函数写成双粒子分配函数的组合，才能有所推进。这类近似法勉强足以应付，所带来的误差大致可以估量。

伍法岳和芬伯格做完玻色子体系的分析，就把方法推广到费米子，考虑怎么对付 N 粒费米子所组成的体系，运用变分法来计算其基态性质：把动力相关效应注入费米子体系的波函数，用以描述类似液态氦 3 的模型体系。

为费米子体系设计试探波函数时，同样需要考虑两种物理性质。一是费米统计法：要求把平面波积反对称化。运用上面所说的斯莱特行列式，N 粒子的动量（和自旋）不允重复，因而个别粒子所被分配到的动量会逐步递升，直至 N 个粒子都在动量（和自旋）空间里找到了自己的座位。若考虑的是基态，则将不留空隙地填满所有最低的动量。这部分的波函数当然远比玻色子体系复杂。

另一物理性质——粒子间的动力相关效应，并不比玻色子体系复杂。以氦来说，氦 3 的外围结构也是两粒电子，与氦 4 一样。原子核里也有两粒质子，只是少了一粒中子；电荷不变，只是轻了一些。两粒氦 3 原子间的相互作用与两粒氦 4 原子间的相互作用没甚分别，因此动力相关也没甚分别。于是变分法为液态氦 4 相关因子所设计的式样，大可借用于此。只要计算时把质量先改成 3，把氦 3 虚拟为玻色子来办，然后以变分法找到期待值最低的相关因子就行。

伍法岳和芬伯格为液态氦 3 所设计的试探波函数，用［N（N–1）/2］个这样得来的相关因子的乘积，与斯莱特行列式合组而成。既然相关因子的乘积和斯莱特行列式都已被确定，试探波函数里就没有还需变动的参数。那么，为哈密顿算符计算基态期待值一事，变得很直截了当。

原则上确实如此，可是方程的数学推导毫不简单，又需依靠经典统计力学。伍法岳和芬伯格熟谙经典统计力学，于是借助"集团展开法"（cluster expansion method），打开了这道大门。可是当时他们没有时间为虚拟的玻色子氦 3 体系做基态变分法计算，只能把这套方法试用于两个理论模型：一是低密度硬球形费米子体系，一是虚拟的费米子氦 4 体系。两则都富有示范性。

上面所介绍的是"相关波函数方法"（Correlated Wave Function Method）。

我的"师弟"梅西（Walter Massey）运用相关波函数方法（以下简称为 CWF）为玻色子体系的基态做了大量计算工作，特别是液态氦 4。后来推广到虚拟的玻色子氦 3 体系，为我的博士科研提供数字输入。

梅西所做的那套，与伍法岳和芬伯格的玻色子体系工作，理论和近似法上并无分别，只是梅西尽量令相关因子变化多端。他以（半经验的）两参数氦原子相互作用公式为出发点，运用含有大

同窗好友梅西。

量可变参数的双粒子分配函数，变分计算液态氦 4 在不同密度的基态期待值。通过与实验所得的结合能和平衡密度比较，重新断定相互作用公式里的那两个参数，然后再次进行变分计算。反复循环的迭代，让他捕获到"自洽的"液态氦 4 双粒子分配函数。最后通过傅立叶变换（Fourier transform）取得从这种理论计算出来的液态氦 4"液体结构函数"（liquid structure function）。后者早已通过实验测量获得。理论与实验乃能直接相比对照。

梅西以此为博士论文。其后把原子质量改为 3，根据以上所断定的相互作用，以变分法为不同密度的虚拟液态玻色子氦 3 计算其双粒子分配函数。

称他为"师弟"是因为我们跟同一位博士导师做论文研究，而我的最后口试比他早了三天。事实上他接受芬伯格的指导比我早很多。我们在同一间办公

室里工作了两年；当学校为物理系建造新房子后，一齐搬去，又在同一间新办公室里工作了两年。四年来互相帮助，共度甘苦。他是我居留美国半生、结交最深的"老美"朋友，多次从他的人生经验和角度摸到美国社会的脉搏、理解美国政治的走向。

梅西是黑人——今称"非洲裔美国人"，出生于密西西比州，只比我小几个月。正如大部分南方的黑人——尤其在那年代——家境非常贫苦。中学毕业后在小爵士乐队里伴奏，积了些钱才上大学。念的是一所纯为培养黑人青年的学院，叫做莫尔豪斯学院（Morehouse College）。1958 年毕业，来华大物理系进修。1966 年获得博士学位后，去了阿贡国家实验所（Argonne National Laboratory）任博士后；1968 年被伊利诺伊大学聘为助理教授。

七十年代他于布朗大学任教，历任副教授、教授、院长。1979 年被任命为阿贡国家实验所所长，成为美国有史以来第一位担任国家级研究所所长的黑人。

会吹古式喇叭的梅西，右二是沈宁燿。

1984 年，他出任芝加哥大学的副校长，负责统筹学校的科研任务，兼管国家能源部所资助的阿贡国家实验所。1991 ～ 1993 年，老布什总统委任他为国家科学基金会的主任，成为美国有史以来第一位担任国家学术科研部门最高领导的黑人。1993 年，被加州大学聘为总校高级副校长（相当于第一副校长），负责协调整个加州大学系统的学术事务。

1995 年，他离开这全美（甚至全世界）最强的大学系统，放弃仅次于总校校长的职位，推却无数大专院校的追求，回到南方的密西西比州，去依旧纯为培养黑人青年的母校当校长，矢志把莫尔豪斯学院办成世界一流的博雅学院。

我们两人同时念完博士学位后，我西迁加州，他留在中西部。我回中西部执教时，他东迁至大西洋岸。我再次西迁到加州时，他又回到中西部。我们虽然在物理研究工作上略有过远程合作，但是始终没再在同一或甚至邻近地区住过。最后选择的服务方式（当大学校长）和目的地（落叶归根）却完全一致：我"海归"到香港，他"陆归"到莫尔豪斯学院。

年轻时彼此间有所影响，中年后尚且灵犀相通？还是纯属巧合？

相关基函数理论

重复以上所说，伍法岳和芬伯格运用相关波函数方法（CWF）处理模型费米子液体时，首先需处理好一个动力性质相同的波色子液体，以变分法为之取得最佳的相关因子；然后把这因子的乘积乘上斯莱特行列式，合组为费米子液体基态的试探波函数。

以液态氦 3 来说，首先要处理好的是虚拟玻色子氦 3 液体的基态，获得它的相关因子乘积；然后把它乘上平面波的斯莱特行列式，形成液态氦 3 的试探波函数。这样，若想沿用伍法岳和芬伯格的 CWF 方法，只需等梅西用变分法把虚拟的玻色子氦 3 液体基态算完，跟着就可以计算液态氦 3 的基态能。

这样对付液态氦 3，不能算是真正的变分法，因为相关因子里的参数值在计算虚拟玻色子氦 3 液体时敲定，不让再作变动。假如不嫌麻烦，又不在乎那庞大的计算量，我们完全可以放松这个限制，试用多组参数值，为每一组做全套计算，看哪组参数为液态氦 3 的哈密顿算符带来最低的期待值。

没有这么做，因为不觉得在相关因子上大动干戈会为计算结果带来很大改进。CWF 把相关因子乘积和斯莱特行列式分头处理，本身隐藏了一种假设。所假设的是：相关因子乘积所应付的动力相关，与斯莱特行列式所应付的对称相关，两者各自为政，之间没有牵连。CWF 用于费米子液体能否见效，关键在这项假设。如果这假设与事实相距不远，则变分法大有可为。至少在液态氦 3 这个体系上，下文证实事与愿违。

变分法的优点是快刀斩乱麻，却非唯一的方法。

物理理论工作者面对新体系时，首先小心观察、测量、分析从实验获取的宏观性质，试图用最简单的现象性模型粗略地表达和解释这些性质，并按照此模型推测还未观察到的现象和还未测量过的数据。经常会在下一步建立"半现象性"的理论。跟着才从"第一性原理"（first principle）出发、试图有条不紊地推导出这个现象性模型和半现象性理论，为体系寻求更深一层的了解。

所谓第一性原理理论，就是把基础建立于原始模型的理论。拿多粒子体系来说，所写下的哈密顿算符，除粒子的质量和粒子间的相互作用外，不含任何其他假设。这也是 CWF 的出发点，可惜变分法力度不足，应付波色子液体还行，可是不能为液态氦 3 这类强相关费米子体系算出近于现实的结果。譬如说，算出来的结合能也好，平衡密度也好，都与实验所得相差极远。

变分法的失败，表示我们必须运用更强的武器，才能为这类体系建立可信的第一性原理理论。这武器是量子微扰法（quantum perturbation methods）。

且让我们从最简单的量子微扰论讲起——让哈密顿算符 $\mathcal{H}$ 里只含有极微弱短距的相互作用。

运用量子微扰论，需要用一组完整的"基函数"（basis functions）来计算 $\mathcal{H}$ 的矩阵元。当粒子间的作用非常微弱时，体系与理想气体相差不远，我们大可用理想气体为出发点，拿平面波积（理想气体的 $\mathcal{H}$ 的全套本征函数）来做基函数。$\mathcal{H}$ 的矩阵会几乎对角；就是说，与对角矩阵元来比，非对角矩阵元极小——

小到可以当作微扰来做数学展开。展开系列中的每一项，代表对理想气体的修正。如果修正项迅速递减，系列迅速收敛（converge），微扰计算大功告成。

大自然并不一贯慈悲。若粒子间存有强作用，以平面波积为基函数的微扰计算会彻底失败。所谓强作用，可以是像核物质或液态氦里那样，粒子走近时彼此间产生强劲的拒力；也可以像电子体系里那样，粒子间的库仑作用本身不强，可是阴魂不散，距离再远仍没完没了。前者的情况下，平面波的矩阵元当场爆发，微扰计算根本没得可做。而后者的情况下，修正项不好好递减，系列永远收敛不了——远程积分发散（diverge），也没得可做。

为这类体系做微扰计算，必须以一组能够照顾到强作用的基函数为起点。

从 CWF 的讨论中看到，处理强作用的一个甚好方法，是引进适宜的相关因子。譬如说，处理液态氦 3 时，为每个反对称化的平面波积（每个含有一组不同动量的斯莱特行列式）乘上 CWF 所断定的相关因子乘积。以这套东西为基函数，每两个基函数间的矩阵元都不再爆发，微扰计算就能操作。

不同的体系，需引进不同的相关因子。以这种方法为体系建成的完整的基函数，叫做"相关基函数"（Correlated Basis Functions），以下简称 CBF。

虽说用上 CBF 矩阵元就不会爆发，可是矩阵极难计算。CWF 变分法只需计算 $\mathcal{H}$ 的一个对角矩阵元。CBF 微扰论却需计算大量的对角与非对角矩阵元。而计算非对角矩阵元时，还必须延伸通常的集团展开法，兜上两个好大圈子。芬伯格集中精力，带着我一起设法解决这个困难。

还有呢，除了 $\mathcal{H}$ 的矩阵元，还需计算 1 的矩阵元。为什么？因为惯用的微扰论里，基函数需呈现"正交性"（orthogonality），就是 $\mathbf{1}$ 的对角矩阵元需是 1、非对角矩阵元需是 0。而上面所建立的那套 CBF，忙着照顾富有物理内涵的强作用，却忽略了 $\mathbf{1}$、放弃了正交。计算 $\mathbf{1}$ 的非对角矩阵元不比 $\mathcal{H}$ 容易多少。算后要把它对角化更不容易。

我跟芬伯格所写的一篇论文，主要内容就在这里。冗长的论文，发表于专业杂志《物理评论》（*Physical Review*），有人说过分艰涩，不好玩。最近回去翻阅自己这第一篇专业著作，也觉得非常艰涩，很不好玩。可是真正艰涩的还在后面。

运用 CBF 做微扰论，必须面对极大量、极不好玩的麻烦。我在这麻烦里浮沉了整整一年，才冒出头看到端倪——及端倪后面隐藏着的物理真义。

虽嫌它烦，芬伯格觉得还蛮乐观；我这个刚入门的弟子，跟着师傅瞎乐观。既然基函数不正交，那就把它正交化呗。

文献里曾经出现过一个专搞正交化的规程，叫做"乐符鼎变换"（Lowdin transformation）：把 1 的非对角矩阵元当作微扰，拿来展开。假如所选的相关因子不太狂妄，这套 CBF 的非正交性或许不太强；那么，以非对角矩阵元为微扰的展开系列应能收敛。用上正交化后的基函数，$\mathcal{H}$ 的每一个矩阵元都被乐符鼎变换展成级数。只要级数收敛得快，通常的微扰论仍能操作。

我们把展开的数学表述完全做好，还把 $\mathcal{H}$ 写成"准粒子表示"（quasiparticle representation），以此结束那篇论文。当时流行的量子多粒子理论——例如格林函数（Green function）表述——都以准粒子表示为出发点；只要能把 $\mathcal{H}$ 写成这样的表示，各样精美武艺都可施展，低温的宏观物理性质都可计算。于是看来万事俱备，只欠东风。

梅西正在用 CWF 为虚拟玻色子氦 3 液体计算双粒子分配函数，一旦这东西出笼，我们就可以从容地把数字代入 $\mathcal{H}$ 的矩阵元，跟着运用通常的微扰论计算液态氦 3 的基态、低激态和相关的低温性质。

想得挺美。

等候论文刊登之际，工作继续进行。我却发现 $\mathcal{H}$ 经过乐符鼎变换后，矩阵元不肯好好收敛。级数的发散来自两处。一处是出现了反常的"N–相依性"。什么意思？总能量之类的宏观性质，原应按粒子数量 N 增减，也就是说与 N 成正比；这儿的级数里却出现了一些与 N 多次方成正比的反常项（anomalous terms），会让计算所得的宏观性质失去理性地无限膨胀。

类似的现象曾出现于 R–S 微扰论（Rayleigh–Schroedinger Perturbation Theory）。几年前，布勒克纳（Keith Brueckner）和戈德斯通（Goldstone）分析了 R–S 微扰级数，运用与场论（field theory）相类的费曼图（Feynman diagrams）代

表各项，发现反常项全来自所谓"非连接图"（unlinked diagrams）。他们继而非常清晰而巧妙地证实：级数中的重正化项（renormalization terms）与这些反常项正好完全抵消，从而解除了本来就不该产生的累赘。

我依样葫芦试图应付自己面对的困难，可是很快就发现乐符鼎变换后的 $\mathcal{H}$ 级数里并不存在那种万能的重正化项，因而无从利用它们来抵消讨人厌的反常项。直觉却清楚地告诉我：既然宏观性质都该与 N 成正比，反常项必定是展开过程中的人为赝品。那么，若展开做得合理，它们该自动消失。

我天资差，没有布勒克纳和戈德斯通那种尖锐透彻的数学眼力，远眺不到赝品的来源。不肯服输的精神却冒将出来：既然聪明不足，就用笨办法干事呗！花了好几个月，深深钻进图解理论，搞出一套我冠之以布勒克纳名字的图，以此为佐有效地分析了 $\mathcal{H}$。

首先理解到 $\mathcal{H}$ 的矩阵元想搞发散不打紧，因为它们本来就不是测量得到的物理性质。重要的是在计算物理性质时，所得结果不能含有反常的 N– 相依性。就是说：用 $\mathcal{H}$ 的矩阵元进行微扰计算时，先不要管它们含不含反常项，就把所有的微扰项都写出来，利用"布勒克纳图"详加观察。分析了好几百个图，发现不出所料：矩阵元里的反常项都是非连接图，而至少到第三级微扰，它们都正好完整地与微扰级数里露面的非连接图抵消。

做完三级微扰，看到下一级的计算量和分析量将会趋向天文数字，只好停手。当时说服自己：三级里几百个图这样完整抵消，绝对不可能是巧合。乃把这种抵消假设为定理，来日再求数学证明。

就在解决反常项的过程中，我写下了三级微扰里所有的连接图。满以为就此可以为液态氦 3 进行实际计算。兴高采烈，写好计算机程序，输入梅西为虚拟玻色子氦 3 液体算出的最初期结果，试它一试。哪知不试还好，一试就发现（上面提及的）另一处发散：液态氦 3 基态能的展开系列里，二级微扰修正的数量竟比首项高。那怎能做下去？

假如真的一级比一级高，微扰无从收敛，CBF 理论就不能运用于液态氦 3 的计算，甚至不能运用于任何别的强相关多粒子体系。全盘尽失。

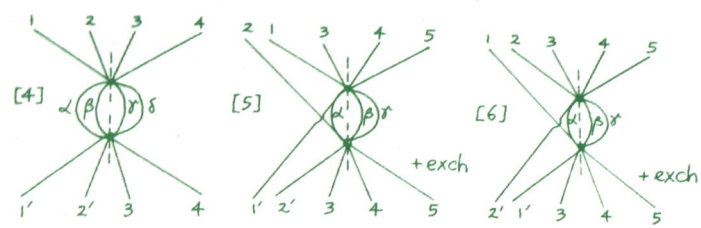

(iii). Contributions to $O(\omega^3 N^0)$ come from the nine terms involving superscript (4) as well as two (2)'s.

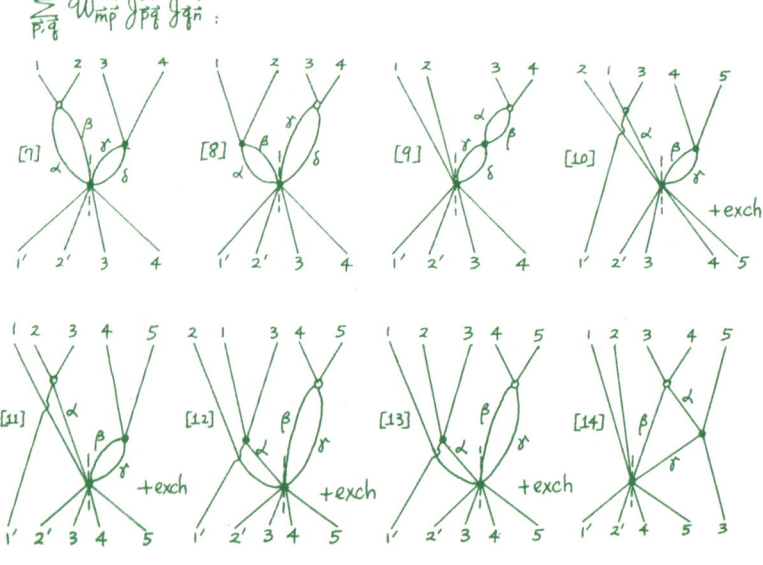

论文里命名及分析的几百张"布勒克纳图"之一。

我不信，芬伯格也不信。所建立的相关基函数不应该会那么差！固然粒子间的动力相关与对称相关必有牵连，但是牵连不应该大到让 CBF 完全失效。我走的这条路解决了反常项，应该还会充满希望。那么，修正过程中是否还包含另一种必须清除的赝品？

什么赝品呢？哪儿来的呢？又得回头想个清楚。

当时所用的方法是：先用乐符鼎变换把相关基函数尽量正交化，然后一级

(1) In the IY scheme, by ω.

$$E = E^{(\omega^0)} + E^{(\omega^1)} + E^{(\omega^2)} + \cdots,$$

$$E^{(\omega^0)} = E^{(0)}(\bar{o}) - \sum_{m>0} \frac{[W^{(2)}_{\bar{o}\bar{m}}]^2}{E^{(0)}(\bar{m}) - E^{(0)}(\bar{o})} + \sum_{\substack{m,n>0 \\ \bar{m}\neq\bar{n}}} \frac{W^{(2)}_{\bar{o}\bar{m}} W^{(2)}_{\bar{m}\bar{n}} W^{(2)}_{\bar{n}\bar{o}}}{[E^{(0)}(\bar{m}) - E^{(0)}(\bar{o})][E^{(0)}(\bar{n}) - E^{(0)}(\bar{o})]} + \cdots,$$

$$E^{(\omega^1)} = -\sum_{m>0}\left\{ J^{(2)}_{\bar{o}\bar{m}} W^{(2)}_{\bar{o}\bar{m}} + \frac{W^{(2)}_{\bar{o}\bar{m}} W^{(2)\prime}_{\bar{o}\bar{m}}}{E^{(0)}(\bar{m}) - E^{(0)}(\bar{o})} \right\}$$
$$+ \sum_{\substack{m,n>0 \\ \bar{m}\neq\bar{n}}}\left\{ \frac{W^{(2)}_{\bar{o}\bar{m}} W^{(2)}_{\bar{m}\bar{n}} J^{(2)}_{\bar{n}\bar{o}} + W^{(2)}_{\bar{o}\bar{m}} J^{(2)}_{\bar{m}\bar{n}} W^{(2)}_{\bar{n}\bar{o}}}{E^{(0)}(\bar{m}) - E^{(0)}(\bar{n})} + \frac{2 W^{(2)}_{\bar{o}\bar{m}} W^{(2)}_{\bar{m}\bar{n}} W^{(2)}_{\bar{n}\bar{o}} + W^{(2)}_{\bar{o}\bar{m}} W^{(2)\prime}_{\bar{m}\bar{n}} W^{(2)}_{\bar{n}\bar{o}}}{[E^{(0)}(\bar{m}) - E^{(0)}(\bar{o})][E^{(0)}(\bar{n}) - E^{(0)}(\bar{o})]} \right\} + \cdots,$$

$$E^{(\omega^2)} = -\sum_{m>0}\left\{ \frac{1}{4}[J^{(2)}_{\bar{o}\bar{m}}]^2 [E^{(0)}(\bar{m}) - E^{(0)}(\bar{o})] + J^{(2)\prime}_{\bar{o}\bar{m}} W^{(2)}_{\bar{o}\bar{m}} + J^{(2)}_{\bar{o}\bar{m}} W^{(2)\prime}_{\bar{o}\bar{m}} \right.$$
$$\left. + \frac{[W^{(2)\prime}_{\bar{o}\bar{m}}]^2 + W^{(2)}_{\bar{o}\bar{m}} W^{(2)\prime\prime}_{\bar{o}\bar{m}} + [W^{(3)}_{\bar{o}\bar{m}}]^2}{E^{(0)}(\bar{m}) - E^{(0)}(\bar{o})} \right\}$$
$$+ \sum_{\substack{m,n>0 \\ \bar{m}\neq\bar{n}}}\left\{ \frac{1}{4} J^{(2)}_{\bar{o}\bar{m}} W^{(2)}_{\bar{m}\bar{n}} J^{(2)}_{\bar{n}\bar{o}} + \frac{1}{2} W^{(2)}_{\bar{o}\bar{m}} J^{(2)}_{\bar{m}\bar{n}} J^{(2)}_{\bar{n}\bar{o}} \left[\frac{E^{(0)}(\bar{m}) + E^{(0)}(\bar{n}) - 2 E^{(0)}(\bar{o})}{E^{(0)}(\bar{m}) - E^{(0)}(\bar{o})} \right] \right.$$
$$+ \frac{[W^{(2)\prime}_{\bar{o}\bar{m}} W^{(2)}_{\bar{m}\bar{n}} J^{(2)}_{\bar{n}\bar{o}} + W^{(2)}_{\bar{o}\bar{m}} W^{(2)\prime}_{\bar{m}\bar{n}} J^{(2)}_{\bar{n}\bar{o}} + W^{(2)}_{\bar{o}\bar{m}} W^{(2)}_{\bar{m}\bar{n}} J^{(2)\prime}_{\bar{n}\bar{o}}] + [W^{(2)\prime}_{\bar{o}\bar{m}} J^{(2)}_{\bar{m}\bar{n}} W^{(2)}_{\bar{n}\bar{o}} + \cdots]}{E^{(0)}(\bar{m}) - E^{(0)}(\bar{o})}$$
$$+ \frac{2 W^{(2)}_{\bar{o}\bar{m}} W^{(2)\prime}_{\bar{m}\bar{n}} W^{(2)}_{\bar{n}\bar{o}} + W^{(2)}_{\bar{o}\bar{m}} W^{(2)}_{\bar{m}\bar{n}} W^{(2)\prime}_{\bar{n}\bar{o}} + 2 W^{(2)\prime\prime}_{\bar{o}\bar{m}} W^{(2)}_{\bar{m}\bar{n}} W^{(2)}_{\bar{n}\bar{o}} + W^{(2)}_{\bar{o}\bar{m}} W^{(2)\prime}_{\bar{m}\bar{n}} W^{(2)}_{\bar{n}\bar{o}}}{[E^{(0)}(\bar{m}) - E^{(0)}(\bar{o})][E^{(0)}(\bar{n}) - E^{(0)}(\bar{o})]}$$
$$\left. + \frac{2 W^{(3)}_{\bar{o}\bar{m}} W^{(3)}_{\bar{m}\bar{n}} W^{(2)}_{\bar{n}\bar{o}} + W^{(3)}_{\bar{o}\bar{m}} W^{(2)}_{\bar{m}\bar{n}} W^{(3)}_{\bar{n}\bar{o}}}{[E^{(0)}(\bar{m}) - E^{(0)}(\bar{o})][E^{(0)}(\bar{n}) - E^{(0)}(\bar{o})]} \right\}$$
$$+ \cdots. \tag{5.20}$$

在《物理评论》里发表的第一篇个人论文。

一级用微扰法去修正 $\mathcal{H}$。就是说：先处理好 $\mathbf{1}$，然后再处理 $\mathcal{H}$。这样做合理吗？

从物理的角度来看，确实有些不妥。我们最初选择相关基函数时，注意力集中在处理好强作用，没有考虑它们的正交性。就是说，着重了 $\mathcal{H}$ 而不注意 $\mathbf{1}$。待应用时，却反过来先着重 $\mathbf{1}$ 才注意 $\mathcal{H}$。这样做法不是自讨没趣？量子计算要求把 $\mathcal{H}$ 和 $\mathbf{1}$ 同时对角化，难道我们的计算方法不该按此颁予 $\mathcal{H}$ 和 $\mathbf{1}$ 同等地位？

所走的路线必须重加考虑。

是否直接运用非正交化的基函数，就不能做微扰计算？答案是：并非如此。克拉克——芬伯格的老徒弟、我的师兄兼老师——与他的一个研究生，就在文献里挖掘过这种老早建立但罕被使用的微扰法，并为多粒子体系推导过部分方程。

至少于我这题目运用非正交基函数来做微扰，我咬定完全可行。理由之一是，从物理层面来看，我们这套相关基函数非常合理。理由之二是，前述两类反常项的抵消，绝非偶然；若把 $\mathcal{H}$ 和 1 放在同等地位、逐级一并处理，图解分析里所见到的抵消理应按级重现，无须担心。理由之三是，相关因子乘积所对付的是 $\mathcal{H}$，平面波斯莱特行列式所对付的是 1，我们所设计的 CBF 从头开始就对两者看待得相当持平；若运用同样持平、两不亏待的方法来做微扰计算，两者在展开中人为产生的大项，很可能彼此消除。（最后这句话基于对 CBF 的信心，直觉多于逻辑。）

讲到这儿，理论已经交代得差不多，应当适可而止，就此打住。基础概念和关键问题大致已经说尽，而实际的公式推导异常复杂，用尽整本书的篇幅都交代不了，读者们不会愿意我在此细说。那就请容许我急转直下，告诉各位：后来把 R-S 微扰论直接运用于非正交的 CBF，果真解决了问题——反常项不复作祟，正常项不产生过大的修正。

这番经历告诉我：一、科研不全靠天才，需不惧艰涩，埋头苦干。二、埋头苦干不等于乱拼老命，首先要对理论基础和研究对象——包括体系的性质——有较深刻的理解。所谓"直觉"或许就是进入了下意识的理解。三、理解带来信心，让你有认识有方向地一步步向前走，有胆量有目标地持久苦干。

苦干、理解、信心，三个环节隐约相连，有形无形地带动良性循环。

最后，必须切记物理毕竟是门实验科学；理论工作者所追求的，是能与实验能测性质相比对照的结果。具有数学天赋的理论物理学家不妨坚持求取定理的证明和完整。缺乏数学天赋的理论物理工作者不必死闯胡同；要在充分解决明显的理论困难后，瞄准物理体系的能测性质，灵活寻找具创造性的理论方向和方法。

苦干的成绩与良师的典范

理论困难得到解决后，还要推导有关方程和公式，整理计算逻辑，缮写程序；然后上机计算，下机分析。说来简单轻松，事实上花了几乎一整年。

跳过这些，告诉读者们：在孟山都公司打工所学到的技能，到此得以发挥。或许只是我运气好。或许当时选择工作时想得比较周到。也或许人生本就如此：任何经历，只要干得认真，都可以让你直接或间接学到有用的知识，日后自有发挥的机会。

值得讲清楚些：华大计算机系主任对我的操作技能表示可信，允许我在计算机中心关闭期间独自进去上机。

独自上机操作的重要性远非当今读者所能想象。那时代的计算机系统庞大，机件非常复杂，大大小小配套装置放满一厅；总价至少要一两百万美元（相当于今天的上千万美元）。管理单位当然不敢让非专业技术人员走近。教授和学生们使用计算机，都需在上班时刻把程序交到计算机中心，让玻璃墙后面的技术服务人员依次替他们操作，然后通过柜台抽屉交还计算结果。

大多科研计算都带有前因后果的关连，需要看到上一步结果，才能进行下一步计算。于是使用者必须不断进出计算机中心，一条小题目拖上好几个月才完工不足为奇。

我入行较早，对巨型计算机系统的操作不差于很多专业技术人员，甚至还能不时替他们帮点小忙；因此计算机系对我特别优惠，给我一把计算机中心的大门钥匙。技术人员下班后，中心大门紧紧锁上，我却可以自由出入。来到关键时刻，一连几星期，只要当天取得许可，天一黑我就可以独自走进计算机中心，同步运用计算机、打印机、打卡机、磁带输入机。上一步结果出笼，就现场进行分析，准备下一步的输入，整晚不停循环操作。天亮后，就在技术人员上班前，赶紧从中心撤出，捧着大沓印就的结果，心满意足地走回物理系办公室，去做这一轮的系统性分析和小结。

埋头苦干的年头。

忙中偷闲——与偶尔来访的姐姐、姐夫。

那几星期里，除这儿那儿抓紧时间睡两三小时，白天要把前夜的上一轮收获处理得当，断定下一轮的战略，准备好今晚的所有程序和输入，及现场分析的逻辑和路线。然后回家吃碗饭、亲一亲老婆儿子，重上征途。

这真是老天赐予的好机会：别人可能需要花上多年时间才能干完的事，我只花上了几个星期。

梅西被计算机困住足足两年，经常为之光火。1964 年夏季，我帮他出主意、讨论计算程序、教他自行上机。他的虚拟玻色子液体氦 3 初期计算结果，得以早日出笼。

总结整个过程。1964 年初秋，在公式的推导中发现了上述第一类发散。秋去冬来，妥善地解决了这类发散所带来的困难。1965 年初春，按照理论分析为连接图推导好公式，写好程序，使用梅西的初期结果，进行微扰项的实际计算；上机后却又发现了那第二类发散。跟着，春夏之际的那几个月里，终于另选上述的新路线：为 CBF 运用上非正交微扰理论。其间，家庭生活上出现一些饶有趣味的情节，容在下章报道。

1965 初秋，拿着虚拟玻色子体系的最终结果，为一系列不同密度的液态氦 3 计算出二级微扰基态能，发现二级修正的数量低至首项的三分之一。也就是说，$\mathcal{H}$ 和 1 的展开里，的确存在大项相互消除的现象，令微扰计算得以收敛。

继而很快就从这些计算和延伸里推导到液态氦 3 的低温宏观性质，包括平衡密度、结合能、压缩度、声速和磁化率。与实验数据相比，竟胜过一切半现象性理论所得。乐观的说法是：低温物理首次出现了液态氦 3 的第一性原理理论。

芬伯格显然相当满意，让我立即写成论文，向《物理评论》投稿。他认为这部分研究完全是我个人所获的成绩，坚持在论文的作者署名里去掉他的名字。其后论文顺利在《物理评论》刊出，算是我的第二篇专业著作。详详细细把内容展开，写出长篇大论，终于成为我的博士论文。

我的博士导师是真正的学究、真正的君子。品格和作风难能可贵，莫怪得到人人的敬佩。芬伯格集渊博的学识、精邃的造诣、严谨的治学态度、诚挚的教诲方式于一身，芸芸学者和教授无出其右。他那孜孜不倦的好学精神、虚怀若谷的大师风度、朴实无华的生活习惯、持之以恒的身心锻炼、彬彬有礼的君子品德、出自内心的诚恳待人，都与众不同，堪称知识分子的最高风范。

正如无数创新能力特强、成就显著的教授、学者，芬伯格是犹太人。很多人知道，犹太人的民族性和美德与我们中国人相似，譬如说：家庭观念、好学上进、勤奋节俭、不惧辛苦。不过他们的教育传统与我们有所不同：鼓励孩子发挥好奇的天性、创新的欲望、推理的精神，及辩论和质问的技能。难怪历史上无论哲学、宗教、政治、社会、文化、心理、科学、经济、音乐、美术、技术、工艺……处处可见犹太人的创造、突破、力量和贡献。没有犹太人，今天世界上许多方面都不会如此进步。

为什么这个民族如此优秀？有人说，所谓"犹太人"不应被视为一个民族，而是以宗教为核心的社群。虽然大多数犹太人已经不常去庙宇参拜或集会，但是教义里较积极的一面已经渗透文化，挥之不去。（正如儒教的哲学思想早已全面渗入华人的血液。）又有人说，自古以来犹太人经受压迫，被迫流亡，散居全球各地。唯有凭坚强的文化基础、专一的宗教意念、超高的毅力和勤奋，才能争到生存空间；时势造就了英雄。还有人说，正因为散居各地，久而久之与不同民族通婚，丰富了他们的基因库，增加了智慧。此外还有很多种不同的——甚至离奇的说法。

不管怎么，犹太人确实厉害，尤以近代科学为甚；我们这代留学生亲身体验过。六十年代，一次全美物理学会在纽约开大会。我们这些来自美国各地的中国研究生在会场碰到，照例"团结起来"一起去中国馆子吃晚饭。（那时留学生对海峡两岸的观点相当分歧，最能团结我们的力量往往来自对中国菜的偏爱。）饭桌上谈到这点，即场做了统计，发现两桌上二十二人中，二十人的博士导师是犹太人，分别执牛耳于不同的物理专业。

芬伯格是不是犹太教信徒，我不知道。美国人一般认为宗教信仰属于私隐，正如年龄和收入，不兴打听。猜想他会把宗教当作一门学问，正如他把政治思想也当作学问来看。当时他的儿子在圣迭戈加州大学念哲学，博士导师是著名的政治哲学家、被人称为新马克思主义代言人的赫尔巴特·马尔库塞（Herbert Marcuse）。芬伯格告诉人们他的儿子是"Marxist"，意思是研究马克思主义的学者。但是这个英文字眼也可被解释为马克思主义的信奉者；在反共意识浓厚的美国，以此来称呼人很有些别扭。这位百分之百的教授却不懂得为什么这样说自己的儿子会令人震惊。

芬伯格带学生有他的独特风格，对不同的博士生要求很不一样。譬如说，对克拉克和三个中国学生（师兄伍法岳、我、后来的师弟陈宏达）要求很严，说明期望很高，但是与我们谈得并不多。主要是让我们自己去苦干，包括看方向、找路子和寻求解答。对梅西和一位韩国师弟却并不很严，主要是让他们抓紧一个题目，不断上计算机，求取数字结果。或许他看得出这两位对理论研究的兴趣并不那么强，因此也不苛求。老师的个性内向，沉默寡言；带领学生的方法和态度视人而异，却从不明言。

最初我跟他计算着大批矩阵元，看着这位年纪已经不小的著名物理学家，还那么起劲、那么勤劳，很怕赶不上他。当时不熟悉理论计算方法，确实感到一丝迷惘；甚至担心他不愿继续收我这个徒弟。后来发现他虽算得快，却偶尔稍微有点粗心。而理论物理的公式推导，一环紧扣一环，一子失误会使全盘尽散。每逢找到他计算上的小错误，立刻小心翼翼地告诉他。他非但不以为忤，反觉得十分高兴，重复道谢。

久后我发现自己有"举轻若重"的天性，比较适合做某些详尽细致的理论计算，也适合苦干，这些方面与导师相似。他的谦逊态度给我增加了自信，并让我得知真正有本事有自信的人，欢迎别人指出错误；这更令我钦佩他的人格和风度。

跟上芬伯格这样的好教授，确实是我的幸福。他与我父亲同年，身体一直很好；每天上下班坚持走路，背脊笔挺、健步若飞，就是听说有很轻微的糖尿病。不幸七十一岁时突然过世，物理界陨落了一颗巨星。

游学的路线与准备

作为芬伯格的学生，除跟他一起写过那篇计算液态氦 3 矩阵元的专业论文外，只发表过一篇摘要型的短文。回顾 1964 年夏初，把那篇专业论文送去《物理评论》，很快就被接受。可是当年排版、印刷、发行都极慢，要等好几个月才能面世。一般作者习惯向同专业的学者直接寄发预印本（pre-prints），借此展开比较及时的讨论。

芬伯格把我们那篇论文的预印本寄了给六十多位同行，静候反应。

1964 年夏季，他去欧洲讲学三个月。我想趁这期间去东部访问一些大学的物理系，同时拜见一些收到过我们论文预印本的前辈，收集他们的意见。当时还没有看到正交化会带来这么大的困难，当然也还没想到怎么善用非正交性微扰论来解决问题。满以为我们为液态氦 3 所建立的"第一性原理准粒子表示"即将面世，会引来同行们的重视，愿意给我们提供看法和建议。

芬伯格很赞成我去跑一次，说不如夏末才走吧。到时正好国际低温物理学会将在俄亥俄州立大学举行几年一度的全球性大会；他自己不太喜欢凑热闹，可是觉得我和梅西应该去，花上一个星期见见世面。同时顺便在会期前后跑多几个地方，看多些人，听多些意见，广增见识。

我把这件事称为"游学"，值得穿插一些回忆。

对我们这个科研课题来说，跑一次确实相当重要。当时量子多粒子理论界风行端正高雅的场论图解和格林函数方法；我们这种运用第一性原理为出发点、准粒子表示为过渡、基态数字计算为终结的理论，属于"另类"创新，不易被人注意或接受。若不亲自上门讲解求教，很难发动有意义的讨论。于是毕生第一次的游学计划，就这么定了。

通过游学，尝到了大胆叩门求教的滋味，获得了建立学术网络的经验。

详细路线已不很记得，反正是全程自己驾车。首先要带上老婆和幼儿，装好半车子婴儿用品——包括大量供替换的日常衣裳和尿布，与一个巨型尿布桶，把母子两人安全送到马里兰州，留在伊芳姐姐家里，才敢放心只身上路，开始远征。

清晨出发，一口气穿过伊利诺伊和印第安纳（Indiana）两州，开到俄亥俄州的辛辛那提市，也就是九年前刚到美国时、在火车站初逢种族隔离政策的那个城市，路程约九百公里。次日清晨，找到辛辛那提大学（University of Cincinnati），绕校园兜了一圈，呼吸过与圣路易相像的湿热空气，看过与华大相像的校园建筑和氛围，然后抓紧时间赶路。倒是没去物理系行走，因为辛大的物理系里没有我专业的教授，别的专业也远逊于华大。原来不必花时间去找，不过既然有这么一所名声不错的大学，总该一到；正如菩萨的信徒们走近庙宇总得进去一拜。

命里注定我们一辈子将是这样子的游客：跑到全球任何角落，必定会去当地的主要大学兜兜。几个孩子曾经跟着我两踏入无数大学校园，而不少城市除大学外什么名胜都乏时涉足。譬如说，到中国科技大学几次，而从没去黄山；到过西安交通大学，而没去看兵马俑；在德国科隆大学做过学术报告，而没去参观科隆大教堂……老婆常说："什么地方都不带我去看，总说老了、退休了、时间多了，再陪我去。现在三样都已做到，还是一到有大学的地方就向学校里跑！"其实我们也旅游过，因为有些旅游地点没有研究型大学，无从讲学或拜访。

辛辛那提到马里兰州只需穿过西弗吉尼亚州，路程约 600 公里。到伊芳姐姐家时，天还没黑，孩子没睡；儿子与比他仅大一个月的表兄初次见面，相互端倪良久，从此结为好友。两个妈妈通宵交换育儿经验，不在话下。

看来没有爸爸们插嘴的机会，待上一天就重新上路。回头穿越西弗吉尼亚州，回到俄亥俄州，不过这次走的是北线，晚上到达哥伦布市。

开了一星期的会，听了多篇报告，见到很多位低温物理界的名人。他们说了些什么，我的印象不深，大概是因为造诣不够，消化不到。几年后真入了行，再次听他们的报告，才理解他们的研究方法和内容。再过几年，有些变成同事，部分结交为友。又过几年，我先后在西北大学当了系主任、圣迭戈加州大学当了院长，几位在哥伦布市只能远距离景仰的名人在系里、院里竟变成我的所谓"下属"（多难听，惭愧惭愧）——包括后来当我博士后导师的名教授。风水的确轮流转，远不需要六十年。

暂住！所谓上下属完全是世俗看法。虽然他们的教研工作要接受我的评估，升迁和薪酬要让我决定，事实上还是我所景仰的前辈。这种微妙关系在华人社会里有时带来尴尬，甚至矛盾。在美国学界里却只是职责分明，视以为常，毫无尴尬，更无矛盾。

会里碰见几位收到芬伯格和我那篇论文预印本的教授，对我们的"大作"没有任何印象；分明没有细看，甚至没有粗看。让我初次体会到学界里那种"不发表，即凋谢"（publish or perish）的现象迫使大家忙着干自己的，不太理会别人的科研发现。倒不是说我们那篇论文一定有什么特别值得欣赏的论点，但是预印本到了同行手上，有些连摘要都没看上一眼；难道做学问的人连这点好奇心都已丧失？

难怪几年后一位炙手可热的名人竟然重新"发明"了我们早已在《物理评论》里公开发表过，及在不少会议上宣读过的 CBF 理论，还在同一专业杂志

《物理评论》以此发表论文。被人指出，不以为窘。后来好像照样当上了院士。

话说回来，在大会里也认识了几位表示愿意深谈的人物。会上大家都忙，约好下两周在游学途中去他们的学校上门拜见。

美国教授一般没有架子，有同行或学生愿意来找，只要有值得讨论的内容，即使以往没见过面，也很欢迎。从来不需要什么介绍信。本来就是，读书人应该欢迎讨论，一有机会就多听新的思维，学新的知识，不能说资格老点就没有可听可学的了。当然，年轻人应该珍惜前辈们的时间，要把自己的思维和观点理清，才上门求教。谈时要有内容，避免高论浮夸、无的放矢。

开完近一星期的会，照原路驾车回到马里兰州，与妻儿重聚，仅一日，又重新上路，全情投入游学。旅程很长、日子不多，想去的大学又多，幸好准备工作做得相当周全。

一是离开圣路易前早已写信给希望拜见的教授们，说明来意，征得他们的同意。手上准备好一张完整的大学和教授名单。开会那星期里见到一些，包括事先没想去拜见的。于是在名单上作了适当的修改。那个年头还没有电子邮件，长途电话收费昂贵，什么事都得靠写信。

二是仔细研究地图，选择效率最高的路线。看的不单是公路网和城市图，还查清每所大学的地址及市中心内外的路线。有些大学不止一个校园，必须搞清楚物理系在哪个校园，免得白跑。那年头当然还没有互联网，查这些不能靠上网，需去图书馆逐页搜寻、整体策划。

三是考虑在每处见哪几位教授、与各人谈多久，预约时间和地点。要想好什么时候离开校园才能避开堵车时刻，否则误了下一个约会，对不起人。那时高速公路不多，非但城里会堵车，出到城外还得避开居民众多的郊区小镇。这些都得靠查书刊，加上细心地思考和推测。

四是预先拜读教授们的有关论文，了解他们对量子多体物理的看法、属于哪个"学派"、对液态氦的兴趣和理解。这样才能从他们的角度和出发点看同样的问题，不致到时你说你的、他说他的。既然他们愿意为你花宝贵的时间，就该为他们着想，避免浪费前辈们的精力。

五是准备好怎么体会他们的见解。学浅才疏，很难在讨论时都透视到。最好能把过程录音，回家后慢慢分析。不过学术讨论不像记者访问，不能搞现场录音。退而求其次，我买了录音机，放在车里；每次讨论结束，上车后边开车，边自言自语，尽量把能记住的尽快录下。

回想起来，最后这招实在不妥。凭回忆做录音需要专心思考；而开车时又绝对不该分心。这次旅途中，多少天来，边开车边录音，虽然效果不错，没出事算是运气。年轻不懂事，读者们千万不要干这样的蠢事，以免肇祸，害人害己。

游学幸遇的人物和见闻

真正的"游学"应该等于留学，一般总得花上两三年吧。不行的话，至少一年半载。可是我这次，时间和经费都极其有限。若不把俄亥俄开会的一周算进，再去掉公路上奔波的几天，前后仅花了两个星期，实在有愧"游学"二字。幸好准备工作做得充足，与前辈们谈话往往一席胜数日。这般说来，连游学也可以做得很"经济实惠"。

地图上出现不少"游学"所经过的城市。（圣路易近左下角，波士顿近右上角，却都没标明，但求尚能示意）

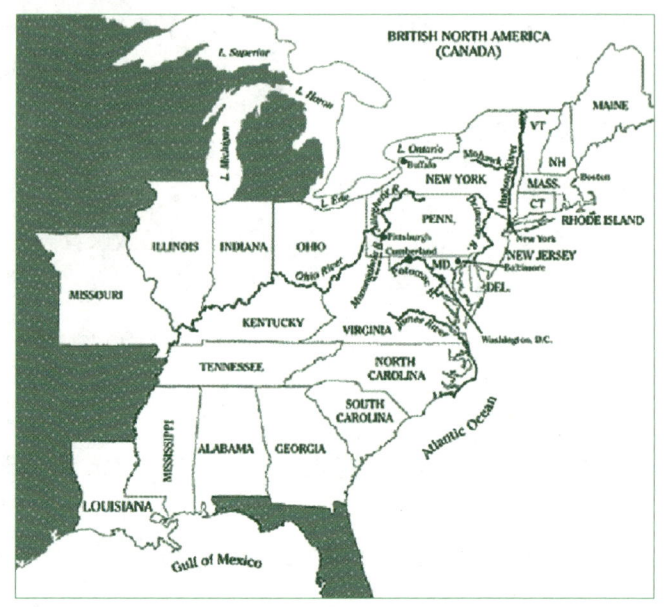

偶然发现1821年的美国疆土图，包括所有"游学"所经过的州。并不奇怪，很多主要大学都于早年创办。

　　离开马里兰州西端，不久就穿越西弗吉尼亚州的东北角落和弗吉尼亚州的北端，来到美国首都华盛顿特区。我国首都北京市除一小部分与天津市接壤，完全被河北省围绕。美国正巧也是那样，首都的特区除一小部分与弗吉尼亚州接壤，完全被马里兰州围绕。

　　旅程从华盛顿特区开始，大致一路沿大西洋岸北上，途经马里兰州的巴尔的摩市、宾州（宾夕法尼亚州）的费城（费拉德尔非亚市）、新泽西州的普林斯顿市、纽约州的纽约市、康州（康涅狄格州）的纽黑文市、罗得岛州的普罗维登斯市、麻州（马萨诸塞州）的波士顿市，最北到达新罕布什尔州的汉诺威市。回程则从北面重返宾州，途经州立学院市（State College）和匹兹堡市，南下回到马里兰州。

　　州小城多是历史遗留的痕迹，也是东岸的特点。就拿沿途的大城市来说，华盛顿到巴尔的摩虽只五十多公里，但是城镇不断、人口稠密、交通繁忙，车程约一小时。巴尔的摩到费城几达一百五十公里，车程两小时。费城到纽约又是一百五十公里，车程两小时。纽约到波士顿约三百公里，车程四小时。总的算来，东岸的行程共约六百五十公里，车程约九小时。

这条华盛顿到波士顿间的城市轴，被统称为东部海滨（Eastern Seaboard）；既是美国政治、经济、文化、教育、工业、商贸、交通、物流等的发源地，也是历久不衰的国家核心地带。

除此之外，全程只经过一个大城市，就是远离东海岸的重工业中心匹兹堡。

沿途拜访多所大学，这儿用它们的英文简称分州列出，暂时不给中文译名：马里兰州的 U Maryland、Johns Hopkins，宾州的 U Penn、Drexel，新泽西州的 Princeton，纽约州的 Columbia、Yeshiva、NYU、SUNY Stony Brook、Brookhaven（国家实验所）、Brooklyn Polytechnic，康州的 Yale，罗得岛州的 Brown，麻州的 MIT、Boston U、Harvard、Brandeis，新罕布什尔州的 Dartmouth，及回程途中宾州的 Penn State、Pittsburgh、Carnegie（后来与另外一间学术研究所合并，改名为 Carnegie-Mellon）。其中包括多所我专程造访的著名学府，也包括几所只是因为路过而顺便去瞧瞧的大学。

见闻甚多，不便细述。谈及的学术内容也就不在此说了。只选几位有趣的人物及读者们熟悉的华人学者，略写他们的侧影——或许各位意料不到的一面。

离华盛顿东北郊区不远处，是马里兰大学（University of Maryland）所在的小镇，镇名就叫学院园（College Park）。这所州立大学早年名不见经传；五十年代后期苏联卫星上天、全美官民受惊的当儿，它抓紧机会大事扩展。据说物理系到处发信，招兵买马。普林斯顿大学的著名理论物理学家维格纳收到信后，回笔推荐了一位在他指导下刚毕业的博士生，并异想天开地说：这个年仅二十八岁的小伙子可以来你校当物理系主任。马里兰大学竟然不以为忤，果真请了他当系主任！

毫无行政管理经验的约翰·S. 托尔（John S. Toll）掌上大权，居然说服不少人气正在上升的物理学者加入阵营，很短期间发展成全美最大的物理系。十多年后，他出任石溪纽约州立大学（State University of New York at Stony Brook）的首任校长。又十九年后，回到马里兰大学担任校长，直至退休。这是美国教育史上的一位传奇人物。

马大是我旅程上的首站，在那儿所花的时间特别多。该系有五六位量子多体理论的同行，年纪都还不很大，特别热情；向他们讨教就像是切磋，非常有劲。他们逐一陪我谈，还带我见了托尔——那位来时比所有教授年轻得多，而样子却特别老成的系主任。

马大物理系的青年教师里有一位老朋友：吴仙标的哥哥吴锦铉。他在伯克利加州大学念完博士，到哥伦比亚大学和普林斯顿的高等研究所当过博士后，然后被网罗到马大当助理教授。只有非常优秀的青年学者才能获取这么一连串的好职位。可惜这位学兄念的是粒子理论，与我的专业相去甚远，让我无法从他那儿学习。他已结婚，嫂子烧得一手好菜，让我打了旅程上第一场也是最后一场牙祭。

见的人太多，马大到巴尔的摩的路程太短，来不及在车上把讨论内容录音。幸好在约翰·霍普金斯大学（Johns Hopkins University）只见一位教授，还不是我的本行。他是芬伯格早年的博士生，搞正宗的核物理；那时已离开专业进入行政管理。虽然芬伯格把我们的论文预印本寄了给他，但师兄弟间没有找到共同兴趣。我向他汇报了师傅的近况，聊了家常，不久告辞。

约翰·霍普金斯大学的地理位置接近拥挤的巴尔的摩市中心，出城时花了不少时间。之后飞驰费城，到宾州大学（University of Pennsylvania，简称 U Penn）去找跟健斯学艺时的师兄斯卡拉皮诺。途中终于录下取自马大的心得。

第八章里提到过斯卡拉皮诺。他跟随导师健斯从斯坦福大学到华盛顿大学，没多久后就写完博士论文，到宾大做博士后，跟着就留在宾大任教。或许健斯在他面前为我说过些好话，他对我蛮看得起，陪我参观了物理系，还把我引见给在超导体物理上凭 BCS 理论出了名的同事施里弗。

超导现象反映某些物质的电子液在低温下会变成粘度尽失的"超流"。现象发现了好几十年，到 1957 年才由约翰·巴丁（John Bardeen）与他的博士后莱恩·库珀（Leon Cooper）和博士生罗伯特·施里弗（Robert Schrieffer）找到理论基础（故称 BCS 理论）；此项突破在 1972 年为三人带来诺贝尔奖金。

液态氦 4 是玻色子体系，在极低温下呈超流现象。而电子液是费米子体系，

巴丁、库珀、施里弗为超导理论带来突破。

凭一种不同的机制呈超流现象。大家都相信在适当条件下液态氦3这个费米子体系也会像电子液那样变成超流。因此芬伯格和我所写的那篇论文足以引起超导理论工作者的兴趣。施里弗的确表示了兴趣，不过我当时所能向他描述的只是第一篇论文，尚属液态氦3理论的起步，要等到博士论文发表后才能设法与超导理论衔接。

多年后与施里弗再打交道。第八章里说到后来我在美国国家科学基金会（NSF）理论物理研究所筹建小组上，带头支持斯卡拉皮诺一帮，要把NSF第一个自创的研究所放在UCSB。当时另一委员杨振宁持强烈的反对意见，筹建一事几乎告吹。后来之所以能够说服杨振宁，就是因为我们找到了施里弗，请他同意当首任所长，克服了杨先生对研究所领导人事上的担忧。

又多年后，施里弗途经香港，被我以校长身份邀来香港科技大学讲学。就在第一讲前，他睡了场午觉，随后跳进贵宾招待所的小泳池里戏水。哪知看错了时间，晚了二十分钟才来上课，使我满头大汗到处找他，着实为满溢大报告厅的师生听众虚惊一场。

宾大是所古老的大学。正如很多历史悠久的学校，建于市区中心，随着市中心的衰落而渐渐衰老。学校周围环境不甚好，也不甚安全。校园边缘有条高架公路，按临近的河流命名，叫做 Schuylkill Highway，一不小心会把它念成 Sure Kill（必杀无疑）；作为交通要道，令人心惊肉跳。

施里弗与瓦尔特·科恩（左）先后当过Kavli理论物理研究所的所长。

当晚斯卡拉皮诺请我回家吃饭，并让我在他家的客房里过夜。这种好客之情在公私分明的美国实不常见。我在客房外的浴室里闯了个不大不小的祸：淋浴龙头装在浴缸上端，这个住惯"破木船"的老土，不懂得淋浴前要把塑料布帘下端放在浴缸里面才能挡水，却莫名其妙地把它放在浴缸外面，以致洗完后一地都是水。或许他早已忘记此事，不过他的夫人次日需要趴在地上擦干地板，绝对忘记不了。

主人夫妇没有及时发现我闯的祸，以丰富的早餐盛情款待，送我上路。

离开宾大和费城，一个多小时后到达新泽西州的普林斯顿大学（Princeton University）。在小镇和校园里兜了好一阵子才找到杨振宁的办公楼。当时他还在普林斯顿的高等研究所，次年才迁至石溪纽约州立大学。

走进他的办公室，秘书小姐说杨先生知道我会早到，预先留话让我稍等。他当天下午需去布鲁克海文国家实验所（Brookhaven National Laboratory）开会，将从办公室直接驾车前往，因此要收拾好行李才来上班。

不到一个小时，脸上带着稚气而双眼灼灼有光的物理大师，兴致勃勃破门而入。一开口就说"来晚了"，向我这个从来没见过面、完全不重要的小伙子道歉。跟着就让我坐下，从文件柜的抽屉里拿出一沓学术材料，仔仔细细介绍他的一系列与多体物理和统计力学有关的文章。有一些他指出什么是中心思想，值得注意。有一些他说不看也罢。坦率得既惊人又可爱。

话锋一转，开始谈到与物理完全无关的问题。看到他书架上放着《毛泽东选集》，隔壁就是蒋介石的《中国之命运》，就问他对中国政情的看法。他非常直率地表达了在那年代的美国很不受人欢迎的观点，洋溢着对祖国的深切关怀和毫无保留的乐观，赤子之心令人不由得不感动。杨振宁当时如此，之后几十年始终不变。

说啊说的，不知道怎么从祖国情势转向中国电影，然后又进入别的话题，越谈越远。他学问之渊博、条理之清晰、见解之深入，远超我以往见过的任何物理学家。再说，一位物理界的泰斗、诺贝尔奖金获得者，跟一个二十多岁、还没出茅庐的小伙子能够谈得这么多、这么广、这么深，实在匪夷所思。从此，就像无数当年的留学生，杨先生（都这么称呼他）变成了我的偶像。

不知不觉两个小时就这么过去了。他一看手表，说是不得不走了；普林斯顿离布鲁克海文正好 100 英里（160 公里），车程整整两小时，还得跳进车就猛踩油门。他谦和地说声抱歉，一阵风地跑了。看着他上车，心想该我道歉才是。谈得完全忘却时间，害得他连午饭都吃不上。

也真巧，我与一连见到的三位——斯卡拉皮诺、施里弗、杨振宁——后来同时卷入 NSF 理论物理研究所的策划。同样那十多年里，我远程跟随杨先生这

杨振宁：一辈子的科学家、思想家、社会活动家。

位前辈参加了多种华人活动，包括推动认识新中国和支持中美建交。此外还在全美华人协会会长的岗位上隔届接了他的班。又过十年，为了回香港办科大，不时向他请教，多次得到他的鼓励和帮助。

新泽西州与纽约州接壤。从普林斯顿到纽约市中心约七十公里，途中城镇村落相连，车辆络绎不绝。

在纽约花了四整天，去了好几所大学和研究所。说也奇怪，竟没找到一位真正的专业同行。印象最深的是在哥伦比亚大学拜见的女中豪杰吴健雄。她是做高能实验物理的，与我的专业相距特远。之所以去"骚扰"她，是基于父亲的坚持。父执是吴健雄丈夫袁家骝的堂弟，因此父亲总觉得礼貌上我应该去拜见她。上次到纽约时就这么说，但是我不愿高攀，没去。这次在纽约住好几天，不遵父命讲不过去。

跑到哥伦比亚的物理系，去她办公室叩门。秘书说她正在实验室里指导研究生，让我去实验室找她。来到实验室，看见一位"老太太"，从一摊实验设备踱到另一摊，向每个守在摊前的研究生提问题，并轻声指点一番，活似医生每天上午巡房。（其实她并不老，可是在二十多岁的小伙子眼里，这些前辈们都是老先生、老太太。）另一个印象更难置信：她身穿一袭普通的旗袍，走近每套科研仪器，停下来伸头张望，活似大家庭的主妇在检查阿姨们的烹饪，或是大馆子里的主厨在监督小厨师们的手艺。学识震惊世人、后来获选为全美物理学会会长的科学大师，生活姿态如是平凡！

我不出一声，跟着她踱步。一个多小时后，她温和地拧过头来，说："我们吃饭去。"走出实验室，在厅廊里等候电梯时，她向窗外凝视，用上海话轻轻跟我说："纽约真像上海。"在上海念小学的我，眼睛跟随她向外看去，只见绿瓦遍布哥伦比亚大学建筑物的屋顶，怎么思索也看不出什么地方像上海。很明显，她怀着非常浓厚的思乡之情。

下次再碰到她时，已是二十年后。那是 1984 年 10 月，同在北京庆祝新中国诞生三十五周年。来自美国的华人学者排队与邓小平握手。照例杨振宁排在首位，李政道其次，跟着就是丁肇中和吴健雄、袁家骝夫妇。那时我在美国当大学校长，大概勉强也算个人物，紧随几位后面。吴健雄一眼就认出我，使我受宠若惊，几乎在邓小平面前失态。

离开纽约后，下几站依次为耶鲁、布朗、哈佛、麻省理工学院（MIT）等举世闻名的学府。在 MIT 又遵父母之命去拜见了一位"亲友"，他是应用数学和流体力学的权威林家翘。这位和蔼的"老先生"（当时也还不到五十）与我没有亲戚关系，但是他的夫人是我姑母的莫逆之交，见了面才知道我幼时一直称她为"梁阿姨"；她说那时还替我换过不少次睡衣。

这次拜访林家翘后，好像也是相隔二十年才再次见到他。那是八十年代在杨振宁领导下所组织的全美华人协会——发动华人认识新中国，协力推动中美建交。

在 MIT 还拜访了一位著名的统计力学家黄克逊。他很诚恳，看过我们的论文预印本，还给了些意见。可惜事隔多年，记不起他当时说了些什么。黄克逊后来研究《易经》，还把《易经》成功翻译成英文。

MIT 边上就是哈佛。两所学校虽然同负盛名、校园就在隔邻，可是气味和校风完全不同。哈佛的校园建筑毫不豪华，却显露出一种与众不同、无法描述、高雅的学术环境，及浓厚的文化气息。心里忍不住想：假如这儿有位我这专业的大师，能够来此当他的博士后、在这样的环境里熏陶，该有多好！没料到仅仅四年后哈佛竟给我一份教职聘书，更没预料我会婉拒，选择去西北大学任教。

上面提到过超导的 BCS 理论与我的专业科研有相连的一面，于是就在去波士顿途中跑到布朗大学，拜见库珀。也没想到日后好几个朋友都会在布朗执教，包括梅西和上天下地特别谈得来的统计力学泰斗莱奥·卡达诺夫（Leo Kadanoff）。

库珀和施里弗都是巴丁的徒弟，各自为 BCS 理论作出了重要的独立贡献。譬如说，库珀首先发现了"电子对"（electron pair，后来被称为 Cooper pair），为超导性提供了关键的机制。老师有了基本观念，把徒弟两人的个别贡献看透、打通，系统化地纳入理论架构，带来了突破。科研的成就往往来自不同方面、不同观点的互补和合作。

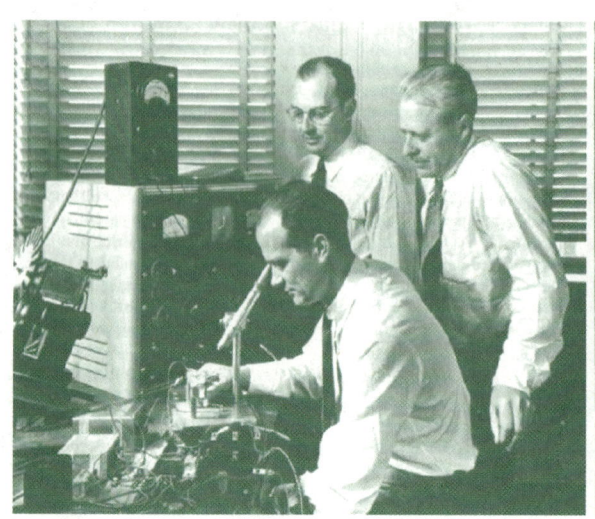

改变世界而终身把殊荣看得淡薄的科学伟人约翰·巴丁（1908—1991）。

与库珀并没深谈。几年后去布朗大学做报告，顺便探望一些老朋友。在物理系里与库珀打了个照面，那是他拿到诺贝尔奖金以后的事了。这次印象里的他，脸庞瘦削，若有所思，却若有所失。讲到物理时，似乎不很自在，甚至别扭。他的一位同事解释：库珀已经"改行"，不再干物理了。他猜原因是世间太多行内行外的人喜欢紧盯着诺贝尔奖金获得者，希望他们不断展示更新的突破。但是世事哪有这么简单？于是众人的殷切期望变成了莫大压力。

库珀是否感受到这种压力，大家无法透视。有人说他预料到 BCS 理论肯定会让他获得诺贝尔奖金，因此在殊荣到手前率先改行，避免来日的无端压力和干扰。另外那位诺贝尔奖金的获得者施里弗没有改行，有过一段时期神情忧郁，有人说是圈内压力所致。反而他们那位有史以来唯一获颁两次诺贝尔物理奖的老师——巴丁——我行我素，在众目睽睽、举世仰望之下，继续舒舒服服、安安稳稳、闷着头干他的科研，一辈子没有感受到过任何压力。

几年后我在西北大学任教时，蒙巴丁邀请到伊利诺伊大学访问一年，得以结识，并熟悉了他那心安理得、大智若愚的神态。那时才深深体会这位全心全意、全神全力治学的人，原来把世间所给予的殊荣看得那么淡薄。

巴丁虽然不是我的老师，但对我在学界的一生却起过两次最关键的作用。他第一次对我的科研工作评价，让西北大学破例把我在担任两年助理教授后就升为副教授。他第二次对我的评价，让西北大学再次破例在两年后又把我升为正教授。次年正巧物理系主任出缺，需要选一位正教授补上。或许文理学院院长，后来当过耶鲁大学第一副校长、又当过芝加哥大学校长的汉娜·格雷（Hanna Grey），除接受同事们的"民意"外，还受了巴丁的名人效应影响，让我当上了系主任，把三十多岁的我无意中推上了学术行政的不归之途。

第十一章　完成论文　喜建安乐窝

短期的长途游学开了我的眼界。另一种游学让我呼吸新鲜空气、理清思路、把论文研究推入最后阶段。

人说：先修身，后齐家。其实我的经验是两个阶段不必完全脱离。假如能够把"修身"看成成长、学习和进修的过程，"齐家"看成结婚、生儿和育女的过程，则修身和齐家并非必须一先一后。和睦的家庭提供良好的环境和支撑，帮助青年人上进。

当然，时空不同，这种看法此时此地未必合适。再说，人人情况不同，机遇不同，找对象不一定都能像我那么幸运。读者们千万不要去跟父母说我鼓励早婚。

博士论文完成、通过答辩，常规教育到此终结，独立学术生涯于此开端。与此同时，一儿一女按次来临，让我俩依照人类繁衍规律，建立了完整的安乐窝。

另类游学与博士论文

1964 年 2 月底，我与孟山都公司所签的兼职顾问到期，正式分手。孟山都待我实在不薄，令我感激，分手时很有点感触；只是公司里变动太多太大，至此人事全非，甚至不知向谁去表达谢意。

前后历时几近五年的担子终于放下，从此可以跟随导师芬伯格投入全部时间和精力做我的博士科研。

上文说到，发现先把基函数正交化然后再运用量子微扰论，会出现 N– 相依性的反常项。虽能证明这些反常项是赝品、都会完整地相互抵消，可是在数字计算时，发现微扰展开里有些大项，不肯收敛。接着凭物理思考感到：若直接运用非正交基函数的 R–S 微扰法，可避免这些大项的出现。

理论说得太多，怕得罪读者。因此前章里没敢多谈非正交基函数微扰法，这儿也就不多说了。只想指出：抡起真刀真枪把它运用于 CBF 多粒子理论时，需要推导极大量、极繁琐的微扰公式，继而需要完整无缺地分析更大量、更复杂的"布勒克纳图"。

1965 年春末，课题的理论基础已经打定。到这地步，信心已经很强，认为非正交基函数的 R–S 微扰法必定能解决问题。接着就要闷头苦干，服侍上述繁琐的公式推导和复杂的图像分析。

办公室里关上门坐得太久，难免头昏脑涨、思路阻塞，很想暂时换个工作环境，透一口气，增加工作效率。夏季，芬伯格照例外出讲学。得到他的同意，我带上家小，离开蒸笼似的圣路易，进行了又一次"游学"。不过这次的"游学"是西行，并且只是换个地方而已，没有到处乱跑。故此称为"另类游学"。

那时吴仙标已经念完博士学位，搬到科罗拉多州博尔德市（Boulder），在建于科罗拉多大学校园里的实验天体物理联合研究所当博士后。

博尔德其实不能算个"市"，而是一个以教研为唯一产业的大学镇（college town）。其东南四十公里的丹佛市（Denver），位居落基山脉边缘，海拔正好 1 英里（1.6 公里），素称"哩高市"（Mile High City）。Boulder 这字的意思是"大石"，反映它是位于落基山边的石山。风景特别优美，空气十分新鲜，四季分明而不趋极端。若想建立一所不食人间烟火的研究型学府，这确是难以比拟的好地方。

仙标、凯仪夫妇说："你想换换口味、找个安静舒适的地方工作一段时间，为什么不来博尔德？"想想也是，反正冗长的公式推导和图像分析不依靠计算机，哪儿干都行。于是请他们在自己的居住小区里找了一个小单元，租下六个星期，整理行装，拖着老婆儿女，一口气驾驶一千公里，来到这清新可人的小镇。

"儿女"那两字没有说错，的确除老婆儿子外，还抱着一个出生刚五星期的女儿。回头想想，当时胆子也真大，女儿满月不久，还在喂奶，就让她跟我们长途跋涉。万一途中害病，哪儿去找医生？父母年轻，太不懂事，只是想着：仙标他们身边有幼儿幼甥各一，正好让我们两家的下一代开始结交。

小小的车厢里坐了一位司机（我）、一位手忙脚乱的妈妈、一个一岁半大的男孩和一个小摇篮里的女娃。行李倒不多，最占空间的是一大纸箱的工具书和科研笔记，与两只大尿布桶。

女儿的故事等一会儿再说。只说一个半月里，两家的儿子相处得不坏。凯仪的外甥过境，岁数虽相差不远，却善于动手抢玩具和打人。仙标说：在美国长大，一定要学会保护自己，才不会被人欺侮。于是每天教我儿子被打时怎么还手。

还记得两件事呢。一是整天工作，黄昏时与仙标一起"锻炼"，玩半小时垒球：我学当投手，他学当接手。居然还分别以投手和接手身份临时参加了科罗拉多大学中国同学会的垒球队，与科罗拉多州立大学的中国同学比赛；两场里赢了一场。另一是凯仪的既好又快的烹饪技术；三分钟里炒起墨西哥进口的罐头鲍鱼片，连汁倒在香喷喷的白饭上，美味无穷。现在想到还会流涎。

这次游学的最大成就，是在短短一个多月中：（一）完全搞通了非正交微扰的理论和运用方法；（二）做完了论文所需的全部公式推导；（三）建立了数字计算程序的框架和流程。此后仅余缮写详细的程序和上机，若无意外，回华大后两个月里应可完工。事实正是如此。

这次游学的经验告诉我：若条件允许，科研工作者有时真该换换环境，以便清醒头脑。崭新的环境非常有助于理清概念、开拓思路、增加效率——尤其是在科罗拉多之类的好地方。难怪不少年来，每逢夏季，一群理论物理学家和研究生愿意聚集于此，办所谓"博尔德暑期学校"（Boulder Summer School），互相讨论学习。他们的讲义和笔记自有科学出版公司争相收集发行，风行一时。

科罗拉多州的无限美景，陪衬着相距不远的大学校园。

科罗拉多州被落基山脉切成两爿。丹佛与博尔德在山脉之东。西麓有个滑雪胜地，叫做阿斯本（Aspen）。每年夏天没人滑雪时，上百位物理学者会来此聚集小住，更多位会来此作数日或一星期的访问。各自在简陋的办公室里工作或即兴讨论，偶尔还办一些非正式的工作坊。被组织者美其名为"阿斯本物理中心"（Aspen Center for Physics），其实只是一个安静清新、朴实无华的"另类"

游学环境。

六个星期就这么过去了。实在管用，非但工作进展比往常更快，身心都被洗涤了一番。未及夏末，一口气驾驶一千公里赶回到圣路易，居然毫不感觉疲乏。次日捧着笔记回到物理系的办公室，精神百倍。

前章第三节交代了博士科研的最后阶段：整理好有关公式，写好所有的计算机程序，不断上机；证实了微扰展开里的大项果然自相在内部抵消，因而基态能级数得以收敛。日征夜战，获取了液态氦3在低温下的平衡密度、结合能、压缩度、声速和磁化率。就此在CBF的框架上完成了液态氦3的第一性原理理论计算。

芬伯格说："行了，请把所有收获集拢清理，这就是你的博士论文了。"

这句话来得突然。脑子里还装满大计，正在思索接下去该干的一系列延伸工作，至少应该估计下级微扰项的贡献，更应该深入了解CBF与布勒克纳理论在形式上的关系……怎么就这样算是做完了博士课题？几年后，自己带过博士生，才悟到博士课题本身只是为研究生所提供的训练工具，在学术上给他启蒙，让他踏上征途，自行走进一辈子的独立科研生涯。

写博士论文也是一种训练。看来容易，到起草时却发现：要把已懂的观念讲得清楚，还需细看不少资料，填补思路和逻辑上的空隙。再说，当年个人电脑还没发明，用不上软件来做文字处理，修改语句和章节都非常麻烦。着实花了不少时日，才起完初稿，上交给老师。芬伯格收到稿子，看得非常仔细，却一字不改；幸好如此，初稿也就是终稿。

这次不像写硕士论文时那样有孟山都公司的后勤支持。厚厚一本论文，完全由手指疾快如飞的伊芳为我打字。自己填入方程、公式和符号，还非常端正地画上大量的"布勒克纳图"。没有个人电脑，什么都得靠手工；一张纸上偶尔填错一行方程或画坏一个图，就得全张重做。单就整理论文的正本，就花了一个多月。1965年末，终于大功告成。

新年刚过，教授们放假回来，芬伯格为我组织了毕业论文答辩。到了七位大教授：四位来自本系，一位来自理学院的数学系，一位来自工学院的电机工程系，一位来自人文系。华盛顿大学继承了西方学术界的传统观念，认为博士应该懂得比较全面，并能言善辩——至少在论文答辩时能够回答非内行学者的质疑。因此七位"考官"里三位是外行。

其实科学发展神速，专业越来越专；连四位物理系教授里的两位，对量子多体物理都懂得不多，不能算是内行。只有芬伯格本人和克拉克是这门专业的专家。而他们完全熟悉我的专题研究和成果，该问的早就问过，该质疑的早已质疑。所谓论文答辩，事实上形式多于实质。

哪知人文系送来的是位对理论物理有点认识的哲学教授，不过认识得并不很深。他针对液态氦的零点运动提出质疑，也就是说对测不准原理表示异议。这就麻烦了：他在向量子物理的基础提出挑战。一两小时的博士论文答辩，哪里可能解释量子理论的基本观念？何况这位哲学教授不允许我用任何数学语言来表达。

来势汹汹的问话，远超质疑，而是出击。他那不甚合逻辑的论点激怒了四位物理教授，令他们一一跳上擂台，争相还手，忘却了蹲在擂台上挨揍的原该是我这小子。转眼间，我的角色从被告变成旁观，倒也十分有趣。

学生们一般见不到教授间的争执。我越看越入神，突然间发现自己不知道在什么时候走下了讲台，还双腿相交地坐在一张书桌上。急忙一跃而下，向老师丢个抱歉的眼色。芬伯格会意地一笑，说："行了，我们该换个话题了。"哲学家看到有人替他解围，赶快以自嘲收场。

美国人习惯自嘲，适当时幽自己一默，轻松场面，连国家元首亦不例外。

论文答辩在笑声中圆满结束。教授们一一走过来祝贺，叫我"吴博士"。

三天后，老同学、老朋友梅西也为博士论文进行了答辩。就在那天下午，芬伯格走到我们两人的办公室前敲门，请我们同去教授休息廊共进咖啡。多年来这是第一次，反映我们已是"成人"——今后不再是他的学生，而是他的同事了。

我是中国人，有中国人的看法：一辈子是他的学生。

从两夫妇到三口之家

伊芳与我结婚最初那三年，一直各自忙着读书或工作，没有考虑过生儿育女。1963 年，她还只有二十三岁，我也只有二十五岁，两人都不急着要孩子。不过她大学毕业后休息了一段时间，我又跟上了芬伯格，虽然前面还有别的学业计划和无法控制的境遇，生活已略见稳定。反正迟早需要真正"成家"，若这时候孩子要来，也就来呗。一切听天由命。

话音刚落，孩子果真就来了。8 月初，把芬伯格给我的试题做完，正式进入博士论文的研究课题，从此跟定芬伯格，少了一个生活上的未知数；可以说这个娃娃识相，来得相当及时。只是从此妈妈无法进修，我则暂时不能放弃孟山都的兼职，两方面的如意算盘同时泡汤，为我俩带来一丝失落。世事不能十全，喜悦远远超过失落。

必须为此做好各方面的准备，最重要的当然是保障母子（还是母女？）的安全和健康。不敢乱找医生，而向众多有经验的年轻朋友仔细打听。我俩虽然结婚早于朋友们，可是他们相对勤奋，并没像我俩那样等上几年才搞生产。

留学生里出现了大群娃娃，我们只是后知后觉。年轻朋友找的多数是同一位大夫：四五十岁的华人、本身就是留学生出身的产科医生。血浓于水，他对留学生照顾得特别周到，还绝对不愿多收一文。产前产后，一般需去看十几次，另加接生，他只肯收一百多块钱，大部分由学生的健康保险计划支付。此外，住院费用也全部由学校指定的保险公司负担，保证至少五天。

到此发现资本主义早已变相，竟能为群众提供这么优厚的社会保障！

跟着要学什么叫做正常生产、如何照顾产妇、怎么服侍初生的婴儿……又像几年前结婚时的情况，各方友好送来温暖的友情和实际的帮助。新近上任的母亲们把亲身经历传授给伊芳，把应看的书借给我俩，把周围几所医院的优点和缺点介绍清楚，把去哪儿添置家具、产前产后应该做些什么运动等等，都逐一详细教导。至于怎么服侍婴儿，则决定留后再教，免得吓坏我俩。伊芳一贯是个好学生，细听大夫的教诲和朋友们的指导；写笔记、看书籍，忙中取乐。

此外她已开始设计不同时期的产妇衣服。这位姑娘也真厉害，从来没干过的事吓她不倒。既然买不起什么新衣服，就添一点必要的，改一点已有的，再改一些朋友们产前穿过的，或者找些布料来缝。样样亲自动手，从不退缩、从不抱怨。后来看到她的产妇穿着，倒真是精致大方、有板有眼——至少在我眼里绝不差于服装店的货品。这些自制的产妇衣服，前后穿了几度。

住的方面好办：反正我俩所喜爱的小板屋（母亲形容的破木船）已是温暖的家。学校政策是不急于迫迁，但是租客一搬走，立即就拆。周围八间已经拆清，仅剩我俩的"48 Faculty Lane"（教师径 48 号），环境异常安静。掉过头来说，即使我俩的娃娃大哭大叫，也没关系：已经没有可被打扰的邻居。

书房里一张书桌和一只书架需要搬到厅里，留出空间放进小床、小柜、围栏和喂奶时用的摇椅。那个时代还没有一次性使用的尿布（即使有也买不起），又不能每天把整桶的肮脏尿布拿到自助洗衣店去处理，于是要找好位置放只洗衣机。屋里屋外要拉好绳子，以便将来晒小衣服、尿布和毛巾。

至于婴儿的衣服，是女是男还不知道，倒也不急。我俩本来就毫无重男轻女的古老思想。伊芳特别实际，希望第一个是女孩，将来好帮她带弟弟妹妹。我则童心未泯，希望第一个是男孩，早些有个玩伴。反正当时美国不讲节育，我俩考虑会生上一大堆孩子，有男有女，谁先谁后没有关系，只要正常、健康、开心就行。

其实两人的想法都很古老！男孩就不能帮妈妈带弟弟妹妹了吗？女孩就不能"粗里粗气"地跟爸爸一起玩了吗？再说，为什么弟弟妹妹都该由妈妈来带，而说到一起玩就轮到爸爸？

胎里的小东西长得很快，能断断续续踢上三四个小时，想必非常健康。肚外摸去，好像经常在使劲撑动或翻筋斗；若像我俩那么喜欢运动，该有多好！去看医生的次数越来越多；医生认为伊芳的健康不错，精神也好，只是胖得太快。他说："我们中国人喜欢为孕妇补身子，希望养个胖小子；而西方的看法不同，认为孕妇不该吃得太多，否则胎儿长得太大，生时既危险又辛苦。"

此时的伊芳已经白白胖胖，总还贪吃。听了医生的警告，勉强自制；她的毅力特强，我看着觉得可怜。

既然医生说要3月中旬才生，那么我俩就认定要等到3月。伊芳的体重增加得越来越快：还只2月初，已经重了四十斤。这使医生格外担心，说是胎儿出生前那个月会长得特快，太大的话接生时会有困难。除此之外，一切都很轻松自在，毫无接近临盆的模样。

2月中旬过后，一个白天，突然阵痛好像开始了。离产期还远着呢，应该是假象，大家都没把它当回事。当天下午有场重要的篮球比赛，不能缺乏射手。于是队长仙标把他的夫人凯仪送来我家，照顾伊芳，叫我照旧去体育馆换装上阵。几年来，赛时总由这两位夫人当记分员兼啦啦队，这还是第一次缺席。

为了谨慎起见，赛后立刻与医生通了电话。他说不妨事别紧张。晚上，阵痛略有加快的现象，按照医生吩咐，把行李收拾好，准备随时可把伊芳送进医院。凌晨三时，阵痛来得频繁，赶忙送去医院让护士检验；她说不是假象，确实即将临盆。为了延缓生产，好让医生多睡一些，护士给伊芳扎了一针。据说第一胎的阵痛来得时快时慢，原就不很规律；打完针后拖得更久。

折腾了十几个小时还不见动静。老婆说：你待在这儿没用，不如抓紧时间回家吃点东西，然后回来接娃娃、做爸爸。医生和护士都那么说。

世上的事总是那样：不走开孩子不来；一走开孩子就到。回家仅半小时，吃了块面包，就来了电话，让我急急忙忙赶回医院。可就在这段时间里，老婆被推入手术间，上了麻醉。八点多钟生下了胖小子。

其实只六斤多，一点也不胖。产房隔壁有位美国女士，生的可大：足足十一斤半，简直像个足岁的孩子。当然我们那时并不清楚足岁的孩子该多大，只是看到一排排婴儿床间突然冒出个秃头"巨人"。

儿子出世时，通体浅红，脸庞白净。忙着伸手展脚。头发不算多，却又长又黑。睁开双眼，又大又黑的眼珠滚来滚去。看来母子平安，样样都好，事实上却给了我俩一场虚惊：医生说孩子心脏里有杂音。他解释说："初生婴儿，血液循环系统离开母体，应该自动适应，形成封闭系统。偶然适应得慢，心脏

第一胎：初进家门、三口之家、厨房寻"宝"。

就会产生杂音。一般几小时内会自动纠正，不留后遗症；否则过几年需动心脏手术。"

伊芳刚从麻醉醒来，还在那儿说胡话；不能告诉她，免她受惊。医生又跟我说："你待在这儿没用，回家睡觉！一有消息就打电话给你。"已经待了两三个小时，还真舍不得走，不敢走。看着护士给儿子扎尿布，两条小胳膊两条小腿摊得开开的，虽在舞动，却好像连控制自己手脚的力气都不足，觉得特别委屈。放到婴儿床上，没多远处就是那位小巨人；相比之下，更令做爸爸的心酸。

虽已近四十小时没睡，回到家里却怎么都睡不着。一方面是担心，一方面在想：等会怎么告诉伊芳，怎么写信告诉父母？

凌晨两点多钟，医院终于来了电话。谢天谢地，娃娃心脏的杂音业已自动消失，一切正常。不再担忧，两夫妇就这么变成了三口之家。

三十六年后，又有一次类似的来电，带来类似的喜悦。

此时我们已经回到香港。那天深圳有个论坛。作为深圳市政府的高级顾问，我被邀发言。走到台上，主持人照例请全场把手提电话关掉。我却把手机放在讲台上，说："能不能让我例外？我们的大女儿正在国外医院里等候临盆，为我俩生第一胎外孙。随时可能来长途电话报喜。"不出所料：发言完毕未久、台上台下正在讨论中，手提电话响了，宣告外孙女诞生。

外孙女的名字里有个"鹏"字，因为深圳的别称叫做"鹏城"。

第一个孩子、第一个孙辈，看来这样的事人人都记得特别清楚。

伊芳体质不错。产后还是白白胖胖，小子够吃。当年美国的医院和保险公司办得很好，既不滥收费，又保养得周全。产后吃得好、睡得足，五天才出院。若是产妇康复得不尽如人意，还可多住几天。几十年后则完全是另外一番光景：产妇的健康保险计划经常不允超过两天。我们二女儿生娃娃时更是笑话，产后在医院里只住了一晚。怎么搞的？该说是自觉自愿，自讨苦吃。

原来大女儿的孩子属龙；二女儿几个月后临盆，也要自己的孩子属龙，不愿意让她属蛇。孩子来晚了几天，出生于除夕和春节之间，诞生时间不早不晚，正好是午夜。这医院有道规矩：诞生记录上不给写 0 时 0 分；要就写成 11：59，要就写成 0：01，让产妇自己选择。二女儿毫不犹豫，选了 11：59，因此孩子的生日算是农历十二月三十日，属龙！所付的代价是，仅一分钟后就算过了一天，保险公司所负责的两晚到此仅剩一宿。一天多后就给医院赶走。

幸好二女儿是个运动健将，体质特好；一天多后下床，抱住我们的第二个外孙女，拎着行李回家，完全不当回事。

还是回头讲我俩的第一胎吧。欢天喜地把儿子带回家，头两晚简直没睡。单就为他换尿布、喂奶、拍他使他打嗝，就忙得手足无措。古今中外当父母的都曾有过这种经验，无须多说。没当过父母的，不亲自体验反正不会相信，说了没用。

第一个孩子，做爸妈的什么都觉得新鲜，什么都要拍照留念，什么都要讲给朋友听。娃娃哪天第一次向着我们笑（其实并不知道真的在笑呢，还是脸部肌肉自动抽搐）、哪天笑出声音、哪天双手撑起上身、哪天第一次自己翻身……没有一件事不忙着写信向祖父祖母汇报。

带孩子辛苦了妈妈。我这爸爸确实无知，连喂完奶后为什么需要竖着娃娃拍背打嗝都不懂。只知道如果立刻放下去给他睡，没多久就会哭醒。一下子需要把他捞起来揉背，一下子吐了又要换床单。后来，没让他打好嗝不敢放下，省却不少工夫；可是要他打嗝简直是求神，揉上一个小时才听到一声长的响的，比捡到黄金还要开心。

我们中国人素来要娃娃仰着睡，因此长大后，头的背面比较扁。而那两代的美国人，看了人手一册的斯波克博士（Dr. Spock）"育儿圣经"，说是为了免得奶水回流时堵塞喉咙，都让孩子趴着睡，因此头的背面比较饱满。入境随俗，我俩也让娃娃趴着睡，的确稍长大后头颅滚圆。（各位读者有没有注意到：生于美国的华人，好像头颅都比较圆？多看几眼吧，这一代的美国孩子们——包括华人和"老美"——头颅又都扁了；不少斯波克博士的经典理论被否定摒弃，娃娃们都又仰天睡了。）

我这当爸爸的有三件工作。一是买菜做饭。说好娃娃满月之前饭属我做，结果做了两个半月。深信那两个半月的饭菜营养过关，但是味道不行。不过我特别会煮大豆猪脚汤，因而娃娃吃得不错。二是洗衣服。以往一星期一次拿到自助店去洗；家里有了洗衣机，不再需要在风雪中开车出去。不过洗后需要晾干，还是个问题：屋里太小太挤，没地方晾；户外则太冷，晾干后衣服僵硬如板。

第三件是件美差：洗尿片。不晓得吴仙标和沈宁燿从哪儿听来，给我们合送了最实用的贺礼：十个星期的"尿布服务"。原来有一类专为新任父母上门服务的公司，每周两次送来干净的尿布，收走脏品。唯一还是需要我自己做的，是把拉过屎的尿布先在抽水马桶里好好冲洗，然后跟其他的脏尿布一起丢入直径三十多厘米、高近一米的密封橡胶桶，静候来收。后来我们又自己添买了一个月的服务，搞到天气回暖才停，否则硬板型的尿布怎能给娃娃用？

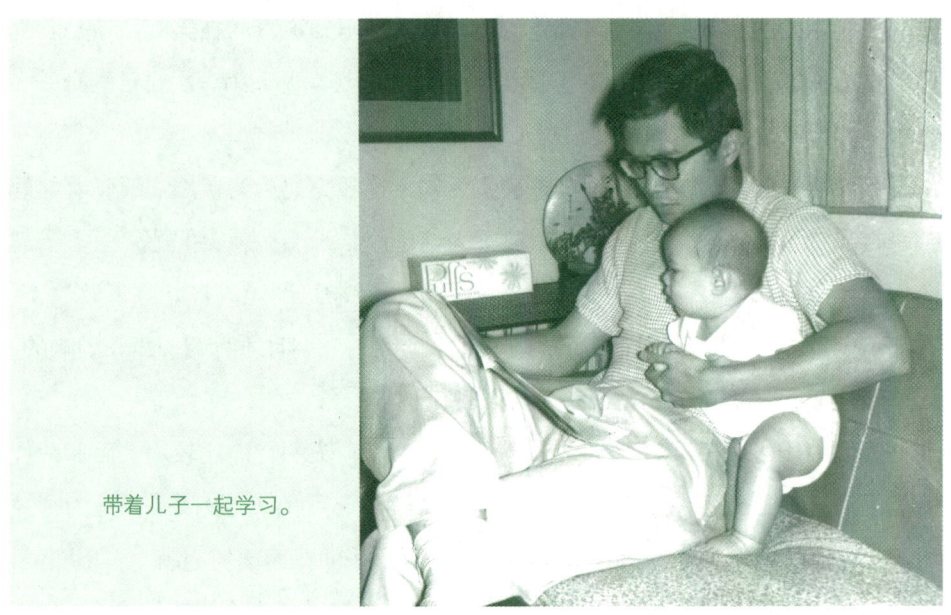

带着儿子一起学习。

　　娃娃很乖。一个多月后生活就走上了轨道，每天五餐，分别进食于06：00、10：00、14：00、18：00、22：00，相当准时。晚上睡足八小时，不无故招惹爸爸妈妈。换尿布时不吵不闹，只是好动，一不留神就翻来翻去，在小床上遍洒甘露。还有，当年的尿布需用别针；为了防止伤及娃娃，总把自己的手指垫在下面；我俩跟别的新任爸妈一样，手指上累积了不少针孔。

　　儿子样样都比人早。六个多月就自己扶住墙壁或家具到处乱走。七个多月爬上餐桌摔了下来，跌伤了锁骨，却不哭不闹，直到我们注意到他突然举不起右臂，才想到去看医生。九个多月，什么都不扶就能行走，开始探索家里的各种"宝藏"；最受关注的是灶头旁边的垃圾桶。

　　就是讲话很晚，十八个月了还说不出几个词，令我俩非常担心。突然一天上午开始讲话了，哪知不鸣则已、一鸣惊人：不算出口成章，但是居然整句整段出笼，代词、动词、形容词、连词，"因为""所以"……说得有板有眼。自此以后小嘴叽里咕噜讲个不停。（没有预见他来日的专业是人工智能里的自然语言。）

二十个月，妈妈抱着他看墙上挂着的中文字，教几个当玩。看他能记得住，就因势利导，教多几个。没多久后，每天能记十个新字。最让我俩高兴的却不是他的记忆力，而是好奇心、观察力和推导力。还有，就是喜欢看书而不喜欢看电视。推理能力强，凡事都好争辩。我们念科学的很欣赏这点，可是从老法教育的角度来看，这个孩子可能不太好"教"。

从三口之家到四口之家

游学东岸时，在马里兰州略住；那时老婆怀上了第二胎。1965 年 6 月，正当科研走上轨道、进入收获期，女儿出世。母女平安壮健。于是三口之家变成四口之家。五个星期后就上路，去科罗拉多州进行第二次游学。

这个孩子与哥哥完全不是一个样子：圆圆的红脸、迷人的细眼、满头黑发。虽然也是六斤多，看来却比哥哥纤小得多。生在同一所医院，住院一星期。其间老大由我照顾。

做爸爸的实在不会照顾儿子，总是带着他向物理系跑。为了给他健身，买了一辆幼儿三轮车，让他在图书馆的平台上踩着兜圈子，我靠着平台栏杆看书。突然想起有人说过，当年芬伯格带幼儿出来散步时，一只手推着婴儿车，另一只手拿着书，边走边看。我想：天哪！连这一招都学了老师的？

医院有条规矩：三岁以下的孩子不允许进病房，甚至设有病房的楼层也不准进去。要让儿子见到妈妈，惟有先用电话约定时间，站在医院的马路对面，仰着头找到妈妈的窗口，彼此招手。每天带他去看这么一次。

好不容易等足一周，妈妈终于抱着小娃娃出院了。爸爸把妈妈扶进车厢，儿子安安稳稳坐在一角，丝毫不动，嘴角挂着轻浅的微笑；对着妈妈竟会害羞，实在出乎意料。从医院回家只有十分钟车程，儿子的笑容逐渐灿烂起来，到家时已经恢复一星期前的母子情。孩子的记忆力怎么淡化、怎么捡回，日后在朋友间引起一番讨论。当然，几乎什么新奇事，在我们这群念物理的朋友里都会引起一番讨论。

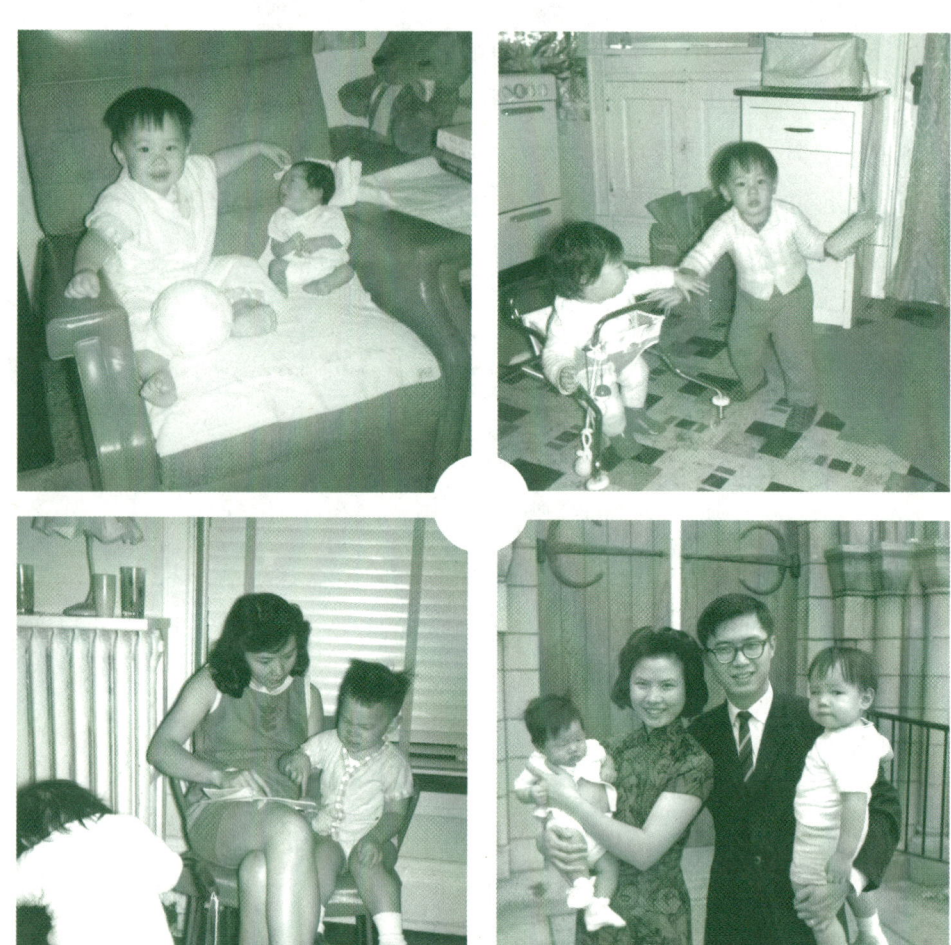

第二胎：一巨一微、自卫求存、分头学习、四口之家。

　　走进小板屋，首先把一儿一女放在椅子上排排坐，拍照留念。两人相差十六个月，一大一小，煞是有趣。（或许应该说"一巨一微"才对。）"巨人"看到妈妈紧紧抱着新添的小妹妹，伸手过去温柔地碰这碰那，一脸好奇，却并不嫉妒。嫉妒究竟是天生的情感反应，还是环境所致？朋友间又卷起一番讨论。我们的两个宝贝无形中变成一伙业余"心理学家"的观察对象。

老二脚劲特强。四五个月大，放在婴儿步行车里，就会横冲直撞。看到哥哥玩什么，肯定冲过去参加。哥哥用积木非常细心搭好的大厦，立刻变成妹妹冲撞的目标，令他见到就慌，连连挥手说"不"，却没动手推她或打她。

十个月就能自己走路，那时更是横冲直撞。生来脚慢而性急，走得还不怎么好时就要学跑。不懂得歪身就想转弯，结果要靠碰壁"擦板"来改变方向。朋友里很少有孩子走得像我们这两个那么早，讨论的结果是：小板屋漏风，到处都是灰尘，我们不让孩子在地上乱爬。那么，他们若想从这头去那头，唯一办法是尽早学会依靠双腿行动。结论是：能爬的孩子走路比较晚；爬得越快的，走路越晚；不让爬的，走路最早。读者们不妨试行观察、统计，看这个结论对了几成？

往后，老二一岁多时，家里添了老三。或许老二担心失去家里的特殊地位，晚上不肯去睡。一放上婴儿床，就翻越围栏爬到床外，然后双手一放，让自己掉到几乎距离一米的地面。把她抱起来重新放回床上，又再爬出，让自己掉落地面。曾有一连十二次，才筋疲力尽，放弃壮举。哥哥的小床就在斜对面，看到妹妹的发明，决定不妨一试。他要高大得多，翻越围栏不当件事。可是翻到床外，看看与地面有段距离，若就这么双手一放，好像不合逻辑。再说，就算下了地，还是会被抱起来重新放回小床。于是决定自己爬回床里，不干此等蠢事。

两人的天性如此不同，又引来朋友里的一番讨论。

一儿一女，在美国算是标准的小家庭——那时代小学一年级课本里有一篇*"Dick and Jane"*，描述的就是这么一个小家庭。唯缺一条名叫 Spot 的小花狗，和一座带有绿草花园、白漆栏杆的小洋房。若有了这些，就实现了中产阶级全力争取的，特别是新移民日夜辛勤、梦寐以求的"美国梦"（The American Dream）。

我俩与"老美"有所不同。首先是家里没有 Dick 和 Jane；儿女都起了中文名字，英文名字来自汉语拼音。（其实当时在美国还没有听说过汉语拼音，所用的是耶鲁拼音制；正巧我俩为老大和老二所选的名字，两种拼音制所得一致。）不仅如此，家里不讲英文。那时老婆还没学好普通话，只怕教错了难以改正，因此把我俩熟悉的上海话作为孩子的母语。上学前又不教英文，上学后回到家里不准说英文。

还有与"老美"不同之处：后来又生了两个女儿，从四口之家变成六口之家。原来我想要六个孩子，幸好老婆不像我那么天真糊涂，终于适可而止。

为什么这样说？因为一群孩子应该被看成多粒子体系。孩子的数量不该用多少"个"来代表，而该用"对"。一个孩子是 0 对。两个孩子成 1 对。三个孩子成 3 对。四个孩子成 6 对。依此类推。这话，孩子多的父母一想就明白，因为孩子之间的相关特强，不是这两个在抢玩具，就是那两个在斗嘴。三个孩子里，不是甲跟乙、就是乙跟丙或者丙跟甲在斗，共有三个组合。四个孩子呢？就有甲乙、甲丙、甲丁、乙丙、乙丁、丙丁这么六个组合。

孩子的数量如果用"个"来代表，由两个增加到三个时，父母亲的工作量照说应该增加 50%。可是有此经验的父母都会不同意，认为工作量的增长似乎远多于 50%。如果用"对"来代表，则 1 对增加到了 3 对，工作量上去了三倍！当三个增加到四个时，工作量的增长远多于三分之一；若说是从 3 对增加到了 6 对，则工作量又上去了两倍。这样算来着实可怕。

当然我所说的只是理论极限，不可作准。实际情况应该在以"个"来数和以"对"来数之间。你说对吗？可惜国内实施的人口政策，令我这延伸的"多粒子理论"无从证实或反证。

说到孩子，我这门吴家历来女多男少。生完这么一个儿子，就从此没见过男丁；后来一连来了三个女儿。隔一代，八年里来了六个孙女和外孙女。当第五个出现时，我说凑足了一个女子篮球队。第六个出现时，我说有了女排。几年后，我们的幺女又为我俩添了两个外孙女，变成八个。再来一个，就可组成女子垒球队。再加两个，就有了女子足球队。若比十一个更多，可就不晓得组织什么球队了。

女孩子好。女孩子亲。我俩一直盼望女孩子；这么一大窝，倍添亲切。不过若有一日老天要给我们来个把男的，只要保证健康，当也来者不拒。

从小板屋里搬出来

博士论文答辩之后，华大的学位要求都已达到，按照规章制度，已经成为博士，不再是学生了。那么，住小板屋的权利也到此结束，需尽快迁出。明知这个日子即将到来，没有等到那天就开始在学校附近找房子。安全方便而又租得起的公寓单元不多，此事不能马虎。正好在答辩前不久，离开校园仅三个路口出现了令我们非常满意的单元，说搬就搬。

虽然带着两个娃娃，家当毕竟有限，家具又以二手三手和自己制造的为主，不怕弄坏；于是租了一辆自助的挂车，来了几位朋友，一下午就搬妥。次日回到校园，看见几年来当作安乐窝的小板屋已被拆得七七八八，心头十分不忍。得悉学校把它以 50 块钱卖了给远处的农民，让他们把木屋拆散运走、送去农舍，搭成工具仓和鸡栏，心头更觉一阵酸痛。意识到学生生活至此一去不返。

芬伯格拨出一部分科研经费，把我和梅西的职位从"助教"升为"博士后"，月薪跟着有所调整。新居的月租是 90 块钱，不过要自付水电煤气，总共约 130 美元；所加的月薪恰巧足以应付额外负担。

新居在一栋两层砖房里，上下前后分成四个单元，我们住楼上。对着大街的是间小卧室——作为书房，和一间不大不小的客厅。客厅后面是连接厨房的餐厅，其侧是大卧室和卫生间。一家四口同睡大卧室里。两个孩子睡得很甜，不受我俩走进走出的骚扰。虽然房间的总数和分配都与小板屋一样，但是开间大得多；墙是墙，窗是窗，地板是地板；暖气来自水汀，像模像样。冬天不太冷、夏天不太热，住得安乐，比小板屋确胜一筹。

1 月初搬入，8 月底离开圣路易，前后只住了八个月。

说起这个单元，想到两伙有头有面的邻居。

一在隔邻，是同一式样的公寓单元，里面住了几个女学生。其中一位叫做郭誉琪，多年后在香港台湾之间当过大企业的领导人。她当时的未婚夫——后来的丈夫——是黎玉玺的儿子黎昌意，曾来圣路易看望她，还与我们打过一场篮球。九十年代，黎昌意当了"香港中华旅行社"（台湾驻香港办事处）的总经理；我在香港科技大学当校长时，经常在社交场合上见到他。黎昌意胆大有为、不避嫌疑，愿意公开与内地派遣来港的人员打交道。陈水扁上台不久后就把他撤了。回台后应该还有作为，可惜英年早逝。

旧金山湾区的帕洛阿图（Palo Alto）离斯坦福大学不远处，有家非常出名的中国馆子，叫做"明苑"。硅谷的华人经常在那儿用餐、请客或聚会。明苑的东主叫做郭誉珮，原来是郭誉琪的妹妹，我们去那儿吃过很多次饭，与她认识。多年后郭誉珮与著名的数学家项武忠结婚，而项武忠曾一度离开任教多年的普林斯顿大学，在科大创办初期来教过两年，可惜我没能留住他。（他的弟弟项武义也是著名的数学家，放弃了伯克利加州大学，来到科大参加我们阵容，一直教到退休。两兄弟当年都是"保钓"的健将。）

你看，这世界真是不大。两对夫妇四个人我都认识。虽然认识的时间、地点、环境和背景都不一样，结果都走在一块，奇不奇怪？（答案或许是：并不

确胜一筹的砖屋
新居（二楼）。

奇怪。中国人口虽多，但那时代阶层分明；能念上大学、继而出国留学的，看来属于一个不很大的圈子。留完学后，学术和社会活动比较多的，又属于圈子里的一个小圈子。这么说来，彼此"以缘相识"大概不算很出奇的巧合。）

另一位邻居并非同时，而是同一单元的前后租客。也可以说，不是空间的邻居，而是时间的邻居。我们离开圣路易后，单元里搬进一对年轻夫妇。女的在全球华人圈里十分受人注意，名叫唐宝云；1964 年主演以台湾农村为背景的写实电影《养鸭人家》，一夜成名。接着又主演了首部琼瑶名著改编的电影《婉君表妹》及一系列深受观众欢迎的影片。突然"下嫁"给一位有才无财的艺术家，息影来美定居。

年后我回圣路易访问，有幸在中国同学会里听到她登台清唱《红豆词》。绕梁之音，打动了听众们的思乡之情；一曲唱完，全场静默，唯余唏嘘。至今我听到这首歌，眼帘前就会出现那幕感人的情景，挥之不去。

才子佳人未能白头偕老，十多年后在台湾离异。其间唐宝云恢复影坛生活，却在八十年代因病再次息影。进出医院多年，于 1999 年去世。她的一生竟宛如琼瑶小说里的人物。

住在那单元的几个月里，还有两件难忘的事：一小一大。小事是，论文答辩完，回到家里，告诉老婆。两人兴高采烈，说要好好庆祝一番。刚才付掉租金，钱包里剩下没几个子儿，不敢上馆子。再说，拖儿带女，尤其是还需换尿布的儿子和喂奶的女儿，太不方便。于是让我上街买来整斤碎牛肉，做成汉堡包，大快朵颐。谁知狼吞虎咽，乐极生悲。一口咬下去，崩了大牙，吐出血来。原来超市干事太不负责，切肉时断下锯齿，被我咬个正着。

不甘心。次日看完牙医，就包起尽染鲜血的肉末、锯齿和我的碎牙，回到超市兴师问罪，要求赔偿。超市经理慌了，赶紧问我要怎么赔法？我拿出牙医的收费单和停车场的收据，要他照单赔我三十多块钱。他一言不发，走到收钱柜前，慷慨地拿出三十多元，放在我手上，当场交换了物证和收据。我满意回家。

美国同学们拿这事来笑我，说世上哪来这么便宜的好事。换了他们，一定会大做文章，要求各种人身、时间和精神赔偿，不拿他几千也至少八九百。难怪超市经理赔我赔得那么爽快！

别的都无所谓，只是他们异口同声，说我离开超市后那位经理一定会向上层吹嘘报功，然后在同事面前把我这蠢人蠢事当作笑料。之后还会像模像样地跑到牛肉供应商那里，坚决要求大额赔偿，填补商店的名誉损失和他个人的精神损失。听完以后，我也觉得很好笑。只是这颗大牙和附近的几颗牙齿从此深受其害、一蹶不振。至今你如看见我张口大笑，势必会注意到牙床附近的窟窿。

大事呢？在母亲的坚持和压力下，父亲终于屈服，两人带着幺女移民来美。父亲还只有六十岁，工作能力很强，身体也很壮健，就提早放弃事业，退休离乡。我的姐夫是"老美"，因而姐姐成为美国公民；她的至亲得以在此条件下进入"第一优先名额"，在新法案下等了没几个月就获得移民签证。

做儿子的先是一乐：分离十多年，终于一家团圆。可是父亲不惯闲散，周围又缺乏亲友同事，不知如何打发时间。圣路易的夏季来得较早，既炎热又潮湿，使他不愿上街散步。校园附近则连店铺也没有，令习惯闹市的香港人更觉冷落。而公共交通付之阙如，自己不开车等于被软禁在家。这些都使他难以忍受，终日快快不乐。儿子媳妇体会到他的精神苦恼，可是无法为他解除，为此深感担忧。

在美国留过学的父亲感叹地说："当年的美国已经被说成'儿童的天堂、青年的战场、老人的坟场'。这些年来生活条件大有进步，尤其是孩子们的生活。可是社会进展太快，竞争更为剧烈，年轻人必须终日拼搏，老年人则被迅速淘汰。这样的环境，我们为什么要来？"

八十年代，内地青年大量来美留学。不少当父母的深受"文革"之苦，只怕国内再发生变化，心有余悸，巴望能跟随儿女移民来美，安度晚年。可是一旦来成，经常听到他们重复我父亲当年所说的话。莫怪九十年代之后愿意来美定居的老人，相对来说越来越少。

"儿童的天堂、青年的战场、老人的坟场"，同样一番话似乎开始应验于国内的大都市。这是讽刺？还是自然规律？

重返加州的前夕

前面数次提到"博士后"。学界的人，尤其是研究型大学的人，很熟悉这个名词。意思如下：博士科研有导师。导师的做法人人不同，有些带学生带得很紧，有些很松。有些则视学生而定；芬伯格就是这样。不管怎么，总有人带；至少课题一般由导师来定。不少人在念完博士学位后，易地做上两年进修，学习怎么更独立地选择和攻克科研课题。这种进修方法，理科非常普遍，工科也常有，人文和别的领域则比较少见。进修的职位叫做"博士后"（postdoctoral，简称为 postdoc）。

以突破较多的学科而言，知识日新月异；做完"专"多于"博"的论文后，易地两年独立研究，有助于广化见识，在专业里外赶超前沿。"博士后"的进修非常有益。

美国大学招聘教师的起点是"助理教授"（assistant professor）。研究型大学里，理科经常要求两年博士后的进修学历。理由之一是，只要有学生愿意跟你，助理教授都有权带博士生，不需要经过谁来审核你有没有"博导"资格。既然如此，当助理教授的人必须拥有真正独立的选题和攻题经验。其实工科也该如此，不过工程学科的博士就业机会较多，工业界并不要求博士后的学历；面对僧少粥多的供求情况，大学无法苛求。

在芬伯格手下当博士后，只是过渡性质，让我和梅西考虑清楚今后想走什么路。该去他处寻求真正的博士后经验，然后入研究型大学任教？还是直接就业，进入教学型大学或科研机构？哪条路都好，总需花几个月求职。

那么，我究竟该走哪条路？这事不能不好好与伊芳商量。我猜两人心里老早有数：该向高处跑。不过什么叫做"高处"？对此人人处境不同、经验不同、想法不同。以我来说，最明显的是不怎么欣赏"打工"——虽然在孟山都最初学习计算机、后来自行选择题目，两阶段都欣赏过富有价值的挑战。

两人同时说：假如愿意过那样的太平生活，当初花这么多时间和精力读博士学位干啥？这条路在心头分明早已被我们淘汰。

至于去一所教学型大学或博雅学院教书，好好培养一群优秀的本科生，照想很有意义，生活必定也平稳舒适。两人又同时说：假如愿意那样，几年来机会多的是，一直可以拿到这样的职位，为什么没有考虑？

也就是说，即使于学业低潮时刻，即使清醒知道自不量力的时刻，两人脑际里已经为我选定了就业志向：尽可能去一流的研究型大学从事教研。成败在所不计，但求不枉几年寒窗。

那么当然得先做博士后。其实还未开始申请工作时，一所在工程学院和工业界里颇有点名气的伦斯勒理工学院（Rensselaer Polytechnic Institute）不知从哪儿听说我的博士科研，未经会面就在电话上聘我为助理教授。受宠若惊之余，在电话上婉拒。可见当时已经下定决心。

伊芳为我的论文打字，不断看到布勒克纳的名字。连我自己设计的图，都被冠以其名。她说："若能去跟布勒克纳当博士后，该有多好！"我说："这位教授是量子多粒子理论的当红明星，哪儿会肯收我？即使自不量力，总也得有点儿自知之明。"她不信邪，叫我不妨写封信去试试。这位已经有了两个孩子的小妈妈，还是天真得很，对我抱有莫名其妙、毫无根据的信心。

信是写了，可没有发出去。芬伯格主动替我写了一些推荐信，包括一封给布勒克纳的。很快就收到回信，说布勒克纳邀我即刻去一次拉霍亚（La Jolla），当面会谈。那我自己写的信就不必发了。拉霍亚是什么，我不清楚。只从道听途说中隐约获知：（一）加州大学系统在本州最南部的圣迭戈市（San Diego）创办了一所十分高级的、以理科研究和研究生教育为主的大学；（二）这所大学顿时从全国各地学府挖走大批著名教授，声势十分浩大；（三）校园所在地区风景十分优美、气候十分宜人；（四）它将是全球高等教育界的奇迹。开了没两年，确已风闻全球。

几个"十分"之下，以地点为大学代名词的"拉霍亚"对科学界的学者教授和研究生来说，简直是人间天堂兼爱丽丝的梦游仙境！我真去得成吗？

有关加州大学系统、圣迭戈加州大学、它的科研威史，及往后回到那儿去

没想到十二年后会回UCSD来当院长，主管热斐尔学院——我俩接待祖国来宾。（左四、左五是我们夫妇）

当院长……故事多得很呢，将来逐一报道。这儿只讲我与拉霍亚的首次接触。

来美十年有余，还是第一次坐飞机。也是平生第二次。上次是1948年，几乎二十年前，乘的是货运改装的两螺旋小型客机，上下左右摇摆，从上海颠簸到台北。这次可是喷气机了。四年前去南加州靠开车，花了好多天；这次不足四小时。

到圣迭戈机场后怎么去北郊的拉霍亚镇、怎么找到校园、当晚住在哪儿，回忆里竟找不到一点踪迹，甚至不记得在那儿待了一天还是两天。唯能记得的，一是布勒克纳大概四十岁左右，长得英伟壮健，像个运动员，与芬伯格和别的理论物理学家完全是另一个样子。二是他是个大忙人，几年来大学招兵买马好像大部分是他的职务和功劳。三是他竟然愿意跟我这后辈花上一整天，带我去见这人那人，包括物理系主任与几位诺贝尔奖金获得者，还把物理系的来

1967年在UCSD的物理系前（热斐尔学院里）——左二左四是我们夫妇。

龙去脉和大好前景说给我听。四是带着我到校园里最高的学术建筑物"尤里楼"（Urey Hall），沿顶层周围的阳台走了一圈，介绍这所新大学的定位、视野和三十年大计。

记得他说大学运用犹如英国牛津和剑桥的独立学院制。目前还只办了一所学院，叫做热斐尔学院（Revelle College），将会容纳二千五百名学生。此后每三年建立一所新学院，每所有自己的教育理念、方向、目标和制度，不按寻常规律以学术领域来分。（其实他说的不是学生的主修课程，而只是通识课程部分；不过当时我搞不清楚。）世纪末前，全校将有十二所学院、三万名学生。边说边走，叫我远眺四周的山地和海洋；然后把手臂轻轻一挥，说：你所能看到的地域，全部属于这所大学。夸张中显露霸气。一千二百英亩（近五百公顷）的美景，在和风暖日下尽展眼前，气势非凡又分外浪漫，怎不令人激动和心醉。若非天堂和仙境，又是什么？

或许值得在此补充一句：二十多年后创建的香港科技大学，自然风景比拉霍亚更美丽动人。我说这话并无偏见，到过两处的人皆持此见。

当然，能否办好一所大学，重要的不在美景，而在人。布勒克纳声称要把这所大学办成全国——乃至全球——最精英的研究型大学之一；他和他的同创者在短短两三年里确实网罗了无数精英，包括教授、研究员、博士后、研究生。我比较熟悉的两个系是物理和化学，看到教授名单，当真令人信服。与我有关的专业里（量子多体物理、统计物理、低温物理）已经成名的、正冒头角的……林林总总，人才之多，无出其右。好一个学习胜地！

有关我的科研成绩和计划，布勒克纳跟我没谈多少，看来已经从我的两篇论文和芬伯格的介绍信里获知。这方面主要是由他告诉我来拉霍亚后大致干些什么科研，还可能要教上一两门课。给我的印象是他已经决定收我，别的不用多说。我说：为了想在这样好的学术环境里扩大学习机会，是否可以少教课或不教课，尽量把时间花在科研上？对此他不置可否。当时我没懂他的想头。

稀里糊涂飞去，稀里糊涂飞回，年轻的我就像游过仙境的爱丽丝、《绿野仙踪》（*The Wizard of Oz*）的桃乐丝。或许更逼真的说法是——大观园里的刘姥姥。真像是做了一场梦，"土"得连自己都觉得可爱。更土的是，那天活生生放走了一个千载难逢的好机会，尚不自知。

怎么说呢？原来布勒克纳的原意是聘我当助理教授——这事过了两年才知道。没有当过博士后，一下子就聘为助理教授？这种事极少发生于一流的物理系。只有布勒克纳有此胆量、有权这样干。传说初创时期布勒克纳还在宾州大学任教，看中了一位被拉霍亚猎获的年轻学者，跑过来请他转去宾州。到了拉霍亚，与创校的罗杰·热斐尔（Roger Revelle）畅谈后，反而自己被聘，并被授予猎头大权。此后他周游全国主要的学府和学术会议，每逢强手就当场从口袋拿出聘书，一把逮住。

这种不经教授招聘委员会讨论就自行决定的做法，绝非学界惯例。可是初创时期根本没有什么教授，何况委员会？一切必须从简。布勒克纳的成功，就是拉霍亚的成功。反之，布勒克纳的失败，也会造成拉霍亚的失败。事实证明他是完全成功了。请注意，以上是传说。有关拉霍亚和布勒克纳的传说非常之多，甚至出现在科幻小说中。拉霍亚在学术界创造了奇迹，带来了神话。

回圣路易后，心神不安地等了几天，不见消息。想打电话去问，又不敢惊动这位除了投入科研还需日理万机的大人物。再说，当年打个长途电话还算件大事；一般来说，除非有急事，不随便挂长途。（搬到拉霍亚之后，才发觉其实已非如此，只是圣路易和美国中西部和南部还没跟上势头。）一个星期过去，还没听到消息，实在忍不住；于是跟芬伯格商量，硬着头皮拨了电话给布勒克纳。这通电话不需一分钟；他说："还没收到信吗？两天前已经寄出。"果真很快就收到正式聘书，任我为"助理物理研究员"（assistant research physicist）。

加州大学系统里，这职位属于研究员系列，理论上与"助理教授"（assistant professor）平行。往上是"副物理研究员"（associate research physicist），然后是"物理研究员"（research physicist），职称与"副教授"（associate professor）和"教授"（professor）平行。只是教授系列的薪酬直接来自州政府给大学的拨款，而研究员系列的薪酬则来自教授们或研究组竞争所得的科研经费。前者俗称为"硬钱"（hard money），后者俗称为"软钱"（soft money）。顾名思义，前者带有保障，后者不会长期稳定。"平行"之说，不攻自破。

我俩十分满足。加大系统的人事制度里还有一层"博士后"的职称，地位较助理研究员为低，薪酬也低不少。两人心想：布勒克纳给我较高级的职称，分明看得起我。原来以为过分高攀、根本不可能收我的拉霍亚，现在竟能去成，夫复何求？

芬伯格是位百分之百的学者，性格内向，不食人间烟火，不攀学界网络。因此他不清楚"行规"，不知道聘任博士后的话，只需论文、推荐信、电话接触等即可，无需会见或面试。布勒克纳特地让我飞去、见了很多位物理系的要人、带我参观校园、与我长谈学校的远景，分明就是把我当作助理教授的招聘对象。芬伯格不明白，我自然更不明白——否则怎么会跟他说我希望少教课或甚至不教课？

能够全力投入科研、不必分心教课，这个愿望原来没错。可是两年后系

第三胎：再接再厉、一男二女、重新迁居、五口之家。

里要把我转入教授系列，出了意料不到的问题：政治思想非常保守的州长里根（Ronald Reagan）与政治思想进步的学者教授们格格不入，大学拨款被他大幅削减，只好相应删减教职。物理系虽要留我，但是不能违反大学的统一政策，必须在给我的职称上面加个"代"字，变成"代助理教授"（acting assistant professor）。这种情况下，今天的"硬钱"明天可能变"软"。那时家里连父母、幼妹、妻子、儿女在内，我需养活八口之家，不敢冒这风险，只好忍痛婉拒，离开了我最喜爱的学术环境。

　　早知会被与学术无关的政治波动所牵连，一开头就该了解布勒克纳的用意，接受邀请，踏入教授系列。那么直到今天，还会生活于我专业里全球最强的物理系，全神贯注从事教研工作。一念之别、一言之差，改变了自己的一生、全家的命运，甚至牵连到多多少少日后来香港科技大学工作的同事。一环扣一环，世事总是这般奇奥莫测。

　　1966 年夏，在拉霍亚更北的圣迭戈郊区租定房子，帮父母和幼妹买好机票；然后拖着一挂车的家用杂物，与妻子、幼儿、幼女再度西征。

　　那时，26 岁的伊芳又怀上胎，挺着七个月大的肚子再次跟老公长途跋涉。

第十二章　十载变迁　怎么看美国

1955 年到 1966 年共十一年，不算很长。对我个人来说，人生的路程从青少年学生时期的十七岁，走到了成家立业的二十八岁；从在生存线上挣扎的古老东方，走到了崛起未久却不断现代化的新大陆；从学业迷惘和前程莫测的境遇，走上了独立自主的科研生涯。这段经历不知不觉间已写了二十多万字，正该告个段落。

十一年来，我所看到的美国社会起了极大变化。社会学家能够把这些变化的来龙去脉分析得有条有理，既有内容，又有深度；我在这方面却一点专业知识或基础训练都没有。再说，这本书的宗旨和篇幅也不容许什么长篇大论的评述。唯有汇集部分亲历的情景和随机的反思，向读者们略作报道。

报道涉及科技、政治、民权、经济、教育等方面，内容不外是个人对那十一年来美国社会变迁的观察和认识。观察来自一手经验，不会有大错。认识则直觉多于细究，难免肤浅，尚请读者们见谅。

二百年兴国简录

留美三十三年，最初的十一年（1955～1966）是十七岁至二十八岁的学生时期，也是生命中比较单纯和完整的一个阶段。对社会的观察及随之而来的感觉逐渐累积，不可避免地影响了我的成长和人生观。

我虽然喜欢历史，却不是读历史的。作为门外汉，为什么要在这节里浅简地引述美国的早年史实？只因为它为我开始观察美国社会提供了背景。史实片段选择得是对是错、是轻是重，都不打紧，只求在我眼里有足够的代表性就行——只要能为观察1955后美国社会的变迁多多少少建立一个平台。所提及的年代和内容都可能出现错误。至于细致的解析和正确的阐发，则更不用说了。

1775～1783年的独立战争，奠定了美国的建政宪法、治国原则及成长基础。最初二三十年所追求的是自主、生存、法治和稳定，跟着就是史无前例的疆土和人口的扩张。

十八世纪末十九世纪初，凭掠夺殖民地资源而发迹的一些欧洲国家，对富饶的新大陆理应虎视眈眈。可是那正是拿破仑大闹"天宫"、东征西战、翻天覆地的时代。连年不断的战乱使欧洲陷入困境，生灵涂炭，自顾不暇，有心无力，乃让这个新诞生的国家获得充裕的时间和自由，从大西洋海岸的局限走出，西向发展那不见边际的空间。

最关键的国土扩展，无疑来自1803年与法国签订的《路易斯安那购买条约》(*Louisiana Purchase Agreement*)。美国以总共一千五百万美元的低价，买来密西西比河以西二百多万平方公里的土地——相当于今日全美疆土的四分之一、法国疆土的四倍。盖世枭雄拿破仑迫于时势做出这宗交易，为他的死敌英国创造了海洋上的莫大对手，并明言从此为美国奠定强势地位的基础。他的预言果真灵验。

其实美国的扩展来得相当零乱。有人说：只要看四十八个大陆"州"是在哪些年代分别加入联邦的，就会立刻觉察到其零乱。譬如说，疆土由东向西拓展，但是远于西岸的加州早在1850年就加入了联邦，而接近东岸的西弗吉尼亚州反而等到1863年才加盟。不过这个说法纯属误解：很多地区早已被操英语的白种人管治（无异于当时的"美国人"），只是还算是"领土"(territory)而已，或是由于技术原因尚未正式建立为"邦"(state)。

用今天的眼光来看，可以说很大部分凭借的是巧妙的机会主义或斗胆的孤注一掷。譬如："以夷制夷"地使比较强悍的印第安部落自相残杀，把比较弱势的印第安部落征服后赶尽杀绝,由部分人以宣称独立的借口脱离邻国墨西哥……这些都是高效的扩展手段。至于光明正大地出钱购买,"路易斯安那领土"还是第一回。(当然,法国从土著取得这些土地,还不是运用了相类的伎俩? 这就是人类"文明史"上大国崛起的痕迹吧!)

十九世纪中叶,这个诞生未久的国家进行了全方位的整合。一是内战。南方惨无人道地使用黑奴劳力,建立了强大的农业基础;北方搭上欧洲兴起的工业革命列车,建立了强大的工业基础。经济上和思想上的双重矛盾,令两者无法相容,导致残酷的南北战争。虽然一度元气大丧,却也带来了政治和经济的整合。二是西进。淘金狂(gold rush)推动了西迁热潮,飞剪船(clipper ships)搞活了大洋两岸的物流,太平洋铁路连通了中西部和加州……这些又带来了疆土和语文的整合。

当初如果没有购买路易斯安那领土,今天的美国很可能会是三个独立国家,由东至西分别运用英语、法语和西班牙语;三者疆土虽仍不小,却都不足以独自称霸于世。为了蝇头小利,法国丧失了一个雄踞北美核心地带的自然盟友,这点相信连气吞山河的拿破仑都没有料到。

一百年就这么过去了。二十世纪初,1912 年,新墨西哥和亚利桑那先后建州,鱼贯进入联邦,四十八个大陆州终于汇集,组成大一统的美利坚合众国。西伯利亚对岸的阿拉斯加(Alaska)及太平洋中间的夏威夷群岛(Hawaii)直至1959 年才取得"州"的名号和实际地位,正式进入联邦。

第一次世界大战(1914 ~ 1918)爆发。对美国来说并没有什么实际利益或冲突可言,却还是在不少国民和政治人物反对下决定参战。自此打旗亮相,登上了国际舞台。战后,在法国的凡尔赛宫和平会议上,总统威尔逊(Woodrow Wilson)扮演了重要的角色,并发起了"国际联盟"(League of Nations)的组织。可是国内民众比较近视,还未看到自己这新兴国家的国际地位,对总统的国际主义不予支持。接着,战后经济出现倒退,威尔逊在罢工风潮和种族暴动的混乱局面下中风过世。

还记得我前面曾经说过,美国的最后一场印第安战事发生于 1917 年。把这些史实连在一起，你能在脑中勾画当时美国的情景吗？这些事发生在我到美国前仅仅三十多年！

我想把这三十多年人为地分为三阶段来说：1919 ~ 1930 年、1931 ~ 1942 年、1943 ~ 1954 年。而本书所讲的亲身经历则发生于第四阶段：1955 ~ 1966 年。每个阶段正好十二年。这样分割确实牵强，不过好记。把历史片段安置于这么一个时间的框架上，也让人较易跟踪美国的发展，请各位暂时接受。

第一阶段 1919 ~ 1930 年，美国在欧战中走出来，初次尝到占领一席国际地位的滋味。同时却初次面对金融政策的考验；先是经济昌盛，过后乐极生悲，从繁荣顶点突然陷入低迷，并引发波及全球的经济危机。

第二阶段 1931 ~ 1942 年，天灾人祸扩大失业和萧条，中部、南部的农民生活失去着落，蜂拥向西部、北部逃荒。罗斯福总统开展"新政"（New Deal）：调控经济结构、重整税务体制、平衡劳资关系、创造就业条件，终于恢复了国家的元气。没多久后，日本偷袭珍珠港，把美国卷入第二次世界大战。

第三阶段 1943 ~ 1954 年，美国为第二次世界大战全面动员。生产总值大幅增长，国力出现突破。女性及少数民族的劳动力得以解放，社会关系初见异动，为民权运动播下了种子。科技力量迅速上升，跨国企业进入全球，在经济发展中取得领导地位。介入朝鲜战争，停战后继续排斥和围堵新中国，并与苏联展开冷战。在反共思潮下，麦卡锡主义曾泛滥一时；其后超越国民的可忍限度，终被参议院遏制。也就在这阶段，奠定了超级强国的基础。

第四阶段开端的 1955 年，我来到美国；观察和认识自此开始。

科技突破带动了经济发展

下船后，首先感受的是旧金山的人情世故。火车上，首先经历的是肯塔基的种族隔离。两者都有关社会风尚；那么，对美国的观察是否应从社会情况讲起？

不。这十来年美国给我留下最深刻的印象是科技的猛进，及随此而来的经济发展。本来世事以人为本，理应把社会发展放在首位。可是写的是自己的经历和感受，不能让意识形态决定孰先孰后。再说，二十世纪下半叶科技带动了经济，而经济影响了政治和社会的变迁。那么，先讲科技还算合理。

刚到美国那年，住在一个相当落后的小镇上，读的是一所不那么看重科技的学校，因此没有注意到科技的进展。次年来到华盛顿大学，教授里有那么多科技界的人物，看到的本该是另一番景象；可是由于我的水平太差，一时无法理解或欣赏他们的成就，就像走进花丛而闻不到清香。对科技的感受来得很缓慢，只能说是逐渐渗透，而非一波接一波的冲击。

那十来年里，物理学上出现不少突破（包括国人熟知的、李政道和杨振宁所发现的宇称不守恒）。不过上面物理已经写得太多，不便再说。这儿我将举些例子来阐述科学进展的应用如何造成工业技术的突破、怎么改变了美国人的日常生活。也就是说，不谈科学，只谈技术，更是与日常民生有关的诸多应用。

喷气机投入民用，最早发生于 1952 年的英国，不过一系列意外事故引致停飞，因而不能算是发动了现代民航事业。苏联的航空公司 Aeroflot 于 1956 年在国内成功启用 TU-104，不过对全球性的航空事业影响不大。美国的泛美航空公司于 1958 年启用波音的 B-707，开拓国际航线；联合航空公司则于 1959 年启用道格拉斯（日后被合并为麦道）的 DC-9；不出三年（1961 年）民用喷气机就打入了全球市场。同时，机场也变成了重要事业；芝加哥于 1963 年启用的奥哈雷机场（O'Hare Airport），后来有六条跑道，每天升降近三千班航机，每年过境乘客近八千万人次，成为全球最忙碌的机场。

二战时期德国建造高速公路。这事战后为美国艾森豪威尔总统的治国大计带来启发：1956 年通过法案，开始建造全国性的"州际公路系统"（Interstate Highway System）。十年里，九纵九横主线、无数支线、规格非常严谨的"超高速公路"（superhighway）改变了整个美国的货运和客运面貌。它们带来了方便，全面开发了长途旅游业，加快了地区间的沟通，也迅速影响了美国人的家庭生活。历经半个世纪、到 2004 年正式宣布大功告成时，已经建毕 75000 余公里，使高速公路成为美国主流文化的一种标志。

来美后，向远在香港的父母亲报告大学毕业、结婚、博士资格考试通过、子女出生、学位完成等一切人生大事，都靠写信及极其简短的电报，从来没有挂过长途电话。其实那时同轴电缆（co-axial cable）早已应用于通信，五十年代微波中继（microwave relays）又开始普及化；美国国内的长途电话已使用于工商界的日常运作，虽然跨洋的国际通话尚待海底电缆建成才逐渐普遍。大西洋海底电缆1956年投入服务，太平洋海底电缆则等到1964年，这两个突破正好发生于我来后那十年里。可是电信事业紧握于垄断企业手中，费用之昂贵令我根本不敢考虑打电话去香港。

半导体理论奠定于三十年代，突破性的工业应用始于1947年底：美国电话电报公司（AT&T）属下的贝尔实验室（Bell Laboratories）的科学家巴丁（Bardeen）、布里顿（Brattain）和肖克莱（Shockley）联手发明了晶体管。迅速进入人们日常生活的晶体管收音机于1954年出现于美国市场。没两年后，新兴于日本的索尼公司（Sony）大规模生产全微型元件的手提收音机，帮助日本兴起了电子消费品工业。五十年代后期，由肖克莱带头的一群电子工程师在加州发展了以单晶锗和单晶硅为底的集成电路，终于在六十年代革新了电子企业，为信息时代奠基。说起来，又是那十来年的事。

贝尔实验室的巴丁（左立）、布里顿（右立）和肖克莱（前坐）。（1947年）

日后被日本垄断了市场的彩色电视机也是美国 1954 年间的新生宠儿。虽然直至 1964 年拥有彩色电视机的美国家庭依然属于极少数（约 3%），1966 年起，主要的电视娱乐节目已以彩色播出。今日彩色电视机所爱用的液晶显示，起源于 1962 ～ 1964 年间的技术突破。［液晶态来自物质的另类相变（phase transitions）——一类由非球型对称的分子所组成的物质。它们除让分子位置排列的序带来相变，还会呈现长型分子取向序所带来的相变。八十年代我研究过液晶的分子理论，曾一度为之着迷，却完全没想到今天电视、电脑、手机等的屏幕，人人手上也好，满街满巷也好，都少不了它的芳踪。］

放开消费产品，转看工作和职业上所必需的设备。譬如说，复印机。老年人都还记得，文件也好信件也好，当年想弄个副本多麻烦！要就是抄写——因此称为"抄本"；要就是在写或打字时垫上"复写纸"（碳纸，carbon paper；也有人称炭纸），顾名思义，用完后要洗净手指。要就是用涂盖着化学药品的特制复印纸——除远播臭味外，还需挂起晾干。施乐公司于五十年代试产、继而于 1960 年推上市场的 Xerox 914，使用了普通的打字纸，复印起来特别快、特别方便，彻底驱除了办公室里荡漾的气味和烦恼。

计算机就更不用说了；今天没有个人电脑或"笔记本"简直就没法过日子。

集成电路的八位开路先锋。

第一台全自动的电子数字计算机叫做 ENIAC，产生于 1945 年的美国，为的是满足战争时期的需要。这种机器运用大量电子管，发展缓慢。1958 年出现了晶体管数字计算机。跟着，人造卫星上天，时局大变；没几年后（1964 年）就出现了原始的集成电路数字计算机。软件与硬件配合，进展神速：高级语言、编译程序、批处理操作系统等，就在那几年间走上市场，让一般的科研人员和工业界人士都能自己编写程序，直接运用计算机来代替密集的脑力和劳力。人们从此踏入计算机时代。

另一种五十年代的发明是激光。今天上至最先进的高科技工业、下至家家户户所用的 DVD，甚至小孩的玩具，都缺不了它。发明于 1953 年的原是微波激射器，发明者是美国的查尔斯·汤斯（Charles Townes）与他的两位研究生，及苏联的尼科雷·巴索夫（Nikolay Basov）与亚历山大·普洛霍罗夫（Aleksandr Prokhorov）。1957 年，延伸至光波激射器（激光）。六十年代出现了半导体激光二极管，先是在液态氮的低温下才能操作，很快就发展到室温。（记得后来七十年代我在西北大学当物理系主任，为了聘请一位低温物理的青年教授，需为他配置一套价值连城的两米多长的气体激光器，至今想起还有点肉痛。）

二十世纪中叶以来，最激动人心的科技突破要算是人造卫星。若没有前面所说的那些科技发展，人造卫星根本不可能出现。虽则最早的人造卫星出其不意地来自 1957 年的苏联，可是美国在震惊之余迎头赶上，短短几个月后，就把第一枚卫星送上天。几年后，于 1961 年 4 月至 5 月间，苏联与美国相继让卫星载人上了太空。1962 年美国开始运用卫星传达电话和图片，1964 年就成功地把东京奥运会的比赛经卫星转播到美国。两年后，苏联的卫星几与美国同时在月球软着陆，可是太空人登陆月球却被美国在 1969 年拔了头筹。美国起步虽迟，却还能在短期里超越苏联，主因是人才多、资源足、底子厚、国力强。

美国原以农牧起家。第二次世界大战前后，甚至我刚到美国时的五十年代中期，还以农业、矿业、重工业和传统制造业为主。跟着那十来年里看到了划时代的变化：虽然农矿工业还很重要，但是热战冷战催生了军事科技和国防工业，而不少突破日后转向民用和消费产业，带来了经济发展的转型。就在我国摩拳擦掌准备发动"文化大革命"之际，美国踏入电子时代、半导体时代、集成电路时代、计算机时代、太空时代……为七十年代起接踵而来的科技经济、信息经济、知识经济奠定了基础。

政治上的多事之秋

1950年开始的朝鲜战争，足足打了三年，到1953年7月才正式停战。这场战争在美国人眼里是历史上首次没能打赢的仗——虽然也没有打输。与第二次世界大战来比，伤亡实际上远没那么惨重。但是作为二战后独步一时、极端自信的大国，美国人很不服气。一些政客趁机把国民党在中国的失败及西方国家殖民统治的衰退，与朝鲜战争联系在一起，再加上法国从越南的撤退，统统归罪于意识形态作祟，名之为多米诺骨牌式（domino）的连锁效应。

这些政客对外打响反共冷战，对内搜罗颠覆行为。后者的代表性人物麦卡锡喧嚣经年，运用亲共罪名肆意攻击文化界、科技界和外交界的"内奸"；后来搞得实在过火，招致众怒，被参议院投票谴责。接着，最高法院于1956～1957年间公正审讯了一连几个莫须有的案子，平息了"麦卡锡主义"（McCarthyism）的气焰。

我到美国那年（1955年），一群主要的受害者尚未被"平反"，政治气息尚未趋于正常。对一个不谙当地语言和文化、更不晓政治的十七岁小青年，即使偶然似乎感受到些什么，也只能说是莫名其妙。

热战冷战催生了军事科技和国防工业，带来民用科技的突破和全民经济的转型。苏联卫星上天之所以会震动美国，除了人类对太空素有好奇心理，国防较量也是很重要的因素——事实上很可能还是压倒性的因素。因而，电子、半导体、集成电路、计算机、太空等技术的猛进，都可以说成军事竞争下的产品。看来人类社会还甚原始，需要依靠战争来推动进展。

战争的需求培植了军工产业，养肥了军火商；而军火商为了扩大市场，唯恐天下不乱。军事和工业如此紧密连接会产生恶性循环。科技原是伟大的文明结晶，可是一旦被唯利是图的企业和野心勃勃的政客联手带上歧途，就会为人类带来灾难。名将出身的美国总统艾森豪威尔对此深有体会，在一场甚有远见的演说里，以"军事与工业的复合体"（military-industrial complex）一词形容这种恶性结合，警告国人两者之间的关系不能过密。看来他已预料到美国会更深地卷入国际多事之秋。

第二次世界大战、朝鲜战争、冷战，的确让美国大大提高了科技创新能力，同时好歹也为经济和民生的提升作出了贡献。六十年代中期，美国又打响了越南战争。集成电路虽然不是战争的直接产品，却与越战几乎同步，亦在很多领域里带来了产业突破。首屈一指的，当然是计算机。间接的，有以集成电路为核心的设施，例如科研仪器、通信设备、医疗器械。有配合计算机发展的高新科技，例如软件工程、数据处理、通信技术。有运用计算机为工具的新产业，例如基因工程、金融载体、文娱产品。反正数之不尽。

不过有些应该求取突破的，却进程缓滞。最明显的例子不外是环保和能源。环保方面，受到国际政治和经济力量的抑制，未见关注。能源方面，取之不尽用之不竭而全无污染的核聚变，追求不力，投资不足。甚至挑动人们心弦的太空科技，比登陆月球更进一步的一系列项目，除对通信及军事有直接功用者，屡遭搁置。我认为理由之一是这段时期美国在外事和内政上出现了前所未有的挑战，为社会风气和个人定位带来了巨大转变。

不妨回头仔细看看这段时期里的外事与内政怎么影响了民心。

先是美国的西方盟友在过去无往不利的殖民地和半殖民地上连遭挫败。拥有既得利益者担忧反殖民力量与社会主义国家结合，令整个地球"变色"。从相反的角度来看，两次世界大战中美国本土都幸免于战祸，人民心底里并不真正惧怕外来的侵略。西方殖民主义者的损失，对美国又不存在直接的威胁，让不少有良心有理想的人士反而为之额手称庆。这种心理最初还包括1953年开始的古巴革命。

当时很多美国人认为这是单纯的反独裁农民革命，在道义上予以支持。据说最后阶段的战事里，美国政府还暗中为革命军提供过武器。卡斯特罗兄弟和格瓦拉领导下的战士于 1959 年元旦后胜利进入哈瓦那。那时我还未结婚，刚把伊芳送回她的学校宿舍，正在开车回家途中，从收音机上听到有关卡斯特罗进城的广播，立刻在路边停下，找到电话亭给伊芳报告消息。回到大学，发现美国同学们对此都十分高兴。次日所听到的民间舆论和政府言论也都一致正面。

过没多久，古巴的新政府宣布了土地改革；次年国有化各种产业，包括极多美资企业。古巴虽然不是美国的殖民地，但自从 1898 年美国总统老罗斯福把西班牙统治者赶走后，就一直生存在美国政府和企业的影响下。新政策非但打击了美国企业的利益，更触动了华盛顿的政治神经：社会主义势力竟然伸进本土的后院子？这事非同小可。于是支持古巴流亡势力，发动了"猪湾入侵事件"（Bay of Pigs Invasion）。入侵策划出错，迅告失败，从此让刚上任的青年总统肯尼迪与卡斯特罗结上了梁子。

1962 年，赫鲁晓夫出头帮助古巴防御随时可能到来的再次入侵，把导弹引入了古巴，据传还想开始安装核弹头。肯尼迪怎会让他在太岁头上动土，顿时反应非常强烈；美苏两国间的僵持把全球推向毁灭性的核战边缘。虽然事件很快在联合国的调停下平息，却使美国朝野政界人士更畏惧社会主义扩张下的多米诺骨牌效应，当然也影响了群众的政治倾向。

越战接踵而来，让美国陷入又一场打不赢的仗。国内出现了南北战争之后从未见过的民意分裂，同时产生了政治意识上从未见过的转折。

说来越南之争明明是法国的负担，却被美国接了过去。1950～1954 年间，法国虽有美国支持，还是打不赢独立意志特强的"越盟"。奠边府一仗吃了大亏，决心放弃殖民地，终结多年来的战事。1954 年签订日内瓦停战协议，把越南一分为二，然后全面从越南撤退。美国拒签协议，并支持南越吴廷琰政权，拒绝于 1956 年执行协议所规定的大选。就这样，深信多米诺骨牌理论的国务卿杜勒斯在艾森豪威尔的总统任期里把美国牵入了越战。

1955 至 1963 年间，吴廷琰、吴廷瑈两兄弟在艾森豪威尔和肯尼迪的支持下管治南越，却甚不称职。吴廷瑈的妻子陈丽春进出美国，俨然模仿我国抗战时期的宋美龄。可是她经常出口伤人，不得人心。美国传媒界对这位盟友的尊贵夫人笑骂不已，把她谑称为"龙贵妇"（Dragon Lady）（西方传说里龙是恶劣的标志，与我们正好相反）。吴氏兄弟的无能，及过度迫害佛教徒的行为，终于激怒了肯尼迪，使他任由杨文明发动政变，夺得政权。吴氏兄弟在政变里被杀；电视上出现他们的尸体时，竟获得美国观众的欢呼。此情此景历历在目，让我认识了美国在处理外事上的内部矛盾。

肯尼迪夫妇出自豪门，郎才女貌，红极一时。与历任总统相比，英俊倜傥的他，学识渊博，思维敏捷，出口成章，极得人心。古巴猪湾之战或许不能怪他，因为前任总统和秘密机构已经安排好一切，令他上任时难以叫停。可是进入越战他得负责——虽然他所派遣的算是"军事顾问"，主要任务是训练南越军队。不过当时外事的思想境界撇不开冷战背景，他那种不惜一战的决心，令在遭暗杀后继任总统的约翰逊勇往直前，令战事逐步升级，让美国越陷越深。

1964年，约翰逊利用军舰被攻击的借口施行空袭。继而在1965年派遣海军陆战队，卷入地面战斗，一年里剧增至二十万士兵。但是缺乏当地民心，对付游击的经验又不足，战事不见转机。政府的战情报告和预测经常与事实不符，可信度迅速下降。而当年的战士大多是被征入伍的壮丁，伤亡的渐增引致民间的普遍不满，反战声音日益响亮。到1967年尾，反战组织已能在国防部（五角大楼）前面举行声势浩大的示威。美国建国以来，如此激愤的反战示威尚属首次。

说也真巧。1966年之前美军伤亡人数还不很多，但我的华大同学里有一位在越南失去了兄弟；跟着，同学里又有一位被抽入伍。理科研究生觉悟较早，不易被宣传动摇，一般从头就比较反战；至此风声鹤唳，彼此之间讨论是否应该为了避免打这场公理不足的仗而趁早移民去加拿大。事实上的确有同学去了加拿大，背上了逃役的罪名，战争结束后还不能回国。

我不是美国公民，照说不必服役。但是法律规定：没有国籍的永久性居民也须负担所有的公民义务。作为物理学博士生，后来又是两个孩子的父亲，被抽的机会较微。不过伊芳与我倒也商量过这事，想象过加拿大人过的是什么样的生活。

与科技突破和越南战争几乎同一时期发生的，是国内的黑人平权运动。一般就称之为"民权运动"（Civil Rights Movement）——因为不言自明，最显著的歧视和迫害的对象是黑人——美籍非洲裔少数族群。

印第安人早就几被灭绝。幸存者早期被禁锢于"印第安人保留区"（Indian Reservations），散播于全国各处的不毛之地。后来不再禁锢，部分流落到大城市里谋生；不过人数极少、力量薄弱，即使偶有组织，也成不了气候。

西班牙裔的人数较多，主要是家乡被吞并后继续留居西南地区的墨西哥人。他们当时文化水平低，不善于组织。（后代的教育水平不断提升。从墨西哥北上打工的也越来越多，族群人数剧增。这二三十年来形成很有力量的社团。）

非裔人民的祖先是所谓"黑奴"，被连根拔起掳到"新大陆"来开荒，牛马不如地在农场上苦干，帮助奴隶主振兴了农业。部分所谓"自由人"则在一些大城市里出卖劳力，帮助资本家振兴了工业。北方的联邦政府在林肯总统的领导下打赢了内战，解放了南方"邦联"（Confederacy）统治下的黑奴，让非裔人民不再当世袭的奴隶。可是种族歧视并没就此消失，继续带来遍及全国的社会问题。

我到美国时，南方许多州里还有种族隔离法律。北方虽然没有这种明文规定的法律，不过很多地方保留了种族隔离的社会习俗。这种陋习在日常生活里未必明目张胆，可是实际上普遍存在，甚至至今犹是。

二次大战急需动用一切劳力资源，部分黑人乃得以进入以往被迫止步的社会行业与生活环境，至少思想境界上减少了束缚。再说，战壕里生存第一，同袍必须守望互助，哪能以肤色为界？朝鲜战争和越南战争对种族主义的减退更有所贡献。

非裔人民的视野越来越宽畅、思想越来越深刻，不甘歧视，逐步组织起来，发动积极的非暴力反抗（nonviolent resistance），名之为"Civil Disobedience"（公民不服从运动）。运动中不乏思想进步的白种人，使这场富有理想和正义感的自发性斗争轰轰烈烈地散播到全国全民。

我到美国后只几个月（1955年12月），一位名叫罗莎·帕克斯（Rosa

Parks）的勇敢黑人女士在南方阿拉巴马州蒙哥马利市（Montgomery）的公交车上拒绝为白人让座，因而被捕。民权运动者发动群众，杯葛全市公交，令公交系统损失庞大。全国传媒争相报道，官司打上几近一年。联邦法院终于在 1956 年 11 月命令公交系统撤消种族隔离政策，让这一代黑人民权运动的第一炮打了胜仗。

这么重要的事件，我身在美国南方，竟懵然不知。同学里也没有一人表示兴趣；事实上根本没人提起。事后想来，明显没人预料星星之火可以如此燎原。世事好像往往如此。

这场胜仗造就了马丁·路德·金（Martin Luther King）的领导地位，让他连续十几年带领迅速成长的抗运队伍，发动一次又一次的示威，包括静坐、游行、自由乘车、反抗隔离、登记选民等，终于在 1963 年 8 月以"进军华盛顿"（March on Washington）的大游行示威让运动走到高峰。

马丁·路德·金的演讲命题"我有一个梦想"（*I have a dream*）表达了黑人对民族平等美景的渴望和诉求；这句话自此变成全球老少无不知晓的名言。

1963年8月"进军华盛顿"的大游行。

这场破天荒的运动，让抱有正义感的人们敢于把理想付诸行动，并或多或少反映了新一代政界人士的默许和支持。同时引起思想特别守旧者与既得利益受损者的反感和惊慌，导致国内道德和政治上的派别分裂。"保守派"（Conservatives）与"自由派"（Liberals）之争日渐展开，甚至各趋极端。当然争执不限于种族问题，时起时落，至今未休。

1963 年 11 月，肯尼迪在连任竞选旅途中遇刺，成为美国历史上第四位被刺身亡的总统。副总统约翰逊依法继任，在紧急赶回首都的飞机上宣誓就职。约翰逊在位仅逾五年，越战升级是他的败举，民权立法是他的成就，毁誉集于一身。

黑人民权运动

小学时代在上海，母亲不准我像周围小朋友那样出去玩耍，唯有在家里看书。看的尽是些历史故事和旧小说，弄得一脑子都是儒家教条和封建思想。中学时代在香港，看西方小说的译本；主要又是经典小说，例如《双城记》《基督山恩仇记》《三剑侠》等，给我加强了封建思想。当然也有些像《泰山》《劫后英雄传》和《天方夜谈》之类的，让我对非洲和中东获得了一点似是而非的"认识"。

跟着就看鲁迅、巴金、茅盾、老舍及某些苏联小说。还有长城公司出品、描写香港社会问题的"进步"电影，及只有一家戏院肯放映的苏联电影。那是新中国的最早期，对英国政府殖民统治不满的香港青年们暗底下传送的经常是对祖国充满憧憬的音信。这些影响了年轻人的情绪，自己以为思想相当进步。日后回头想想，哪儿是什么"进步"？一方面只是历史和旧小说所赋予的民族意识和文化情结，另一方面只是小资产阶级自由主义养成的幼稚肤浅的"左倾"。

与高中时期几位深钻政治理论和意识形态的香港同学来比，或与研究生时期积极支持民权活动的美国同学来比，或与教书时期认识的来自台湾的"保钓运动"领军人物来比，我在同样年龄时应该算是落后分子——至少是个不折不扣的后知后觉。

在华大的那些年里，不时有机会接触到黑人民权被压制的实例。密苏里是个南北交界的州，圣路易是个南北交界的市，因而对种族问题的看法因人而异。虽然法律不允许歧视或隔离，但是并不强制执行。其实连法律本身也有前后矛盾之处；譬如说，假如真的已经废除种族歧视或隔离，那么为什么六十年代密苏里州的法律还不允许异族通婚？

一般来说，公众事业和日常商业里歧视已不多见，至少不甚露骨；但是就在校园隔邻的意大利面店里，竟然发生了同学们不能忍受的事。一天晚上，我们六七个物理系的研究生读书太久，肚子饿了，决定就近去吃点东西。走进那面店，刚坐下，服务员就过来跟我们说：奉东家之命，不能为黑人提供服务。我们这才注意到同学里有一位女生是黑人。当即一起站起来离开这间面店，并留言说：除非彻底改变这条，我们必不再回来。

次日回到校园，发动了对这间面店的集体杯葛。的确起了些作用，但是并不彻底。学生里还有好些人光顾它，主要是为了方便：不去那家的话，至少要走 15 ～ 20 分钟路才找得到餐厅。还有人认为店东也有他的人权：面店不是公营事业，而是私人企业，因此店东有权利也有自由选择他所愿意提供服务的对象。此外还有种种别的看法，公说公有理，婆说婆有理。究竟这是法律问题？还是改不掉的陋习？

一次，梅西与我驾车去伊利诺伊州的一所大学参加学术会议。圣路易市横跨密西西比河，市区在密苏里州，南北战争年代属于南方，思想比较保守；对岸是属于北方的伊利诺伊州——解放黑奴的林肯总统的老家，对种族问题素来比较开放。过河之后，跑了个把小时。我说，停车吃顿饭吧。这时注意到梅西有点犹豫；追问之下，他说路上的店不一定都会让他进去吃。

天哪，从来没有想到过在北方的州里都会有这种困难！黑人花钱吃饭、住旅店还得看人家眼色！一辈子需要注意有没有你的生活空间，无时无刻不仰人鼻息。这种日子怎过？（国内年纪较大的读者们或许可以把这情况与"黑五类"相比，可是"黑五类"生就的样子与他人无异，脸上又不挂招牌，若能远走他乡，还能躲避上代"造孽"所招致的命运。可是在美国，若天生皮肤生得漆黑，怎么逃避？）

也算参加过一次黑人的民权活动。不是游行，不是示威，而是变相的助选。

1963年秋，总统肯尼迪遇刺身亡，副总统约翰逊继位；一年后竞选下任总统。约翰逊代表民主党的自由派，政纲对内注重社会福利和民权立法，对外则继承杜鲁门时代开始的冷战——有可能把美国进一步卷入越南战争。代表共和党保守派的候选人是巴里·高华德（Barry Goldwater）。内政上他的经济观点属于资本主义右翼，社会观点不急于以法律取缔种族歧视。对外则被一般人认为属于积极反共及好战的"鹰派"（hawk），认为他肯定会派遣重军进入越南，迅速升级为热战。

黑人在内政方面寄望于民权立法。对外则由于经济和社会地位低，被征兵的机会远高于白人，怕打起仗来首当其冲。好几种因素都令他们在竞选中大力支持约翰逊。此外，学界的人思想比较进步，社会和经济方面诉求平等；又比较有理想，国际关系方面诉求和平。科技工作者则更懂得现代武器的威力和危险，反战情绪浓厚。于是多数的立场与黑人一致，支持约翰逊。

梅西既是黑人，又是学界人士，更是科技工作者，对约翰逊的支持自不在话下。那场选举赛中他究竟参与到什么程度，我不清楚，只知道那段时期他没像往常那样忙着奔波于办公室和计算机中心之间。

大选总在11月的第一个星期二举行。1964年大选前夕，竞选进入火热关头，助选者作出最后冲刺。对黑人族群来说，记得到时去选区投下神圣的一票实属关键，而为这件大事需要去黑人居住区里提醒、催促。为什么？黑人区一般也是贫民区，人们日夜忙着打工，要在规定时间内去投票很不方便。再说，惯受压迫的人往往觉得哪个当选都改变不了命运，对政治失去信心，对选举很是消极。可是这次不能弃权，否则会让极度保守的高华德走进白宫，黑人的日子将更不好过。

梅西代表以争取民权为宗旨的"都市同盟"（Urban League），大选前夕的星期一，巡游于圣路易斯市的庞大黑人区，手持喇叭（扬声器），孜孜不倦地向每一位行人、每一个窗口灌输同样的信息。我整天当他的司机，听候他的吩咐，开着我那辆白色汽车，以最慢的速度一个个路口重复来回。他坐我右边，敞开车窗，搁好大喇叭，声嘶力竭地吼："我们代表'都市同盟'，在此提醒同胞们不要忘记明天去投票！千万不要忘记这次选举的特殊重要性。当然，'都市同盟'是无政党的机构，我们照例不允许建议你支持谁，只要求你记得公民的义务，到时去投票！"吼完这些，却又轻轻加上一句："虽然我们不说，你总知道该投谁的票吧。"

听到的人都还我们会心一笑。有些还回答说："Right, Brother. We all know whom we should vote for！"（对，兄弟，我们都知道该投谁的票！）

假如做这么一次司机就算是政治活动，那么这天我为关注民权受了洗礼。

值得一提的是，学界在种族问题上的立场与犹太人有关。两千年来，犹太人在全球各地受尽种族迫害，对种族歧视深恶痛绝。而美国学界，尤其是一流的研究型大学里，犹太裔的教授学者特多，他们把坚持平等权利的自由派理想和风气带了进来。民权运动里从头就有不少犹太裔志士，与黑人携手奋斗。（早期的共产主义者也不乏犹太人；当然马克思本身就是犹太人。以色列建国之初，移民群建立了不少真正做到"各尽所能，各取所需"的人民公社，称为 kibutz，至今犹存。）

美国的民权运动里，一些特别关键的实际行动有关教育政策，在学界里很自然地获得了共鸣。特别关键的反种族歧视法案，最初也出现于教育平等。

1957 年，阿肯色州的小石城（Little Rock）里发生了一件震撼全国的事：州长公然向国家的司法机关挑战，违反最高法院三年前裁决的教育反种族隔离案，调动国家警卫（National Guards）来守护白人专用的公立中学，拦阻九位优秀的黑人学生进入校门。艾森豪威尔总统坚持以法治国，把州长滥用的国家警卫队调回军营，同时派遣部队每天护送黑人学生上学。

次年，阿肯色州更改了反抗手段，索性关闭了公立中学。南方一些别的州相继采取同样办法，令联邦政府束手无策。

1962 年，密西西比州青年詹姆斯·梅勒迪斯（James Meredith）在联邦法院打赢官司，获得州立大学的注册权。开学时分，州长亲自出马，在密西西比大学（University of Mississippi）校门前动用警力阻止他走进校门。联邦法院以藐视法庭罪处置州长和副州长，每日为此行为罚款一万美元。同时肯尼迪总统全力支持此案，命令联邦警官（U.S. Marshals）进入校园，护送梅勒迪斯上学。此举随即引发武力暴动。动乱中两人遇难，二十八位警官遭受枪击，近两百人受伤，需调动正规军队入校平乱。

艾森豪威尔和肯尼迪在改变美国的种族歧视政策上作出了极大的贡献。前者是共和党，后者是民主党，先后两位总统都动用军队来执行法院的反歧视裁判，让美国的种族歧视政策走上末路。

或许时机还没有成熟，或许肯尼迪在任日子太短，或许他那当司法部长的弟弟手法不济，反正肯尼迪当总统的近一千天里没能通过有力的法案。接任总

1957年动用国家警卫队护送黑人中学生上学。

1962年动用联邦警官护送黑人大学生上学。

统的约翰逊素来是议院里的立法能手，政治手腕极强。在他的领导和处理下，参议院和众议院相继通过了《1964 年民事权利法案》(*Civil Rights Act of 1964*)和《1965 年选举权利法案》(*Voting Rights Act of 1965*)，永远禁止公共设施、选举制度、雇用事务等各方面的种族歧视。民权运动成功地为非裔族群带来了法律保障。其他少数民族——包括华裔，也都是得益者。

几乎与此同时，约翰逊成功说服两院，通过了由艾森豪威尔和肯尼迪推动而却无法建立的《1965 年移民与国籍法案》(*Immigration and Nationality Services Act of 1965*)，消除移民法里历史悠久的种族歧视，解决了有色人种移民在美国获取居留权的极大障碍。华裔得益犹甚。

当然，法律和政策是一回事，文化和习俗又是一回事。根深蒂固的种族歧视不单是法令问题，不会说改就改。法律和政策是否能够彻底执行，还得看民风。最根本的思想基础和行动载体，还属全民教育。

社会风气和行为的剧变

上文提及，十一年里应用科技突飞猛进，一日千里。带来的不单是经济发展，还有经济结构和管理制度的转型。

其实资本主义的管理制度那时已经发生了根本的变化。企业的拥有权与管理权走向制度化，从家族包办走进产权和治权分家的时代。资金上的大量需求，兴旺了股票市场，让企业的拥有权分散到极大数量的股民手里。劳资双方的利益，历经长时期的严酷斗争，终于在经济大萧条前后逐渐趋向均衡。这些都为科技所带动的经济转型创造了条件。当然也有物极必反的方方面面。

仔细些说，富不过三代；即使家族的后代不败家，他们未必拥有远见或魄力，未必都懂得科技或管理，未必知道怎么应付新环境。产权与治权分家的好处是让最有知识和能力的人进入企业的领导层，为科学管理、科技工具、高新产品打开门户和路子。可是，外来的管理领导未必对该企业有家族那么忠诚。再说，若是管理得特别成功、有目共睹，这样的领导很容易被别的企业挖走。

仔细些说，股票市场的兴旺大大扩张了资金来源，总有股民愿意尝试投资于突破所创造的新产业，让科技成果找到出路，带动企业的进展。可是久而久之也见负面：一般股民（包括你我）急功近利，不很愿意支持长线投资，乃令周期较长、风险较大的研发工作受到压力。贝尔实验室、IBM 的研究所、施乐公司的研究中心等，逐一失去过往那些管理层的强劲支持，科技突破迅速减少。

仔细些说，二十世纪带来了新思维，使劳动者认识团结的力量，不复长期屈服于资本家的威势。劳资的严酷斗争令双方受到损害，最终以资方接受部分的工会要求而了结。比较公平的生活待遇、安全的工作环境、合理的权益和福利，让工业生产走向稳定，为发展和创新创造了条件。可是科技促进自动化，逐渐带来失业。工资的大幅度增加又影响了生产成本，继而减低制造业的竞争力。

凡事有利必有弊，经济结构和管理制度的转型没有得到很好的处理或平衡。

知识经济对风气和行为的影响，微妙地渗入社会各阶层，初时好像并不那么尖锐。逐步出现的先是"知识阶级"（knowledged class）与"非知识阶级"的分家，及迟早会跟随分家而来的阶级对立。当然，六十年代还没用上这些新名词，可是对立迹象已经开始暴露。譬如说，前后曾有过三位问鼎白宫的民主党政治家阿德莱·斯蒂文森（Adlai Stevenson）、尤金·麦卡锡（Eugene McCarthy，不是五十年代那个政治打手）和乔治·麦戈文（George McGovern），他们都由于学者出身或学者风度被很多选民视为"另类"。麦戈文的西北大学博士学历还被一些反对者拿来开玩笑。

以科技为龙头的经济转型间接带来对人文和社会科学的忽视，甚至一些重要领域的没落。政府给科教文化的经费分配、企业界对就职人才的追求、社会对不同知识领域的评价，都过度倾向科技。这种环境令太多争取上进的青年们过分偏重科技、走入科技。人才培养失去了平衡，造成恶性循环。

接着，又让整代人养成对科技消费产品的过度向往，和对科技分析方法的过度依赖。最令科技专业人员见而生厌和头痛不已的，是商业宣传、社会舆论、政客发言的半科学化和伪科学化。特别明显的是把统计学无知误用，甚至蓄意误导。

政治方面我懂得极少。只能说：政治导致的社会转变，若非目击简直无法相信。而所谓政治，主要是那场越战。

美国之独立与一般殖民地的独立有所不同。十八世纪的北美居民，说是挣脱了殖民主义的桎梏，其实反抗英国统治的革命分子本身都是外来的移民，而非土著。因此美国人对反殖民运动虽持同情，并无切身经验或深度理解。历史上，近在中美南美、远在菲律宾，美国的政治、军事、商业行为，不少与殖民主义有异曲同工之处。记者出身的美国作家马克·吐温，就极正直和坦率地针对政府在菲律宾的行为作出毫不留情的攻讦。可是一般民众不可能有他的实地考察经验或思考深度。

第二次世界大战消耗了欧洲殖民主义国家的军事实力，战后控制殖民地的能力急速衰退。亚非民族的独立运动，不幸被部分美国政治领导者描述为社会主义势力的扩张。舆论以及民众受了他们的影响，对时势的变化亦持这种看法，于是把国外军事行动看为阻遏全球"赤化"的责任。法国战后重新占领越南，分明是试图复燃殖民主义，一些美国政客却把越南人民争取独立自主看成中国的"赤化"延伸。于是从法国人手上接过斗争，把出兵干预越南当作维护世界和平安定的"天职"。

直至战事不利，却又越陷越深，才开始注意到国内反战人士的呼声。美国历史上从来没有出现过这样激烈的反战运动。有说是因为电视把真枪实弹、血肉横飞的战争现场带进了家家户户的起居室。有说是因为军人大多来自强制兵役，伤亡的增加直接伤害到普通家庭。有说是因为大学教育的普及化让更多青年提高了思考能力，进而怀疑战争的背后动机，否定了传统权威的一贯正确。不论怎么说，反战、反政府力量的膨胀终于带来大规模的示威游行，不久后还发生了流血事件。

从反政府到反建制，只不过是一小步。青年们开始全面怀疑传统价值观念，包括政治信仰、宗教教义、道德风尚、社会结构。既然积极的思想反抗不见功效，就代之以消极的表达和抵制。其后部分青年走上无稽、狂欢、吸毒、滥交的堕落之路，让自弃性的享乐主义一跃而成时尚。七十年代产生的"嬉皮的一代"（Hippy Generation），祸根种于六十年代。

这种转变也反映于文艺、美术、音乐、发式、服装等，并迅速传遍全球。

说物极必反，还不如说物极必变。进入七十年代中后期，消极风气转弱，取代它的却非原有的价值观念，而是既反建制传统，又反无病呻吟的自我主义。从好的方面来看，出现了自信、自强、自创、自足，思维活跃、勇往直前，不受制于框架、富有创新意念的一代。二十世纪下半叶，他们无意中、无形中合力创建了"信息时代"（Information Era）和"知识型社会"（Knowledge Society）。从坏的方面来看，自私自利、唯利是图、贪婪腐化、欺诈撞骗等现象远超过去，形成"自我的一代"（Me Generation）。

假如一定要极为简短地描述这十一年里的社会剧变，最贴切的字眼莫过于"童真的落失"（loss of innocence）。我不想把所看到的说成童真的消失、流失或丧失；也不想把它说成破灭或毁灭。五十年代前的童真的确自此一去不复返，可是这种丢失是无意的、无可奈何的，而所丢失的又如此令人怀念。对不起，我无法正确传达或翻译，只好故意造了"落失"这个字眼来强调一种惆怅的失落感。

我刚到美国时，发现美国人信任他们的领导、同事、朋友、邻居或乡人；一般没有多大保留。生活上，大至义务缴税、参军出征，小至出户不锁门、车里留钥匙，都认为天公地道，不必担心。来到六十年代后期，眼看这种诚挚淳朴的童真烟消云散。

美国人建国以来，总把自己的政治原则和制度、社会道德和风气、个人信仰和理念等，视为不测即明、理应普天公认的准则。并以为政府和各行各业的行为，即使有所偏离准则，都属好意或偶然造成的差错。五十年代还确实如此。来到六十年代后期，明亮的"赤子之心"蒙了灰暗。

多年后，一辈子搞教育的我难免要问是否政治之外还有教育上的正负因素？请让我单拿美国社会上的一个焦点作为例子来分析，这就是教育与种族平等的关联。

要说教育，首先应该是家庭教育。种族平等或种族歧视最早都来自家长有意无意间给孩子的灌输。应该让孩子们知道肤色之别纯属表面，以此区分人类，逻辑上幼稚无知。尤其像美国这样的移民国家，五花八门的族群要啥有啥，不足为奇。

诚然，不同肤色的族群，在文化水平、教育程度、社会行为等方面会呈现这样那样的分别，但是分别来自历史遗留、环境差异、给养和教养——都是后天因素；说它们与人种有关是没有科学根据的。按优生学的观点来看，还可以说其实人种越杂越好；种族多元的国家应该占得优势。

二十世纪的几次战争，从正面来看，让美国人走出了内陆，跨海越洋、涉足世界。四十年代的二次大战、五十年代的朝鲜战争、六十年代的越南战争，相继让大量美国青年开了眼界、或多或少解放了思想。再说：军队里黑白混杂，战壕里生死与共，哪能拘泥于肤色或种族？新一代的家长有过这种经历，种族观念哪能不演变？

其次是学校教育。学校应该是最理性、最讲理想的场所，因此也该是最平等的社会机构。政府官员是群众选出的公仆，要向全民负责，应该要求学校面对所有孩子，不论种族、性别、宗教，一视同仁地培养成优秀的公民。还该要求学校替青少年打造维护人权的思想基础。六十年代有过几个州长，非但不尽到上列责任，反而带领种族主义者排斥黑人，剥夺他们的求学权利。这种反其道而行的操作违反了良知；几经波折，终归失败。

再次是社会教育。政客的所作所为在社会上产生极大影响，不法行为必须受舆论的钳制与谴责。舆论的来源包括社会人士、文化及宗教界领袖、学者、教师等，及影响力最广最强的载体：新闻传媒。任何国家、任何地区，影响力最广最强的必然是媒体。不通过媒体，群众根本没有机会听到思想领导者的声音。可以说，谁控制媒体，谁就掌握了社会教育。而控制媒体的经常是拥有权力和既得利益者。很明显，那时代美国的权力和既得利益不在黑人手中。

黑人的祖先被掳到新大陆来当牛马似的奴隶。他们和后代的生活环境都极度恶劣。后天的给养为他们带来贫穷和落后，造成他们与欧洲移民间的严酷差别。就把历史放开一边，看二十世纪和今天的实际情况：平均来说黑人的教育水平差于别的族群，因而竞争能力弱、就业机会小、家庭收入远逊白人。收入低，居住条件就差。很多黑人不得不聚居贫民区，形成"黑人集中窟"（Black ghetto）。

法律和制度规定基础教育的资源来自当地税收，主要是区里的房产税。集中窟里房产价值低，跟着税收也低，因而经费短缺，严重影响了基础教育质量。在这种现行制度下，恶性循环无从避免。说是法律下教育机会人人均等，其实是空话。

若要加多几句，还可以说：区里教育水平低、收入差、日子难过，犯罪率就会上升。贫穷无望的人们，情绪低沉，行为易于沦向消极；于是酗酒、吸毒、嫖妓等都侵入下一代的生活和习惯。不良的社会状况让黑社会伸进魔手，控制良邪各业，造成险恶氛围。治安人员进入此境，逢事或感自危，过分诉诸武力，又引来暴力反抗。这样的环境里成长的儿童、青少年，所受社会教育如何，可想而知。

政客打民意牌，媒体寻好卖点；面对这种情况，还有人不按良心做事，有意无意在不同族群间煽动矛盾。

群众就那么容易被煽动吗？你要寻找答案，必须设身处地。

一个不是黑人的你，假如学习用功、工作勤奋、获得了一份稳定的差使，辛苦多年后积到了钱、在较好的学区里买到了适当的住屋，尽你本分缴纳税款、养好学校，你会愿意为了理想中的公平，把勤劳一生的收获与别人分享吗？还是会担心条件较差的人先是走进学校、继而搬入生活区，把某些不良风气甚至犯罪行为带到你孩子身边？你会愿意赌上你的安居乐业环境和下一代的前途吗？

我曾不止一次听到华裔朋友说："白人的祖先不积德，奴役了黑人，确实犯了大错。但是为什么祖先犯了错，要惩罚他们的后代？我还不是白人的后代呢，犯过什么错，要连累到我？"这种意念大概是人之常情吧。可是所造成的后果，难免就是变相的种族隔离，助长了恶性循环。该怪谁呢？

不是说学界的人很有理想吗？极大部分反对种族隔离，极大部分赞成学校应该促进种族的融合。可是当自己孩子的班上黑人或穷人一多，就会考虑让孩子换个学校，甚至找个冠冕堂皇的说法，把家搬到"生活方式更配合要求"的小区去住。唉，理想跟实际间确有不少差距。这又该怪谁呢？

早期的美国，甚至五十年代前的美国，由于孤立于两大洋之间，多少与世隔离，人们的思想境界比较单纯。当然也可以说是"民智"未开：那些生活优越的，自觉理所当然；收入一般的，并无奢求；被人压迫的，置诸天命。六十年代的那场越战，性质与过去有所不同，间接开放了人们的视野、启动了人们的思潮，一发不可收拾。

现实是测评童真的试金石。正面来说是天真，反面来说是无知。民智之开，终将让无知变成有知，带动社会，清除不平。正如孩子思维萌芽，本应从无知变成有知，为自己创建前途，为人类进步作出贡献。转变过程中，童真的落失是无法避免的代价。可是，也正如我们看着孩子成长、转变、渐渐失去童真所含的可爱与无邪，难免会浪漫地感到一丝遗憾。

我怀着这种心情走出了长达十一年的留学年代。

后　语

正如《前言》所说，原来以为留美虽然长达三十三年，并没有那么多值得写的。二十多万字后，却发现还只写了前十一年。

我不是个职业作者，没有预见能力，更没有计算篇幅的本事。再说，工作太过繁忙，一直没法集中精力和时间来写。结果是这里写几天，那里停几天，有时候甚至一连几星期一字不写。一年多下来，坐在电脑前断断续续、稀里糊涂、啰里啰嗦，搞了这么一大沓。

老婆说：谁有耐心看这些！

也好。到此为止，停笔收场，看有没有出版社愿意印行。

那么，二十九岁到五十岁的二十二年还写不写？

这样吧：暂时就把那二十二年的留美生活非常简单地列表于下，左边记录学界的经历，以工作岗位为代表。右边记录部分校外活动，只选与中国有关的，或许这些比较凑合青年读者们的兴趣。

	学界经历	校外活动（与中国有关的）
1966	在圣迭戈加州大学担任博士后	参与南加州的留学生活动，结识热心服务者
1968	在西北大学物理系担任助理教授	参与《科学月刊》《物理丛书》编写工作
1970	去伊利诺伊大学物理系升任客座副教授	参与《科学月刊》工作：招集读者、筹募经费
1971	回西北大学物理系升任副教授	撰写科普书籍《低温物理》《氦与多体理论》 暑期在台湾清华大学讲学、带研究生 参与留美学生发起的"保钓运动"
1973	在西北大学物理系升任教授	开始招收台湾研究生及东南亚华裔研究生 开始接待大量来自中国大陆的科学代表团
1974	在西北大学物理系担任系主任	回国访问四十日。带同儿子，重新认识祖国 参与组织全美华人协会，担任芝加哥分会会长 全家回国四个月，在中国科学院物理研究所和复旦大学讲学、带研究生及担任名誉教授 参与开放后首次科技人员留美计划的准备工作，拟定"访问学者"称号、待遇，协助办理手续 为科教机构撰写美国主要研究型大学的介绍

	学界经历	校外活动（与中国有关的）
		在全国各地讲述美国政经、教育、科研情况
		安排三百余所美国大学和研究机构输送介绍资料
		聘来首批以美国经费留学进修的访问学者
		为中国科学院和国家教委等安排近百位最早期的访问学者来美进修
1979	受聘于圣迭戈加州大学担任热斐尔学院院长	多次回国安排和促进中美学术交流，在不同大学运用报告和样本信详细介绍申请留美方式
		为中国科学院编辑首期英文版介绍
		参与国内学术体制、学科、学位等的改革工作
		介绍美国高科技企业到中国交流、合作、经营
		接待大量来到或经过加州的访美学术代表团
		帮助和指导部分美国大学与科技单位的对华事务团队
1983	受聘于旧金山州立大学担任校长	打破高等教育对华裔领导人的"玻璃天花板"
		扩展上列活动，促进中美学术和高科技的合作
		担任全美华人协会总会会长

341

学界经历	校外活动（与中国有关的）
	代表美西华人到华盛顿参加接待邓小平访美
	几次主持华人在华盛顿举行的中国国家领导人访美欢迎会
	担任 1984 洛杉矶奥运会中国奥运代表团联络员
	担任 1984 洛杉矶奥运会中国奥运代表团顾问
	回国参加中华人民共和国成立三十五周年庆典
	参与多方面旧金山湾区的华裔、华人、华侨活动
	担任旧金山－上海姐妹城市委员会委员
1988 受聘于香港科技大学担任创校校长	结束三十三年（17～50 岁）的留美生涯 带同妻子和七岁的幺女落叶归根

　　分明右边所列的活动越来越多，莫怪朋友们认为 1988 年落叶归根对我来说应是意料中事。旁观者清，他们比我看得清楚。

　　往后二十二年的生活经历，与这本书里的十一年完全不同。当真要写的话，结构和写法或许需要完全改变。问题在于值得不值得花费出版社的纸张。

　　走着瞧吧。